Rosie Clarke
Shop Girls – Aufbruch in ein neues Leben

Über die Autorin:

Rosie Clarke schreibt schon seit vielen Jahren. Sie lebt im englischen Cambridgeshire, ist glücklich verheiratet und genießt ihr Leben mit ihrem Ehemann. Sie liebt es, unter der spanischen Sonne spazieren zu gehen und in ihrem Lieblingsrestaurant in Marbella einzukehren. Ihre wahre Passion aber ist das Schreiben.

Rosie Clarke

SHOP GIRLS
Aufbruch in ein neues Leben

Roman

*Aus dem Englischen
von Ulrike Moreno*

lübbe

Dieser Titel ist auch als E-Book erschienen.

Die Bastei Lübbe AG verfolgt eine nachhaltige Buchproduktion.
Wir verwenden Papiere aus nachhaltiger Forstwirtschaft und verzichten
darauf, Bücher einzeln in Folie zu verpacken. Wir stellen unsere Bücher in
Deutschland und Europa (EU) her und arbeiten mit den Druckereien
kontinuierlich an einer positiven Ökobilanz.

Vollständige Taschenbuchausgabe

Deutsche Erstausgabe

Für die Originalausgabe:
Copyright © 2019 by Rosie Clarke
Titel der englischen Originalausgabe: »The Shop Girls of Harper's«
Originalverlag: Boldwood Books Ltd.

Für die deutschsprachige Ausgabe:
Copyright © 2022 by Bastei Lübbe AG, Köln
Textredaktion: Anja Lademacher, Bonn
Einband-/Umschlagmotive: © Colin Thomas, London; © phokin – iStock /
Getty Images Plus; ovfx / iStock / Getty Images Plus; kraphix / iStock /
Getty Images Plus; © AKG-Images / ALFRED MESSEL
Umschlaggestaltung: Guter Punkt, München | www.guter-punkt.de
Satz: Dörlemann Satz, Lemförde
Gesetzt aus der Garamond Stempel
Druck und Verarbeitung: GGP Media GmbH, Pößneck
Printed in Germany
ISBN 978-3-404-18590-0

2 4 5 3 1

Sie finden uns im Internet unter luebbe.de
Bitte beachten Sie auch: lesejury.de

Kapitel 1

Beth holte tief Luft, bevor sie an jenem sonnigen, aber kalten Morgen im März 1912 am Wohnzimmer ihrer Tante vorbeischlich. Doch noch bevor sie die Hintertür erreicht hatte, erklang deren mürrische Stimme und rief sie zurück. Beth seufzte und ging ins Wohnzimmer, wo Tante Helen an ihrer Nähmaschine saß und das schwarze Metallpedal in einem gleichmäßigen Rhythmus mit ihrem linken Fuß betätigte.

»Lass mich deine Schuhe ansehen, bevor du gehst«, befahl ihre Tante, ohne von ihrer Arbeit aufzublicken. Beth schluckte ihren Ärger herunter, doch ihre blaugrünen Augen glühten vor unterdrückter Wut. Sie war eine erwachsene Frau, kein dummes kleines Kind, und würde ja wohl kaum mit schmutzigen Schuhen zu einem derart wichtigen Termin gehen. Selbstverständlich trug sie heute ihre eleganten Schuhe! Sie wurden mit zwei Knöpfen an der Seite geschlossen und waren aus schwarzem Leder, das so sehr glänzte, dass sie sich darin hätte spiegeln können.

»Ich habe gestern Abend eine Ewigkeit damit verbracht, sie blank zu putzen«, sagte Beth und stellte sich so hin, dass ihre Tante sie in ihrem hübschen, knöchellangen grauen Rock, der weißen Bluse und der taillierten Jacke sehen konnte, die etwas dunkler war als der Rock. Ihr dichtes blondes Haar war adrett am Hinterkopf aufgesteckt, und darüber trug sie einen Hut aus schwarzem Samt, der ihr Gesicht beschattete und ihr Haar verbarg. Passend zu ihren auf Hochglanz polierten Schuhen trug sie schwarze Lederhandschuhe. Die Farben schmeichelten ihrem blassen Teint zwar nicht, aber Beth trauerte immer noch um ihre Mutter, die keine vier Monate zuvor gestorben war. Außerdem würde ohnehin von ihr erwartet werden, dass sie Grau, Schwarz oder vielleicht sogar eine Art Uniform zur Arbeit trug.

»Du siehst abgespannt aus, Kind«, bemerkte Tante Helen stirnrunzelnd. »Aber daran lässt sich ja nichts ändern, stimmt's? Aber da du sowieso nur als kleine Verkäuferin arbeiten wirst, dürfte das auch nicht so wichtig sein, nehme ich an.« Sie nahm ihre Näharbeit von der Maschine und schnitt mit einer raffinierten kleinen, versilberten Schere den Faden ab. »Und komm sofort nach deinem Vorstellungsgespräch nach Hause«, ermahnte sie Beth mit einem strengen Blick über die Brille hinweg, die sie zum Nähen trug.

»Ja, Tante«, antwortete Beth sofort, obwohl sich in ihr wieder Ärger regte.

Sie war zweiundzwanzig, und es war das erste Mal, dass sie sich um eine Anstellung bemühen musste. Jessie Grey, Beths Mutter, war fast während der gesamten letzten zehn Jahre, seit ihr Mann an einem schlimmen Fieber gestorben war, krank und gebrechlich gewesen. Mr. Grey war ein brillanter Arzt gewesen, was ihnen einen sehr bequemen Lebensstil ermöglicht hatte, doch nach seinem Tod war das Geld knapper geworden. Und als dann auch noch Jessie Greys ererbtes Einkommen mit ihr dahinging, war Beth nur sehr wenig geblieben. Die wenigen Besitztümer ihrer Mutter hatten verkauft werden müssen, um ihre Schulden zu begleichen. Und so war Beth gezwungen gewesen, das Angebot ihrer Tante anzunehmen, sie bei sich wohnen zu lassen. Sie kannten sich nur von ihren seltenen Besuchen im Laufe der Jahre, aber dennoch spürte sie so etwas wie Groll bei ihrer Tante, ohne zu wissen, woher er rührte. Sie konnte sich nur vorstellen, dass Tante Helen sich darüber ärgerte, dass es in Jessies Leben zumindest eine Zeitlang Liebe und Glück gegeben hatte, während sie selbst ihr Leben lang unverheiratet geblieben war.

»Aber warum hat sie mir nie gesagt, dass wir über unsere Verhältnisse gelebt haben?«, hatte Beth ihre Tante gefragt, als der Notar sie über die erschreckenden Neuigkeiten informiert hatte. Das ihrer Mutter zustehende Erbe war verbraucht, und für Beth war kein Penny übrig geblieben. »Dann hätte ich mir vielleicht schon vorher Arbeit suchen können.«

»Jess war schon immer eine kleine Närrin«, hatte Tante Helen scharf entgegnet. »Bei ihrem Aussehen und ihrer Herkunft hätte sie jeden Mann heiraten können, aber sie musste sich ja für einen Arzt entscheiden, der sein Leben den Armen gewidmet hat und ihr folglich kaum mehr als ein paar Pfund hinterließ. Deine Mutter lebte von dem Geld, das unser Vater ihr vermacht hatte, und hat nie auch nur einen Gedanken an die Zukunft verschwendet. Du kannst bei mir wohnen, aber du musst dir Arbeit suchen, weil ich dich nicht auch noch ernähren und kleiden kann.«

»Ich werde gern arbeiten, Tante«, hatte Beth stolz erwidert, doch bedauerlicherweise bisher noch keine passende Stelle gefunden. Sie war wohlerzogen und kam aus einer achtbaren Familie, was wiederum bedeutete, dass sie unmöglich in einer Gaststätte oder einer Fabrik arbeiten konnte. Tante Helen war der Meinung, sie sollte sich eine Anstellung als Gesellschafterin bei einer älteren Dame suchen, doch obwohl Beth sich auf zwei solcher Stellungen beworben hatte, war sie bedauerlicherweise nicht unter den vielen Bewerberinnen ausgewählt worden.

»Also ich weiß wirklich nicht, warum sie dich nicht genommen haben«, hatte ihre Tante gebrummt, als sie von Beths Misserfolg erfuhr. »Nachdem du jahrelang deine kränkliche Mutter gepflegt hast, müsstest du ja wohl in der Lage sein, dich einer alten Dame anzunehmen, sollte man meinen.«

»Lady Vera sagte, sie wolle jemanden mit Erfahrung, und Mrs. Thompson meinte, ich sei zu anziehend, sie habe Söhne ...«

»Pah!«, hatte Tante Helen empört erwidert, weil all das so offensichtlich unfair war. »Aber arbeiten musst du, Beth – wir werden uns diesen Freitag die Anzeigen in der Zeitung ansehen und schauen, was so angeboten wird.«

Die große Stellenanzeige des neuen Warenhauses »auf der falschen Seite der Oxford Street« – wie Tante Helen es formulierte – nahm eine halbe Seite in der Lokalzeitung ein. Es wurde Personal für alle möglichen Positionen gesucht, darunter Putzfrauen, Büroangestellte, Verkaufs- und Aufsichtspersonal, und sogar die Stelle eines Abteilungsleiters war zu besetzen. Des Weiteren stand in der Annonce, dass mit Harpers ein prestigeträchtiges, vierstöckiges Warenhaus entstehen würde, das über Aufzüge, ein Café im obersten Stockwerk und Waren verfügen würde, die mit den besten Kaufhäusern in London konkurrieren könnten.

»Hier steht, dass es eine Einweisung geben wird«, hatte Beth laut vorgelesen. »Alle Interessenten sind herzlich eingeladen, eine Bewerbung für ein Vorstellungsgespräch zu schreiben ...«

»Verkäuferin!« Ihre Tante hatte missbilligend den Mund verzogen. »Ich muss zugeben, dass ich nie damit gerechnet hätte, dass meine Nichte einmal als kleine Verkäuferin in einem gewöhnlichen Geschäft arbeiten würde.«

»Ich glaube nicht, dass Harpers ein gewöhnliches Geschäft sein wird«, erwiderte Beth darauf. »Es soll ein sehr angesehenes, renommiertes Kaufhaus werden, heißt es hier.«

»Deine Großmutter wäre vor Scham gestorben«, erklärte ihre Tante voller Theatralik. »Sie war die Tochter eines Gentlemans. Dein Urgroßvater war Sir James Mynott, was du nie vergessen solltest, auch wenn Großmutter ihre Familie durch die Heirat mit einem Geschäftsmann schwer enttäuschte.« An dieser Stelle stieß sie einen tiefen Seufzer aus. »Wenn deine Mutter ein bisschen was für dich beiseitegelegt hätte, würde dir vielleicht die Demütigung erspart bleiben, arbeiten zu müssen – aber sie hat ja nie auch nur ein Gramm Verstand besessen.«

»Mama war krank«, hatte Beth ihre Mutter verteidigt. »Sie litt unter schrecklichen Migräneanfällen, und ich nehme an, dass ihr alles über den Kopf gewachsen ist nach Papas Tod.«

Dieses Gespräch hatte vor über einer Woche stattgefunden. Danach hatte Beth auf die Anzeige geantwortet und auch prompt einen Vorstellungstermin erhalten.

Diese Gespräche fanden heute Morgen in einem kleinen Hotel in unmittelbarer Nähe der Berwick Street statt, die ihrerseits von der Oxford Street abging. Normalerweise wurde das Malmsey Hotel von Handelsvertretern und anderen Geschäftsleuten frequentiert, die sich ein paar Tage in London aufhielten, bevor sie weiterreisten. Allerdings hatte das Hotel einen großen Konferenzraum aufzuweisen. Als Beth dort eintraf, hieß man sie auf einem der harten Holzstühle in dem Raum Platz zu nehmen, der durch allerlei Trennwände aufgeteilt war, um ein bisschen Privatsphäre zu gewährleisten.

Auf der Kante ihres unbequemen Sitzes hockend, blickte Beth sich nervös um, weil fast alle anderen Plätze besetzt waren. Es waren so viele Mädchen, Männer und ältere Frauen erschienen, dass ihre Hoffnung sank. Bei so vielen Bewerberinnen und Bewerbern war es nicht gerade sehr wahrscheinlich, dass ein Mädchen ohne Erfahrung hier eine Anstellung erhalten würde.

»Bin ich zu spät?«, fragte eine muntere Stimme. Ein sehr hübsches Mädchen mit rötlich braunem Haar, einem roten Filzhut und rot gesprenkeltem Tweedmantel setzte sich neben sie. Beth bemerkte, dass sie ein dezentes Lippenrot trug und bis zum Nacken reichendes, natürlich gewelltes Haar hatte, das in Ponyfransen ihre Stirn bedeckte. »Ich bin Sally Ross«, stellte sie sich vor und reichte Beth die Hand. »Ich hab schon mal bei Selfridges und Woolworth und so gearbeitet – und du?«

»Ich heiße Beth Grey und bewerbe mich zum ersten Mal auf eine Anstellung in einem Kaufhaus«, erwiderte Beth, freundlich, denn irgendwie nahm ihr Sallys Lächeln ein wenig die Nervosität. »Als mein Vater starb, erkrankte meine Mutter, und ich habe sie gepflegt, bis auch sie vor ein paar Monaten von uns ging – und seitdem habe ich nichts anderes mehr getan, als meiner Tante im Haushalt zu helfen.«

»Was für 'n verdammtes Pech«, sagte Sally mitfühlend und drückte Beth die Hand. »Ich habe meinen Dad oder meine Ma nicht mal gekannt, sondern in einem Waisenhaus gelebt, bis ich sechzehn war und sie mich rausgeworfen haben. In den letzten zweieinhalb Jahren hab ich in einem Wohnheim für junge Mädchen gelebt und mich ganz allein durchschlagen müssen …«

»Das ist ja noch viel schlimmer!«, entgegnete Beth entsetzt. »Ich musste zu meiner Tante ziehen, nachdem meine Mutter gestorben war. Aber da sie in Holborn wohnt, wird es wenigstens keine allzu weite Busfahrt für mich sein, falls ich hier eine Stelle bekomme …« Sie hielt inne und seufzte bei der Erinnerung daran, wie viel glücklicher sie in dem kleinen Haus ihres Vaters in Clerkenwell gewesen war, obwohl sie ihre Mutter dort jahrelang gepflegt und ihr plötzlicher Herzanfall Beth zutiefst erschüttert hatte.

Sally grinste, als ihr Name aufgerufen wurde. »Das bist du!«, sagte Beth zu ihr.

»Ja, dann hab ich's wohl gerade noch geschafft«, rief Sally erfreut und sprang auf, um einer hageren, mürrisch wirkenden und ganz in Schwarz gekleideten Frau zu einer der Trennwände zu folgen. Als sie dahinter verschwanden, sah Beth zwei Stühle weiter ein etwa sechzehnjähriges Mädchen sitzen, das sie fragend anschaute.

»Ich warte jetzt schon ewig hier«, sagte das Mädchen mit einem nervösen Blick zu den Trennwänden. »Und sie haben mich immer noch nicht aufgerufen ...«

»Ist es auch deine erste Stelle?«

»Ja. Ich heiße übrigens Margaret Gibbs, werde aber von allen Maggie genannt«, sagte das junge Mädchen. »Mein Vater wollte, dass ich weiter zur Schule gehe, um Lehrerin zu werden, aber ...« Sie holte tief Luft, was fast ein bisschen wie ein Schluchzen klang. »Er hatte vor einem Monat einen Arbeitsunfall und ist jetzt praktisch ans Bett gefesselt. Der Arzt meinte, er würde vielleicht nie wieder gehen können, und ohne Papas Lohn wird Mum nicht zurechtkommen.«

»Oh, das tut mir aber leid! Ich weiß, wie es ist, jemanden leiden zu sehen ...«

»Es ist schrecklich ...« Maggie warf schon wieder einen nervösen Blick zu den Trennwänden hinüber. »Ich hoffe, dass sie etwas für mich haben. Ist mir egal, was oder wo ...«

»Ja, so geht es mir auch. All das ist sehr aufregend, was? In den Zeitungen steht, dass der neue Besitzer ein sehr reicher, gutaussehender Amerikaner sein soll. Ich war übrigens schon oben, um mir den Laden anzusehen. Du auch?«

Maggie nickte. Ihr dunkelbraunes Haar war glatt aus dem Gesicht gekämmt und zu einem ordentlichen Knoten aufgesteckt, aber die Strähnchen, die sich daraus lösten, kräuselten sich in ihrem Nacken und um ihr hübsches Gesicht.

»Es sind zwar noch Jalousien vor allen Fenstern, sodass man nicht hineinschauen kann, aber ich glaube, dass der Laden sehr schön sein wird – fast so beeindruckend wie Selfridges oder Harrods, wenn auch nicht so groß wie Harrods ...«

Das neue Kaufhaus lag am anderen Ende der Oxford Street gegenüber Selfridges und nicht weit entfernt vom Soho

Square, was ein Grund für Tante Helen gewesen war, die Nase zu rümpfen und Beth zu ermahnen, sich niemals in diese »anrüchige Gegend« zu begeben, wie sie sie nannte, da sich dort Frauen von zweifelhaftem Ruf herumtrieben. Am Ende schien sie jedoch beschlossen zu haben, darüber hinwegzusehen, da Beth ohnehin nie einen Fuß in dieses Viertel setzen müsste. Jedenfalls nicht, solange sie ihr Lunchpaket im Personalraum aß und gleich nach Feierabend den Bus nach Hause nahm.

»Wie aufregend das alles ist!«, sagte Maggie, die immer nervöser zu werden schien, weil ihr klar wurde, wie groß und bedeutend das Kaufhaus sein würde. »Und wie viele Leute hier sind! Wahrscheinlich viel mehr, als gebraucht werden ... weswegen ich froh sein kann, wenn ich überhaupt etwas bekomme! Auch wenn ich natürlich schrecklich gern mit Bekleidung oder Hüten arbeiten würde ...«

»Ach, ich bin mir sicher, dass sie auch Nachwuchskräfte einstellen werden«, beruhigte Beth sie. »Außerdem hast du eine schöne Stimme und gute Manieren, was sicher ein großer Vorteil bei einem Unternehmen wie Harpers ist. Ich denke, es ist alles eine Frage der Höflichkeit und des Respekts den Kunden gegenüber. Ich zum Beispiel hasse es, wenn Verkäuferinnen mir nicht von der Seite weichen und mich bei meinen Entscheidungen zu beeinflussen versuchen.«

»Oh ja, das kann ich auch nicht leiden.«

»Miss Margaret Gibbs bitte.« Ein Mann mit glatt zurückgekämmtem, an den Schläfen schon leicht ergrautem Haar rief Maggie auf, die sich mit einem etwas ängstlichen Blick zu Beth erhob, ihren engen, knöchellangen Rock glattstrich und dem Mann hinter eine der Trennwände folgte.

Beth spielte nervös mit ihren Handschuhen. Maggie würde gern mit Bekleidung oder Hüten arbeiten, während sie selbst nur irgendeine Stelle brauchte. Ihr Mund war wie ausgedörrt, und ihr Magen kribbelte vor Nervosität, weil sie wusste, wie verärgert Tante Helen sein würde, falls sie wieder einmal scheiterte.

Hinter einer der Trennwände sah sie Sally Ross hervortreten, die über das ganze Gesicht strahlte und ihr im Vorbeigehen zuflüsterte: »Ich bin dabei – viel Glück!«

Beth nickte nur, weil ihr Mund zu trocken war, um zu antworten. Stattdessen beobachtete sie angespannt, wie einige Männer hinter der Trennwand am anderen Ende des Raums verschwanden und zwei ältere Frauen zurückkamen, eine von ihnen diejenige, die so streng gewirkt hatte und ganz in Schwarz gekleidet gewesen war. Sie rief sofort ihren Namen auf.

Beth erhob sich und folgte ihr hinter die mittlere Trennwand. Ihr Magen verkrampfte sich, als sie überlegte, was sie sagen und wie sie sich verhalten sollte. Die Frau setzte sich an einen Schreibtisch, doch da es keine zweite Sitzgelegenheit gab, blieb Beth vor ihr stehen.

»Sie sind Miss Beth Grey?« Der Blick der Frau glitt so intensiv und prüfend über sie hinweg, als suchte sie nach einem Anlass zur Kritik.

»Ja, Madam.« Beths Stimme krächzte vor Nervosität.

»Ich bin Miss Glynis Hart und werde die Kontrolleurin des Damenbekleidungsbereichs und des Erdgeschosses sein«, sagte die Frau. »Es ist eine verantwortungsvolle Stellung, und deshalb wurde ich gebeten, bei der Auswahl unseres Personals zu helfen. Wir suchen junge Damen für eine von mehreren Abteilungen.« Sie blickte auf den Brief in ihrer Hand. »Wie ich sehe, besitzen Sie keinerlei Erfahrung als Verkäuferin. Wie kamen Sie also darauf, dass Sie gern bei uns arbeiten würden, Miss Grey?«

»Weil ich eine Stelle finden muss, Miss Hart, und ich dachte, dass dies ein guter Arbeitsplatz wäre.«

»Was zweifellos auch hundert andere Mädchen dachten«,

gab Miss Hart in beißend scharfem Ton zurück. »Ihnen ist schon klar, dass dies hier ein sehr angesehenes Kaufhaus ist? Und wir natürlich von unseren Mädchen erwarten, dass sie klug und fleißig sind und Harpers Ehre machen? Hier zu arbeiten ist ein Privileg, und das sollte jeder jungen Frau, die wir beschäftigen, bewusst sein. Also nennen Sie mir einen Grund, warum wir Sie einem Dutzend anderer Bewerberinnen vorziehen sollten.«

»Es gibt keinen solchen Grund, nehme ich an«, erwiderte Beth ehrlich. »Ich kann Ihnen nur versichern, dass ich sehr dankbar wäre und fleißig für das Unternehmen arbeiten würde. Außerdem glaube ich, dass ich schnell und akkurat im Rechnen bin – und Geduld besitze ...«

»Aha. Verstehe.« Miss Harts Augen wurden schmal. »Das an sich wird schon dringend nötig sein beim Bedienen unserer Kundinnen, von denen einige ziemlich schwierig sein könnten. Denn eins dürfen Sie nie vergessen: Die Kundin hat immer recht, soweit es Sie angeht! Und falls die Beschwerde einer Kundin Ihre Befugnisse überschreiten sollte, wird diese an Ihre direkte Vorgesetzte, die Abteilungsleiterin, weitergegeben und dann an die Etagenaufsicht, wobei es sich um meine Person handeln wird, und schließlich an den Geschäftsführer, falls die Beschwerde bedeutsam genug sein sollte.« Sie musterte Beth von oben bis unten und nickte wieder. »Nun, Sie haben eine gepflegte Ausdrucksweise, ein adrettes Aussehen und wirken anständig und aufrichtig. Erfahrung ist nicht unbedingt vonnöten, da die neuen Mitarbeiterinnen hier eine kurze Einführung erhalten werden. Ich werde Sie also auf meine Liste möglicher Kandidatinnen setzen, und Mr. Stockbridge, unser Geschäftsführer, wird dann die endgültige Entscheidung fällen.«

»Oh ... vielen Dank«, sagte Beth ein bisschen entmutigt und wandte sich zum Gehen.

»In zwei Tagen werden Sie eine schriftliche Benachrichtigung erhalten, Miss Grey – und falls Sie angenommen werden, melden Sie sich am Tag darauf hier, um an der Einweisung teilzunehmen. Alle, die das Glück haben, einen Arbeitsplatz bei Harpers zu erhalten, werden an dieser dreitägigen Einarbeitung teilnehmen und den darauffolgenden Tag damit verbringen, die Waren für unsere Eröffnung herzurichten ...«

»Ja, danke, das habe ich verstanden«, erwiderte Beth und fasste wieder ein bisschen Mut. »Aber was wäre meine Aufgabe hier, falls ich angenommen werden sollte – und was würde ich verdienen?«

»Das entscheide nicht ich«, antwortete Miss Hart. »Ich bin nur hier, um die Bewerberinnen zu befragen und Einzelheiten über die mir geeignet erscheinenden an die Geschäftsführung weiterzugeben. Alles andere können Sie unserem Brief an Sie entnehmen. Und nun wünsche ich Ihnen noch einen guten Tag.«

»Und ich Ihnen, Miss Hart«, sagte Beth und wandte sich zum Gehen. Als sie sich umdrehte, stieß sie fast mit Maggie zusammen, die hinter einer weiter entfernten Trennwand hervorgetreten war. Sie lächelte und sah sehr zufrieden mit sich aus.

»Hallo noch mal!«, sagte sie freudig erregt. »Ich habe eine Stelle als Verkaufsassistentin erhalten. Und ich werde Hüte verkaufen – oder zumindest Mrs. Craven dabei unterstützen. Abgesehen davon muss ich dafür sorgen, dass immer alles ordentlich und aufgeräumt ist. Und zu Anfang werden sie mir sechs Schilling in der Woche zahlen.«

»Du Glückspilz«, sagte Beth und fragte sich, warum nicht auch sie sofort ausgewählt worden war. Es war beunruhigend, dass sowohl Maggie als auch Sally auf Anhieb angenommen worden waren ... Aber vielleicht hatten sie ja mit einem ranghöheren Angestellten als Miss Hart gesprochen? »Ich stehe auf einer Liste und muss noch abwarten, ob sie mich nehmen.«

»Dann wünsche ich dir viel Glück«, sagte Maggie mit einem herzlichen Lächeln. »Und ich hoffe, du bekommst die Stelle.«

Beth nickte, während ihr Blick zu einer Frau in einem eleganten schwarzen Kostüm glitt, die hinter einer der Trennwände hervortrat. Der gutaussehende Mann mit dem angegrauten Haar lächelte sie an und unterhielt sich angeregt mit ihr, was sie zu freuen schien. Was diese Frau von all den anderen unterschied, waren der rote, mit einem großzügigen Schleier versehene Filzhut auf ihrem honigblonden Haar und die glänzenden schwarzen Lackpumps mit den großen Schnallen vorn. Sie sah aus, als käme sie aus einer bessergestellten Familie, und der Blick des Mannes folgte ihr, als sie den Besprechungsraum verließ. Er war ganz offensichtlich fasziniert von ihr, und Beth fragte sich für einen Moment, wer diese Frau sein mochte, als sie in die kühle, feuchte Morgenluft hinaustrat, ihren Bus zur Ecke High Holborn bestieg und von dort beklommen heimging.

Sie seufzte, als es auch noch zu nieseln begann, während sie an den ortsansässigen Geschäften vorbeiging. Vor Mr. Rushdens Metzgerei hatte sich eine regelrechte Warteschlange gebildet. Andy, der Verkäufer, nahm etwas aus dem Schaufenster und winkte ihr zu, was Beth heiß erröten ließ. Er sprach jedes Mal mit ihr und hörte nicht auf, sie anzulächeln, wenn sie ihren wöchentlichen Einkauf machte, der hauptsächlich aus Schmor- oder Suppenfleisch, Speck, Schinken und entweder einem Hühnchen oder ein paar Koteletts für das Wochenende bestand. Wenn sein Chef nicht hinsah, gab er ihr gutes Fleisch für wenig Geld, sodass Tante Helen meistens sie einkaufen schickte.

Beth erwiderte Andys Lächeln, aber nicht sein Winken,

weil das nicht damenhaft wäre, wie ihre Tante sagen würde. Denn immerhin stamme ihre Großmutter aus dem niederen Adel und wohlhabenden Bürgertum, wie Beth schon oft genug zu hören bekommen hatte ... Sie hatte einen Herrenausstatter geheiratet, der viele Jahre lang sehr erfolgreich gewesen war, bis er schließlich erkrankte und sein Geschäft nicht mehr erfolgreich war. Er hatte seinen beiden Töchtern ein kleines Erbe hinterlassen, das durch eine Treuhandschaft auf Lebenszeit abgesichert war, aber bedauerlicherweise mit ihnen erlosch. Tante Helen dagegen hatte nie geheiratet und ihr kleines Einkommen mit Näharbeiten aufgebessert, indem sie für höhergestellte Damen schneiderte. Beth wusste nicht, warum ihre Tante nicht geheiratet hatte, glaubte aber, dass es an der Einstellung ihres Großvaters gelegen haben könnte, der vielleicht von seiner älteren Tochter erwartet hatte, dass sie daheimblieb und sich um ihn kümmerte. Das würde immerhin erklären, warum sie ihrer Schwester ihre Heirat so verübelt hatte. Sie war streng, ja, manchmal sogar richtig kalt, aber sie hatte immerhin dafür gesorgt, dass Jessie anständig beerdigt wurde und ihre Nichte ein Zuhause hatte. Beth hatte gehofft, sie könnten Freundinnen werden, doch ihre Tante war eine Frau, der man nur sehr schwer näherkommen konnte. Trotzdem war sie ihr natürlich dankbar und wollte arbeiten, um wenigstens selbst für ihren Lebensunterhalt aufkommen zu können.

Tante Helen war eine hervorragende Schneiderin, die ihre Kundinnen zum Maßnehmen und Anprobieren sogar zu Hause aufsuchte. Sie schien sehr viele Leute zu kennen, aber Beth vermutete, dass sie dennoch einsam war, auch wenn sie es sich nicht anmerken ließ. Hätte Beth ein Talent für Handarbeit gezeigt, hätte ihre Tante sie vielleicht als Gehilfin akzeptiert, aber Beths Stiche waren nicht akkurat genug, und die beiden Male, als sie an der Nähmaschine gearbeitet hatte, war der Faden am Ende so vollkommen verheddert gewesen, dass ihr verboten worden war, die Maschine je wieder anzufassen!

Ein Junge verkaufte Zeitschriften vor dem Laden seines Arbeitgebers, der wie immer nach Tabak und aus irgendeinem Grund sehr stark nach Pfefferminze roch, als Beth dort vorbeikam.

Der Junge schrie den Passanten Nachrichten zu, um sie zum Kauf einer Zeitung zu bewegen. »Laut Umfragen sterben jede Woche zwei Prozent der Bevölkerung aufgrund von Kälte«, verkündete der Junge. »Kaufen Sie eine Zeitung, und lesen Sie mehr darüber, Miss! Sie kostet doch bloß einen Penny. Und lesen Sie auch etwas über diese Frauen, die Piccadilly zertrümmert haben ...«

Er bezog sich auf die Suffragetten, die Anfang des Monats mit Hämmern und Steinen bewaffnet im Londoner West End randaliert und in dem Geschäftsviertel jede Menge Schaufenster eingeschlagen hatten.

Beth nahm eine Zwei-Penny-Münze aus ihrem Portemonnaie und wartete auf ihr Wechselgeld. Sie leistete sich nicht oft die Tageszeitung, doch falls ihre Bewerbung bei Harpers ihr keine Stelle einbrachte, würde sie sich vielleicht um andere bewerben müssen.

Aus der offen stehenden Tür des Fischgeschäfts drang ein penetranter Geruch, als Beth mit ihrer Zeitung daran vorbeiging. Im Schaufenster befand sich eine große Auswahl an frischem Fisch, einschließlich Schollen, Dorsche, Seehechte und Bücklinge, die alle auf einem Bett aus zerstoßenem Eis hübsch angerichtet waren. Auf einem Emailletablett lagen zwei große rote Hummer, von denen Beth annahm, dass sie sehr kostspielig sein mussten. Sie hatte Hummer noch nie probiert, obwohl ihr Vater mit ihr und ihrer Mutter einmal zu einem Tagesausflug nach Southampton gefahren war, um sie zu einem nachmittäglichen Imbiss aus frisch zubereiteten Schalentieren einzuladen. Damals war sie noch klein und er noch stark, gesund und liebevoll gewesen.

Eine Welle der Trauer durchflutete Beth bei der Erinnerung daran. Sie hatte ihren Vater und ihre Mutter sehr geliebt – auch wenn ihre Mutter mit fortschreitender Krankheit immer egoistischer geworden war und Beths gesamte Zeit und Energie für sich beansprucht hatte. Tante Helen hätte ihre Schwester ins Krankenhaus verbannt, aber Beth behielt ihre Mutter zu Hause und störte sich nicht an ihren Eskapaden. Auch heute wünschte sie sich noch von ganzem Herzen, sie könnte ihre Eltern wiederhaben, aber natürlich war ihr klar, dass die Vergangenheit vergangen war und sie ihr Leben weiterführen musste.

Nach ein paar Minuten Fußweg von ihrer Bushaltestelle an der High Holborn aus erreichte Beth das kleine Reihenhaus ihrer Tante an der Broughton Street. Es hätte einen neuen Anstrich an Fenstern und Türen gebrauchen können, doch dafür war die steinerne weiße Eingangsstufe blitzblank geschrubbt von Minnie, die dreimal in der Woche für zwei Stunden kam, um die schwereren Arbeiten zu erledigen, selbst die Spitzengardinen waren blendend weiß. Beth fand, dass das Haus zwar solide, aber trostlos war und ihr nie ein wahres Zuhause sein könnte, auch wenn Tante Helen sie oft genug daran erinnerte, dass sie ohne ihre Hilfe jetzt vielleicht irgendwo in einem Zimmer hausen würde, das nach Kohl und Feuchtigkeit roch. Es war kleiner als das Haus im East End, in dem ihr Vater seine Praxis gehabt hatte, aber das Wohnviertel war definitiv besser.

Nach einem tiefen Atemzug betrat Beth die Diele, in der es angenehm nach Lavendelwachs roch, aber ihr Puls beschleunigte sich, als sie Tante Helens infernalisch laute Nähmaschine hörte. Würde dieses Haus je ein Zuhause für sie werden, oder würde sie dort immer nur auf Zehenspitzen herumtippeln wie eine Fremde?

Kapitel 2

Maggie betrat ihr Elternhaus, ein Reiheneckhaus in der Jameson Street unweit der Cheapside, durch die Hintertür. Die Jameson war eine schmale Straße mit Wohnhäusern zu beiden Seiten, an denen der Anstrich abblätterte, einem Laden an der Ecke und Kindern, die sich mit Hüpfspielen auf den Gehwegen vergnügten. Trotz des heruntergekommenen Zustands vieler Häuser waren die Gardinen an allen Fenstern makellos, und auch hier wurden die weißen Eingangsstufen jeden Morgen gründlich geschrubbt.

Da Maggie kein Geräusch aus der Küche hörte, vermutete sie, dass ihre Mutter entweder zum Markt oder zu dem Laden an der Ecke gegangen war. Bei dem Gedanken wurde Maggie gleich leichter ums Herz, da Mama die Angewohnheit hatte, sich lautstark darüber zu beklagen, wie viel sie doch zu tun hatte und wie schwer es doch sei zurechtzukommen, seit Papa bettlägerig war. Maggie hatte immer Angst, dass ihr Vater all diese Dinge mitbekommen würde und verletzt wäre. Sie war sein einziges Kind und wusste, dass sie ihm ebenso viel bedeutete wie er ihr, und wann immer sie diesen schmerzerfüllten Ausdruck in seinen Augen sah, traf es sie wie ein Messerstich ins Herz.

Der Unfall, der während seiner Arbeit als Vorarbeiter bei Dorkings, einer Importfirma von Getreide und anderen Nahrungsmitteln an den East India Docks, geschehen war, hatte ihn schlagartig von einem glücklichen, fröhlichen Mann zu einem Invaliden gemacht. An einem Kran mit einer Transportkiste war ein Kabel gerissen, und die herabstürzende Kiste hatte Papa trotz einer Warnung, die ihm das Leben rettete, so hart hinten im Nacken gestreift, dass er seiner schweren Rückgratverletzung wegen wohl kaum je wieder arbeitsfähig sein würde. Als Vorarbeiter hatte er gut verdient, und da er ein sparsamer Mensch war, hatte er gehofft, seiner Tochter eine gute Zukunft sichern zu können, doch der Unfall hatte ihm die Kraft in seinen Beinen genommen und Maggie alles, was er ihr versprochen hatte. Das Einzige, was sie jedoch wirklich wollte, war, dass er weiterlebte und seine Schmerzen nachließen.

Sie lief nach oben und betrat leise das Zimmer ihres Vaters, um ihn nicht zu wecken, falls er schlief. Aber er wandte sich ihr zu und lächelte sie an.

»Da bist du ja wieder, Schatz. Ich glaube, deine Mutter ist einkaufen gegangen ...«

»Ja, das denke ich auch. Ich hatte ihr gesagt, ich würde das nach meiner Rückkehr übernehmen, aber sie behauptet ja immer, die besten Schnäppchen macht sie.«

»Und so ist's wahrscheinlich auch«, stimmte Papa zu und griff nach Maggies Hand, als sie sich zu ihm auf den Bettrand setzte. Seine Beine konnte er nicht mehr richtig bewegen, wohl aber seine Hände und Arme, und so schloss er seine Finger jetzt liebevoll um ihre. »Wir müssen sparsam sein, bis meine Entschädigung oder Rente bewilligt ist ...«

»Haben sie dir schon gesagt, wie viel es sein wird?«, fragte Maggie. Da die Ursache des schrecklichen Unfalls ein Maschinenschaden an den Docks gewesen war, hatte sich der Firmeninhaber zu einer Entschädigung bereiterklärt, aber Maggies Mutter meinte, es würde kaum mehr als ein Bruchteil dessen sein, was ihr Vater vorher verdient hatte.

Er lächelte liebevoll. »Noch nicht, mein Schatz. Es könnte ein Pauschalbetrag sein oder eine Rente von ein paar Schilling in der Woche. Wir werden abwarten müssen, bis wir etwas hören.«

»Ich habe eine Stelle bei Harpers!«, berichtete Maggie freudig. »Ich beginne nächste Woche, aber vorher müssen wir noch an einer Schulung teilnehmen. Im Moment werde ich sechs Schilling die Woche verdienen, doch nach der Einarbeitungszeit in drei Monaten werde ich das Doppelte verdienen.«

»Ich wollte doch, dass du auf der Schule bleibst und dann studierst«, entgegnete ihr Vater stirnrunzelnd. »Du hättest Lehrerin oder sogar Ärztin werden können, Maggie. Nicht nur der Verdienst wäre besser, es wäre auch ein befriedigenderes Leben für ein intelligentes Mädchen.«

»Ich bin nicht klug genug, um Ärztin zu werden«, sagte sie und drückte ihm sanft die Hand. »Vielleicht hätte ich Lehrerin werden können, wenn ich aufs College gegangen wäre, wie wir beide gehofft hatten.«

Sie sah, wie er schmerzlich das Gesicht verzog. »Es tut mir so leid, Schatz, dass ich dich enttäuscht habe. Ich weiß, wie viel dir das bedeutet hat.«

»Ach was, Papa«, widersprach Maggie, obwohl es wirklich verdammt schwer gewesen war, ihre Träume aufzugeben. Sie schenkte ihrem Vater ein Lächeln und senkte den Kopf, um seine Hand zu küssen und sie an ihre Wange zu drücken. Sie wusste, wie groß seine Liebe zu ihr war, und erwiderte sie von ganzem Herzen. »Mein Lohn wird ein bisschen helfen, obwohl ich weiß, dass es nicht viel ist – aber es waren so viele Bewerberinnen dort, dass ich befürchtete, nicht einmal eine Stelle zu bekommen.«

»Sie wissen eben, was gut ist, wenn sie es sehen!«, sagte er mit einem liebevollen Lächeln. »Könntest du mir ein Glas kühles Wasser geben, Liebes? Es wird nach einer Weile warm …«

»Aber natürlich, Papa!« Maggie nahm sein Glas und den

Wasserkrug und brachte beide hinunter in die Küche. Sie musste das Wasser zuerst ein paar Minuten laufen lassen, bis es kühler wurde, und spülte auch das Glas und den Krug, bevor sie beide auf das Tablett für ihren Vater stellte. Als sie gerade wieder gehen wollte, öffnete sich die Tür, und ihre Mutter kam mit einem Binsenkorb am Arm herein.

Joan Gibbs war eine kleine, schlanke Frau mit hellen Augen, dunklem, zu einem Dutt zurückgekämmtem Haar und einer guten Figur. Sie hatte noch immer ein attraktives Äußeres, und man hätte sie sogar als hübsch bezeichnen können, wenn sie öfter mal gelächelt hätte. Sie hatte zwei Kinder geboren, zuerst Maggie und später noch einen Sohn, der jedoch ein paar Tage nach der Geburt gestorben war. Danach hatten die Ärzte Joan verboten, noch mehr Kinder zu bekommen, weswegen sie fast ständig eine Duldermiene zur Schau trug. Außerdem hatte sie bis zu dem Unfall ihres Mannes eine Teilzeitstelle in einem nahen Damenbekleidungsgeschäft gehabt und ärgerte sich nun darüber, dass sie etwas hatte aufgeben müssen, was ihr Spaß machte, um sich um ihren pflegebedürftigen Ehemann zu kümmern. Joan Gibbs war noch nie eine besonders fürsorgliche Frau gewesen, und der Unfall ihres Mannes schien die Dinge nur noch schlimmer gemacht zu haben …

»Wie bist du zurechtgekommen?«, wollte sie von Maggie wissen. »Ich hoffe, du hast weder deine Zeit noch meine Bemühungen, deine beste weiße Bluse zu bügeln, verschwendet?«

»Ich habe eine Stelle«, berichtete Maggie, als sie das Tablett nahm. »Alles andere erzähle ich dir später, wenn ich Papa das Wasser hinaufgebracht habe. Aber sie zahlen mir sechs Schilling in der Woche …«

»Mit meiner Teilzeitstelle habe ich mehr als das verdient.« Ihre Mutter runzelte die Stirn und schüttelte den Kopf. »Ich mache uns gleich eine Kanne Tee – aber bring zuerst das

Wasser hinauf. Ich war heute Morgen schon oft genug dort oben ...«

Maggie ging schnell hinaus. Sie wusste, dass Papas Unfall ihnen das Leben erschwert hatte, und leistete gerne ihren Beitrag mit dem ständigen Treppauf, Treppab. Es machte ihr ebenso wenig aus wie alles andere, was sie für ihn tat. Aber da ihre Mutter es für ungehörig hielt, dass eine Tochter ihren Vater wusch, durfte sie ihm nur das Gesicht und die Hände waschen und ansonsten bloß ihrer Mutter zur Hand gehen. Doch wann immer sie konnte, schüttelte sie seine Kissen auf, las ihm aus ihren gemeinsamen Lieblingsbüchern vor und tat auch sonst alles, wovon sie glaubte, es könnte ihm die Situation erleichtern.

Maggie runzelte die Stirn, als ihr bewusst wurde, dass ihre Mutter noch viel mehr zu tun haben würde, wenn sie zu arbeiten begann. Natürlich würde sie dafür sorgen, dass Papa alles hatte, was er brauchte, bevor sie morgens ging und wenn sie abends heimkam, aber tagsüber würde der Großteil der Arbeit auf ihrer Mutter lasten. Angesichts dieser grundlegenden Veränderung ihrer Lebensumstände erschien Maggie der versprochene Verdienst von sechs Schilling plötzlich sehr gering. Und sie wusste schon jetzt, dass Mama nur spöttisch dazu bemerken würde, dieses bisschen Geld würde Maggies Arbeit zu Hause kaum aufwiegen. Und das, obwohl sie selbst sie dazu gedrängt hatte, die Schule abzubrechen und sich um die Stelle zu bewerben. Im Übrigen war es sehr unwahrscheinlich, dass sie mehr verdienen würde, solange sie nicht mehr Erfahrung gesammelt hatte. Sie war sehr überrascht gewesen, die Stelle sofort bekommen zu haben, während anderen Bewerberinnen gesagt worden war, man werde sie erst in ein paar Tagen benachrichtigen. Mr. Stockbridge war bei ihrem Vorstellungsgespräch sehr freundlich, ja fast schon väterlich zu ihr gewesen und hatte gesagt, sie sei genau das, was sie bei Harpers suchten.

»Mädchen mit guter Erziehung und angenehmer Ausdrucksweise sind genau das, was wir brauchen«, hatte er lächelnd hinzugefügt.

Doch dann vergaß sie all das und schaute zu, wie zufrieden ihr Vater an seinem kalten Wasser nippte.

»Das ist besser, Schatz«, sagte er. »Mein Mund ist die meiste Zeit sehr trocken, aber ich mag den Geschmack von warmem Wasser nicht.«

»Möchtest du, dass ich dir eine Flasche helles Bier bringe?«

Sie sah das Zögern in seinem Gesicht, denn er hatte immer gern etwas getrunken, wenn er abends von der Arbeit heimkam. »Das wäre Verschwendung, Liebes«, erwiderte er dann. »Ich weiß, wie schwer deine Mutter zu kämpfen hat, um finanziell über die Runden zu kommen, und wie froh sie war, ihr eigenes Geld zu verdienen, um sich kaufen zu können, was sie wollte. Wir werden abwarten müssen, was die Firma mir zahlt, bevor wir uns Luxusartikel leisten können ...«

Maggie nickte, weil sie seine Bedenken verstand. »Mama kocht gerade eine Kanne Tee – möchtest du auch welchen?«

»Ja, sehr gern.« Er nickte ihr zu, und sie sah, wie er vor Schmerz zusammenzuckte. »Gibst du mir bitte einen Löffel von meiner Medizin, Maggie?«

»Ist der Schmerz wieder so schlimm?«

Da er nur das Gesicht verzog, holte sie schnell das kleine braune Fläschchen, das auf der Kommode stand, gab ein paar Tropfen daraus auf einen Teelöffel und vermischte sie mit einem Glas Wasser. Ihr Vater nahm das Glas und trank es fast begierig aus, bevor er sich aufatmend im Bett zurücklehnte.

»Geh und sprich mit deiner Mutter. Erzähl ihr deine Neuigkeiten«, sagte er und schloss die Augen.

Maggie kamen die Tränen, als sie die Treppe hinunterging. Sie wusste, dass er schier unerträgliche Schmerzen hatte und die Medizin ihm eine Zeitlang Linderung verschaffte. Und da er nun schlafen würde, hatte es auch keinen Sinn, ihm eine Tasse Tee zu bringen, bis er später wieder erwachte. Sie würde den Tee mit ihrer Mutter trinken und ihr dabei von ihrem Vorstellungsgespräch erzählen …

* * *

Beths Brief kam zwei Tage später mit der zweiten Post. Sie backte gerade Brot, als sie den Briefschlitz zufallen hörte, und rannte in die Diele, um den Umschlag aufzuheben, aufzureißen und gespannt zu lesen. Freudige Erregung erfasste sie, als sie sah, dass ihr die Stelle als zweite Verkäuferin in der Abteilung für Damenhüte, Handschuhe und Schals angeboten worden war. Sie würde unter Mrs. Rachel Craven arbeiten, die ihre direkte Vorgesetzte sein würde. Ihr Lohn betrug anfangs fünfzehn Schilling in der Woche und würde nach sechsmonatiger Arbeit in der Firma auf eine Guinee erhöht werden. Beth las den Brief mit gemischten Gefühlen, da sie gehofft hatte, etwas mehr zu verdienen, aber vielleicht hatte sie ja Glück gehabt, die Stelle überhaupt zu bekommen.

Beim Lesen der zweiten Seite sah Beth, dass sie schon am nächsten Morgen zu ihrer Einarbeitung zu erscheinen hatte. Dazu würde sie schwarze Pumps, Seidenstrümpfe und entweder ein schwarzes oder graues Kleid tragen müssen, hieß es in dem Brief. Zur Eröffnung des Kaufhauses würde ihr ein schwarzes Kleid zur Verfügung gestellt werden, doch danach würde sie ihre Arbeitskleidung selber kaufen müssen.

Zumindest werde ich so eine kostenlose Uniform haben, dachte sie, ansonsten hätte sie das schwarze Kleid tragen müssen, das Tante Helen ihr genäht hatte, als ihre Mutter starb. Falls es geeignet war, könnte sie es vielleicht als Reservekleid benutzen, obwohl es natürlich auch möglich war, dass alle Verkäuferinnen im gleichen Stil gekleidet sein mussten. Und eine zweite Uniform würde teuer werden. Außerdem konnte sie sich bei ihrer Tante sicher sein, dass sie ihr einen Beitrag zu Unterkunft und Verpflegung abverlangen würde, sobald sie ihr eigenes Geld verdiente.

Tante Helen nahm den Brief, den Beth ihr hinhielt, und nickte. »Wie ich mir schon dachte«, sagte sie. »Wärst du von Lady Vera eingestellt worden, hättest du zweiundfünfzig Pfund im Jahr und freien Unterhalt bekommen. Vielleicht verstehst du jetzt, warum ich der Meinung war, dass der Posten einer Gesellschafterin viel besser für dich wäre?«

»In sechs Monaten werde ich mehr verdienen, Tante.«

»Offensichtlich«, stimmte ihre Tante zu. »Deshalb werde ich jetzt zunächst einmal sieben Schilling und sechs Pence nehmen und später zehn, sobald du mehr verdienst.«

»Ja, Tante«, sagte Beth und spürte, wie ihre Freude schon wieder verflog. So bliebe ihr gerade genug, um den Bus zur Arbeit zu bezahlen und sich etwas zum Mittagessen zu kaufen, was sie schätzungsweise sechs Pence pro Tag kosten würde. In dem Brief hatte etwas von einem Mitarbeiterrabatt gestanden, also konnte sie sich vielleicht gerade noch eine Tasse Tee leisten und ab und zu ihre Schuhe ausbessern lassen, besonders wenn sie an schönen Tagen zu Fuß zur Arbeit ging. Für Extras wie neue Kleidung blieb da wenig übrig, selbst mit dem scheinbar großzügigen Personalrabatt.

»Du hast ein anständiges schwarzes Kleid«, erklärte ihre Tante. »Wenn das akzeptabel ist, brauchst du dir kein neues zu kaufen, doch falls es ein bestimmter Stil sein muss, kann ich es dir wahrscheinlich für die Hälfte des Preises nachschneidern.«

»Ja, das weiß ich – danke«, sagte Beth und zögerte. »Ich bin gewiss nicht undankbar und weiß durchaus zu schätzen, was du für mich tust und getan hast, Tante.«

»Jessie war eine Närrin, aber ich kenne meine Pflichten«, erwiderte Tante Helen in etwas sanfterem Ton. »Meine Schwester hatte gehofft, du würdest einmal reich heiraten, aber so war es dann ja leider nicht.«

»Ich konnte sie doch nicht alleinlassen.« Beth wandte das Gesicht ab, weil sie zu stolz war, um sich vor ihrer Tante anmerken zu lassen, dass auch sie sich einmal Hoffnungen gemacht hatte, geliebt zu werden. Aber dann hatte sie den Mann verloren, den sie einmal für die Liebe ihres Lebens gehalten hatte, und heute rechnete sie nicht mehr damit, noch einmal eine Chance zu bekommen. Ihr Schmerz war furchtbar gewesen, hatte mit der Zeit aber nachgelassen, auch wenn er immer noch gelegentlich zurückkam, um sie wieder heimzusuchen. »Ich habe Mama eben geliebt.«

»Du warst ihr jedenfalls eine sehr loyale Tochter.« Tante Helens Mundwinkel verzogen sich zu einem etwas schiefen Lächeln. »Aber nun hast du die erste Sprosse der Leiter des Erfolgs erklommen, Beth. Also gib dir Mühe, denn wer weiß, was noch alles passieren kann. Solltest du zur Abteilungsleiterin oder gar zur Etagenaufsicht befördert werden, würdest du einiges mehr verdienen – womöglich sogar fünfunddreißig Schilling oder mehr.«

»Ich bin jedenfalls fest entschlossen, hart zu arbeiten und etwas aus meinem Leben zu machen.« Beth verkniff sich einen Seufzer, denn in ihrem Herzen flammte Empörung auf, die sie jedoch schnell wieder unterdrückte. Sie gab sich wirklich alle Mühe, sich dankbar zu erweisen, indem sie ihrer Tante bei der Hausarbeit und beim Backen half, worauf sie sich sehr gut verstand. Selbst Tante Helen fand ihre süßen Brötchen ausgezeichnet und ihren Schokoladenkuchen, den es allerdings nur zu besonderen Gelegenheiten gab, köstlich. Für den Moment musste sie sich eben mit dem abfinden, was sie hatte, und dankbar dafür sein. »Ich werde mein Bestes geben, Tante.«

»Ja, ich weiß, dass du das tun wirst.« Ein seltenes Lächeln

glitt über Tante Helens Lippen. »Ich bin fast fertig mit meinem Auftrag und werde heute Nachmittag mit einem neuen beginnen. Bitte koch uns doch eine Kanne Tee, und dann werden wir eins deiner leckeren Käsebrötchen mit einem Teller Suppe zu Mittag essen.«

Beth nickte und überließ ihre Tante wieder der Näharbeit. Wenn sie die Wahl hätte, würde sie sich eine eigene Wohnung suchen, aber es würde mit Sicherheit noch Jahre dauern, bis sie sich die leisten konnte.

Trotzdem war Beth durchaus bewusst, dass sie mehr Glück hatte als viele andere junge Frauen in ihrer Lage. Hätte ihre Tante sie nicht bei sich aufgenommen, befände sie sich jetzt womöglich in einer prekären Lage, und vielleicht verstand sie teilweise sogar das Gefühl der Einsamkeit und den Groll ihrer Tante, weil auch sie auf ein eigenes Leben verzichtet hatte, um sich um einen kranken Elternteil zu kümmern. Beth wünschte nur, ihre Tante wäre ein bisschen zufriedener mit ihren Bemühungen, ihr möglichst alles recht zu machen.

Seufzend kehrte sie in die Küche zurück und beendete ihre Backarbeit. Sobald sie bei Harpers anfangen würde, musste sie wohl entweder abends oder schon sehr frühmorgens backen. Ihr Leben würde anstrengender sein als je zuvor, aber zumindest würde sie bei der Arbeit Menschen kennenlernen und vielleicht sogar Freunde finden ...

Kapitel 3

Beth kam etwas zu früh zu ihrem Termin am nächsten Morgen und traf auf eine ganze Schlange junger Frauen vor dem Kaufhaus, an dessen Fenstern nach wie vor die Jalousien herabgelassen waren. Auf der gegenüberliegenden Straßenseite hatte sich eine kleine Gruppe von Zuschauern versammelt, die alle offensichtlich sehr interessiert an den Vorgängen bei Harpers waren. Beth sah sogar einige Kameras, die offensichtlich den Zeitungsreportern in der schnell anwachsenden Menge gehörten. Da der Eröffnungstag jedoch nicht heute, sondern erst am kommenden Dienstag war, verstand Beth nicht, was sie hier zu sehen oder zu hören hofften. Irgendeinen Klatsch, den sie als Schlagzeile bringen konnten – oder waren sie womöglich sogar hierher eingeladen worden?

Von den männlichen Angestellten waren erst einige wenige erschienen, doch als Beth unter den Mädchen zwei Gesichter sah, die sie erkannte, winkte sie sie lächelnd zu sich herüber.

»Ist das nicht Vordrängeln?«, fragte Maggie mit einem nervösen Blick zu der hinter Beth stehenden Frau. »Ich dachte, wir würden nicht vor nächster Woche anfangen, aber in dem Brief stand, wir sollten schon heute, an einem Freitag, kommen?«

»Das ist wegen der Einarbeitung – und die liebe Beth hier hat uns Plätze freigehalten, was?« Sallys waschechter Londoner Dialekt sorgte für das eine oder andere Stirnrunzeln, das sie aber ignorierte, als sie entschieden neben Maggie trat und sie am Arm an ihre Seite zog. »Ich hoffe nur, dass wir alle in derselben Abteilung arbeiten werden.« Beth fiel plötzlich auf, dass Sally zwischen ihrem Cockney-Dialekt und dem wesentlich kultivierteren Akzent wechselte, den sie wohl auch benutzen würde, wenn sie Kundinnen bediente.

»Ich soll in der Abteilung mit den Damenhüten und anderen Accessoires arbeiten«, berichtete Beth lächelnd.

»Ich auch!«, sagte Maggie und sah sehr erfreut darüber aus.

»Ich glaub, da schicken sie mich auch hin.« Sally verzog das Gesicht. »Dabei wollte ich eigentlich zur Damenkleidung, denn damit kenn ich mich am besten aus. Aber es hört sich so an, als würden wir zusammenarbeiten, was ja auch was ist.«

Dann öffnete sich die Eingangstür, und Beth, Maggie und Sally waren unter den Ersten, die eingelassen wurden. Die Frau, die das Bewerbungsgespräch mit Beth geführt hatte, hielt ein Klemmbrett in der Hand und zeigte den Neulingen den Weg zu ihren Abteilungen. Beth blieb jedoch kaum Zeit, die rundum luxuriöse Innenausstattung zu bewundern – die mit grauem Marmor gefliesten Böden, das schimmernde helle Holz und die funkelnden Kronleuchter an den Decken verschwammen vor ihren Augen, als die Etagenaufsicht zu ihnen sprach. Vor lauter Aufregung und Nervosität bekam sie zudem auch noch einen trockenen Mund und feuchte Hände.

»Ah ja, Miss Ross, Miss Grey und ...« Sie unterbrach sich und schaute Maggie stirnrunzelnd über ihre Goldrandbrille an.

»Maggie Gibbs«, sagte das Mädchen schüchtern.

»Ach richtig, unsere Jüngste. Sie werden sich jetzt alle drei im ersten Stock melden. Den Aufzug dürfen Sie übrigens benutzen, falls Sie wissen, wie man ihn bedient. Wenn nicht, nehmen Sie die Treppe.«

»Ich kann damit umgehen«, erklärte Sally selbstbewusst und ging den anderen beiden voran in die kleine Kabine, wo sie zuerst die äußeren und dann die inneren Türen schloss und schließlich auf die Knöpfe an der Wand daneben drückte. »Wir hatten die Dinger auch bei Selfridges ... und ich nehme an, dass es auch einen Aufzugführer geben wird, wenn der Laden erst mal öffnet.«

»Du hast bei Selfridges gearbeitet?«, fragte Maggie sie beeindruckt. »Warum bist du dann nicht dortgeblieben?«

»Weil der Abteilungsleiter seine Pfoten nicht bei sich behalten konnte«, erwiderte Sally grinsend. »Er hat mich jedes Mal begrabscht, wenn ich an ihm vorbeiging, und irgendwann hat's mir gereicht. Hier werden wir wenigstens eine Frau als Vorgesetzte haben.«

»Das ja – auch wenn Miss Hart ein bisschen was von einem Drachen hat, nicht wahr?«, warf Maggie kleinlaut ein.

»Ich hab schon Schlimmere erlebt«, erklärte Sally grimmig. »Halt dich an mich, Maggie, dann werd ich dir alles zeigen.«

Der Aufzug hatte inzwischen den ersten Stock erreicht, wo Sally den Drahtkäfig und die Schiebetüren wieder öffnete und sie in einen großen Bereich mit teilweise noch verpackten Glastheken, Hutständern und vielen großen Kartons hinaustraten.

Während die Mädchen noch zögerten, trat eine Frau von etwa Anfang dreißig aus einem Raum, der, wie sie später erfuhren, das Warenlager war. Sie schaute sie direkt an und kam dann lächelnd und mit ausgestreckter Hand zu ihnen hinüber.

»Sie müssen meine zukünftigen Verkäuferinnen sein«, sagte sie. »Ich bin Rachel Craven und habe einige Erfahrung in der Branche, da ich eine Zeitlang einen Kurzwarenladen geführt habe. Während der Arbeitszeiten werden Sie mich mit Mrs. Craven ansprechen, aber ich hoffe, dass wir uns gut verstehen und vielleicht sogar Freundinnen werden.« Mit glänzenden Augen betrachtete sie die drei. »Sie, Miss Sally Ross, werden als leitende Verkäuferin für mich arbeiten«, sagte sie und wandte sie sich dabei auf Anhieb an die richtige Person. »Ich habe gehört, warum Sie bei Selfridges gekündigt haben –

und falls Sie in Zukunft ähnlichen Ärger haben sollten, kommen Sie zuerst zu mir, dann werde ich die Sache klären.«

Sally nickte. »Danke.«

»Und bevor wir weitergehen, sollte ich Ihnen wohl kurz erzählen, was ich über das Kaufhaus weiß. Wie Sie wissen, befinden wir uns hier im ersten Stock, und gleich neben uns liegen die Damenkonfektions- und Dessousabteilungen. Der Herrenkonfektionsbereich, der in Bereiche für Anzüge, Mäntel, Hüte, Handschuhe und Unterwäsche aufgeteilt ist, befindet sich in der Etage über uns, und gleich daneben ist die Schuhabteilung. Die Damenschuhe befinden sich ebenfalls auf dieser Etage, was ich übrigens für einen Fehler halte, und auch die Kinderkleidung ist dort oben. In der dritten Etage gibt es ein Restaurant, in dem sowohl Kunden als auch Mitarbeiter kleine Snacks wie eine Tasse Tee, Gebäck oder Knabberzeug bekommen können, und dort oben ist auch der Belegschaftsraum mit eigenen Toiletten, in den Sie sich zurückziehen können, wenn Sie sich unwohl fühlen. In der vierten Etage befinden sich die Büros von Mr. Stockbridge und Mr. Marco, so wie die der Buchhaltung und die Kasse, zu der wir unsere Rechnungen und das Bargeld hinaufschicken. Und dann ist da natürlich noch der Keller ...«

»Der wozu benutzt wird?«, fragte Maggie.

»Im Keller befindet sich der Tätigkeitsbereich unseres Hausmeisters, der unsere Waren heraufbringt und uns alle in Schwung hält ...«

»Hier gibt es nur einen Hausmeister?«, warf Sally Ross ein. »Bei Selfridges hatten wir gleich mehrere.«

»Nun, ich nehme an, dass wir für den Moment auch so zurechtkommen werden.« Mrs. Craven richtete ihren Blick auf Beth. »Und Sie müssen Miss Beth Grey sein, unsere zweite Mitarbeiterin, die die Verkaufstheke mit den Handschuhen, Tüchern und Schals übernehmen wird, während Sie, Miss

Gibbs, zunächst einmal meine Assistentin sein werden. Das bedeutet für Sie, aufzuräumen, nachdem ich eine Kundin bedient habe, und mir zu holen, was ich brauche. Darüber hinaus wird es auch Ihre Aufgabe sein, hier morgens abzustauben und Schonbezüge zu entfernen. Miss Ross wird Lederhandtaschen und Modeschmuck verkaufen – die übrigens auf zwei Theken verteilt sind –, und ich selbst bin für die Hüte zuständig. Wenn die eine oder andere von Ihnen sehr beschäftigt ist, kann ich ihr Miss Gibbs zur Unterstützung schicken. Ich werde Sie natürlich alle im Umgang mit den Waren unterweisen und Ihnen zeigen, wie man mit den Kundinnen spricht, ihr Geld entgegennimmt und es mithilfe unserer genialen Maschine zum Wechseln ins Büro hinaufschickt. Falls ich Zeit dazu habe, werde ich anfangs noch die Einnahmen und das Wechselgeld überwachen, aber es kann auch Momente geben, in denen ich nicht dazu komme und Sie es allein machen müssen.«

»Ja, Mrs. Craven«, sagten alle, und sie lächelte.

»Abgesehen davon bin ich mir sicher, dass ich keine von Ihnen an eine angemessene Körperpflege erinnern muss. Wir verlangen hier kurze, saubere Fingernägel, und Sie werden weder Make-up noch Parfüm bei der Arbeit tragen. Und natürlich muss auch Ihr Haar immer adrett frisiert und sauber sein.« Ihr Blick glitt über die Mädchen. »Doch soweit ich sehe, gibt es hier nichts zu beanstanden. Als Erste, denke ich, wird Miss Ross jetzt die Rolle einer Kundin übernehmen, und Sie, Miss Grey, werden sie bedienen. Mit Handschuhen wohlgemerkt, und Sie, Miss Gibbs, werden zuschauen.« Ihre braunen Augen richteten sich auf Sally, und Beth fiel das schelmische Funkeln darin auf. »Ich möchte, dass Sie sich so schwierig wie nur möglich geben, Miss Ross, damit unsere Damen hier verstehen, wie viel Geduld es braucht, um in einer Abteilung wie dieser hier Verkäuferin zu sein.«

»Wo soll ich mich hinstellen?«, fragte Beth und wurde angewiesen, ihren Platz hinter einem der Verkaufstische einzunehmen, die mit mehreren abgestuften Holzschubladen versehen war. Der größte Teil des braunen Packpapiers war von dieser Verkaufstheke schon entfernt worden, und den Rest schnitt Mrs. Craven mit einer kleinen, silbernen Schere weg, die an einem Schlüsselbund an ihrer Taille hing.

»Und nun, Miss Ross, wenden Sie sich an die Verkäuferin und sagen ihr, dass Sie passende Handschuhe zu einem Paar Schuhe für eine Hochzeit brauchen.«

Beth nahm ihren Platz ein, und Sally trat zu ihr heran. Mit nachdenklicher Miene betrachtete sie die noch imaginäre Auslage in der Theke und strich sich dann in einer gezierten Geste über das Haar. »Ich brauche ein Paar hellgraue Handschuhe, Miss«, sagte sie mit einer Stimme, die Beth geradezu schockierte, weil sie so distinguiert und völlig anders klang als Sallys normale Stimme. »Größe fünfeinhalb bitte ...«

»Ja, Madam«, antwortete Beth. »Wir haben sie in Seide und in Leder. Würden Sie gern beides sehen wollen?«

»Ach, ich weiß nicht recht«, antwortete Sally naserümpfend. »Ich will kein billiges Leder – und Seide verschmutzt ja so leicht. Haben Sie denn nichts anderes?«

»Die Wollhandschuhe sind mehr etwas für den Winter«, improvisierte Beth. »Außerdem kann ich Ihnen versichern, dass unsere Lederhandschuhe sehr schön weich und hervorragend verarbeitet sind ...« Sie öffnete eine imaginäre Schublade hinter sich und tat so, als entnähme sie ihr einige Paar Handschuhe, die sie nacheinander auf den Tresen legte.

Sally gab vor, eines davon in die Hand zu nehmen und es prüfend zu betrachten, schüttelte dann aber den Kopf und griff nach dem nächsten Paar. Nachdem sie jedoch mit den Fingern darübergestrichen und die Handschuhe einen Moment bewundert hatte, seufzte sie.

»Das Leder ist gut, aber sie sind zu dunkel. Ich brauche etwas Helleres ... Was ist mit diesen dort? Die würde ich gerne anprobieren«, sagte sie und zeigte auf eine andere Schublade im Ladentisch.

Beth öffnete auch diese Schublade und gab vor, noch mehr Handschuhe herauszunehmen. Sally tat so, als ob sie jedes Paar noch einmal in die Hand nähme und es mit anderen verglich, aber dann schüttelte sie erneut den Kopf.

»Diese sind zu schlicht. Haben Sie keine mit einem Schleifchen oder einem kleinen, etwas ausgefallenen Verschluss? Sie sind schließlich für einen besonderen Anlass ...«

»Da muss ich nachfragen, gnädige Frau«, sagte Beth und wandte sich an Maggie. »Miss Gibbs, würden Sie bitte Mrs. Craven fragen, ob sie kurz herüberkommen könnte? Und falls sie zu beschäftigt ist, fragen Sie sie, ob wir vielleicht noch mehr graue Handschuhe haben, die sich nicht in der Auslage befinden.«

»Ausgezeichnet!«, warf Mrs. Craven lobend ein. »Das ist immer eine gute Masche, wenn die Kundin zu schwierig ist. Allerdings haben Sie auch einen Fehler gemacht, den alle Verkäuferinnen zu Anfang machen«, sagte sie und wandte sich Sally mit einem Lachen in den Augen zu. »Kann Miss Ross Ihnen vielleicht sagen, was ich meine?«

»Du solltest nicht zu viele Artikel auf einmal herausholen«, antwortete Sally prompt. »Wenn eine Kundin behauptet, ihr gefiele etwas nicht, und andere Teile sehen will, legst du die, die sie abgelehnt hat, in deine persönliche Schublade ganz oben. Dann kannst du sie später wieder ordnen, wenn du mit dem Bedienen fertig bist. Denn falls die Kundin unehrlich ist – und das sind manchmal sogar die Reichen und Schönen –, könntest du Dinge wie Handschuhe, Schals oder Modeschmuck im Nu verlieren ...«

»Sehen Sie, deshalb habe ich Ihnen die Verantwortung für diese Abteilung wie auch für die Handtaschen übertragen,

Miss Ross«, sagte Mrs. Craven anerkennend. »Die Lederhandtaschen sind die teuersten Artikel, die wir in unserer Abteilung führen, und auch einige der Schmuckstücke sind zu gut, um als bloßer Modeschmuck eingestuft zu werden. Es handelt sich hierbei um handgefertigte silberne Einzelstücke aus Amerika, die übrigens nachts in dem Tresor in meinem Büro eingeschlossen werden müssen.«

»Oh, das wusste ich nicht.« Sally strahlte plötzlich wieder. »Ich arbeite sehr gern mit schönen, ausgefallenen Dingen. Wann kommt die Ware denn?«

»Nicht vor nächster Woche«, sagte Mrs. Craven. »Der heutige Tag wird dem Erlernen des richtigen Bedienens unserer Kundinnen gewidmet sein. Darüber hinaus werde ich Sie über die Lage der verschiedenen Abteilungen und auch über die Regeln unseres Unternehmens informieren, die ziemlich streng sind. Beispielsweise ist es unseren Mitarbeitern nicht erlaubt, irgendwo anders als in dem Restaurant oder dem Belegschaftsraum im dritten Stock zu essen oder zu trinken.« Sie machte eine kleine Pause. »Da ich es jedoch für ziemlich teuer halte, im Restaurant zu essen, würde ich Ihnen raten, Sandwiches mitzubringen und sie während der Mittagspause im Belegschaftsraum zu essen. Aber ich kann Ihnen auch empfehlen, ein preiswertes Lokal zu suchen, wo Sie mittags einen Teller heiße Suppe essen können, falls Ihnen das lieber ist. Ihre Teepause werden Sie im Aufenthaltsraum verbringen, morgens und nachmittags haben Sie hierfür jeweils eine Viertelstunde Zeit. Sie werden sich untereinander mit den Pausen abwechseln, und wer zu spät zurückkommt, wird mit einem Penny pro Minute bestraft. Das Gleiche gilt übrigens für das Zuspätkommen am Vormittag. Wir arbeiten bis fünf Uhr dreißig, aber wir machen nicht eher Feierabend, bis der letzte Kunde die Abteilung verlassen hat, auch wenn das einige Minuten später sein sollte.«

»Müssen wir alle die gleichen Kleider tragen?«, fragte Beth. »Und dürfen wir sie selbst nähen, oder müssen wir sie hier im Laden kaufen?«

»Sie bekommen alle ein Kleid, und jedes weitere, das Sie kaufen oder selbst anfertigen, muss im selben Stil gefertigt sein. Meines hat einen etwas anderen Stil, aber Sie drei tragen alle das gleiche. Es hat einen weißen Spitzenkragen, den man wechseln kann, sodass man das Kleid nicht andauernd waschen muss, und wenn Sie einen guten Stoff wählen, müsste es genügen, es mit einer Bürste oder einem Schwamm zu reinigen.«

Beth nickte erleichtert, denn so würde sie den Stoff auf dem Markt kaufen können und ihre Tante bitten, ihr das Kleid zu nähen.

»Und was für Regeln gibt es sonst noch?«, wollte Sally wissen.

»Zunächst einmal wird von Ihnen erwartet, dass Sie morgens um Viertel vor acht hier sind. Als Erstes wird der Geschäftsführer dann eine kurze Ansprache halten, um uns über alle wichtigen Ereignisse zu informieren, und danach sprechen wir ein Gebet. Denken Sie daran, dass es nicht gern gesehen wird, wenn jemand bei der Lagebesprechung fehlt! Danach räumen wir auf und bereiten die Abteilung für die Kundinnen vor.« Sie legte ein Blatt Papier auf den Tresen. »Prägen Sie sich diese Liste hier genau ein.«

Sally nickte. »Wie ich sehe, gibt es ein spezielles Flaschenzugsystem, um das Geld zur Kasse hinaufzuschicken. Muss ich Sie trotzdem von jeder Zahlung in Kenntnis setzen, Mrs. Craven?«

»Sofern ich nicht gerade zu beschäftigt bin, würde ich Ihnen in Ihrem eigenen Interesse dazu raten. Sie könnten aber auch Miss Grey oder Miss Gibbs darum bitten, falls das einfacher ist.« Die Abteilungsleiterin sah Beth und Maggie an.

»Der Grund, warum ich Ihnen empfehle, die Zahlung der Kundin von jemand anderem überprüfen zu lassen, ist, dass die Kundin später behaupten könnte, sie habe Ihnen mehr Geld gegeben, als der Wahrheit entspricht – was zwar nur selten vorkommt, aber dann doch ziemlich unangenehm ist. Wir müssten es dann mit dem Büro abklären, was zu einem weiteren Problem führen könnte, falls die Mitarbeiter dort gerade zu beschäftigt sind. Deshalb halte ich es für das Beste, den Wert der erhaltenen Banknote oder Banknoten auf der Rechnung zu vermerken und ihn der Kundin gegenüber noch einmal zu wiederholen, bevor Sie das Geld in die Kapsel stecken und hinaufschicken.«

Beth und Mary nickten. Sie wären nie auf die Idee gekommen, dass eine ihrer Kundinnen behaupten könnte, sie habe ihnen mehr Geld gegeben, als sie es in Wahrheit getan hatten. Es gab tatsächlich noch sehr viel zu lernen.

»So viele Regeln!«, flüsterte Maggie der neben ihr stehenden Sally zu. »Ich habe jetzt schon Angst, dagegen zu verstoßen, ohne es zu merken.«

»Da ihr nicht raucht, braucht ihr euch um diese Regel schon mal keine Sorgen zu machen«, warf Sally mit einem Blick auf Mrs. Cravens Liste ein.

»Ich bin froh, dass wir es nicht dürfen, weil ich es nicht mag«, erwiderte Maggie leise.

»Wie ich sehe, gibt es noch weitere Regeln?«, bemerkte Sally.

»Sie dürfen hier keinen Schmuck tragen außer einem Ehering – selbst Verlobungsringe müssen daheimbleiben. Sie abzunehmen und in die Handtasche zu stecken wäre ebenso unklug, wie mehr Geld darin zu haben, als Sie für den Tag benötigen. Des Weiteren erwarten wir von Ihnen, dass Sie immer saubere Taschentücher dabeihaben und nur blankgeputzte Schuhe tragen. Und achten Sie darauf, dass sich weder Laufmaschen noch Löcher in Ihren Strümpfen befinden, falls Sie sich bücken müssen und sie jemand sieht ... Miss Ross, Sie scheinen heute Parfum benutzt zu haben, glaube ich. Unterlassen Sie das bitte bei der Arbeit.«

Sally nickte. »Entschuldigen Sie, Mrs. Craven, aber ich glaube, der Geruch hängt noch an meinem Kleid.«

»Ich persönlich finde diese Regel etwas übertrieben, aber sie gehört nun mal dazu.« Mrs. Craven lächelte die Mädchen an. »Und das wäre dann auch schon alles, denke ich – und falls Sie die Regeln für streng halten, bedenken Sie bitte, dass viele große Kaufhäuser bis vor Kurzem noch darauf bestanden, ihre Mädchen in einem firmeneigenen Wohnheim unterzubringen. Wenn das heute noch so wäre, hätten Sie auch dort sehr strenge Regeln und darüber hinaus ein Ausgehverbot ab neun Uhr abends.«

»Wem sagen Sie das!«, stöhnte Sally. »Das Wohnheim, in dem ich lebe, ist die Hölle im Vergleich zu den Regeln hier, die relativ einfach zu befolgen sind, verglichen mit so manchen dort. Ich hasse dieses Heim, und sobald ich es mir leisten kann, werde ich mir etwas Eigenes mieten.«

»Du würdest allein leben?« Maggie starrte sie verwundert an, und Sally grinste.

»Wenn ich die Möglichkeit hätte. Aber lieber würde ich mit ein paar anderen Frauen zusammenleben. Mit Freundinnen, denen ich vertrauen könnte, würde es viel mehr Spaß machen.«

Beth lächelte, aber ihre Tante Helen würde schon die bloße Idee als tadelnswert bezeichnen. Sie wäre strikt dagegen, dass eine junge Frau irgendwo ohne die Aufsicht einer älteren lebte – oder höchstens dann, wenn die Frau verwitwet war und keine andere Wahl hatte.

»So, und nun werden wir etwas von diesem Packpapier entfernen«, sagte Mrs. Craven und sah sich stirnrunzelnd um.

»Das Reinigungspersonal hätte sich darum kümmern müssen, aber sie sind offenbar noch nicht dazu gekommen. Ich würde die Möbel jedoch gerne auspacken, damit wir sehen können, wie viel Platz wir zur Verfügung haben, und danach könnten wir noch ein bisschen verkaufen üben ...«

Mrs. Craven gab Beth eine Schere, und mit Maggies Hilfe begann sie, das braune Papier zu entfernen und es in einer Ecke aufzustapeln, um die Verkaufstresen besser sehen zu können. Für die Hüte gab es zwei hohe Glastheken, ebenfalls mit gläsernen Regalen, in denen die teuersten Hüte präsentiert werden, und einen weiteren Ladentisch, auf dem die Hüte auf Ständern stehen würden. Mehrere solcher Ständer wurden ausgepackt. Die meisten waren verstellbar und konnten entweder auf den Verkaufstresen oder hier und da in der Abteilung platziert werden.

»Ich werde die Arrangements der Hüte übernehmen«, sagte Mrs. Craven, »aber Sie, Miss Gibbs, werden dafür sorgen, dass sie staubfrei bleiben. Ich zeige Ihnen nach und nach, wie man das macht.«

Beth betrachtete die Verkaufstheke, die ihr zugewiesen worden war. Sie enthielt etwa zwanzig an der Front verglaste Holzschubfächer, in denen Handschuhe und Schals untergebracht und ausgestellt sein würden.

»An Ihrer Stelle würde ich die eine Seite für Handschuhe und die andere für Schals benutzen«, bemerkte Mrs. Craven, die neben sie getreten war. »Es wäre gut, sie nach Farben sortiert in separaten Schubladen unterzubringen und die Handschuhe nach Größen zu ordnen. Vielleicht die grauen und schwarzen ganz unten, die helleren weiter oben und die mit weißer Spitze und Baumwolle ganz oben. Und die oberste geschlossene Schublade ist für Sie. Hier können Sie ihr Bestellbuch und ihr Rechnungsbuch, Ihre Stifte und Scheren und auch andere Dinge aufbewahren, wenn Sie etwas neu falten oder aufräumen müssen. Die Einkaufstüten mit dem Firmenzeichen von Harpers werden in einem Fach unter der Theke liegen. Und falls Sie Ihren Tisch einen Moment verlassen müssen, räumen Sie alles weg, wie ich vorhin schon sagte, weil Ihnen sonst bei Ihrer Rückkehr etwas fehlen könnte. Es ist sehr unangenehm, wenn Sie fragen müssen, wo ein Schal abgeblieben ist. Das würde die Kundin sehr verärgern, und sie würde dann wahrscheinlich einfach erbost davonmarschieren.«

Beth hatte das Gefühl, heute Morgen schon sehr viel gelernt zu haben. Die Zeit verflog, während sie ihrer Arbeit nachgingen und Fragen stellten, und es dauerte nicht lange, bis ihnen gesagt wurde, sie könnten nun eine halbe Stunde Pause machen, um etwas zu essen oder zu trinken.

»Heute Nachmittag werden wir noch zwei Stunden arbeiten, aber danach dürfen Sie gehen«, sagte Mrs. Craven. »Jetzt allerdings werde ich Sie begleiten und Ihnen zeigen, wo sich die anderen Abteilungen befinden.«

»Danke«, sagte Maggie sichtlich erleichtert. »Ich möchte mich hier nicht verlaufen und fürs Zuspätkommen bestraft werden.«

»Ach, ich glaube, heute können wir noch Nachsicht walten lassen«, sagte Mrs. Craven lächelnd. »Aber die Regeln sind dazu da, eingehalten zu werden – und ich werde strenger sein, sobald Harpers eröffnet ist.« Dann zögerte sie. »Nur eins noch – und das ist etwas Privates. Ich bin verwitwet und habe auch keine Kinder. Ich sage es Ihnen nur, damit Sie Bescheid wissen und sich nicht in Verlegenheit bringen, indem Sie mir Fragen nach meiner Familie stellen ...«

Keines der Mädchen antwortete, weil sie es für unangemessen hielten, ihrer Vorgesetzten ihr Bedauern zu bekunden.

Mrs. Craven nickte und lächelte in die Runde.

»Gut, ich glaube, das genügt für den Moment ...«

Kapitel 4

Sally nahm Beth und Maggie in ein kleines Café ganz in der Nähe mit. Es war sauber, gut besucht und das Essen preiswert. Für einen halben Schilling konnten sie ein doppeltes Sandwich und eine Kanne Tee bekommen.

»Ich dachte, wir könnten das miteinander teilen«, sagte Sally. »Wenn wir zu dritt sind, bringen sie uns zwei zusätzliche Tassen, und alles würde uns pro Person nur zwei Pence kosten ...«

»Das wäre billiger«, stimmte Beth ihr zu, »aber viel zu essen würden wir so nicht bekommen ...«

»Für einen Penny könnten wir noch drei Brötchen kaufen«, schlug Sally vor. »Dann könnten wir die Sandwiches einfach in drei Teile schneiden und jede von uns eine Tasse Tee trinken und noch ein Brötchen dazu essen, um satt zu werden ... aber das ist nur ein Vorschlag. An warmen Tagen könnten wir uns natürlich auch mit einem Lunchpaket draußen auf dem Platz auf eine der Bänke setzen ...«

»Mir würde es nichts ausmachen, mir ab und zu etwas mit euch zu teilen«, antwortete Maggie als Erste. »An den meisten Tagen kann ich auch ein Sandwich mitbringen, aber es wäre eine nette Abwechslung, mal ins Café zu gehen ...«

»Und ich werde abends kochen und ein paar Kleinigkeiten mitbringen«, erbot sich Beth. »Meint ihr, sie würden es bemerken, wenn wir hier unsere eigenen Sachen äßen?« Sie sah die Frau hinter dem Tresen an, die ihr lächelnd zunickte, aber so aussah, als ob sie auch sehr streng sein konnte, wenn sie wollte.

»Das ist Bessie, und das Café gehört Mike, ihrem Mann«, sagte Sally und nickte der Frau zu. »Ich habe ihr einmal geholfen, als sie auf der Straße gestürzt war, und sie mit dem Taxi ins Krankenhaus gebracht. Deshalb lässt sie mich praktisch machen, was ich will – solange wir eine Kanne Tee und ein Sandwich bestellen, wird sie ein Auge zudrücken ...«

»Du hast ein paar nützliche Freunde«, bemerkte Maggie anerkennend.

»Wir dürfen das nicht zu sehr ausnutzen«, sagte Beth, »aber im Sommer können wir ja auch mit unserem mitgebrachten Essen draußen sitzen, nur bloß nicht in Soho. Meine Tante würde einen Anfall kriegen ...«

Sally zog die Augenbrauen hoch, und Beth nutzte die Gelegenheit, um ihnen von der Strenge ihrer Tante zu erzählen.

»Wir könnten auch zum Bedford Square gehen, wenn wir uns beeilen, aber weil man so lange für den Hin- und Rückweg braucht, komme ich hierher. An manchen Tagen, als ich noch bei Woolworth arbeitete, schaffte ich es gerade noch hierher und musste dann den ganzen Weg zurückrennen ...«

»Ich habe bei Woolworth gefragt, ob sie jemanden brauchen«, warf Maggie ein, »aber sie sagten, sie hätten schon eine ganze Liste von Bewerberinnen ...«

»Ich weiß, dass viele Mädchen dort gern arbeiten«, sagte Sally. »Ich wollte eigentlich in der Modebranche arbeiten, aber es ist viel schwerer, etwas in einem der schicken Läden zu finden, weil sie dort immer schon jede Menge Bewerberinnen auf die Stellen haben.«

»Mir fällt gerade etwas ein«, sagte Beth besorgt. »Hat Mrs. Craven nicht gesagt, wir sollten unsere Teepausen nacheinander machen? Glaubt ihr, dass das auch schon auf heute zutrifft?«

»Das hatte ich ganz vergessen«, gestand Sally. »Aber wir könnten ja auch nach der Arbeit herkommen und uns etwas zu essen teilen. Das ist auf jeden Fall billiger, als allein zu Abend zu essen. Ich hasse es sowieso, zu früh in das blöde Wohnheim zurückzumüssen ...«

»Meine Mutter wird mich gleich nach der Arbeit daheim erwarten, weil ich ihr helfen muss, meinen Vater zu versorgen«, sagte Maggie enttäuscht. Da sie den anderen schon von seinem Unfall erzählt hatte, warfen sie ihr mitleidige Blicke zu.

»Und meine Tante hat mich vor den Gefahren gewarnt, die nach Einbruch der Dunkelheit draußen lauern.« Beth verzog das Gesicht. »Sie wollte sogar, dass ich mir eine Stelle als Gesellschafterin suche, aber zum Glück konnte ich keine finden.«

»Dazu bist du auch viel zu anziehend, Beth – oder könntest es zumindest sein«, sagte Sally ganz unverblümt und sah sie prüfend an. »An deiner Stelle würde ich mir die Haare auf Kragenlänge schneiden lassen, und wenn du ein bisschen Lippenrouge tragen würdest ...«

»Mrs. Craven hat aber gesagt, wir dürfen bei der Arbeit weder geschminkt sein noch Parfüm benutzen«, warf Maggie ein, und Sally verzog das Gesicht.

»Und Tante Helen würde mich vor die Tür setzen!«, sagte Beth und lachte, während sie sich verlegen über ihre Haare strich. »Ich wäre liebend gern mit euch befreundet – und vielleicht können wir uns ja auch mal zum Mittagessen treffen, aber glaubt mir, es ist nicht leicht für mich, von zu Hause wegzukommen.«

Sally nickte sichtlich enttäuscht. »Sobald ich es mir leisten kann, werde ich mir eine eigene Bleibe suchen – ein Zimmer oder eine kleine Wohnung ...«

»Eine Wohnung wäre schrecklich teuer«, sagte Beth. »Meine Tante näht Kleider und Kostüme für eine reiche Witwe, die sie kennt, und die zahlt mehr als hundertfünfzig

Pfund im Jahr für ihre Wohnung. Ich habe ihr einmal ein Paket nach Hause gebracht, und einfach alles dort war wunderschön. Es gab sogar einen Aufzug und einen Portier in dem Gebäude.« Sie seufzte. »Ich hätte auch sehr gerne eine eigene Wohnung, aber das könnte ich mir niemals leisten.«

Sally blickte sie prüfend an. »Natürlich könnten wir das, wenn wir drei zusammenlegen würden! Natürlich wäre es nichts so Nobles wie die Wohnung, in der du warst, Beth – aber es wäre etwas, das uns allein gehören würde. Wenn wir uns die Miete und die Ausgaben teilten, würde es nicht viel mehr kosten, als wir jetzt zahlen müssen ...«

»Das könnte ich nicht«, sagte Maggie ein wenig deprimiert. »Ich muss für meinen Vater da sein ... meine Mutter wäre alldem nicht gewachsen.«

»Das ist schade«, sagte Sally. »Du könntest aber schon, Beth. Wenn wir einen Dritten finden würden, der sich die Kosten mit uns teilt ...«

»Ich glaube nicht, dass meine Tante das gutheißen würde.«

»Würde dir das etwas ausmachen?«, fragte Sally.

Beth erwiderte nichts darauf. Was Sally sagte, stimmte, aber in Beths Augen wäre es etwas sehr Gewagtes. Drei junge Frauen, die allein und ohne die Aufsicht einer älteren Frau lebten, würden für sehr leichtfertig gehalten werden, und sie wollte weder als billig noch als unmoralisch betrachtet werden.

»Ich fühle mich nicht wohl bei meiner Tante«, gab sie schließlich zu. »Und dennoch glaube ich, dass auch eine ältere Person dabei sein sollte, weil wir sonst sehr schnell einen schlechten Ruf bekommen könnten.«

»Ach, wen interessiert das schon?«, sagte Sally, aber Beth konnte sehen, dass sie errötete. »Aber natürlich könnten wir uns auch umhören, ob es bei Harpers vielleicht eine ältere Frau gibt, die allein lebt und gern mit uns eine Wohnung teilen würde ...«

»Ja ...« Beth schaute auf die Uhr. »Wir müssen gehen. Schließlich wollen wir Mrs. Craven doch nicht schon an unserem ersten Tag verärgern.«

Und so standen die Mädchen auf und gingen hinaus. Sally blieb noch einen Moment, um mit Bessie zu reden, und beeilte sich dann, die anderen einzuholen. »Bessie sagt, wenn eine von euch allein kommt, wird sie euch für drei Pennys ein Sandwich und eine Tasse Tee servieren, weil ihr meine Freundinnen seid.«

»Wie schön!«, sagte Maggie und drehte sich um und lächelte, als sie sah, dass die Cafébesitzerin sie beobachtete.

»Das ist wirklich nett von ihr«, sagte Beth. »An manchen Tagen werde ich mir das leisten können, und an anderen bringe ich mir einfach mein eigenes Mittagessen mit – aber zu einer heißen Tasse Tee sage ich niemals Nein.«

Sie rannten die letzten paar Schritte zurück zu Harpers, aber als sie das Gebäude betraten, sahen sie Miss Hart, die sie über die goldgerahmte Brille anblickte, die auf dem Ende ihrer verkniffenen Nase saß.

»Mehr Anstand bitte, meine Damen«, sagte sie spitz. »Dies ist die letzte Warnung. Jeder Mitarbeiter, der beim Rennen erwischt wird, sei es hier im Laden oder auf der Straße, wird mit einem Penny von seinem Lohn bestraft. Wir können nicht zulassen, dass unsere Angestellten das Geschäft in Verruf bringen. Rücken Sie Ihren Hut zurecht, Miss Gibbs!«

»Diese fiese alte Schachtel«, zischte Sally, als sie den Aufzugsknopf drückte, damit er sie in den ersten Stock hinaufbrachte. »Was haben wir denn Schlimmes verbrochen?«

»Das sind einfach die Regeln«, sagte Maggie. »Obwohl ich ehrlich gesagt glaube, dass sie sich das nur ausgedacht hat – Mrs. Craven hat jedenfalls nichts davon gesagt!«

»Ich befürchte aber, dass Miss Hart die Regeln einführen wird, die *sie* für richtig hält«, sagte Beth zu den anderen.

Sie nickten einstimmig und gingen in ihre Abteilung, wo sie sofort bemerkten, dass inzwischen das gesamte braune Packpapier und die Schnüre weggeräumt waren und der Teppich mit der Kehrmaschine aus dem Lagerraum gereinigt worden war. Ein Mann in einem dunklen Anzug stand wartend an einer der Verkaufstheken. Als sie sich näherten, drehte er sich zu ihnen um und schaute sie mit ernster Miene an.

»Guten Tag, meine Damen. Ich bin der Filialleiter und wollte sehen, ob Sie alle gut zurechtkommen. Wie ich hörte, macht Mrs. Craven Sie mit unseren Regeln vertraut ...« Er nickte ihnen zu und lächelte Maggie an. »Haben Sie vielleicht noch irgendwelche Fragen, solange ich noch hier bin?«

»Nein, vielen Dank, Sir«, antwortete Sally, als die anderen beiden Mädchen schwiegen. »Mrs. Craven kümmert sich sehr gut um uns.«

»Das freut mich«, sagte er und ging.

»Oh, das hätte ich tun sollen!«, sagte Maggie bestürzt und errötete, als sie sah, dass ihr Vorgesetzter auf seinem Weg den Teppichreiniger wegräumte. »Es tut mir leid ...«

»Das wird in Zukunft Ihre Aufgabe sein«, versicherte ihr Mrs. Craven. »Ich wollte, dass hier aufgeräumt ist, weil ich noch ein wenig mit Ihnen üben will – und ein Teil der Ware bereits da ist«, sagte sie erfreut.

»Und was ist schon angekommen?«, fragte Sally, deren Interesse geweckt war.

»Ein Karton mit Damenhüten und einer mit Handschuhen«, antwortete ihre Vorgesetzte. »Ich habe die Kartons geöffnet und zeige Ihnen jetzt, wie Sie den Bestand beim Eintreffen erfassen. Miss Grey, das ist Ihre Ware, also nehmen Sie bitte Ihr Bestandsbuch aus der Schublade ...«

Beth nahm das längliche, mit grünem Stoff bezogene Buch mit dem roten Bändchen und einen Bleistift heraus.

Mrs. Craven schüttelte den Kopf. »Nicht diesen Stift, Miss

Grey. Sie brauchen einen Füllfederhalter. Auf dem Schreibtisch in meinem Büro werden Sie einen finden ...«

Beth ging in das Büro und fand auch sofort die beeindruckende Stiftablage aus Messing. Sie wählte einen schwarzen Federhalter und vergewisserte sich, dass er mit Tinte gefüllt war, bevor sie sich noch ein Blatt Löschpapier nahm und mit beidem in ihre Abteilung zurückging.

»Sehr gut!« Mrs. Craven nickte anerkennend. »Und nun schauen Sie, was wir für Sie ausgepackt haben. Sechs Paar graue und sechs Paar schwarze Handschuhe, alle aus feinem Leder, außerdem sechs Paar weiße Abendhandschuhe aus Spitze in den Größen fünf bis sechseinhalb, glaube ich.«

Beth sah sich die Handschuhe auf dem Tresen an, nahm dann jedes Paar in die Hand und untersuchte es, bevor sie es in die Theke legte, die grauen und schwarzen in die unteren Fächer und die weißen Spitzenhandschuhe in die oberen.

Mrs. Craven hatte das Datum an den linken Rand des Buchs geschrieben und Beth dann angewiesen, den Bestand hinzuzufügen. »Schreiben Sie: Sechs Paar Handschuhe aus schwarzem Leder, sechs Paar aus grauem Leder und sechs Paar Spitzenhandschuhe, und in der rechten Spalte vermerken wir den Preis.«

»Sollten wir nicht jedes Paar einzeln aufführen?«, fragte Beth. »Es waren verschiedene Größen, Mrs. Craven, und es wäre einfacher zu überprüfen, was verkauft wurde, wenn wir in der linken Spalte neben dem verkauften Paar ein Zeichen machten?«

»Ja, ganz recht«, sagte ihre Vorgesetzte und lächelte sie an. »Ich freue mich, dass Sie von selbst darauf gekommen sind, Miss Grey. Für Schals gilt das natürlich nicht. Die werden nach Farbe, Material und Preis beschrieben.«

Beth schrieb sorgfältig die Größe der Handschuhe in die noch freie Spalte zwischen den Rändern und zeigte das Buch dann den anderen Mädchen. Sally nickte mit einem Gesichtsausdruck, als ob sie all das bereits wüsste, aber Maggie lächelte.

»Du hast eine sehr saubere Handschrift, Beth.«

»Ja, wahrscheinlich schon«, antwortete sie. »Meine Mutter hatte sie auch, aber das Gekritzel meines Vaters war immer schwer zu lesen ...« Sie lächelte bei der Erinnerung daran. »Er war Arzt, und das haben wohl alle Ärzte gemeinsam, sie haben eine gänzlich unleserliche Schrift. Manchmal brachte ich Rezepte für seine Kollegen in die Apotheke und lieferte die Medikamente dann bei den Patienten ab.« Trauer überkam sie und spiegelte sich in ihren Augen wider. »Ich liebte es, mit Vater in seine Praxis zu gehen und alle sagen zu hören, was für ein wunderbarer Mann er war ...« Ohne es zu merken, seufzte sie. »So, mit den Handschuhen bin ich fertig, soll ich jetzt die Schals aufschreiben?«

»Ich kann dir helfen«, bot Maggie sich an, weil es einen großen Karton mit Seidenschals auszupacken gab.

»Beth muss ihren Bestand kennen, aber helfen können Sie ihr natürlich«, sagte Mrs. Craven. »Sally, Sie kommen bitte mit mir ins Büro. Als leitende Verkäuferin werden Sie auch noch die Verantwortung für einige andere Dinge übernehmen müssen.«

Sally folgte Mrs. Craven ins Büro, und Maggie begann die Schals auszupacken, die sie geradezu ehrfürchtig behandelte. »Dieser hier ist aus reiner Seide«, sagte sie zu Beth, »und ich glaube, die Farbe nennt sich Magenta ... oder auch Purpurrot.«

Beth betrachtete den Schal und nickte. »Ja, so würde ich ihn auch beschreiben. Er ist wunderschön, nicht wahr – und mit zweiundvierzig Schilling ausgezeichnet! Das ist sehr viel Geld für einen Schal, aber er ist wirklich sehr, sehr schön.«

»Ich wüsste gern, wer die Preise für all diese Sachen festgelegt hat«, sagte Maggie. »Ich dachte, das würde Mrs. Craven vielleicht tun, aber die Preiskärtchen sind bereits gedruckt und mit einem feinen Faden an den Sachen befestigt.« Sie überlegte kurz. »Meinst du, dass das der Hersteller oder der Einkäufer gemacht hat?«

»Der Einkäufer, glaube ich«, sagte Beth nachdenklich. »Es ist schnell passiert, dass ein Schildchen versehentlich abreißt – und deshalb muss ich sicher sein, dass ich die Preise kenne.«

»Es ist kaum zu glauben, wie viel wir lernen müssen«, sagte Maggie. »Und ich dachte, es wäre ganz einfach, in einem solchen Laden zu arbeiten. Du nicht?«

»Ich muss zugeben, dass mir nie in den Sinn gekommen ist, dass einige Kunden versuchen könnten, etwas zu stehlen«, sagte Beth. »Meine Familie würde das für unter ihrer Würde halten – und ich möchte das auch von niemand anderem annehmen.«

»Ich auch nicht.« Maggie blickte zum Büro hinüber. »Sally ist ein reizendes Mädchen, nicht? Ich würde sehr gern einmal nach der Arbeit mit ihr ausgehen, aber da ich mich um meinen Vater kümmern muss …«

»Natürlich musst du das«, stimmte Beth ihr zu. »Meiner Tante würde es auch nicht gefallen, wenn ich nach der Arbeit nicht sofort nach Hause ginge, aber ich denke, zu besonderen Anlässen könnte ich schon mal etwas später heimkommen.«

»Aber ja«, stimmte Maggie ihr zu. »Mrs. Craven ist ein bisschen streng, finde ich …«

»Ich glaube eher, dass sie sehr fair ist«, entgegnete Beth. »Die, bei denen wir auf der Hut sein müssen, sind Miss Hart – und Mr. Stockbridge.«

»Oh, der …« Maggie errötete und starrte angestrengt den Schal an, den sie gerade aussuchte. »Er hat das Bewerbungsgespräch mit mir geführt und war sehr freundlich …« Es überraschte Beth, wie verlegen sie war, aber sie sagte nichts. Hatte der Geschäftsführer bei dem Vorstellungsgespräch mit Maggie geflirtet?

Sie nahm einen gemusterten Schal in Blau- und Grüntönen in die Hand. »Als was würdest du das beschreiben?«

»Hm. Ich glaube, das sind Wirbel in Grün- und Blautönen«, antwortete Maggie, und Beth lächelte.

Sie schrieb in ihr Buch: *Ein Seidenschal mit Wirbeln in Grün- und Blautönen, Preis: fünfunddreißig Schilling.*

»Er kostet weniger als der in Magenta«, bemerkte Maggie. »Meiner Mutter würde er gefallen, aber ich könnte es mir niemals leisten, ihn ihr zum Geburtstag zu schenken.«

»Vergiss nicht den Mitarbeiterrabatt, Maggie. Immerhin dürfen wir jeden Monat ein Teil mit zwanzig Prozent Rabatt kaufen.«

»Also würde ich sieben Schilling Rabatt bekommen«, dachte Maggie laut und nickte. »Wenn er in einem Jahr nicht verkauft ist, könnte ich genug für Mamas Geburtstag im nächsten Jahr zusammensparen ...«

»Es ist nicht leicht zu wissen, dass es all diese schönen Dinge gibt und wir sie nicht kaufen können, nicht wahr?« Beth lächelte und griff nach einem weiteren Schal, diesmal in Blassblau. »Dieser hier kostet nur dreißig Schilling. Vielleicht sind auch noch einige preiswertere darunter ... oder eines Tages veranstalten sie sogar einen Ausverkauf ...«

Maggie nickte und lächelte. »Bevor mein Vater seinen Unfall hatte, ging Mama immer mit mir zu den Ausverkäufen in der Oxford Street, um Kleidung für uns zu kaufen. Wir waren immer schon früh am Morgen da und standen an – und die Schlange erstreckte sich manchmal bis um die Straßenecke!«

»Ja, das macht keinen Spaß«, stimmte Beth ihr zu. »Als ich noch klein war, nahm mein Vater mich zu einer Weihnachtsausstellung in einem der großen Spielzeugläden mit. Es war wundervoll, und ich habe es nie vergessen, obwohl ich zu klein war, um mich daran zu erinnern, in welchem Laden wir waren. Ich hätte nie gedacht, dass ich einmal in einem Geschäft wie diesem arbeiten würde ...« Sie nahm einen dunkelroten Schal und sah sich das Preisschild an. »Oh, schau mal, Maggie – der hier kostet nur sieben Schilling! Ich frage mich, warum ...«

Beth sah sich das Etikett genau an. »Weil er aus Kunstseide und Viskose ist«, sagte sie und nickte dann. »Das ist natürlich der Unterschied – der Schal, der dir gefiel, war aus reiner Seide.«

»Dieser hier ist schön«, sagte Maggie, »aber meine Mutter würde die Farbe zu extravagant finden ...«

»Ja, meine Tante auch – wie du würde sie die Wirbel bevorzugen ...«

Sie hatten inzwischen sämtliche Schals ausgepackt, und die offenen Schubladen waren halb gefüllt. Eine freudige Erregung begann Beth nun zu erfüllen, und sie konnte es kaum noch erwarten, bis der ganze Bestand da war und das Kaufhaus eröffnet wurde.

Gefolgt von Sally, die sehr zufrieden mit sich aussah, kam Mrs. Craven zurück. Beide blickten auf den Tresen, und die Abteilungsleiterin begutachtete Beths Eintragungen in ihrem neuen grünen Buch.

»Alles sehr schön und anschaulich«, lobte sie. »Und besonders der Schal, dessen Farben Sie als Wirbel in Blau- und Grüntönen beschreiben. Nein, sagen Sie mir nicht, welcher es ist.« Sie blickte wieder auf den Tresen und zeigte dann auf einen Schal. »Ich würde auf den da tippen«, sagte sie.

»Ja, genau, der hat uns beiden sehr gefallen – dieser und der magentafarbene«, sagte Beth. »Aber es gibt auch ein paar, die nicht so gut sind wie die anderen ...«

»Oh – aber warum denn?«, fragte sie mit besorgter Miene.

Beth erklärte ihr, dass etwa vier nur aus Kunstseide bestanden, und Mrs. Craven runzelte die Stirn.

»Es überrascht mich, dass sie überhaupt in das Sortiment aufgenommen wurden. Sie müssen unbedingt darauf achten, dass Sie einer Kundin den Unterschied erklären, wenn Sie sie ihnen zeigen, Miss Grey.«

»Aber natürlich werde ich das tun«, versicherte ihr Beth.

»Gut. Ich denke, wir haben heute alle viel gelernt – und da es im Moment nichts weiter zu tun gibt, können Sie alle heimgehen. Ich freue mich schon darauf, Sie nächste Woche wiederzusehen – und denken Sie daran, was ich Ihnen über Pünktlichkeit gesagt habe. Häufiges Zuspätkommen kann zur Entlassung führen. Es gilt hier als eine der schlimmsten Sünden, zusammen mit Unhöflichkeit und Diebstahl ...«

Die Mädchen nahmen die Warnung aufmerksam zur Kenntnis und bedankten sich schließlich bei Mrs. Craven für die Einweisung. Dann holten sie ihre Mäntel. Als sie die Treppe hinuntergingen, statt den Lift zu nehmen, sahen sie Mr. Stockbridge, der sich mit einem ziemlich attraktiven Mann unterhielt. Sein dunkles Haar war ein bisschen länger, er trug einen leuchtend blauen Schal um den Hals und ein Jackett von einem dunkleren Blau zu einer hellgrauen Hose. Mr. Stockbridge winkte zu ihnen hinüber.

»Hallo, Mädels«, begrüßte er sie. »Darf ich euch Mr. Marco, unseren Schaufensterdekorateur, vorstellen? Ihr werdet ihn besser kennenlernen, wenn er in eure Abteilungen kommt. Es ist ein Privileg, einen so talentierten Künstler hierzuhaben – also sorgt dafür, dass eure Verkaufstische genauso ansprechend aussehen wie seine Fenster.«

»Wir werden unser Bestes tun, Sir«, sagte Sally und grinste den Schaufensterdekorateur an, der ihr zuzwinkerte.

Kichernd liefen die Mädchen die Treppe hinunter und blieben einen Moment auf dem Bürgersteig stehen, um sich voneinander zu verabschieden. Dann sah Maggie ihren Bus, der sich der Haltestelle näherte, und sprintete los.

»Gut, dass Frau Miesepeter nicht in der Nähe ist«, sagte Sally und schnitt eine Grimasse. »Maggie hätte die Hälfte ihres Gelds verloren, noch bevor sie anfängt ...«

»Ja, es gibt eine Menge Regeln hier«, stimmte Beth ihr zu. »Aber ich sollte jetzt wohl nach Hause gehen – und ich freue mich schon auf die Zusammenarbeit mit dir, Sally.«

»Komm und trink erst mal 'ne Tasse Tee«, schlug Sally vor. »Ich lade dich ein. Deine Tante wird dich doch nicht schon erwarten, oder?«

»Nein, erst in einer Stunde oder später«, bestätigte Beth. Sie spürte, dass ihre neue Freundin einsam war, und sagte lächelnd: »Ich komme sehr gern mit, Sally. Du kennst die Oxford Street besser als ich und kannst mir sicher eine Menge Tipps geben, wo ich die besten Schnäppchen finde.«

Sally strahlte und nahm den Arm ihrer neuen Freundin. »Nachdem sie mich aus dem Waisenhaus geschmissen hatten, machte ich mich auf den Weg nach Westen. Zum Glück fand ich dort eine preiswerte Pension und für ein paar Monate auch eine Stelle als Aushilfe in einem Geschenkeladen. Danach war ich eine Zeitlang bei Woollies und dann bei Selfridges ... aber ich glaube, hier werde ich viel zufriedener sein.«

Die beiden Mädchen hakten sich unter und lächelten glücklich, als sie zusammen loszogen.

Kapitel 5

Es war fünf Uhr nachmittags, als Beth und Sally schließlich das Café verließen, nachdem sie sich lachend und plaudernd eine Kanne Tee und ein Brötchen geteilt hatten. Beth war schon lange nicht mehr so glücklich gewesen, als sie sich an der Bushaltestelle von ihrer neuen Freundin trennte. Sally ging zu Fuß nach Hause, weil sie keine Eile hatte, in ihr Wohnheim zurückzukehren, und Beth wartete auf den nächsten Bus. Eine Männerstimme ließ sie zusammenfahren. Erschrocken drehte sie sich um und erblickte jemanden, von dem sie nicht erwartet hatte, ihn jemals wiederzusehen.

»Mark!«, sagte sie errötend. »Ich habe dich nicht kommen sehen.«

»Weil du total in Gedanken versunken warst«, erwiderte er tadelnd und mit diesem Lächeln, bei dem ihr Herz immer schon zu rasen begonnen hatte. Damals, als ihr Vater starb und Mark noch ein frischgebackener junger Arzt gewesen war, war er immer für sie da gewesen, wenn sie in ihrem Kummer eine Schulter zum Ausweinen gebraucht hatte. Ernst und gutaussehend, mit dunklem Haar und dunklen Augen, war Mark jahrelang ein sporadischer, aber beständiger Besucher in ihrem Haus gewesen – bis er Beth vor fast zwei Jahren an ihrem zwanzigsten Geburtstag gebeten hatte, seine Frau zu werden. Sie hatte seinen Antrag damals abgelehnt, und seitdem waren sie sich nie wieder begegnet.

»Vielleicht, weil ich gerade eine Tasse Tee mit einer neuen Freundin getrunken habe«, erwiderte Beth ein wenig befangen, als seine dunklen Augen sie forschend musterten. »Ich trete nächste Woche eine neue Stelle bei Harpers an und war heute zu einer Art Einarbeitung dort.«

»Ach wirklich? Ich habe gehört, dass der Besitzer ein Amerikaner ist.« Seine Augen verdüsterten sich. »Ich habe auch das mit deiner Mutter gehört – mein herzliches Beileid, Beth. Ich hätte dich besuchen oder dir zumindest schreiben sollen. Es tut mir leid, dass ich mich nicht gemeldet habe.«

»Das hatte ich auch nicht erwartet«, sagte sie, den Tränen nahe. »Du warst sehr wütend, als wir uns damals trennten.«

»Ja, aber nach einer Weile verstand ich es. Ich war damals zwei Jahre im Ausland, Beth. In Afrika, wo ich eine Stelle angenommen hatte, weil ich es nicht ertragen konnte, im selben Land wie du zu leben und zu wissen, dass ich nicht mit dir zusammen sein konnte ...«

»Ach, Mark ...« Beth wünschte, der Boden möge sich unter ihr auftun und sie verschlucken, weil ihr plötzlich viel zu heiß war und sie sich ausgesprochen unwohl fühlte. »Es tut mir wirklich leid. Ich wollte dir nicht wehtun – aber ich konnte doch meine Mutter nicht im Stich lassen ...«

»Aber ich hatte dir doch gesagt, dass sie bei uns leben könnte ...«

»Ja, aber ...« Beth schüttelte den Kopf. Wie könnte sie ihm auch sagen, dass ihre Mutter sich aufgeführt hatte, als verriete ihre Tochter sie, als sie ihr anbot, sie könnten alle drei zusammenleben? Es hatte Beth das Herz zerrissen, als ihre Mutter weinte und bettelte, sie nicht im Stich zu lassen, und ihr schmeichelte und drohte, bis sie nachgab.

Für einen Moment schloss sie die Augen bei der Erinnerung daran.

»Ich werde noch früh genug sterben!«, hatte ihre Mutter nach einigen Stunden sinnloser Diskussion geschrien. »Du wirst doch wohl noch ein paar Jahre warten können?«

Die Erinnerung daran war noch immer sehr lebendig und sehr schmerzlich.

»Aber du wärst doch bei uns«, hatte Beth erwidert und sie im Stillen angefleht, zu lächeln und zu sagen, sie freue sich für sie, aber stattdessen hatte sie sich nur wortlos in die Kissen zurückfallen lassen. »Ich liebe ihn, also lass mich ihn doch bitte heiraten und zieh zu uns!«, hatte Beth sie angefleht.

»Du kannst mit deinem Leben machen, was du willst, Beth, wenn du dabei ein reines Gewissen hast«, hatte ihre Mutter dann gesagt und die Augen geschlossen, als ob sie große Schmerzen hätte. »Ich werde einfach hier in diesem Bett liegen bleiben, bis sie mich ins Krankenhaus bringen ...«

Beth hatte versucht, ihre Mutter umzustimmen, aber sie hatte darauf beharrt, dass Beth nicht an sie denken solle, dass sie Beth nicht zur Last fallen wolle, und sie hatte behauptet, Mark würde es sicher schon bald leid sein, dass sie in seinem Haus lebte, und sie wolle nicht der Anlass zu Streitigkeiten sein. Und so hatte Beth trotz ihres Bedauerns und des Schmerzes, den es ihr verursachte, Mark gesagt, dass sie ihn nicht heiraten könne.

Und er hatte ihre Weigerung sehr übel aufgenommen. Er hatte gedacht, sie liebte ihn nicht, weil es ihr nicht möglich war, ihre Mutter zu verlassen. Er hatte sie angefleht, aber als sie ihm sagte, dass es sinnlos sei, war er wütend und verbittert davongestürmt. Es hatte ihr das Herz gebrochen, und sie hatte gehofft, dass er zurückkommen und wieder ihr Freund sein würde, aber er hatte sie weder besucht noch ihr geschrieben, als ihre Mutter starb.

»Mutter konnte die Vorstellung nicht ertragen, ihr Zuhause zu verlassen – oder den Gedanken, dass sie uns zur Last fallen könnte. Wenn ich sie verlassen hätte, wäre sie im Krankenhaus gestorben ...«

»Ach, Beth«, sagte er und sah regelrecht erschüttert aus. »War es das, was du befürchtet hattest?«

»Sie – sie wollte nicht bei uns leben und ...« Beth schüttelte den Kopf, um das jähe Brennen in ihren Augen zurückzudrängen. »Ich sollte nicht darüber reden – es ist so illoyal von mir ...«

»Du und illoyal?«, unterbrach Mark sie. »Du warst die loyalste Tochter, die eine Mutter sich nur wünschen kann, und sie hat dich benutzt – ja, das hat sie, Beth! Du hast nicht nur mir, sondern vielleicht auch dir selbst das Herz wegen einer total egoistischen Frau gebrochen!«

Das stimmte. Beth wusste, dass er die Wahrheit sagte, wie sie ihm erschien, aber er war nicht dabei gewesen und hatte die Angst ihrer Mutter nicht gesehen. Und er hatte auch nicht die Gefühle und Erinnerungen gehabt, die Beth an die kränkliche Frau gebunden hatten. Mark mochte sie für rückgratlos und schwach halten, weil sie nachgegeben hatte, aber in Wirklichkeit hatte es sie Kraft gekostet, das zu tun, was sie für richtig hielt, trotz ihrer eigenen Sehnsüchte und ihres gebrochenen Herzens.

Sie konnte nicht noch mehr davon ertragen!

»Ich muss los.« Sie versuchte zu gehen, aber Mark hielt sie am Arm zurück.

»Bitte, Beth, ich weiß, dass du verärgert bist, aber ...« Für einen Moment flammte die alte Leidenschaft in seinen dunklen Augen auf, und sein gutaussehendes Gesicht nahm einen beinahe grausamen Zug an. Wenn sie allein gewesen wären, hätte er sie vielleicht sogar geküsst oder geschlagen, und sie wusste nicht, was sie erwartete. Genauso wenig, wie sie wusste, was sie wollte, oder ob die Liebe, die sie einst für ihn empfunden hatte, noch da war. Dann, ganz plötzlich, wich die Hitze aus seinem Blick, und er lächelte ironisch.

»Damals hat es mich fast umgebracht, dich zu verlassen«, sagte er, »aber das spielt jetzt keine Rolle mehr, da ich mit einer wundervollen jungen Frau verheiratet bin und Lily mich vergöttert ...«

Die Art, wie er sprach, halb schadenfroh, halb zornig, hatte etwas, das Beth dazu veranlasste, ihn anzusehen, und der Ausdruck seiner Augen versetzte ihr einen Stich. Es fühlte sich an, als ob er ihr ein Messer ins Herz gestoßen hätte.

»Warum siehst du mich so an?«, fragte sie mit zitternder Stimme. »Es ist fast so, als würdest du mich hassen ...«

»Ich hasse und liebe dich zugleich«, antwortete er in einem leisen, bösartigen Ton. »Dich zu sehen reißt alte Wunden auf und bringt Erinnerungen zurück ...«

Seine Worte, die kalte Wut, die er zu verströmen schien, beunruhigten Beth. Zum Glück hielt in diesem Augenblick ihr Bus, und sie stieg schnell ein und sah sich nach ihm um. Er stand da und starrte ihr nach, und dann streckte er fast flehentlich einen Arm aus, und Beth spürte, wie sich ihr Herz vor Schmerz verkrampfte. Aber schon bog der Bus um die Ecke, und der Schaffner forderte sie auf weiterzugehen.

»Setzen Sie sich, Kindchen, sonst fallen Sie vielleicht noch hin und tun sich weh«, riet er ihr mit einem vergnügten Grinsen.

Beth nickte und ging wie betäubt auf den nächstgelegenen Sitz zu. Erst dort merkte sie, dass sie zitterte und ihr ein bisschen übel war. Einen Moment lang hatte sie befürchtet, Mark könnte ihr wehtun, aber als er den Arm nach ihr ausstreckte, sah sie den Schmerz in seinen Augen.

»Zwei Pence, bitte«, sagte der junge Schaffner, als Beth einen Fahrschein nach High Holborn löste. »Sie waren heute Morgen schon unterwegs – hatten Sie einen schönen Tag?«

»Danke, ja.« Beth schluckte mühsam und versuchte, sich von dem schmerzhaften Knoten in ihrer Kehle zu befreien. Als sie Mark sah, hatte sie gedacht, er liebte sie vielleicht noch immer und nun gäbe es eine Chance, das Glück zu finden, das ihr bisher verwehrt geblieben war. Aber dann hatte er die Worte ausgesprochen, die jeden Traum zerstört hatten, den sie vielleicht noch hegte. Er war verheiratet – mit Lily, die ihn liebte, und sie selbst hasste er und hielt sie für treulos, weil sie sich für ihre Mutter und nicht für ihn entschieden hatte.

Tränen brannten in ihren Augen, aber in der Öffentlichkeit konnte sie sich ihrem Kummer nicht anheimgeben. Jahre strenger Disziplin zwangen sie, ihren Kopf zu heben und die Tränen zurückzuhalten. Sie würden später wiederkommen, wenn sie allein und im Bett war. Denn erst jetzt erkannte Beth, dass sie gehofft hatte, Mark würde eines Tags zurückkehren und sie noch einmal bitten, seine Frau zu werden. Jetzt aber wusste sie, dass dieser Traum endgültig ausgeträumt war.

»Morgen wird's ein schöner Tag«, sagte der gutgelaunte Fahrer und zwinkerte ihr zu. »Es heißt, dass sich das Wetter jetzt erst einmal beruhigt hat, es aber höchstwahrscheinlich den ganzen Sommer über regnen wird.«

»Das will ich doch nicht hoffen«, erwiderte Beth, konnte sich aber nicht zu einem Lächeln zwingen. Ohne etwas zu sehen, blickte sie aus dem Fenster. Bald würde sie daheim sein und ihre Tränen in ihrem Zimmer verstecken.

* * *

Tante Helen war in der Küche, und Beth schlug der Geruch von Gemüsesuppe entgegen, als sie eintrat. Ihre Tante drehte sich mit erwartungsvoller Miene zu ihr um.

»Wie war's denn heute?«

»Es gefällt mir dort«, sagte Beth. »Ich werde mich nur schnell umziehen, Tante, und dann das Abendessen fertigmachen …«

»Zieh dich einfach nur um, und komm herunter. Das Kostüm, an dem ich gearbeitet habe, ist fertig – und Mrs. Wayman hat zwei Sommerkleider für ihre Tochter bestellt, aber mit ihnen brauche ich nicht vor morgen anzufangen.«

Beth nickte und zwang sich zu einem Lächeln, bevor sie in ihr Schlafzimmer entfloh, um ihr Kleid gegen einen bequemen alten Tweedrock und einen Pullover auszutauschen. Tante Helen wusste nichts von Mark, und sie würde ihr auch nichts erzählen. Es war ein ganz privater Schmerz, und sie musste lernen, ihn zu verdrängen. Ihre Zukunft war bei Harpers, und wahrscheinlich würde sie dort alt werden und als Aufsichtsperson wie Miss Hart enden …

Kapitel 6

Sally schlenderte durch die Geschäfte. Sie kannte jedes einzelne auf ihrem Weg zum Wohnheim in Richtung New Oxford Street und Bloomsbury und vertrödelte so viel Zeit wie möglich damit, sich die Schaufenster anzuschauen oder die Wühltische in den Läden zu durchstöbern, die noch spät geöffnet waren – oder irgendetwas anderes zu tun, um ihre Rückkehr hinauszuzögern. Sie verabscheute das Wohnheim und sehnte sich danach, etwas zu finden, was sie ihr Zuhause nennen konnte, denn das hatte sie noch nie wirklich gehabt. Ihr ganzes junges Leben hatte sie in von Nonnen geführten Waisenhäusern verbracht und war von einem zum nächsten weitergereicht worden, weil die Nonnen behaupteten, sie sei rebellisch und würde die Regeln missachten. Und vermutlich stimmte das sogar, aber Sally hasste die triste Kleidung der Nonnen und ihre strengen Gesichter und sehnte sich nach jemandem, der mit ihr lachte und spielte, wie eine Mutter es tun würde – auch wenn sie inzwischen wusste, dass nicht alle Mütter ihre Töchter liebten. Dieser Traum war geplatzt, als sie sechzehn war und die Oberin sie in ihr Büro zitiert hatte, um ihr zu sagen, dass sie gehen müsse.

»Wir haben dich deiner Mutter damals weggenommen, weil das Leben, das sie führte, nicht das richtige war, um ein Kind aufzuziehen ...«

»Meine Mutter!« Sally war zusammengefahren, als wäre sie geschlagen worden. »Meine Mutter ist tot!«

»Das kann ich nicht mit Gewissheit sagen«, hatte die

Nonne griesgrämig erwidert. »Bei ihrem Lebensstil könnte ich mir vorstellen, dass sie schon lange tot ist, aber sie hat dich der Obhut unseres Ordens überlassen, und wir haben dich aufgezogen, wie wir es mit allen mutterlosen Kindern tun ...«

Sallys Augen hatten vor Wut geglüht, weil sie wie ein Paket von Heim zu Heim weitergereicht worden war. Und sie hatte darum gebeten, dass man ihr mehr über ihre Mutter sagen möge, die ja vielleicht noch lebte. Die Nonne stritt jedoch ab, mehr zu wissen, als sie ihr bereits gesagt hatte.

»Du warst das Kind einer Hure und einer ihrer Kunden. Sie war krank und kam zu uns, damit wir uns deiner annähmen, aber das ist auch schon alles, was ich darüber weiß.« Nach einem kurzen Zögern hatte die Oberin in die Schublade ihres Schreibtisches gegriffen und ein kleines silbernes Medaillon auf den Schreibtisch gelegt. »Deine Mutter hat die Schwester, die dich damals aufnahm, gebeten, dir dies eines Tages zu geben. Da ich nicht damit rechne, dich je wiederzusehen, Sally, gehört es nun dir, und mir bleibt nur noch, dir alles Gute für dein zukünftiges Leben zu wünschen.«

Wütend und hin- und hergerissen zwischen Bedauern und Verbitterung darüber, dass sie nun auf sich allein gestellt war, hatte Sally sich das Medaillon geschnappt und das Büro der Oberin verlassen. Tränen hatten sie geblendet, aber sie hatte sie zurückgedrängt. Ihre Mutter hatte sie den Nonnen übergeben und sie damit zu einer jahrelangen kalten und sterilen Existenz verdammt, weil sie sie nicht gewollt hatte. So viel zu ihren Träumen von einer liebenden Mutter!

Sally schüttelte den Kopf und zwang sich, nicht zu weinen. Es war egal, was ihre Mutter getan hatte. Sie würde nie wieder an sie denken oder sich nach etwas sehnen, was sie nicht haben konnte. Sally hatte aufgehört zu trauern. Sie war stark und hatte gelernt, allein zurechtzukommen.

Als sie Selfridges erreichte, blieb sie vor dem Schaufenster stehen, um sich die Dekoration genauer anzusehen. Sie war sehr stilvoll, und die ausgestellten Kleider waren wunderschön. Sallys Traum war es, in der Abteilung für Damenbekleidung zu arbeiten und vielleicht sogar beim Dekorieren der Schaufenster zu helfen. Sie bewunderte, wie perfekt die Kleider auf den Puppen drapiert worden waren, aber auch das Thema des Schaufensters fand sie sehr gut gewählt, es zeigte Frauen in Kleidung, die zum Auto- oder Fahrradfahren geeignet war. Sogar ein altmodisches Hochrad war hergebracht worden, um den Passanten ein Lächeln zu entlocken und sie zum Stehenbleiben zu bewegen. Jeder bewunderte die Schaufensterdekoration bei Selfridges, und oft drängelten die Leute sich um eine solche neue Auslage. Sally hätte gerne weiter in dem geschäftigen Kaufhaus gearbeitet, doch das war leider unmöglich für sie geworden, sodass sie hatte kündigen müssen, was ihre direkte Vorgesetzte sehr verärgert hatte.

»Ich dachte, Sie wären zuverlässig«, hatte sie erbost gesagt. »Wenn Sie weiterhin alle paar Monate Ihre Arbeit hinwerfen, wird niemand Sie mehr einstellen ...«

Sally hatte ihr nicht erzählt, dass es Mr. Jagos Schuld war, weil Miss Robinson ihr sowieso nicht geglaubt hätte. Einige der Firmen, bei denen sie sich danach beworben hatte, wollten ihr keine neue Chance geben – aber dann hatte sie das Glück gehabt, dass Harpers erfahrene Verkäuferinnen brauchte und man ihr ihre Geschichte geglaubt hatte.

Sie ging zum nächsten Fenster weiter und schaute es sich an. Hier war Sportkleidung an Männern mit Kricketschlägern zu sehen, und daneben Jagdkleidung und sogar ein Sportgewehr. Sie runzelte leicht die Stirn, weil sie das Gefühl hatte, dass etwas fehlte und es ihrer Meinung nach nicht ganz so interessant war wie das erste Schaufenster.

»Haben Sie es auch bemerkt?«, fragte eine Stimme neben ihr, und Sally wandte sich dem Mann zu, der gesprochen hatte.

Sie kannte den Besitzer von Selfridges vom Sehen, aber dieser Herr war nicht ihr früherer Arbeitgeber. Er war groß, dunkelhaarig und hatte ein offenes, jugendlich frisches Gesicht. Er wirkte fast wie ein Sportler, doch seiner gut geschnittenen und teuer aussehenden Kleidung nach zu urteilen war er ein Gentleman, und aus seiner Stimme glaubte sie einen leicht amerikanischen Akzent herauszuhören. »Irgendetwas fehlt, aber ich bin nicht sicher, was«, sagte er mehr zu sich selbst als zu Sally.

»Es ist nicht lebendig«, sagte Sally. »Es gibt zwar zwei Schaufensterpuppen, aber beide sind Männer. Es fehlt etwas, um darzustellen, dass nicht nur Männer sich an Sport erfreuen – zum Beispiel eine Frau in einem hübschen Sommerkleid mit einem Sonnenschirm. Und man könnte auch einige Füchse oder Vögel aus Plüsch verwenden.« Sie legte den Kopf schief und grinste, weil sie all das im Geiste vor sich sah. »Es braucht mehr, um dieser Dekoration Bewegung zu verleihen.«

»Ja, der gleichen Meinung bin ich auch«, antwortete der Mann, und Sally lachte in sich hinein, als sie sah, dass er sich in einem kleinen schwarzen Buch Notizen machte. »Das ist genau die Antwort, die Marco geben würde. Sie sind eine intelligente junge Frau – sind Sie hier beschäftigt?«

»Nicht mehr«, antwortete Sally und fragte sich, ob er den Marco meinte, dem sie bei Harpers schon begegnet war. War er auch dort angestellt? »Ich habe tatsächlich eine Zeitlang hier gearbeitet, aber von nun an werde ich bei Harpers arbeiten.«

»Und warum sind Sie von Selfridges weggegangen? Ist die Bezahlung bei Harpers besser?«

»Nein, nein.« Sallys Wangen brannten. »Ich hatte persönliche Gründe ...« Mit dem Gefühl, bereits zu viel gesagt zu haben, wandte sie sich ab.

»Entschuldigen Sie bitte, Miss ... Ich wollte Sie nicht in Verlegenheit bringen, schon gar nicht, nachdem Sie mir so geholfen haben.«

»Machen Sie sich darüber keine Gedanken«, sagte Sally. »Aber jetzt sollte ich gehen.«

»Ja, natürlich – und viel Glück mit Ihrer neuen Stelle.«

»Danke«, sagte Sally und entfernte sich etwas verwirrt. Einen Moment lang hatte sie gedacht, er wollte mit ihr flirten, und sich gefragt, ob er durch ihre offene Art einen falschen Eindruck gewonnen haben mochte. Er hatte ihr gefallen, und selbst ein kurzes Gespräch mit einem Fremden war besser, als an den kalten, trostlosen Ort zurückzukehren, an dem sie lebte. Aber Sally wollte nicht für leichtfertig gehalten werden und musste ihren guten Namen schützen. Es kam nicht selten vor, dass Männer versuchten, eine hübsche junge Frau ohne Familie auszunutzen, und Sally war fest entschlossen, nicht so zu enden wie die Straßenmädchen, die sie oft am Soho Square sah.

Deshalb widerstand sie der Versuchung, einen Blick zurückzuwerfen, und ging weiter. Selbst die Geschäfte mit späteren Öffnungszeiten schlossen inzwischen, und nun würde sie entweder ein paar Pence ausgeben müssen, um irgendwo eine Tasse Tee zu trinken, oder zum Wohnheim zurückkehren und sich eine Tasse Kakao machen, bevor sie zu Bett ging. Die Mädchen würden alle in der Kantine sein, aber sie wusste nicht viel mit ihnen anzufangen, und deshalb blieb sie die meiste Zeit in ihrem eigenen Zimmer.

Zu Anfang hatte sie das Glück gehabt, eine Freundin gefunden zu haben, aber dann war Jane schwanger geworden und ihr Freund hatte sie geheiratet. Sie hatte Sally eingeladen vorbeizukommen, wann immer sie wollte, doch Sally fühlte sich nicht wohl in der Gesellschaft von Janes Ehemann. Aus irgendeinem Grund mochte er sie nicht, obwohl sie nichts getan hatte, um ihn zu verärgern.

Auch im Waisenhaus war es ihr nie gelungen, Freundinnen zu finden. Sally wusste nicht genau, warum das so war, aber sie dachte, es könnte daran liegen, dass sie eine Rebellin war und oft bestraft wurde. Die anderen Mädchen dachten vielleicht, dass auch sie bestraft würden, wenn sie mit ihr befreundet waren. Bei Selfridges hatte sie versucht, Freundschaften zu schließen, und ein oder zwei Mädchen waren auch nett zu ihr gewesen, aber dann hatte sie gehen müssen und sie seitdem nicht mehr gesehen.

Da sie sich einsam fühlte und es ihr widerstrebte zurückzukehren, schlenderte sie weiter in Richtung Clerkenwell und bog schließlich in die schmuddelige Gasse ein, in der sich das Wohnheim für berufstätige junge Frauen befand. An und für sich war es respektabel, und die Regeln waren streng. Noch zwanzig Minuten, und die Haustür würde sich für die Dauer der Nacht schließen.

Auf der anderen Straßenseite lag ein nicht gerade feiner Pub, in dem es freitag- und samstagabends, wenn die Arbeiter ihren Lohn erhielten, ausgesprochen laut war, denn er diente auch als Arbeiterclub, aus dem samstagabends Musik, Gesang und Gelächter herüberschallte. Im King Billy war immer viel los, und Sally hatte gehört, das Essen an der Bar wäre gut, aber sie hatte sich noch nie hineingewagt. An besonderen Abenden nahmen die Männer ihre Frauen mit dorthin, und Sally hatte sie von ihrem Fenster aus, das auf die Gasse hinausging, kommen und gehen sehen. Gelegentlich kam es auch zu Schlägereien, und eines Morgens war Sally von dem Geräusch stampfender Füße und Polizeipfeifen aufgewacht, aber das kam nicht sehr häufig vor.

Als Sally an der Tür des Wohnheims stehenblieb und darauf wartete, dass ihr geöffnet wurde, kam ein Mann aus dem Pub und grinste sie an. Mick war Ire und führte die Bar für den Besitzer. Er schaute Sally immer an, als ob er ihr etwas sagen wollte, aber sie war nicht in der Stimmung zum Flirten, was im Übrigen das zu sein schien, was die meisten Männer taten, wenn sie Sally begegneten. Mick versuchte, freundlich zu sein, aber sie tat ihr Bestes, um ein Gespräch zu vermeiden, auch wenn er hin und wieder ganz bewusst zu ihr herüberkam, um sie anzusprechen.

Sie floh ins Haus, als die Tür von Mrs. Hobbs geöffnet wurde, die dafür zuständig war, sie abends abzuschließen und das Frühstück für die zwanzig jungen Frauen zu machen, die in dem Wohnheim lebten.

»Oh, Sie sind es«, sagte sie und rümpfte missbilligend die Nase, als sie auf die amerikanische Wanduhr blickte. »Sie haben es wie immer bis zur letzten Minute aufgeschoben, wie ich sehe, und ihr Abendessen wieder mal verpasst. Ich hab den Tresen bereits abgeräumt.«

»Das macht nichts, Mrs. Hobbs«, sagte Sally fröhlich. »Ich habe draußen schon etwas gegessen.«

»Na, dann haben Sie ja Glück, dass Sie sich das leisten können!«

Die Pförtnerin warf ihr einen misstrauischen Blick zu und rümpfte erneut die Nase, als Sally sich auf den Weg zu ihrem Zimmer zur Treppe begab. Vom Treppenabsatz oben konnte sie Stimmen hören. Drei Mädchen stritten sich, zwei von ihnen schrien sich an, und die Dritte versuchte, sie zu beruhigen.

»Diese Schlampe Jean war an meinen Sachen, sag ich euch – und meine Granatperlen sind weg!«

»Sie ist eine Lügnerin. Sag ihr, dass sie ein verlogenes Biest ist, Bessie. Ich habe ihre Perlen nicht angefasst. Ich würde sie im Leben nicht haben wollen!«

»Was glotzt du so?«

Sally zuckte bei diesen Worten zusammen.

»Ich gehe nur auf mein Zimmer.«

Sally wandte sich von der hässlichen Szene ab. Jean und Violet stritten sich andauernd, und Bessie versuchte, den Frieden zwischen den Mitbewohnerinnen wiederherzustellen. In solchen Momenten war Sally froh, dass sie drei Shilling in der Woche zahlte und dafür ein Zimmer für sich allein hatte, anstatt sich eines teilen zu müssen. Auch sie hatte gelegentlich Streit mit Jean, und es war besser, sich von ihr fernzuhalten.

Ihr Zimmer, das sie immer abschloss, war so klein, dass es gerade mal einer Kommode mit Schwingspiegel und einem schmalen Bett Platz bot. Einen Kleiderschrank gab es nicht, deshalb hängte Sally ihre Kleidung an Haken hinter der Tür auf. Das war nicht ideal und sah auch unordentlich aus, aber hätte sie ihre Ersatzkleider gefaltet und in die Kommode gelegt, hätten sie jedes Mal gebügelt werden müssen, wenn sie sie tragen wollte.

Doch auch wenn das Zimmer winzig war, war es besser als das Leben im Waisenhaus, wo die Nonnen so streng gewesen waren, dass es schon an Grausamkeit grenzte, und die jungen Mädchen hinausgeworfen wurden, sobald sie alt genug waren, um für sich selbst zu sorgen. Angeblich waren Nonnen doch die Bräute Christi, wie konnten sie da diese Lieblosigkeit vor Gott rechtfertigen? Sally war sich nicht sicher, ob sie überhaupt an Gott glaubte, und wenn ja, war es nicht der, den diese schrecklichen Frauen anbeteten, da war sie sich ganz sicher …

Sally zog ihre Jacke und ihr Kleid aus und hängte beides an einen Haken, zog ihren Bademantel an und bürstete dann vor dem Spiegel ihr Haar, in dem im Lampenlicht rote Strähnchen schimmerten. Sie nahm ihr Handtuch und ihren Kulturbeutel und ging den Flur hinunter zum Badezimmer. Zum Glück war es leer, und sie nutzte die Gelegenheit, um sich das Gesicht zu waschen und die Zähne zu putzen. Manchmal musste sie für dieses Privileg Schlange stehen, aber die meisten Bewohnerinnen machten sich nicht einmal die Mühe, sich zur Nacht zu waschen. Dafür gab es morgens immer einen Ansturm, und einige Mädchen teilten sich das Bad, um Zeit zu sparen.

Als sie wieder den Flur hinunterging, sah sie eines der anderen Mädchen, das Sylvia hieß, die Treppe hinaufkommen. Sie nickte Sally zu. »Ich hab es gerade noch geschafft«, sagte sie. »Mrs. Hobbs ist mal wieder auf dem Kriegspfad.«

»Ja, sie hasst Nachzügler, wie sie diejenigen nennt, die bis zum letzten Moment draußen bleiben ...«

»Das ist ja lächerlich«, sagte Sylvia. »Wenn ich draußen bleiben will, dann tue ich es.«

»Ich kann's dir nicht verdenken ...«

»Dann gute Nacht, Sally.«

»Gute Nacht, Sylvia.«

Sylvia war eines der wenigen Mädchen im Wohnheim, das mit Sally sprach. Sie fragte sich, was die junge Frau jeden Abend zu tun hatte, denn Sylvia kam nie früher als ein, zwei Minuten vor neun zurück. Sally fand es schwierig, nach einer bestimmten Zeit etwas zu finden, was sie allein unternehmen konnte, aber Sylvia schien immer auf dem Sprung zu sein.

Sally sah sich in dem freudlosen Zimmer um, als sie die Tür hinter sich abschloss. Sie hatte gelernt, das stets zu tun, weil einige der Mädchen sonst einfach ungefragt hereinplatzen würden. An den Wänden hingen ein paar billige Bilder, die sie auf dem Portobello Markt gekauft hatte, aber sie machten das Zimmer auch nicht freundlicher.

Sie setzte sich auf die Bettkante, legte sich auf die Seite und zog die Knie an ihre Brust. Ihr Privatleben war derart leer und einsam, dass Sally sich nach Freundinnen sehnte, mit denen sie Dinge teilen konnte, einem Ort, an dem sie zusammen sein und lachen und reden konnten, während sie das Abendessen zubereiteten oder sich gegenseitig die Haare machten.

Eines Tages, schwor sie sich, während sie zusammengerollt auf ihrem Bett lag, würde sie aus dieser Bruchbude herauskommen und einen Ort finden, den sie ihr Zuhause nennen konnte, und jemanden, dem sie vertrauen und auf den sie sich verlassen konnte ...

Kapitel 7

Beth wachte wieder einmal mitten in der Nacht mit tränennassen Wangen auf. Wie so oft hatte sie von der schrecklichen Zeit geträumt, in der sie ihre Mutter angefleht hatte, Mark heiraten zu dürfen, und Mrs. Grey sich geweigert hatte, ihr auch nur zuzuhören. Beth schlug die Bettdecke zurück, schlich über den Flur ins Bad und schloss die Tür ab, bevor sie sich das Gesicht wusch. Sie wollte nicht von Tante Helen gefragt werden, warum sie geweint hatte.

Außerdem war es lächerlich zu weinen. Ihr Leben war besser als seit Langem, und sie freute sich schon sehr darauf, in der kommenden Woche bei Harpers mit der Arbeit zu beginnen. Sie fand es spannend, all die neuen Dinge zu entdecken, und der Umgang mit der ihr zugeteilten Ware gefiel ihr. Noch war ihre Theke nur halb gefüllt, aber die weichen Lederhandschuhe und feinen Seidenschals, die sie bereits gesehen hatte, waren qualitativ so gut, dass sie sich jetzt schon freute, sie ihren Kundinnen zu zeigen.

Auch der Gedanke an die neuen Freundinnen, die sie bei Harpers gewonnen hatte, heiterte sie ein wenig auf. Sally war einsam, das hatte sie ihr angemerkt. Sie schien zwar voller Selbstvertrauen zu sein, doch das war nur die Fassade, hinter der Beth das verletzliche junge Mädchen gesehen hatte, das sie wirklich war. Beth wünschte nur, sie könnte ihr helfen. Selbst das Haus ihrer Tante musste sehr viel komfortabler sein als das Wohnheim, in dem Sally leben musste.

Beths Gedanken glitten von Sally zu dem jüngeren Mädchen namens Maggie. Sie schien ein sanftes, umgängliches Wesen zu haben, auch wenn sie vielleicht ein bisschen schüchtern war. Beth mochte sie und Sally und freute sich schon darauf, den beiden Mädchen von nun an täglich bei der Arbeit zu begegnen. Sie war mehr als dankbar für die Chance, bei Harpers arbeiten zu können, und sogar Tante Helen hatte heute Abend entspannter gewirkt, sodass sie sich einigermaßen gut verstanden hatten. Vielleicht würde es jetzt aufwärtsgehen in ihrem Leben. Auf jeden Fall aber würde es für sie beide besser sein, wenn Beth tagsüber aus dem Haus war und ein bisschen Geld verdiente.

Der einzige dunkle Fleck am Horizont war ihre unerwartete Begegnung mit Mark und dass er reagiert hatte, als ob sie ihn damals mit voller Absicht fallengelassen hätte. Beth schüttelte den Kopf. Von dieser zufälligen Begegnung mit ihm würde sie sich jedenfalls nicht die Freude an ihrem neuen Job verderben lassen.

Während Beth leise zu ihrem Zimmer zurückging, weil es gerade erst vier Uhr morgens war, dachte sie über ihre Abteilungsleiterin nach. Bisher wusste sie kaum etwas über Mrs. Craven, nur dass sie verwitwet war, was sie ihnen ja selbst erzählt hatte. Aber sie schien recht nett zu sein – streng, aber gerecht –, und das war es schließlich, was man sich von einer Vorgesetzten wünschte.

Beth legte sich wieder ins Bett. Aus Tante Helens Zimmer hatte sie keinen Laut gehört, was auch besser war, da ihre Tante sehr hart arbeitete und ihre Ruhe brauchte. Das Glas Sherry, das sie zur Feier von Beths Einstellung getrunken hatten, musste ihr beim Einschlafen geholfen haben. Beth lächelte, als sie sich an das gerötete Gesicht ihrer Tante nach dem ungewohnten Getränk erinnerte, das sie sich beide nur zu besonderen Gelegenheiten gönnten.

Beth drehte sich ruhelos im Bett von einer Seite auf die andere. Es waren die Gedanken an Mark, die sie wachhielten, aber sie bemühte sich, sich zu beruhigen und die zufällige Begegnung mit ihm zu vergessen. Es war absurd, sich über etwas den Kopf zu zerbrechen, das unmöglich noch von Bedeutung sein konnte. Sie wusste schließlich, dass dies alles lange vergangen war ... oder etwa nicht?

Sie wollte noch ein paar Stunden schlafen, also verdrängte Beth die Begegnung entschieden aus ihren Gedanken. Sie hatte einiges zu erledigen an diesem Wochenende, denn wenn sie erst einmal richtig zu arbeiten begann, würde sie keine Zeit mehr dazu haben ...

* * *

Rachel Craven zündete den kleinen Gaskocher in ihrem Zimmer an, setzte den Wasserkessel auf und kochte sich eine Kanne Tee. Sie lag schon seit einer halben Stunde wach, und es musste schon kurz vor sechs sein. In Zukunft würde sie sowieso um sechs Uhr aufstehen müssen, wenn sie früh genug zur Arbeit kommen und den Mädchen ein gutes Beispiel geben wollte. Außerdem brauchte sie inzwischen ohnehin nicht mehr viel Schlaf. Sie hatte kaum eine ganze Nacht lang durchschlafen können, als Paul im Sterben lag.

Für einen Moment setzte der Schmerz über den Tod ihres Mannes ihr wieder heftig zu. War es wirklich erst zwei Jahre her, seit man ihr mitgeteilt hatte, dass seine Krankheit unheilbar war und sie sein langsames Abgleiten in furchtbare Schmerzen und einen qualvollen Tod miterleben musste, was sie innerlich blutige Tränen weinen ließ? Niemals würde sie jene letzten Wochen und Tage vergessen, in denen ihr bereits bewusst gewesen war, dass sie ihn verloren hatte. Denn ihr Mann war schon von ihr gegangen, bevor der Tod ihn holte, weil seine Schmerzen ihn wütend und verbittert gemacht hatten – wütend auf die Frau, die ihn bis zum Schluss geliebt und hingebungsvoll umsorgt hatte, und verbittert, weil er starb und sie weiterleben würde. Erst ganz zum Schluss hatte er ihr gesagt, dass er sie immer geliebt habe und dass sie ihm verzeihen möge – was sie getan hatte, aber der Schmerz war unendlich tief gewesen.

Danach war sie ausgelaugt und leer zurückgeblieben, zu müde und erschöpft, um richtig zu trauern. Sechs Monate hatte sie gebraucht, um aus dieser Hölle zurückzukehren, und das auch nur, weil es schlicht und ergreifend lebensnotwendig gewesen war. Es hatte sie fassungslos gemacht festzustellen, dass Pauls Ersparnisse fast völlig aufgebraucht waren. Die Arzthonorare und anderen Ausgaben in den Monaten seiner Krankheit hatten einen Großteil des Geldes verschlungen. Paul hatte als Büroleiter gearbeitet, aber nie besonders viel verdient, und er war ein großzügiger Mann gewesen, der stets für wohltätige Zwecke gespendet und auch Freunden in Not geholfen hatte, ohne jemals zu bedenken, dass einmal der Tag kommen konnte, an dem er nicht mehr in der Lage sein würde zu arbeiten. Es war genug zum Leben da, wenn Rachel sehr umsichtig war, aber nach Pauls Tod hatte sie ihr hübsches kleines Haus aufgeben und sich ein Zimmer mieten müssen. Sie hatte das Glück gehabt, Mrs. Malone zu treffen, eine irische Witwe, die eine kleine Pension für seriöse Damen führte. Drei weitere Frauen lebten unter demselben Dach wie Rachel: eine Witwe mit bescheidenen Mitteln und zwei ledige Schwestern, die sich mit Näharbeiten über Wasser hielten.

Paul hatte Rachel nie erlaubt, eine Arbeitsstelle anzunehmen. Sie war seine Frau und er ihr Versorger, der darauf bestand, dass sie zu Hause blieb, sich um seine Bedürfnisse kümmerte und ansonsten ihr Leben führte, wie es ihr gefiel. Rachel hätte weiterhin als Assistentin ihres Vaters in seiner Anwaltskanzlei arbeiten können, wenn er nicht kurz nach ihrer Heirat gestorben wäre, aber Paul war strikt dagegen gewesen und ihr hatte es nichts ausgemacht. Beide hatten sich Kinder gewünscht, aber nach seiner Erkrankung hatte er ihr gestanden, dass er sogar froh darüber war, keine Kinder zu haben, da seine Krankheit erblich war.

Seine Worte hatten Rachel das Herz gebrochen. Sie hatte ihre beiden Eltern durch Typhus verloren, als sie gerade einmal zwanzig Jahre alt gewesen war. Die einzige Blutsverwandte, die sie noch hatte, war eine Schwester, die in Hastings-on-Sea lebte und mit ihrem Mann eine Pension betrieb. Sie hatten drei Kinder, aber Hazel schickte ihr höchstens einmal eine Karte zu Weihnachten und war viel zu sehr mit ihrer eigenen Familie beschäftigt, um Rachel zu schreiben. Selbst nach Pauls Tod hatte sie ihr nur eine dieser Beileidskarten mit schwarzem Rand geschickt, die Rachel wegwarf, weil sie ihren Anblick nicht ertragen konnte.

Nach Pauls Tod hatte sie beschlossen, sich Arbeit zu suchen, weil sie nicht die Art von vornehmer Armut riskieren wollte, die die beiden unverheirateten Schwestern ertrugen. Zunächst hatte sie sechs Monate lang eine kleine Kurzwarenhandlung für ein jüdisches Ehepaar geführt. Mr. Samuels war krank gewesen, als er sie einstellte, doch inzwischen war er wieder gesund, und obwohl er nichts dergleichen sagte, hatte Rachel gewusst, dass er sein Geschäft gern wieder selbst übernehmen wollte. Er hatte ihr ein glänzendes Zeugnis für Harpers mitgegeben, und sie war bei ihm vorbeigegangen, um sich zu bedanken, nachdem sie ihre neue Arbeitsstelle erhalten hatte.

Er hatte sich für sie gefreut, aber sie hatte gespürt, dass er auch erleichtert war. Rachel trank einen Schluck von ihrem Tee und dachte über die Stelle nach, die sie bei Harpers angenommen hatte. Es war ein guter Posten und mehr als doppelt so gut bezahlt, wie Mr. Samuels es für angebracht gehalten hatte. Vielleicht verdiente sie sogar genug, um sich eines Tages wieder eine eigene Wohnung zu suchen, obwohl sie dazu zunächst einmal einen ordentlichen Notgroschen ansparen müsste, um sich keine Sorgen darüber machen zu müssen, wie sie die Rechnungen bezahlen sollte. Im Moment fühlte sie sich hier jedenfalls noch ganz wohl. Mrs. Malone war zwar ein bisschen neugierig, aber auch humorvoll, aufrichtig und freundlich. Rachel vermutete, dass sie die Sachen ihrer Mieterinnen durchstöberte, wenn diese nicht im Haus waren. Es fehlte nie etwas, aber manchmal waren Kleinigkeiten verrückt oder umgestellt. Vielleicht will sie ja nur sichergehen, dass ihre Mieterinnen das sind, was sie zu sein behaupten, dachte Rachel schmunzelnd.

Mrs. Malone versorgte sie morgens zum Frühstück mit Toast, Marmelade und Grapefruit aus der Dose, und auf Wunsch bereitete sie auch ein Abendessen zu. Die schon ein Jahrhundert zuvor erfundenen Konserven waren ein wahrer Segen für Leute wie ihre Vermieterin, die bei jeder Gelegenheit darauf zurückgriff, anstatt frisch zu kochen. Rachel aß für gewöhnlich mittags nur eine Suppe und kaufte später Schinken oder dergleichen, um sich abends in ihrem Zimmer einen Salat oder ein Sandwich zu machen, weil sie die schweren Eintöpfe und Pasteten, die die beiden ältlichen Schwestern jeden Abend hungrig verschlangen, nicht mochte. Zusammen mit Rachels einst so friedvollem Schlaf schien auch ihr Appetit verschwunden zu sein.

Das Leben ohne Paul war ihr trostlos erschienen, trotz der Qual und Trauer über seine Krankheit, als er noch lebte. Aber mit etwas Glück würde sie bei Harpers hoffentlich eine interessante neue Aufgabe und sogar ein paar neue Freunde finden.

Sie musste selber über ihre törichten Gedanken lächeln, während sie ihren Tee austrank. Schließlich spülte sie ihre Tasse in dem kleinen Waschbecken aus und ging dann über den Flur zum Badezimmer. Sie würde gewaschen, angezogen und aufbruchsbereit sein, lange bevor sich die altjüngferlichen Schwestern rührten. Sie waren sehr höflich, die beiden, und fragten immer zuerst Rachel, ob sie das Bad brauchte, weil sie, wie sie zu sagen pflegten, »arbeiten musste«. Die exquisiten Stickereien, die sie anfertigten, aber kaum genug einbrachten, um ihre Miete zu bezahlen, waren dagegen keine »Arbeit« – weil die für Papas Mädchen inakzeptabel gewesen wäre. Rachel hatte schon viel von dem strengen Vater der beiden Schwestern gehört, der sie zu Hause behalten hatte, um sich von ihnen bedienen zu lassen, eine Heirat der beiden strikt abgelehnt und sie dann arm wie Kirchenmäuse zurückgelassen hatte, als er starb. Sein Besitz hatte verkauft werden müssen, um seine Schulden zu begleichen, und die Schwestern wären mit ihrem winzigen Einkommen verhungert, wenn Mrs. Malone nicht ein paar Kundinnen aus ihrem Freundeskreis für sie gefunden hätte.

In Gedanken versunken zog Rachel ihr adrettes graues Kleid mit dem weißen Spitzenkragen an, den sie mit einer goldenen Kamee-Brosche am Hals befestigte – bis ihr plötzlich wieder einfiel, dass sie bei der Arbeit ja keinen Schmuck tragen sollten, und sie die Brosche also wieder abnahm. Minnie und Mildred stellten wunderschöne Stickarbeiten her, für die sie vielleicht viel mehr hätten verlangen können, wenn sie wüssten, wo sie sie verkaufen könnten, dachte Rachel. Aber die beiden schämten sich, überhaupt etwas dafür zu nehmen, und akzeptierten selbst die kleinen Entgelte nur widerwillig, die Mrs. Malones Freundinnen zu zahlen bereit waren.

Bei Harpers war Platz für eine ganze Reihe von stilvollen Abendkleidern mit schönen Stickereien. Rachel hatte sich die Kleiderstangen angeschaut und fand das Wenige, was bisher an Ware eingetroffen war, längst nicht so exklusiv, wie es sein könnte – aber vielleicht lag Harpers ja am falschen Ende der

Oxford Street, um exklusive Kleider mit solch fabelhaften Details anbieten zu können, wie Minnie und Mildred sie herstellen konnten. Harpers war mehr ein Geschäft für Konfektionsware als für Maßanfertigungen. Außerdem war es nicht ihre Abteilung, und die Schwestern waren wahrscheinlich zu schüchtern, um ihre Arbeit dort anzubieten, selbst wenn sie es ihnen vorschlagen würde …

Rachels Gedanken wandten sich einem anderen Thema zu. Sie hatte sich ein Bild von den drei Mädchen gemacht, die unter ihrer Leitung bei Harpers arbeiteten. Sally schien sich als leitende Verkäuferin gut mit der Materie auszukennen, auch wenn sie dazu neigte, manchmal ein bisschen unbesonnen oder sogar ziemlich verblümt zu sein. Ich werde sie eine Zeitlang im Auge behalten müssen, dachte Rachel. Maggie dagegen war ein reizendes Mädchen, ein bisschen schüchtern, aber sehr bereitwillig – und Beth … Ein anerkennendes Lächeln erschien auf Rachels Lippen. Beth war fleißig und intelligent, ganz so, wie sie es in ihrem Alter gewesen war. Rachel mochte sie und dachte, dass sie sie gerne besser kennenlernen würde, denn obwohl sie ihrer Position als Vorgesetzte gerecht werden musste, erhoffte sie sich doch ein gutes Verhältnis zu allen drei Mädchen.

Rachel hatte das Wochenende frei und beschloss, eine Busfahrt zu machen und Pauls Mutter zu besuchen, die in einem grünen Vorort am Stadtrand lebte. Rachels Schwiegermutter hatte in fortgeschrittenem Alter noch einmal geheiratet und verfügte, obwohl sie inzwischen wieder Witwe war, über genügend Geld für ein angenehmes Leben. Sie hatte Rachel angeboten, sie bei sich aufzunehmen, als sie erfuhr, dass Pauls Ersparnisse fast verbraucht waren. Rachel hatte sich bei ihr bedankt, ihr Angebot aber abgelehnt, weil sie und ihre pedantische Schwiegermutter sich nie besonders gut verstanden hatten. Paul war ihr einziges Kind gewesen, und sie neigte dazu, zu besitzergreifend zu werden, auch wenn sie auf ihre Art ganz nett war. Rachel besuchte sie weiterhin gelegentlich, da ihre Schwiegermutter nur wenige Freunde hatte und Paul gewollt hätte, dass sie in Verbindung mit ihr blieb.

Sie würde noch schnell bei der kleinen örtlichen Bäckerei vorbeischauen, die von einem französischen Koch geführt wurde, und ein paar ausgefallene Stücke Kuchen mitnehmen. Edna war stets sehr angetan von einer Bakewell-Torte oder ein paar Sahnehörnchen …

Kapitel 8

Beth verließ das Haus an ihrem ersten richtigen Arbeitstag eine halbe Stunde früher als nötig. Sie wollte einen guten Eindruck machen und erschien deshalb im selben Augenblick wie ihre Vorgesetzte. Mrs. Craven schaute auf die kleine silberne Uhr, die sie an ihrer taillierten Jacke trug, sie hatte ein Ziffernblatt mit großen schwarzen römischen Zahlen, war aber ansonsten sehr schlicht. Da sie die Uhr zur Kontrolle brauchte, war sie auch nicht wirklich ein Schmuckstück. Ansonsten trug sie ein knöchellanges dunkelgraues Kleid mit weißem Kragen unter ihrer ebenfalls grauen Jacke und hatte ihr Haar zu einem weichen Knoten im Nacken zusammengenommen. Beth entging nicht, wie attraktiv ihre Chefin war, und fand es traurig, dass sie so jung bereits verwitwet war … aber sie war froh, dass sie es ihnen gesagt hatte, damit sie Bescheid wussten und so Klatsch und Gerüchte über sie vermieden wurden.

Beth trug das neue schwarze Kleid, das sie für die Trauerzeit nach dem Tod ihrer Mutter bekommen hatte. Es war am Abend zuvor mit einem Schwamm abgewaschen und gebügelt worden, und sie hatte einen der Spitzenkragen daran befestigt, die zu der Uniform gehörten, die man ihr gegeben hatte. Der weiße Kragen betonte die strengen Linien des Kleids, und Beth hatte keine Ahnung, wie hübsch sie war, da sie nie über ihre blasse Haut und ihre großen, klaren Augen hinausschaute, wenn sie in einen Spiegel blickte.

»Ich weiß, dass wir heute nur Ware einräumen«, sagte sie

zu ihrer Vorgesetzten, als sie zusammen mit dem Lift hinauffuhren. »Aber ich war mir trotzdem nicht sicher, ob dieses Kleid gebilligt werden würde. Wenn nicht, kann meine Tante mir ein anderes nähen, das genauso geschnitten ist wie die anderen.«

Ihre Chefin nickte und nahm den kecken roten Hut ab, der ihr nüchternes Jackenkleid belebte, um ihn in ihr Büro zu bringen. »Für mich sieht es ordentlich und sauber aus – aber wir werden Miss Hart zurate ziehen«, sagte sie. »An Ihrer Stelle würde ich Ihre vorschriftsmäßige Dienstkleidung zum Eröffnungstag anziehen – wie ich es auch tun werde.«

»Ja, Mrs. Craven«, antwortete Beth. »Ich wollte, dass es so sauber wie möglich bleibt, weil ich dachte, wir würden heute vielleicht staubige Kartons auspacken ...«

»Ja, ich fürchte ...« Der Rest ihrer Worte erwies sich als überflüssig, denn als sie ihre Abteilung betraten, sprachen die Stapel Kartons, die dort überall herumstanden, für sich. »So wie es aussieht, werden wir heute viel zu tun haben.«

Beth zog ihre Jacke aus und hängte sie an einen der Haken im hinteren Teil des Warenlagers. Hier war eine kleine Ecke für die Jacken, Mäntel, Taschen und Hüte der Mädchen freigelassen worden, doch abgesehen davon blieb der gesamte Raum ausschließlich Kleiderständern und Schränken vorbehalten.

Mrs. Craven und Beth hatten gerade mit dem Auspacken der ersten großen Kartons begonnen, die sehr schöne Hüte enthielten, als Maggie hereingeeilt kam, die darauf achtete, nicht zu rennen, obwohl sie heftig keuchte.

»Ich habe mich doch nicht verspätet, oder?«, fragte sie.

Mrs. Craven warf einen Blick auf ihre Uhr und lächelte. »Sie sind drei Minuten vor der Zeit, Miss Gibbs«, erwiderte sie. »Hatten Sie Schwierigkeiten wegzukommen?«

»Mein Vater hatte große Schmerzen«, sagte Maggie. »Deshalb musste ich in der Praxis unseres Doktors Bescheid geben und habe so meinen Bus verpasst. Ich konnte zwar noch einen anderen erwischen, aber dann bin ich wieder ausgestiegen ... und zu Fuß vom anderen Ende der Oxford Street hierhergekommen, weil ein umgekippter Lastwagen auf der Straße lag und der Bus nicht weiterkam.«

»Dann müssen Sie aber sehr schnell gegangen sein«, bemerkte Mrs. Craven und blickte auf, als auch Sally die Abteilung betrat. »Gerade noch rechtzeitig«, sagte sie zu ihr, und Sally nickte und lächelte. »Legt eure Mäntel ab, Mädchen, und dann könnt ihr mit dem Öffnen von einigen der anderen Kartons beginnen.« Sie hielt kurz inne, bevor sie fortfuhr: »Die Kartons, die ich meine, sind in der Pförtnerloge abgeliefert worden und kommen aus Amerika. Ich glaube, es ist schon alles mit Preisen versehen, aber falls doch etwas nicht ausgezeichnet ist, habe ich hier die entsprechenden Listen, und wir werden es überprüfen ...«

Sally und Maggie gingen in das Lager, um ihre Mäntel aufzuhängen. Als sie zurückkamen, begann Sally mit den Kartons, die ihrem Verkaufstisch am nächsten standen, und die aufgeregten, begeisterten Ausrufe der Mädchen veranlassten Beth und Mrs. Craven, sich zu ihnen umzudrehen.

»Sollen wir mal schauen, was sie gefunden haben?«, fragte Mrs. Craven Beth.

»Oh ja, bitte!« Beth legte die hinreißende Kreation aus Seidentüll und Stroh auf ihre Theke und folgte ihrer Vorgesetzten zur nächsten, wo Maggie und Sally Kartons auspackten und sie sofort entdeckte, wovon die anderen beiden Mädchen so begeistert waren. Etwa zwanzig exquisite Handtaschen aus glattem oder genarbtem Leder standen auf der Theke. Solch hinreißend schöne Taschen hatte Beth noch nie gesehen, vielleicht einmal im Schaufenster eines großen Kaufhauses, aber nie aus der Nähe, weil sie nie gewagt hatte, etwas derart Schönes zu berühren oder sich etwas zeigen zu lassen, was sie sich niemals leisten könnte. »Oh, diese Taschen sind einfach traumhaft schön ...«

»Und sehr, sehr teuer«, bemerkte Sally und hob eine auf, von der Beth vermutete, dass sie aus Krokodilleder war. »Die hier kostet zweihundertzehn Schilling ... und die dort zweihundertzweiundfünfzig ...«

»Du meine Güte, das ist ja wirklich eine Menge Geld!«, sagte Mrs. Craven. »Sind Sie sicher, Miss Ross?«

»Die Preisschildchen sind schon drin – schauen Sie ...« Sally öffnete eine der Taschen und zeigte sie ihrer Abteilungsleiterin. »Glauben Sie, irgendjemand hat genug Geld, um so viel für eine Handtasche ausgeben zu können?«

»Oh ja, da gibt es sehr viele wohlhabende Damen«, sagte Mrs. Craven. »Die Taschen sind ganz offenbar aus echtem Leder. Ich wusste, dass ein Teil der Ware wertvoll war, aber ich dachte, wir würden gutes Leder oder Krokodillederimitate führen, aber ganz bestimmt kein echtes. Ich bin mir nicht sicher, ob sie sich für uns eignen ...«

»Ich habe die Imitate gesehen, und sie sind überhaupt nicht so wie diese hier«, sagte Sally mit strahlenden Augen. »Sollen wir als Nächstes mit dem Modeschmuck anfangen?«

»Nicht eher, bis Sie all diese Taschen aufgelistet und sicher in den verschlossenen Vitrinen ausgestellt haben, Miss Ross. Überprüfen Sie sehr sorgfältig Ihr Bestandsverzeichnis und sorgen Sie dafür, dass nichts dem Zufall überlassen bleibt. Bei solch teurer Ware müssen wir ganz besondere Vorsicht walten lassen.«

Beth betrachtete die herrlichen Taschen und fragte sich, wer es sich leisten konnte, so viel Geld für einen einzigen Artikel auszugeben. Krokodilleder war sehr beliebt bei reichen Frauen, aber Beth war sich gar nicht sicher, ob sie selbst eine solche Tasche würde haben wollen. Ihr erschien es wie eine Extravaganz und grausam noch dazu. Viele Familien hatten zu wenig Geld, um sich einen ganzen Monat lang ernähren und kleiden zu können. Es gab ihr ein bisschen zu denken, und sie fragte sich, wie es um die Gerechtigkeit in der Welt bestellt war. Aber dann verdrängte sie den Gedanken in ein Hinterstübchen ihres Kopfes. Harpers war ein renommiertes Unternehmen, und es stand ihr nicht zu, solche Dinge zu beurteilen.

Sie und Mrs. Craven packten alle Hüte aus. Beth trug jeden einzelnen fein säuberlich in das entsprechende Warenbestandsbuch ein, und danach wies Mrs. Craven sie an, die kleineren Schachteln mit den Schals und Handschuhen auszupacken, während sie selbst das Arrangieren der Hüte übernahm. Nach ein paar Minuten rief sie Maggie zu sich, und sie begannen über die Sorgfalt zu sprechen, mit der solch hinreißende Kreationen behandelt werden mussten.

Sally war mit dem Auflisten fertig, und ihre kostbaren Handtaschen waren sicher in abschließbaren Vitrinen ausgestellt. Inzwischen hatte sie begonnen, zunächst die kleinsten Päckchen zu öffnen, in denen sich der Modeschmuck befand. Aber Beth war zu sehr damit beschäftigt, die Handschuhe und dann die Seidenschals in ihrem Bestandsbuch aufzulisten, um sich den Modeschmuck näher anzusehen. Außerdem waren es so viele Schals, dass sie nicht für jeden einen Platz fand und deshalb einige als Lagerbestand verzeichnete und sie in ihren Kartons hinübertrug.

»Was machen Sie damit?«, fragte Mrs. Craven, und Beth drehte sich zu ihr um.

»Ich habe sie als Lagerbestand aufgelistet, weil meine Schubladen schon alle gefüllt sind – und diese hier werden sofort herübergeholt, sobald wir die ersten Schals verkauft haben.«

»Ja, es ist schade, dass wir nicht jeden hübschen Schal ausstellen können«, meinte auch Mrs. Craven. »Dennoch bin ich nicht der Meinung, dass wir sie mit anderen Lagerbeständen vermischen sollten – vorausgesetzt natürlich, Sie haben jeden Schal richtig aufgelistet?«

»Ja, ich habe jeden zweimal überprüft«, sagte Beth, »und sie stehen alle im Lagerbestandsbuch.«

»Sehr gut. Dann räumen Sie jetzt bitte all diese Kisten zusammen und schauen auf dem Weg zu Ihrer Mittagspause im Pförtnerraum im Souterrain vorbei. Ich gebe Ihnen zehn Minuten länger Pause, um Fred Burrows auszurichten, dass er bitte hinaufkommen und sie wegbringen soll.«

Beth bedankte sich und beschloss, heute ausnahmsweise einmal in das Restaurant zu gehen, um zu sehen, was eine Tasse Tee sie kosten würde. Ihr Personalrabatt gewährte ihr einen zwanzigprozentigen Nachlass auf alle Speisen und Getränke, und dennoch könnte es immer noch zu teuer für ihr kleines Budget sein.

Sie fand den Weg in den Keller und zum Raum des Hausmeisters, der sich in unmittelbarer Nähe der Lager für Porzellan, Glas und andere Waren befand. Ein leicht genervt aussehender, etwa fünfzigjähriger Mann stapelte dort gerade Kartons auf einen Wagen.

»Hallo, Mr. Burrows. Ich bin Beth Grey aus dem ersten Stock. Mrs. Craven bat mich, Sie zu fragen, ob Sie bitte unsere leeren Kartons aus der Abteilung für Damenhüte und Schals abholen könnten.«

»Ich hab nur zwei Hände, junge Frau«, erwiderte der Mann und starrte sie verärgert an. »Im Moment liefere ich noch Waren aus – und ich weiß nicht, warum die da oben dachten, ein Hausmeister würde dafür ausreichen. Ich brauche einen jungen Burschen, der mir damit zur Hand geht …«

»Das tut mir leid«, sagte Beth, weil sie sehen konnte, dass er noch jede Menge Kisten auszuliefern hatte. »Vielleicht könnte ich Ihnen ja behilflich sein – ich habe zwanzig Minuten Mittagspause …?«

»Sind Sie sicher, dass Sie hier Ihre Zeit verschwenden wollen?«, fragte er und schaute sie zum ersten Mal richtig an.

»Ich wollte sowieso nur eine Tasse Tee trinken ...«

»Die kann ich Ihnen geben«, sagte er und schien sich zu beruhigen, nachdem er seinen Standpunkt klargemacht hatte. »Könnten Sie mir diese kleinen Schachteln anreichen? Mein Name ist übrigens Fred, Miss – aber nennen Sie mich lieber Burrows, wenn jemand zuhört, denn sonst würden sie denken, wir hätten was miteinander.« Das freche Funkeln in seinen Augen brachte Beth zum Lächeln, als sie ihm eins nach dem anderen die Päckchen reichte und ihm so das Hin- und Herlaufen im Lagerraum ersparte. »Das hier ist das letzte für oben«, sagte er, als der Wagen schon völlig überladen aussah. »Ich hab das Wasser schon aufgesetzt, und es ist auch Milch da – falls es Ihnen nichts ausmacht, dass es Kondensmilch ist?«

»Nein, das stört mich überhaupt nicht«, sagte Beth und drehte sich um, um zuzusehen, wie er Wasser in eine große braune Kanne goss. Nachdem er sie ein wenig geschwenkt hatte, ließ er sie stehen und gab Milch aus einer Kanne in zwei Tassen, bevor er den Tee hineingoss.

»Bitte sehr, Miss. Sagen Sie Ihrer Chefin, dass ich hinaufkomme, um ihre Kisten wegzuräumen, sobald ich diesen Berg da in der Herrenabteilung abgeliefert habe.«

Beth nickte und trank ihren Tee. Fred Burrows war ein dünner, drahtiger Mann mit dunklem Haar, grauen Augen und dichten Augenbrauen. Man hätte ihn nicht als gutaussehend bezeichnen können, aber er hatte ein nettes, warmherziges Gesicht, und Beth fühlte sich wohl bei ihm, nachdem er seine schlechte Laune abgelegt hatte.

»Ich gehe jetzt besser wieder«, sagte sie, als sie ihren Tee getrunken hatte.

»Einen Moment noch bitte ...« Fred ging zu seinem Schreibtisch und nahm eine Schachtel heraus. »Die ist für Ihre

Abteilung. Ich habe das Päckchen erst gefunden, nachdem ich die anderen schon abgeliefert hatte.«

»Ich nehme es gerne für Sie mit«, sagte Beth, die sofort verstand, dass es das war, was er wollte. So musste er deswegen nicht noch einmal zurückkommen – und er konnte wirklich nicht noch mehr auf seinen übervollen Wagen packen.

Und so wünschte sie ihm Glück und kehrte zu ihrer Abteilung zurück. Die Schachtel war mit »Modeschmuck« beschriftet, und deshalb brachte Beth sie gleich zu Sallys Theke.

»Was ist das?«, fragte Sally stirnrunzelnd.

»Mr. Burrows hat es erst gefunden, nachdem er die Kartons für unsere Abteilung schon abgeliefert hatte, und da er schwer beschäftigt ist, habe ich es für ihn mitgenommen …«

»Der Hausmeister hat Sie gebeten, seine Arbeit für ihn zu erledigen?« Mrs. Craven hatte es gehört und sah so verstimmt aus, dass Beth es für das Beste hielt, ihr zu verschweigen, wie sie ihre Mittagspause verbracht hatte.

»Ich habe es ihm selbst angeboten«, sagte sie schnell. »Er erstickt in Arbeit, Mrs. Craven, aber er versprach, unsere Kisten abzuholen, sobald er die nächste Ladung ausgeliefert hat.«

»Na schön«, antwortete Mrs. Craven. Sie schaute sich das Etikett an der Schachtel an und suchte es dann in ihrer Liste. »Dieses Päckchen ist hier nicht aufgeführt – was wirklich eine Schlamperei ist. Denn so könnten Waren verloren gehen, und wem würde dann die Schuld dafür gegeben? Unserer Abteilung!« Sie fügte den kleinen Karton ihrer Liste hinzu und vermerkte auch den Zeitpunkt der Lieferung.

Sally öffnete den Karton und begann die ledernen Schmuckschatullen herauszunehmen. Als sie sie nacheinander öffnete, sah Beth, dass jede ein silbernes Schmuckstück enthielt: Armbänder, Armreife, Ketten, Broschen und Medaillons.

»Wie schön – besonders die mit den grünlichen Steinen!«, rief Maggie entzückt. »Was für Steine sind das?«

»Türkise«, antworteten Beth, Sally und Mrs. Craven wie aus einem Mund.

»Meine Tante hat eine Brosche mit Türkisen«, fügte Beth hinzu.

Sally nickte zustimmend. »Ich habe solche bei Selfridges gesehen.«

»Und ich habe ein silbernes Armband mit Türkisen zu Hause«, fügte Mrs. Craven mit traurigem Gesicht hinzu.

Beth dachte, dass ihr Ehemann es ihr vielleicht geschenkt hatte, fragte ihre Chefin aber nicht, weil der Gedanke an das Armband sie ganz offensichtlich schmerzte.

»Ich glaube, sie kommen aus Amerika«, fügte Sally hinzu. »Viele der silbernen Schmuckstücke scheinen aus Amerika – oder vielleicht auch Mexiko – zu sein.«

»Wie kommst du darauf?«, fragte Maggie.

»Weil sie fast aztekisch wirken«, erklärte Sally und lachte, als sich Maggies verständnisloser Blick vertiefte. »Ich habe im Museum mal eine Ausstellung von aztekischem Schmuck gesehen.«

»Besuchst du oft Museen?«

»Ja.« Sally errötete. »Es kostet keinen Eintritt, und es ist warm dort und ein Ort, an dem ich meinen freien Tag verbringen kann.«

»Sie können jetzt Pause machen, Maggie«, sagte Mrs. Craven, als eine peinliche Stille eintrat. »Gehen Sie ruhig ... und Sie, Sally, können diese letzte Sendung Schmuck auflisten und dann auch gehen. Beth und ich werden hier aufräumen, sobald dieser verflixte Hausmeister sich dazu herabgelassen hat, uns aufzusuchen.«

Beth fand, dass Mrs. Craven Fred Burrows gegenüber ein bisschen unfair war, aber sie schien einfach gereizt zu sein, was vielleicht an den Türkisen lag – oder auch daran, dass Sally ihre Maske ein wenig herabgelassen und das ganze Ausmaß ihrer

Einsamkeit offenbart hatte. Fühlte sich ihre Vorgesetzte vielleicht auch einsam, seit ihr Ehemann nicht mehr lebte? Beth hätte sie gern danach gefragt, war sich aber im Klaren darüber, dass ihr das nicht zustand. Solche Dinge waren sehr persönlicher Natur, und man stellte seiner Vorgesetzten keine persönlichen Fragen bei der Arbeit.

Beth und Mrs. Craven verbrachten die nächsten Minuten damit, alle leeren Kartons zu überprüfen, um sicherzugehen, dass nichts darin zurückgeblieben war, und sie prüften auch die Inventarlisten, um sicherzustellen, dass sämtliche Bestände in den entsprechenden Büchern aufgeführt waren.

»Können Sie hier die Stellung halten, während ich in meinem Büro eine kleine Pause mache? fragte Mrs. Craven schließlich. »Ich habe mir für heute eine Thermoskanne Suppe mitgebracht, weil ich die Abteilung nicht verlassen wollte. Aber ich bin ja in der Nähe, falls Sie mich brauchen sollten …«

Beth versicherte ihr, dass sie allein zurechtkommen würde. Die harte Arbeit war getan, und so hatte sie nun Zeit, an den Verkaufstheken entlangzuschlendern und sich die verschiedenen Auslagen mit den schönen Taschen, dem feinen Modeschmuck und den prachtvollen Hüten anzusehen – und schließlich auch ihre eigene Theke, die sie jedoch schon fast auswendig kannte. Sie fand immer noch, dass der Seidenschal, den sie als »gewirbelt« aufgelistet hatte, einer der schönsten war, und überlegte gerade, ihn an einen prominenteren Platz in ihrem offenen Regal zu legen, als die Tür aufschwang und Fred Burrows seinen Wagen hindurchschob.

»Ist dies alles bereit zum Abtransport?«, fragte er mit einem Blick auf die Kartons.

»Ja, wir haben sie alle überprüft«, antwortete Beth. »Es ist nichts versehentlich darin zurückgeblieben.«

»Sie schlagen sich hier besser als die meisten«, sagte Fred und grinste anerkennend. »Ich hab mal eine versilberte Kaffeekanne und einen Stapel bester Porzellanteller aus einer weggeworfenen Teekiste gerettet – und die da oben haben noch nicht mal ihre Theken in Ordnung gebracht ...«

Beth half ihm gerade, die letzten leeren Kisten zu stapeln, als Mrs. Craven in die Abteilung zurückkam.

Fred beugte sich schnell zu Beth vor und flüsterte ihr zu: »Bezahlen Sie bloß nicht die Restaurantpreise für Ihren Tee, Miss. Ich hab immer eine Kanne auf Vorrat, und auch für Sie wird immer welcher da sein, wenn Sie wollen ...«

Beth bedankte sich und errötete ein wenig, als Mrs. Craven ihr einen Blick zuwarf.

»Kann ich Sie kurz sprechen, Mr. Burrows?«

»Ich weiß schon, was Sie sagen wollen«, kam er ihr zuvor. »Ich hab den Lieferschein auf der Theke liegen lassen, damit Sie ihn für Ihre Unterlagen haben, Mrs. Craven.«

»Na schön – aber es hätte auch zu einem ernsthaften Problem werden können. Dieser Schmuck war teuer.«

»Deshalb hab ich ihn ja auch sicher aufbewahrt«, erklärte Fred und zwinkerte Beth dabei zu. »Ich hatte ihn hinter meinem Schreibtisch verstaut und dort vergessen, als ich Ihnen den Rest brachte – aber diese junge Dame hat mir geholfen, sie hat ihn mit hinaufgenommen. Alles klar?«

»Ja – aber erwarten Sie nicht, dass meine Mitarbeiterinnen in Zukunft Ihre Arbeit machen, Mr. Burrows.«

»Aber nein, Ma'am, ganz sicher nicht.« Wieder grinste er Beth an, als er sich zum Gehen wandte, und sie sah den Anflug eines Lächelns in den Augen ihrer Vorgesetzten.

»Es hat mir nichts ausgemacht, das Päckchen mit hinaufzunehmen«, sagte sie.

»Trotzdem sollten Sie sich das besser nicht zur Gewohnheit machen – stellen Sie sich nur einmal vor, Sie hätten das Päckchen verloren?«

Beth nickte, weil sie wusste, dass ihre Chefin recht hatte.

»Ich weiß, aber er hatte bloß so furchtbar viel zu tun, dass er wahrscheinlich auch morgen noch Waren ausliefern wird ...«

»Vermutlich ja, aber seien Sie einfach nur vernünftig, Miss Grey.« Ihre Vorgesetzte seufzte. »Ich nehme an, Sie haben schon bemerkt, dass er sich besser ausdrückt als die meisten Hausmeister?«

»Ja, das tut er«, stimmte Beth ihr zu.

»Er war früher einmal Lehrer, bevor er wegen irgendeines Vergehens entlassen wurde – und fragen Sie mich nicht, weswegen genau, denn das weiß ich auch nicht. Mr. Burrows wurde auch nie verhaftet oder wegen irgendetwas angeklagt, aber trotzdem muss man vorsichtig sein ...«

»Ja, wahrscheinlich, aber er scheint doch ein ehrlicher und angenehmer Mensch zu sein ...«

»Darin stimme ich Ihnen zu und werde ihm deswegen einen Vertrauensvorschuss geben, aber seien Sie trotzdem auf der Hut, Miss Grey. Das ist alles, was ich sage.«

Eine Antwort blieb Beth erspart, weil die beiden anderen Mädchen gerade gemeinsam zurückkamen, Maggie hatte sich also ein paar Minuten verspätet. Mrs. Craven schaute auf die Uhr und runzelte die Stirn, sagte aber nichts, bis sie kurz darauf mit ihrer jüngsten Mitarbeiterin unter vier Augen sprach. Beth sah, wie Maggie errötete und sich entschuldigte. Offenbar hatte ihr die Zeit mit Sally so viel Spaß gemacht, dass sie darüber die Regel, pünktlich zurück zu sein, vergessen hatte.

Sie waren gerade alle dabei, die jeweiligen Verkaufstische der anderen zu bewundern und sich nach einigen Preisen zu erkundigen, als Miss Hart hereinkam. Instinktiv stellten sich alle blitzschnell hinter ihren Ladentisch.

»Wie ich sehe, sind Sie bereits mit allem fertig«, sagte sie. »Niemand sonst ist schon so weit – aber ich hoffe doch, dass auch die Bestände alle in die entsprechenden Bücher eingetragen worden sind?«

»Aber ja, Miss Hart«, versicherte Mrs. Craven ihr sogleich. »Wir machen uns gerade mit dem gesamten Inventar vertraut, damit wir uns notfalls in den Pausen oder in dem bedauerlichen Fall der Erkrankung einer Mitarbeiterin gegenseitig vertreten können.«

»Das ist einer der Gründe, aus denen ich hier bin«, sagte Miss Hart. »Die jüngste Verkäuferin in der Abteilung für Damenbekleidung ist nicht erschienen – und da Sie hier schon so weit sind, möchte ich mir Miss Gibbs ausleihen, um der anderen Abteilung auszuhelfen. Außerdem muss ich Sie daran erinnern, dass um halb fünf eine Mitarbeiterversammlung stattfindet. Mr. Stockbridge möchte Sie alle oben im Restaurant sehen, um eine Begrüßungsansprache zu halten – und wir hoffen, dass vielleicht auch Mr. Harper daran teilnehmen wird.«

»Miss Gibbs kann für kurze Zeit einspringen, aber ihr Platz ist hier, Miss Hart. Ich wäre Ihnen dankbar, wenn Sie das nicht vergessen würden ...« Dann wurde Mrs. Craven urplötzlich bewusst, was Miss Hart da gesagt hatte. »Mr. Harper, der Besitzer des Kaufhauses, ist hier in London?«

»Er ist gestern in London eingetroffen, und der Schaufensterdekorateur ist schon bei ihm im Hotel gewesen. Als Mr. Marco zurückkam, hat er zwei der Schaufenster umdekoriert. Und nun möchte Mr. Harper sämtliche Mitarbeiter persönlich kennenlernen. Bitte achten Sie darauf, dass keines Ihrer Mädchen geschminkt ist, Parfum oder Schmuck trägt, Mrs. Craven.« Mit zusammengekniffenen Augen betrachtete sie die Mädchen und verweilte am längsten bei Beth. »Das ist nicht Ihre Uniform, Miss Grey.«

»Nein, Miss Hart. Ich wollte, dass sie morgen sauber ist ...«

Miss Hart nickte und runzelte die Stirn. »Für heute wird es genügen, nehme ich an – aber Sie sollten alle gleich gekleidet sein. Bitte achten Sie also darauf, dass Sie in Zukunft die vorgeschriebene Uniform tragen. Ein schwarzes Kleid genügt nicht, es muss den gleichen Stil wie alle anderen haben und aus dem gleichen Material gefertigt sein – und es ist besser, eins bei mir zu bestellen, als es woanders zu kaufen.«

»Ja, Miss Hart«, sagte Beth kleinlaut. Innerlich seufzte sie jedoch, weil sie das Kleid, das sie anhatte, nun nicht mehr zur Arbeit tragen konnte und sich entweder eine zweite Uniform besorgen oder die, die sie hatte, jeden Abend mit dem Schwamm reinigen musste.

»Also gut.« Miss Hart nickte steif. »Und Sie kommen mit mir, Miss Gibbs.«

Maggie warf Beth einen verzweifelten Blick zu, folgte dann aber der grimmig dreinblickenden Miss Hart. Die arme Kleine machte ein Gesicht, als würde sie wie ein Lamm zur Schlachtbank geführt, und Sally kicherte ein wenig, als die beiden die Abteilung verließen.

»Die arme Maggie«, sagte sie. »Aber eigentlich hat sie Glück gehabt. Ich hätte nichts dagegen, in der Damenbekleidung auszuhelfen.«

»Ich glaube, Miss Gibbs hat ein bisschen Angst vor unserer Supervisorin«, sagte Mrs. Craven. »Und Sie, Miss Ross, heben sich Vornamen oder Kosenamen bitte für nach der Arbeit auf. Sonst könnten sie Ihnen vor Kundinnen herausrutschen, und das wiederum könnte zu einer Beschwerde führen.«

»Ja, Mrs. Craven. Tut mir leid …« Sally machte ein angemessen reumütiges Gesicht.

»Ich bin überrascht, dass Mr. Harper kommt«, bemerkte Mrs. Craven. »Ich habe Mr. Stockbridge nach ihm gefragt, aber sie haben sich noch nie wirklich getroffen, sondern immer nur miteinander telefoniert. Anscheinend ist ein Anwalt an ihn herangetreten und hatte ihn mit der Aufgabe betraut, das Kaufhaus einzurichten und das entsprechende Personal einzustellen. Ich glaube, ein Großteil der Waren wurde in Amerika und anderen Ländern eingekauft und schon mit Preisen versehen verschifft. Wie Ihr Silberschmuck, Miss Ross. Einige der Stücke sind geradezu umwerfend ...«

»Sagte Miss Hart nicht, Mr. Harper sei erst gestern hier in England eingetroffen?«

»Ja, das war ein bisschen komisch, nicht?«, antwortete Mrs. Craven und runzelte die Stirn. »Aber wie ich bereits sagte, muss ein Großteil der Ware aus Amerika stammen.«

»Der Schmuck wird sich bestimmt fantastisch in der Auslage machen«, sagte Sally nachdenklich. »Aber wenn die Kundinnen keinen Gefallen daran finden, wird er sich vielleicht trotzdem nicht verkaufen ...«

»Nun ja, einige der Schmuckstücke sind auch für meinen Geschmack ein bisschen gewagt«, stimmte Beth zu, die bisher noch keine Meinung dazu hatte äußern wollen. »Wie Sie schon sagten, Miss Ross – der Schmuck könnte der letzte Schrei sein, sodass wir sehr schnell ausverkauft wären, oder aber er bleibt liegen.«

»Ich finde, wir sollten einen Teil davon im Schaufenster ausstellen«, meinte Sally, »aber Mr. Marco würde natürlich nicht auf mich hören ... jedenfalls glaube ich das nicht.« Doch dann erinnerte sie sich wieder an sein Augenzwinkern und fragte sich, ob er es ja womöglich doch tun würde.

»Sie sollten nicht einmal daran denken, es zur Sprache zu bringen«, sagte Mrs. Craven. »Mr. Marco wird Ihnen schon sagen, was er will, wenn er sich für Waren aus dieser Abteilung entscheidet. Und ich glaube nicht, dass er bisher schon etwas angefordert hat ...«

»Tja, das ist dann aber eine vertane Chance, finde ich.«

»Es kann ja auch durchaus sein, dass er sein eigenes Warenlager hat«, meinte Mrs. Craven. »Zumindest für den Anfang. Ich freue mich jedenfalls schon darauf, wenn die Jalousien entfernt werden, damit wir die Fenster sehen können.«

»Ich habe schon Leute gesehen, die versucht haben, rechts

und links daran vorbeizuschauen. Aber das war sinnlos«, sagte Beth.

»Das mit den abgedeckten Schaufenstern ist eine Idee, die sie von Selfridges kopiert haben«, erklärte Sally. »Es soll morgens eine kleine Menschenmenge anlocken, die die Auslagen sehen wollen – und natürlich hofft man, dass sie dann auch alle etwas kaufen.«

»Ach, ich denke, dass wir in der ersten Woche sowieso sehr viel zu tun haben werden, weil alles hier neu ist«, sagte Mrs. Craven. »Außerdem bin ich mir ziemlich sicher, dass die Kunden, wenn sie erst einmal die Qualität gesehen haben, auch immer wiederkommen werden.«

Beth schaute sie an. »Alle großen Läden in der Oxford Street scheinen gut besucht zu sein. Ich war nur ein paar Mal dort, bevor ich mich hier beworben habe – und ich hatte den Eindruck, dass sie alle recht erfolgreich waren.«

»Die großen Läden machen riesige Umsätze, aber sie brauchen sie auch – für die Mieten, laufenden Kosten und die Gehälter. Um am Ende des Jahres Gewinn zu machen, müssen sie schon überdurchschnittlich hohe Umsätze einfahren. Wenn nicht, rutschen ihre Bilanzen sehr schnell in die roten Zahlen …« Sie sah Beths verwirrten Blick und lächelte. »Ich habe ein paar Monate lang einen kleinen Kurzwarenladen geführt, bevor ich hierherkam, und habe dabei gelernt, wie gering die Gewinnspannen im Einzelhandel sein können. Wenn wir zu viel verdorbene Waren haben oder Artikel, die sich nicht verkaufen, müssen wir nach Weihnachten einen großen Ausverkauf machen, und das kann für ein Unternehmen wie dieses schwierig sein … Ich bin mir jedoch sicher, dass unser Besitzer sehr gut weiß, was ein Geschäft wie dieses braucht. Ich glaube, er besitzt mehrere solcher Kaufhäuser in Amerika.«

»Und ich glaube, die Leute werden die Waren lieben. Auf jeden Fall!«

Mrs. Craven lächelte. »Mir gefällt, was ich bisher gesehen habe – auch wenn ich mir nicht sicher bin, ob wir uns für einiges davon am richtigen Ende der Oxford Street befinden. Wir können nur hoffen, dass es den Damen, die sich echte Krokodillederhandtaschen leisten können, nichts ausmacht, bis hierher zu laufen …«

***

Beth ging in ihrer Teepause in das Restaurant, wo sie entdeckte, dass es für das Personal für nur zwei Pence eine Tasse Tee und einen Keks und für weitere zwei Pence sogar ein Rosinenbrötchen gab.

An den meisten Tagen kam sie mit einem Brötchen bis zum Abendessen aus, aber wenn sie in der Mittagspause ausging, konnte sie bei Bessie's mehr bekommen.

Um vier Uhr dreißig an jenem Nachmittag waren alle Mädchen mit dem Angebot in ihrer Abteilung vertraut. Maggie kam gerade zurück, als alle anderen nach oben gingen, um zu hören, was der Geschäftsführer zu sagen hatte. Die meisten waren gespannt, ob der Besitzer tatsächlich erscheinen würde, um sie zu begrüßen. Beth hörte ein Getuschel, er sei entstellt, und Sally sagte, jemand habe ihr erzählt, er sei sehr alt, während Maggie wiederum gehört hatte, er lebe wie ein Einsiedler und weigere sich, in der Öffentlichkeit zu erscheinen, weil er so hässlich sei.

Mr. Stockbridge begann damit, sich bei allen für ihre harte Arbeit zu bedanken, und bat sie, am nächsten Morgen schon früh zur großen Eröffnung zu erscheinen.

»Mr. Harper wird einen Preis von hundert Guineen an den ersten Kunden vergeben – und es wird auch eine Überraschung für den hundertsten Kunden geben, doch das wissen nur die Angestellten. Außerdem erhält der Verkäufer, der den größten Einzelverkauf macht, an diesem Samstag einen Bonus auf seinen Lohn. Jeder ...«

Seine nächsten Worte gingen in einem Gemurmel von Aufregung und Zustimmung unter, und einige der Männer begannen sich umzusehen. »Wann werden wir ihn sehen?«, fragte einer der Männer aus der Glaswarenabteilung.

»Er müsste jeden Moment hier sein ... Wie ich also bereits sagte, wird jedem Kunden, der morgen durch die Tür kommt, ein Glas Champagner angeboten. Einige der Verkäufer werden an diesem großen Tag als Kellner fungieren – Sie sind ja bereits darüber informiert, wer von Ihnen das sein wird.« Er schaute erwartungsvoll in die Menge. »Haben Sie noch irgendwelche Fragen, meine Damen und Herren?«

Ein paar der Männer sahen sich an, und dann meldete sich einer von ihnen zu Wort: »Was für ein Mann ist er, dieser Mr. Harper? Ist er Amerikaner?«

»Ja, das ist er«, antwortete Mr. Stockbridge. »Ich habe schon mit Mr. Harper telefoniert, ihn persönlich aber noch nie getroffen.«

»Ist er also wirklich so ein Einsiedler?«

»Nein, meine Herren, das bin ich nicht ...« Stille breitete sich aus, als jemand vortrat, um sich vorne neben den Geschäftsführer zu stellen, und Beth hörte, wie Sally neben ihr scharf einatmete. »Es tut mir leid, dass ich mich verspätet habe, aber es gab ein Problem mit etwas, das ich anderen nicht überlassen konnte – doch dank eines Ihrer Londoner Taxifahrer habe ich es schließlich doch geschafft.«

Mr. Stockbridge trat vor und reichte ihm die Hand. »Ich freue mich, Sie kennenzulernen, Sir ... aber ich dachte, Mr. Harper sei ein älterer Mann«, sagte er mit verwirrter Miene.

»Der Mr. Harper, den Sie meinen, ist – oder war vielmehr – mein Onkel«, sagte der Neuankömmling. »Es war Mr. Gerald

Harper, der dieses Unternehmen mit der Absicht kaufte, dass ich es leiten sollte. Und ich bin Ben Harper. Mr. Gerald hatte bedauerlicherweise vor zwei Monaten einen Herzanfall und starb nur zwei Wochen später, was der Grund für den Aufschub meiner Reise nach England war. Vor meiner Abreise hatte ich noch eine Menge Geschäfte in Amerika zu erledigen, und deshalb musste ich alles andere Ihnen, Mr. Stockbridge, und Ihnen, Mr. Marco, überlassen, übrigens ein guter Freund von mir, der immer wusste, was los war, aber darüber Stillschweigen bewahrte, weil ich ihn darum bat.«

Ein überraschtes Stimmengewirr erhob sich, weil dies eine sehr direkte und freimütige Information war.

Mr. Stockbridge machte ein bestürztes Gesicht und fragte dann: »Heißt das, dass das Geschäft – und alles, was wir schon unternommen haben – in Gefahr sein könnte?«

»Nein, nein, ich bin einer der Hauptbegünstigten im Testament meines Onkels«, versicherte ihm Ben Harper und hielt kurz inne, um sie alle anzusehen. »Ich habe beschlossen, dass wir die Eröffnung wie geplant durchführen. Das bedeutet zwar, dass wir ohne den Rückhalt unserer amerikanischen Filialen dastehen und auf uns allein gestellt sein werden, aber das soll uns nicht davon abhalten. Ich habe große Pläne für dieses Geschäft, und wenn alles gut geht, auch für andere …«

»Was geschieht mit uns, wenn es nicht so läuft, wie Sie es sich erhoffen?«, fragte ein Mann, und ein zustimmendes Gemurmel erhob sich. »Ich habe eine gute Stelle aufgegeben, um hierherzukommen …«

»Ich auch! … Ich auch!«, erhoben sich noch viele andere Stimmen.

»So leicht gebe ich nicht auf«, sagte Ben Harper mit einem Grinsen, das ihn plötzlich jung, dynamisch und sehr attraktiv aussehen ließ. Jede Frau im Raum erwiderte das Lächeln. »Mein Onkel hatte mir die Leitung dieses Kaufhauses versprochen – und ich war davon ausgegangen, Teilhaber zu werden und dieses Unternehmen eines Tages zu übernehmen. Und jetzt gehört mir der größte Teil davon, und ich werde für Harpers Überleben kämpfen … und möchte, dass Sie mir alle dabei helfen, indem Sie am Eröffnungstag so viel wie möglich verkaufen, um uns zu kapitalisieren …«

»Sie schaffen das, Sir!«, rief Sally dazwischen, und mehrere Frauen applaudierten und riefen »Jaaa!«. Zu Anfang hatten sie ihre Stimme wohl nicht erheben wollen, da von Frauen immer noch erwartet wurde, sich ihrer Stellung in der Gesellschaft bewusst zu sein, sowohl zu Hause als auch bei der Arbeit.

Beth sah Sally an. »Sei vorsichtig«, warnte sie sie. »Miss Hart hat dich im Auge.«

»Pah!«, erwiderte Sally grinsend. »Ich kenne ihn schon – und würde ihn gegen ein Dutzend Miss Harts unterstützen!«

Kapitel 9

»Wie meinst du das, du kennst ihn schon?«, fragte Maggie aufgeregt.

»Ja, ich finde auch, dass Sie uns das besser erklären sollten«, mischte sich Mrs. Craven ein, als die Mädchen von ihren nächsten Sitznachbarn wegrückten und die Köpfe zusammensteckten. Einige der Männer bombardierten Mr. Harper mit Fragen, die er alle gutgelaunt und ohne Groll beantwortete. Auch Miss Hart hatte ihn gefragt, ob es zu seiner Firmenpolitik gehöre, mehr Frauen wichtige Stellungen zu geben, was er ohne Zögern bejaht hatte.

»Wann immer es eine Frau gibt, die sich eine Beförderung wünscht und sie auch verdient, werde ich das selbstverständlich berücksichtigen.«

»Ich habe ihn kennengelernt, als er sich die Schaufenster von Selfridges anschaute und ich zufällig gerade auch«, flüsterte Sally ihren Kolleginnen zu und grinste. »Wir waren beide der Ansicht, dass in einer der Auslagen etwas fehlte, und haben uns darüber unterhalten, weiter nichts.«

Mrs. Craven nickte. »Das sollten Sie besser für sich behalten«, riet sie Sally und wandte den Kopf, um Mr. Harper wieder zuzuhören. »Alle Abteilungsleiter werden gebeten, ihre Arbeit für eine Besprechung mit ihm zu unterbrechen«, berichtete sie den Mädchen dann. »Ich schlage vor, dass Sie drei zu unserer Abteilung zurückkehren, und Sie, Miss Gibbs, dort schon einmal die Hüte abdecken. Ich werde bald wieder bei Ihnen sein, und dann erzähle ich Ihnen mehr.«

Und schon bahnte sie sich einen Weg nach vorn, während die anderen Angestellten zum Ausgang drängten. Es wurde viel gebrummelt und gemurrt, als einige der Männer sich darüber beschwerten, ihre guten Stellen aufgegeben zu haben, um bei Harpers anzufangen.

»Und wenn der Laden dichtmacht, sind wir alle arbeitslos!«, brummte einer dieser Männer.

»An Ihrer Stelle würde ich mir darüber keine Sorgen machen«, wandte Sally fröhlich ein. »Sie haben doch gehört, dass Mr. Harper sagte, er sei fest entschlossen, das Geschäft zum Erfolg zu führen.«

»Er ist Amerikaner – warum sollte es ihn also kümmern, was mit uns passiert? Er ist wie all die anderen reichen Typen – sobald der Laden Geld einbringt, wird er ihn verkaufen und nach Amerika zurückkehren.«

»Wenn er reich ist, wird er sein Vermögen dazu benutzen, den Laden zu behalten. Jedenfalls hörte es sich so an, als habe er das vor«, wandte Maggie schüchtern ein und errötete, als der Mann sie böse ansah.

»Gut gemacht, Maggie!«, flüsterte Sally ihr zu.

»Kommen Sie mit, Miss Gibbs, Sie auch, Miss Ross«, sagte Beth so förmlich, wie es in der Öffentlichkeit Pflicht war. »Es ist nicht unsere Sache, darüber zu diskutieren, was unser Arbeitgeber tun wird oder nicht – und es wartet Arbeit auf uns!«

Als sie in die Abteilung zurückkehrten, mussten sie feststellen, dass inzwischen zwei weitere Kartons geliefert worden waren. Sally sah sie sich an und nickte dann.

»Der eine enthält Handtaschen und der andere Hüte. Ich finde, wir sollten alles auspacken und in die Bestandslisten eintragen, bevor wir Feierabend machen.«

»Das kann ich übernehmen«, erbot sich Beth, da sie selbst nichts weiter auszupacken hatte. »Ich werde die Inhalte überprüfen und sie in die Inventarlisten eintragen, die Kartons dann aber samt Inhalt ins Lager bringen. Hier ist kein Platz mehr, um diese neuen Hüte und Taschen auszustellen – und es ist immer gut, ein paar Waren in petto zu haben, um die Auslagen zu erneuern.«

»Ich habe hier noch Platz für Taschen«, sagte Sally und nahm sechs aus dem geöffneten Karton. »Diese hier kosten nur zwei oder drei Guineen pro Stück, und ich glaube, dass wir davon mehr verkaufen werden als von diesen anderen superteuren Taschen.« Sie trug die Einzelheiten in ihr Bestandsbuch ein und brachte die leere Kiste dann ins Hinterzimmer.

Beth war gerade damit fertig, Maggie beim Überprüfen und Auflisten der Hüte zu helfen, als Mrs. Craven kam und schon viel entspannter und unbeschwerter wirkte als nach Mr. Harpers Erklärung für seine Verspätung.

»Habe ich etwas verpasst?«, erkundigte sie sich lächelnd.

»Ich habe noch sechs Hüte und Miss Ross sechs Handtaschen hereinbekommen – diesmal preiswertere als die anderen«, berichtete Beth.

»Dann lassen wir die Hüte zunächst einmal im Lager«, entschied auch Mrs. Craven, bevor sie anerkennend nickte. »Und was unseren neuen Besitzer angeht, kann ich Ihnen nur sagen, dass er mir sehr sympathisch ist.«

»Hatte er denn noch mehr zu sagen?«, fragte Sally neugierig.

»Nicht wirklich«, antwortete Mrs. Craven lächelnd. »Aber Mr. Harper ist ein energischer junger Mann, und ich bin mir sicher, dass er dieses Geschäft zum Erfolg führen wird. Er erzählte mir, dass er und seine Schwester einen Teil der Waren gekauft haben, sein Onkel aber schon die Hälfte davon erworben hatte, bevor Mr. Harper gebeten wurde, die Leitung zu übernehmen.«

»Die Frage ist, ob er die teuren Waren oder die anderen gekauft hat?«

»Ich glaube, seine Schwester war für die ersten Waren, die

hier ankamen, verantwortlich.« Mrs. Craven sah Sally an. »Das würde die Unterschiede zwischen den beiden Lieferungen erklären. Offenbar besaß sein Onkel schon zwei erfolgreiche Kaufhäuser in New York, und unser Mr. Harper erwartete, dort in die Geschäftsführung aufgenommen zu werden, aber dann erzählte ihm sein Onkel plötzlich von seinem neuen Londoner Projekt und bat ihn, dort die Leitung zu übernehmen.«

»Hat sein Onkel Kinder?«

»Neben seiner Frau gibt es noch eine Tochter und zwei andere Neffen, aber er hatte keine Söhne«, antwortete Mrs. Craven und runzelte die Stirn. »Des Weiteren hat Mr. Harper eine Schwester, die verwitwet ist, und einen Bruder, der an den Kaufhäusern nicht interessiert ist ...«

»Wer hat Ihnen das alles erzählt?«, fragte Sally lachend.

»Mr. Harper. Er meinte, dass es wahrscheinlich mindestens fünf oder sechs Begünstigte im Testament seines Onkels gäbe, er selbst aber den größten Teil des Londoner Geschäfts erhalten habe – wenn auch nicht mehr als das.«

»Dann wäre es für ihn ja genauso schlimm wie für uns, wenn es geschlossen werden müsste!«

»Nun ja, Mr. Harper hat jedenfalls vor, zu tun, was er kann, um unsere Arbeitsplätze zu erhalten«, sagte Mrs. Craven. »Und ich denke, wenn ihr jetzt alle zusammen aufräumt, können wir gehen. Ich würde vorschlagen, dass wir dann alle vier in ein Café gehen, um uns eine Kanne Tee zu gönnen und uns ein Weilchen über alles andere zu unterhalten. Wir werden nicht oft Gelegenheit haben, früher Feierabend zu machen.«

»Ja, das ist eine gute Idee«, stimmte Sally eifrig zu, und Beth nickte.

Maggie zögerte kurz, aber dann stimmte auch sie zu. »Ich kann nur nicht lange bleiben«, sagte sie entschuldigend. »Meine Mutter braucht Hilfe mit meinem Vater ... aber für zehn Minuten oder so komme ich gerne mit.«

»Es wäre schön, wenn wir einmal ein bisschen ungezwungener miteinander plaudern könnten«, sagte Mrs. Craven. »Außerdem finde ich, dass wir alle eine kleine Belohnung verdient haben, und deshalb lade ich euch gerne ein. Schließlich haben wir alle hart gearbeitet, um unsere Abteilung aufzubauen.«

***

Beth beschloss, ihrer Tante gegenüber nichts von Mr. Harpers Informationen zu erwähnen. Es würde ihr nur wieder einen Grund zu meckern geben, falls sie glaubte, dass der Laden ohne die amerikanische Unterstützung nicht erfolgreich sein könnte. Und da das Zusammenleben mit ihr etwas leichter geworden war, seit Beth Arbeit gefunden hatte, machte sie ihnen einfach Tee und aß die Lammkoteletts, das Kartoffelpüree und den Kohl mit Mintsauce, die ihre Tante zubereitet hatte, und erzählte ihr von all den schönen Dingen, die Harpers auf Lager hatte.

»Ich wäre überrascht, wenn dieser Laden das erste Jahr überlebt«, bemerkte Tante Helen, als sie das Dessert aus Talgpudding mit Rübensirup auftischte. »Wer hat denn schon das Geld, um diese Schals zu kaufen, von denen du gesprochen hast – oder diese teuren Handtaschen?« Sie schüttelte den Kopf über die Ignoranz einer Amerikanerin, die offensichtlich nicht wusste, dass ganz normale britische Frauen sich solch hochpreisige Waren schlicht und einfach nicht erlauben konnten. »In einem Jahr oder sogar noch früher wirst du dir eine andere Arbeit suchen müssen, Beth.«

Ihre Nichte erwiderte nichts darauf. Normalerweise hätte Beth ihre Zukunftsaussichten vehement verteidigt, aber nach Mr. Harpers beunruhigender Ankündigung dachte sogar sie, dass ihre Tante recht behalten könnte.

Nachdem sie das Geschirr gespült hatte, backte Beth ein paar Cupcakes und ein Blech Marmeladentörtchen. Sie wollte morgen von beiden jeweils eins und dazu ein Sandwich mitnehmen und sie im Personalraum essen, anstatt das Restaurant oder Bessies Café aufzusuchen. Wenn sie vielleicht bald schon wieder arbeitslos sein würde, sparte sie jetzt besser noch so viel wie möglich.

Sie war nachdenklich, als sie an diesem Abend zu Bett ging. Sie hatte sich nachmittags gefragt, ob sie Mark vielleicht wieder an der Bushaltestelle treffen würde, aber es war nichts von ihm zu sehen gewesen, was sie mit einer Mischung aus Bedauern und Erleichterung erfüllt hatte. Im Übrigen wusste sie, dass es ziemlich sinnlos war, sich Hoffnung auf ein Treffen zu machen, wo er mittlerweile doch verheiratet war. Und ganz abgesehen davon war er ihr auch immer noch böse. Nein, nein, er hatte seine einstigen Gefühle für sie längst vergessen, und auch sie musste ihre Hoffnungen auf Ehe und Glück begraben und sich damit abfinden, dass ihre Träume der Vergangenheit angehörten.

Doch zumindest hatte sie für den Moment noch Arbeit und war froh, dass sie am Freitagabend ihren Lohn erhalten würde. Es würde ihr erstes selbst verdientes Geld sein und sie brauchte es auch dringend, da die paar Pfund, die ihre Mutter ihr hinterlassen hatte, schon fast aufgebraucht waren.

»Ich werde morgen etwas früher zur Arbeit gehen«, sagte sie zu ihrer Tante, als sie ihr eine gute Nacht wünschte. »Ich will dabei sein, wenn die Jalousien vor den Schaufenstern zum ersten Mal geöffnet werden und man alles sehen kann – und außerdem ist alles Mögliche geplant. Unter anderem soll jedem Kunden ein Glas Champagner angeboten werden. Du solltest auch kommen, Tante Helen, vielleicht gewinnst du ja sogar einen der Preise, die es zu gewinnen gibt.«

»Ich halte nichts von Champagner«, sagte ihre Tante naserümpfend. »Es ist Geldverschwendung und zudem eine Unsitte, die Leute tagsüber zum Trinken zu ermutigen – und ich kann meine Zeit auch nicht mit Schlangestehen vergeuden. Ich habe zu arbeiten, wie du sehr wohl weißt!«

»Ja, natürlich, Tante«, sagte Beth. »Schlaf gut. Ich werde versuchen, dich morgen früh nicht zu wecken.«

Sie unterdrückte einen Seufzer, als sie ihr eigenes Schlafzimmer betrat. Was für eine törichte Idee von ihr, dass ihre Tante sich für ihren Arbeitsplatz interessieren könnte! Beth hatte gehofft, bei Harpers Aufstiegschancen zu haben und sich vielleicht irgendwann eine eigene Wohnung leisten zu können – oder eine, die sie sich mit Freundinnen teilen würde, doch nun befürchtete sie, vielleicht für immer hier bei Tante Helen festzusitzen ...

* * *

Sally runzelte die Stirn, als sie sah, dass Mick sie beobachtete, als sie das Wohnheim betrat. Die Hände in die Hüften gestemmt und mit einem Grinsen auf seinem hübschen Gesicht stand er in der Tür der gegenüberliegenden Gastwirtschaft und starrte sie dreist über die Straße hinweg an. Sie war versucht, ihm das Lächeln mit einer scharfen Bemerkung auszutreiben, aber er würde ja doch nur lachen, wenn sie ihn herunterputzte, und deshalb war es wohl am besten, ihn einfach nur zu ignorieren. Er rief ihr nichts zu und winkte auch nicht, aber ihr wurde seltsam heiß unter seinem Blick, der ihr bis ins Innere des Hauses folgte. Sally gab sich die größte Mühe, ihn zu ignorieren, auch wenn sie seine Anwesenheit intensiv wahrnahm.

Als sie ihr Zimmer erreichte, nahm sie von seiner freudlosen Atmosphäre ausnahmsweise einmal kaum Notiz. Sie war schockiert und überrascht gewesen, den Mann zu sehen, mit dem sie am Abend zuvor vor Selfridges gesprochen hatte, und ein kleines Lächeln hatte ihre Lippen umspielt, bis seine Ankündigung es vertrieb. Sally war nicht so aufgebracht gewesen wie einige andere, weil sie es noch nie als schwierig empfunden hatte, Arbeit zu bekommen, aber sie mochte die Abteilung. Sie hatte jetzt schon das Gefühl, gut mit ihrer direkten Vorgesetzten und den anderen Mädchen zu harmonieren. Mrs. Craven erwartete Loyalität und gute Arbeit von ihren Mitarbeiterinnen, und Sally fand sie sehr sympathisch. Außerdem mochte sie auch Maggie und Beth und wäre deshalb sehr enttäuscht, wenn sie sich zu früh eine neue Arbeit suchen müsste. Sie hatte sich für Mr. Harper eingesetzt, aber der Erfolg des Kaufhauses lag nicht wirklich bei ihm, denn falls er in dem Testament seines Onkels nicht als Hauptaktionär des Geschäfts benannt war, könnte er abgewählt werden – was für sie alle und auch für Mr. Ben Harper selbst sehr schade wäre.

Sally hatte gerade ihren Mantel aufgehängt, als jemand an ihre Tür klopfte.

»Ja? Wer ist da?«

»Ich. Darf ich reinkommen, Sally?«

Zögernd öffnete sie Sylvia die Tür, aber dann sah sie, dass das Mädchen ganz verweint aussah. Ihr Haar war völlig durcheinander, und sie hatte blaue Flecken im Gesicht und blutete aus einem Riss an ihrem Mund. »Komm besser rein, Sylvia. Was ist passiert?«, fragte Sally, als sie die Tür hinter ihnen schloss.

»Ich hatte mit jemandem Streit«, antwortete Sylvia und sah sehr unglücklich aus, als sie sich auf der Bettkante niederließ. »Ich weiß nicht, was ich tun soll ...«

Sally sah die Verzweiflung in Sylvias Gesicht und plötzlich verstand sie. »Bist du in Schwierigkeiten – mit dem Gesetz ... oder ist's sogar noch schlimmer?«

Sylvia lächelte schwach. »Noch schlimmer«, flüsterte sie. »Ich hatte einen Freund – und jetzt bekomme ich ein Kind von ihm. Als ich es ihm erzählte und ihn fragte, was er jetzt zu tun gedächte, sagte er, ich solle abhauen, und hat mich dann auch noch geschlagen ...«

»So ein verdammter Mistkerl!«, rief Sally erbost. »Du solltest zur Polizei gehen und ihn anzeigen!«

»Du kennst ihn nicht«, sagte Sylvia verbittert. »Wenn ich das täte, würde ich mit durchschnittener Kehle in einer dunklen Gasse enden.«

»Ach du meine Güte!«, sagte Sally, die bestürzt die aufblitzende Furcht in Sylvias Augen bemerkte. »Warum hast du dich denn nur mit so einem Mann eingelassen?«

»Weil ich nicht wusste, wer er wirklich war. Und als ich es erfuhr, war es zu spät«, antwortete Sylvia und strich sich mit der Hand über die Augen. »Er ist reich und fährt ein teures Auto. Er hat mich einmal mitgenommen, als es regnete, und dann hat er angefangen, mir Geschenke zu schicken. Ich war geblendet von seinem Lebensstil und dachte, er liebte mich – und er sprach auch davon, mir eine eigene Wohnung einzurichten ...« Sylvias Stimme brach. »Fast hätte ich zugestimmt, aber dann sagte mir jemand, dass das Kingstons Vorgehensweise ist. Wenn er dich erst einmal hat, wo er dich haben will, lässt er dich für sich arbeiten ...« Sie unterbrach sich und erhob ihren gequälten Blick zu Sally. »Er bringt andere Männer mit in die Wohnung und befiehlt dir, ihm zuliebe mit ihnen zu schlafen, und wenn du dich weigerst ...« Wieder beendete sie den Satz nicht und schluchzte nur verzweifelt auf.

»Oh Gott, das ist ja furchtbar!« Sally erschauderte bei dem Gedanken. »Aber dich hat er doch hoffentlich nicht dazu gekriegt?«

»Nein, ich habe mich natürlich geweigert, worauf er sagte, dann sei es aus mit uns – und danach dachte ich, ich sei wieder frei und unabhängig, aber dann …« Sylvia holte tief Luft. »Jetzt bin ich schwanger von ihm, und er wird absolut nichts tun, um mir zu helfen.«

Sally sah sie mitfühlend an. »Also hat er dich verprügelt, als du ihm sagtest, dass er die Verantwortung dafür trägt?«

»Nein, er schickte ein paar seiner Männer in den Pub, in dem ich gearbeitet habe, und sie verwüsteten den ganzen Laden. Ich habe versucht, sie daran zu hindern, und da haben sie mir eine ordentliche Abreibung gegeben – und zu allem Übel hat mir dann auch noch mein Chef gesagt, ich brächte nichts als Ärger, und hat mich gefeuert.«

»Das kann er doch nicht tun!«, protestierte Sally, aber sofort wurde ihr klar, dass er das selbstverständlich konnte. Es war nicht nur so, dass ihr Chef sie entlassen konnte – wenn er ihr darüber hinaus auch noch das Zeugnis verweigerte, würde sie es sehr schwer haben, eine andere Stelle zu bekommen. Schwanger und unverheiratet zu sein würde ihren Ruf zerstören. »Es tut mir wirklich schrecklich leid für dich, Sylvia.« Leider gab es nichts, was Sally tun konnte, um ihr zu helfen, einen neuen Job zu finden, aber sie konnte ihr wenigstens sofortige Hilfe anbieten. »Lass mich zunächst einmal dein Gesicht kühlen, das wird den Bluterguss vielleicht ein bisschen mildern.«

»Danke.« Sylvia saß geduldig da, als Sally ihr mit kaltem Wasser das Gesicht abtupfte. Sie zuckte hin und wieder ein bisschen zusammen, ertrug es aber ansonsten kommentarlos, bis Sally fertig war. »Es tut mir leid, dass ich dich belästige, aber ich wusste nicht, mit wem ich reden sollte«, sagte sie schließlich.

»Hast du keine Familie?«

»Nein, ich bin ganz allein«, antwortete Sylvia. »Ich hatte einen Bruder, aber der ist vor Jahren weggegangen, und letztes Jahr ist meine Mutter gestorben. Ich weiß, dass du mir nicht helfen kannst, Sally, aber ich hatte einfach das Gefühl, es jemandem sagen zu müssen ...«

»Wenn du willst, könnte ich ein Leumundszeugnis für dich schreiben«, sagte Sally zögernd. Sie kannte Sylvia eigentlich nicht gut genug dafür, aber sie musste es ihr anbieten.

»Ich werde schon irgendwo Arbeit finden – aber die werden mich rauswerfen, sobald meine Schwangerschaft zu sehen ist«, sagte Sylvia und holte tief Luft. »Ich war eine verdammte Närrin, aber ich dachte wirklich, er empfände etwas für mich.«

»Du könntest zur Heilsarmee gehen«, meinte Sally nachdenklich. »Die haben Häuser, in denen man entbinden kann – und ich habe gehört, dass sie das Kind zur Adoption freigeben.«

»Es sei denn, ich würde es selbst loswerden ...« Jäher Trotz blitzte in Sylvias Augen auf. »Ich will diese Teufelsbrut nicht zur Welt bringen!«

»Denk nicht mal daran, es loszuwerden«, sagte Sally und drückte beschwörend Sylvias Arm. »Bitte versprich mir, keine Dummheiten zu machen, Sylvia! Als ich im Waisenhaus war, hat eins der Mädchen versucht, ein Baby mit einer Stricknadel loszuwerden. Sie brachte sich damit so schwere innere Verletzungen bei, dass sie ins Krankenhaus gebracht werden musste und dort starb. Beryl war erst dreizehn, und es war einer der Aufseher gewesen, der sie geschwängert hatte. Sie hat es mir erzählt, aber niemand sonst wollte ihr glauben – zumindest taten sie so, als ob sie ihr nicht glaubten.«

»Dreizehn ...« Sylvias Gesicht war blass und verängstigt. »Jemand hat mir mal gesagt, wenn man sich in ein heißes Bad setzt und Gin tränke, käme es zu einer Fehlgeburt ...«

»Das ist ein Ammenmärchen«, warnte Sally sie. »Ich glaube, all diese alten Mittel sind völlig nutzlos. Ich weiß, dass man zu Frauen gehen kann, die einen solchen Eingriff vornehmen, aber ich glaube, das ist gefährlich ...«

Sylvia schaute sie mit neu erwachtem Eifer an. »Weißt du, wo ich so eine Frau finden kann? Ich habe Angst, es selbst zu tun – aber ich kann nicht zulassen, dass der Kerl mein Leben ruiniert.«

Sally dachte, dass er das bereits getan hatte, aber sie hielt ihre Zunge im Zaum. Sie wusste, dass es Frauen in irgendwelchen Hinterhöfen und Gassen gab, die sich darum kümmerten, unerwünschte Schwangerschaften bei Mädchen wie Sylvia zu beenden, aber sie kannte keine dieser »Engelmacherinnen«.

»Ich weiß nicht, wo du so jemanden finden kannst – aber wenn du es wirklich tun willst, warum erkundigst du dich nicht am Soho Square?«, sagte sie. »Die Prostituierten, die sich dort aufhalten, müssten solche Dinge wissen – weil einige von ihnen bestimmt auch manchmal schwanger werden.«

»Ich traue mich nicht, dorthin zurückzukehren, falls Kingston mich sieht ...«

Sally sah den erwartungsvollen Blick in ihren Augen. »Ich werde sehen, ob ich die Zeit finde«, versprach sie widerwillig. Sie wollte wirklich nicht mit den Prostituierten sprechen, die in dieser Gegend arbeiteten, und dabei Gefahr laufen, von jemandem gesehen zu werden, der sie kannte, aber Sylvia war in Schwierigkeiten. »Ich kann dir nichts versprechen, aber ich werde es versuchen.«

»Danke, Sally, du bist ein wahrer Schatz«, sagte Sylvia. »Und es tut mir ehrlich leid, dass ich meine Probleme bei dir abgeladen habe.«

»Wir alle brauchen manchmal Hilfe«, sagte Sally und ließ Sylvia hinaus.

Dann verschloss sie die Tür, setzte sich auf ihr Bett und fragte sich, warum sie versprochen hatte, für ein Mädchen, das sie kaum kannte, etwas zu tun, was sie absolut nicht tun wollte – und es aus Mitgefühl doch tun würde. Auch sie war sehr oft einsam, und wenn ihr jemand ein neues Leben angeboten hätte, so hätte sie diese Chance sicherlich ergriffen. Außerdem wäre es für sie nicht gefährlich, nach Soho zu gehen. Die Frauen dort würden sie vielleicht bedrohen, wenn sie glaubten, sie wolle sich in ihrem Revier breitmachen, aber sie würde ihnen klarmachen, dass dies das Letzte war, was sie wollte. Falls es ihr einen schlechten Ruf einbrachte, wäre Schluss damit, dann könnte Sylvia sich selbst darum kümmern, was sie ihrer ungewollten Schwangerschaft wegen unternahm …

Kapitel 10

»Guten Morgen, Papa«, begrüßte Maggie ihren Vater, der im Bett saß und die Zeitung vom Vortag las. »Wie geht es dir heute Morgen?«

»Gar nicht mal so schlecht, meine Liebe«, antwortete er und zeigte auf einen Artikel. »Es wird höchste Zeit, dass diese armen Teufel einen anständigen Lohn bekommen!«

Maggie sah, dass er einen Artikel gelesen hatte, in dem stand, dass Mr. Asquith im Unterhaus eine Gesetzesvorlage zur Einführung eines Mindestlohns einbringen würde, obwohl er sich bisher geweigert hatte, der Forderung der Gewerkschaft nach fünf Schilling pro Tag für die Männer und zwei für die Jungen zuzustimmen.

»Lass uns hoffen, dass dies ein Ende des Streiks bedeutet«, antwortete Maggie, und ihr Vater stimmte ihr zu, denn der Bergarbeiterstreik legte die Industrie lahm. »Brauchst du noch irgendwas, bevor ich gehe?«, fragte sie. »Ich muss heute früher als sonst zur Arbeit, weil es ein anstrengender Tag werden wird.«

»Geh nur, Liebes«, sagte er und lächelte sie an. »Deine Mutter hat mir gerade eben einen Tropfen meiner Medizin gegeben, also werde ich wohl ein Weilchen Ruhe haben.«

Maggie beugte sich vor und küsste ihn auf die Wange. Seine Haut fühlte sich trocken, pergamentartig und ein bisschen überhitzt an. Sie sah die Erschöpfung in seinen Augen, als er sich auf seine Kissen zurücklegte, und ihr Herz verkrampfte sich vor Schmerz, weil sie wusste, dass er litt.

Sie ließ ihn mit geschlossenen Augen liegen und ging in die Küche hinunter. Ihre Mutter rümpfte die Nase, als sie sie ansah.

»Mal wieder ab zu deiner Arbeitsstelle, nehme ich an – und wie ich hier allein zurechtkommen soll, weiß ich beim besten Willen nicht ...«

»Ich dachte, du wolltest, dass ich mir eine Stelle suche?«, sagte Maggie und sah die aufblitzende Wut in den Augen ihrer Mutter.

»Jetzt werde nicht auch noch frech, Mädchen«, schnauzte Mrs. Gibbs sie an. »Ein Glück, dass Mrs. Jenkins von nebenan kommt und mir hilft, ihn zu waschen und auf den Topf zu setzen.«

»Tut mir leid, Mama, aber heute muss ich früher gehen.«

Maggie entfloh der spitzen Zunge ihrer Mutter in einen hellen, frischen Morgen. Sie musste rennen, um ihren Bus zu erwischen, und in ihren Augen brannten Tränen, Tränen, die die niemand sehen sollte. Es tat ihr weh, ihren Vater so abhängig von anderen in seinem Bett liegen zu sehen, und die Schelte ihrer Mutter machte alles noch schlimmer, denn ihre Arbeit gefiel ihr nun mal so gut. Sie zahlten ihr zwar nicht viel bei Harpers, aber Maggie liebte es, mit den anderen Mädchen zusammen zu sein, und es würde furchtbar für sie werden, all das aufgeben zu müssen.

Sie erwischte ihren Bus noch und lächelte den freundlichen Schaffner an, der nickte, als sie ihre Fahrkarte bezahlte. Das Klingeln seiner Maschine war angenehm und fröhlich wie er, und sie begann sich schon besser zu fühlen und sich auf ihren Arbeitstag zu freuen. Heute war Eröffnungstag bei Harpers, und sie war schon schrecklich aufgeregt bei dem Gedanken an all die Kunden, die für ihr Glas Champagner und die Chance, einen Preis zu gewinnen, durch die offenen Türen hineinströmen würden.

In der Oxford Street stieg sie aus ihrem Bus und reihte sich in die kleine Schar von Mitarbeitern ein, die durch den Seiteneingang in das Kaufhaus eilten. Auf der anderen Straßenseite hatten sich schon einige Kunden versammelt, die sich um den besten Platz drängelten, um von dort die Enthüllung der Schaufenster zu beobachten. Die Verkäuferinnen plauderten und lachten, als sie in den Laden strömten, der förmlich zu sprudeln schien vor Aufregung über die große Eröffnung, und auch Maggies Aufregung wuchs, als sie den ersten Stock erreichte und in ihre Abteilung ging. Sally legte gerade ihren Mantel ab, und hinter ihr kam Beth herein. Mrs. Craven war schon damit beschäftigt, die Schutzhüllen von den Hüten auf den Ausstellungsständern zu entfernen. Sie gab einen Arm voll an Maggie weiter, die sie in den Lagerraum brachte und ordentlich einräumte.

»Sie werden jetzt die Schaufenster enthüllen«, sagte eine Stimme von der Tür her, und Maggie sah, dass Miss Hart dort stand und sie beobachtete. Ausnahmsweise sah auch sie einmal freudig erregt aus. Dieses ansteckende Gefühl hatte sich im ganzen Laden verbreitet, und Maggie konnte sich ein Kichern nicht verkneifen, als sie Sallys Gesichtsausdruck sah.

»Wir sollen kommen«, sagte Sally. »Du beeilst dich besser, Maggie ...«

Maggie nickte. Sie mochte es, wenn Sally sie Maggie nannte, obwohl sie wusste, dass es gegen die Regeln war, aber es klang so liebevoll, wenn es von ihrer neuen Freundin kam, und gab ihr das Gefühl, geschätzt zu werden.

Die unten im Erdgeschoss ausgestellten Glaswaren und das Porzellan waren exquisit. Wunderschöne große Vasen und Kristallglas, das das Licht widerspiegelte, das auf zierliche Tischlampen und kleine, mit Onyx belegte Tische fiel, daneben hübsche Schachteln aller Art und viele kleine Gegenstände, die Damen vielleicht gerne kaufen würden. Im hinteren Teil des

Erdgeschosses befand sich eine Vitrine mit Regen- und Sonnenschirmen sowie eine Auswahl an Spazierstöcken mit silbernen Handgriffen. Maggie konnte die Toilettenseifen, Parfüms und das Talkumpuder riechen, die in Glastheken ausgestellt waren, und dachte, der köstliche Geruch müsste die Kunden einfach dazu verführen, länger zu verweilen und sich umzusehen.

Mr. Stockbridge stand in einer Reihe mit Mr. Marco und dem Ladenbesitzer. Mr. Harper lächelte seine Mitarbeiter an, wartete, bis alle anwesend waren, und wies dann die Schaufensterdekorateure an, die Vorhänge, die die Schaufenster vor den Mitarbeitern verbargen, abzuhängen. Ein ganzer Chor überraschter Ausrufe ertönte, als die Vorhänge fielen und eine Reihe von Szenerien offenbarten, die das Warenangebot von Harpers perfekt zur Geltung brachten: Schaufensterpuppen in Frauenkleidern und andere in maßgeschneiderten Herrenanzügen. In einem der Fenster waren ein Hochrad und eine Auswahl an Sportartikeln zu sehen, in einem anderen ein mit weißem Spitzentuch gedeckter Tisch mit schönem Porzellan und Glas. Ein anderes Fenster war mit einem Sortiment von Damenhandtaschen, feinen Handschuhen, Schals und einer kleinen Ausstellung von Silberschmuck dekoriert. Im nächsten Fenster konnte man eine Reihe von prächtigen Hüten auf unterschiedlich hohen Ständern bewundern, und darüber hingen Sonnenschirme mit silbernen oder elfenbeinfarbenen Griffen, in den Farben des Regenbogens arrangiert, und das Ganze vor einem Hintergrund, der einen Pariser Marktplatz darstellte. Eine Welle des Beifalls breitete sich unter den versammelten Frauen und Männern im Warenhaus aus.

»Und Sie, meine Damen und Herren, nehmen jetzt bitte ihre Plätze ein«, sagte Mr. Stockbridge zu den Angestellten und klatschte in die Hände. »Mr. Marco, Sie dürfen nun die Fenster auch der Öffentlichkeit präsentieren ...«

Als die Jalousien draußen vor den Fenstern sich hoben,

konnten sie den Beifall der versammelten Menge hören und die Blitzlichter von Kameras sehen – und dann begann plötzlich eine Blaskapelle eine amerikanische Melodie zu spielen, und Mr. Harper, der nach draußen gegangen war, um die Fenster auch von dort aus zu bewundern, betrat mit einer schönen blonden Frau am Arm das Gebäude wieder durch den Haupteingang.

»Sie sieht aus wie ein Filmstar«, flüsterte Sally Maggie zu. »Entweder das oder sie ist Amerikanerin ...«

»Sie ist sehr hübsch und elegant.«

Maggie wollte das Erdgeschoss, in dem gleich der Champagner ausgeschenkt werden würde, gar nicht wieder verlassen. Sie hatte draußen eine Menge Kunden erblickt und hätte sie gern durch die großen Glastüren hereinkommen sehen, aber sie wusste, dass sie oben sein musste, um zu tun, was Mrs. Craven ihnen auftrug, sobald die ersten Kundinnen dort erschienen.

»Das Schaufenster mit den Sonnenschirmen hat mir ganz besonders gut gefallen«, bemerkte Sally, als sie aus dem Aufzug in ihre eigene Abteilung traten. »Das Ganze sieht aus wie ein Bild, das ich einmal von Paris gesehen habe.«

»Ja, ich bin mir sicher, dass es das auch darstellen soll«, sagte Mrs. Craven. »Es sieht ein bisschen wie ein Renoir-Gemälde aus, finde ich.«

»Ich habe noch nie eins gesehen«, flüsterte Maggie. »Und du?«

»Ja, sogar ziemlich viele, weil ich so oft die Kunstgalerien und Museen besuche«, antwortete Sally. »Ich mag die Bilder der Impressionisten, und diesen Eindruck wollten sie durch die Dekoration der Fenster wiedergeben.« Sie wirkte nachdenklich, als sie den Platz hinter ihrer Theke einnahm.

»Mir gefallen sie auch«, sagte Beth leise zu Maggie. »An einem Sonntag könnten wir doch alle zusammen mal in eine

Galerie gehen? Einige von ihnen haben schon morgens geöffnet, glaube ich.«

»Ich wünschte, ich könnte«, sagte Maggie wehmütig. »Aber sonntags habe ich immer viel zu tun ...«

»Ich auch«, antwortete Beth mit einem verständnisvollen Lächeln.

»Ja, die Schaufensterdekorationen sind fabelhaft«, bestätigte auch Mrs. Craven. »Aber nun lasst uns versuchen, möglichst beschäftigt auszusehen, Mädchen. Holt eure Geschäftsbücher heraus, und du, Maggie, kannst mir helfen, die ausgestellten Hüte neu zu arrangieren.«

Maggie, die schon ganz kribbelig vor Aufregung war bei dem Gedanken, dass sie bald ihre ersten Kunden bedienen würden, beeilte sich zu tun, was von ihr verlangt wurde.

* * *

Sally stand vor der Glasvitrine mit den teuersten Handtaschen und war überzeugt, dass sie alles getan hatte, um sie so exquisit wie möglich zu präsentieren. Der erwartete Ansturm konnte sie kaum aus der Ruhe bringen. Das mochte auch daran liegen, dass sie in Gedanken eher bei dem war, was Sylvia ihr anvertraut hatte, als bei der Sorge um die Kunden. Maggie dagegen war so nervös, dass Mrs. Craven ihr etwas zu tun gab, um sie abzulenken. Beth stand geduldig wartend da. Wie Sally hatte sie ihre Ware bestens arrangiert und versuchte erst gar nicht, irgendetwas umzustellen, sondern schaute Mrs. Craven zu, als sie drei Hüte neu arrangierte.

Die erste Kundin, die durch die Tür kam, war eine sehr modisch gekleidete junge Frau in einem schicken grauen Wollkostüm, zu dem sie einen roten glockenförmigen Filzhut und rote Lederschuhe sowie Handschuhe trug. Ihre Tasche dagegen war schwarz und sah im Vergleich zum Rest ihrer Garderobe ein bisschen schäbig aus. Sie ging geradewegs auf Sallys Theke zu.

»Ich würde mir gern eine Ledertasche ansehen«, erklärte sie. »Sie sollte schwarz sein, weil man das zu allem tragen kann.«

»Ja, Madam, selbstverständlich.« Sally nahm zwei Taschen aus der Theke und legte sie darauf. Die eine war aus mattem schwarzem Leder und die andere aus glänzendem Lackleder. »Diese Taschen sind wirklich der letzte Schrei und kosten jede zwei Guineen ...«

»Oh. Ist das alles, was Sie haben?« Die Kundin wirkte enttäuscht. »Ich wollte eigentlich etwas Exklusiveres, so wie die Taschen im Schaufenster ...«

Mr. Marco hatte unmittelbar nach Ankunft der Waren aus Amerika Artikel aus allen Abteilungen erhalten und seine Schaufensterdekorationen dadurch bis zum letzten Augenblick geheim gehalten.

»Wir haben Krokodilledertaschen und eine aus Chagrinleder, aber sie sind nicht schwarz«, sagte Sally. Sie legte die beiden schwarzen Taschen in die Theke zurück und drehte sich zu der Vitrine an der Wand hinter ihr um, schloss sie auf und nahm zuerst eine Tasche aus dunkelgrauem Eidechsenleder mit einer glänzenden Schnalle heraus. »Diese hier kostet fünf Guineen ...« In Sallys Ohren klang der Preis schockierend hoch in einer Zeit, in der Männer um das Recht kämpften, fünf Schilling am Tag zu verdienen, aber einige Leute konnten sich eben schöne Dinge leisten.

»Ja, die hier ist sehr schön«, erwiderte die junge Frau, während sie mit ihrer behandschuhten Hand darüberstrich. »Und was ist mit der Krokodilledertasche dort?«

Sally nahm die Tasche aus dem Glasschrank und legte sie neben die aus grauem Eidechsenleder. »Diese kostet zehn Guineen, Madam.«

»Teuer, aber schön«, sagte die Frau sichtlich beeindruckt. Sie öffnete sie, um sich das Seidenfutter innen anzusehen. »Ja, ich glaube, diese ist es, die ich haben möchte. Bitte packen Sie sie gut ein«, sagte sie und hielt Sally drei wie frisch gedruckt aussehende Fünfpfundnoten hin.

»Selbstverständlich, Madam.«

Sally trug den Verkaufsbeleg in ihr Buch ein und schickte ihn zusammen mit dem Geld der Kundin zur Kasse hinauf. Nachdem sie die Tasche aus Eidechsenleder in die Vitrine zurückgestellt hatte, begann sie, die teure Krokotasche in mehrere Lagen Seidenpapier einzupacken. Sowie sie geschützt war, schob sie sie in eine schwarze Tüte mit der goldenen Aufschrift »Harpers«, und gleich darauf verriet ihr ein leises Klicken, dass das Wechselgeld da war. Sie zählte es der Kundin in die Hand und gab ihr die Quittung.

»Danke für Ihren Einkauf, Madam. Ich hoffe, Sie werden viel Freude an Ihrer Tasche haben.«

»Oh nein, die ist nicht für mich«, erwiderte die junge Frau und lachte. »Mein Chef hat mich gebeten, ein Geburtstagsgeschenk für seine Frau zu besorgen. Ich könnte mir so etwas Schönes gar nicht leisten. Ich wünsche Ihnen noch einen schönen Morgen, Miss.«

»Ich Ihnen auch, Madam.«

Sally schaute der jungen Frau nach, als sie die Abteilung verließ. Dabei sah sie, dass Beth gleich zwei Kundinnen bediente und Maggie ihr dabei half. Mrs. Craven zeigte einer anderen Kundin einen Hut, und Sally verkniff sich ein Lächeln. Die Kundin war eine ziemlich füllige Dame, und der Hut, den sie anprobieren wollte, war viel zu verspielt und jugendlich für sie, weswegen Mrs. Craven diplomatisch versuchte, sie zu einem nicht ganz so extravaganten zu überreden.

Im selben Moment kamen zwei junge Frauen herein und gingen schnurstracks auf Sallys Schmucktheke zu. Sie wirkten hier ein bisschen deplatziert in ihrer billigen Kleidung und Schuhen, die schon bessere Zeiten gesehen hatten. Sally trat hinter die Theke, und eine der jungen Frauen zeigte auf einen silbernen Armreif im obersten Fach des Schmuckvitrine, der ziemlich schwer und rundherum mit Türkisen besetzt war. Er sollte eine Guinee kosten, und Sally war sich nicht sicher, ob die Mädchen sich so etwas leisten konnten, aber als sie ihn zu sehen verlangten, nahm sie ihn heraus und legte ihn auf ein mit blauem Samt gefüttertes Tablett.

»Was kostet er?«, fragte eins der Mädchen.

»Das steht doch auf dem Etikett, Mave«, sagte das andere Mädchen. »Schau her, der Preis ist eine Guinee …« Sie schaute ihre Freundin grinsend an. »So viel hat dir Big Tony doch gestern Nacht gegeben?«

Sally merkte nun, dass die Mädchen das Geld ausgaben, das sie auf eine ganz und gar nicht respektable Art verdient hatten. Sie war ein bisschen überrascht, dass sie sich in das Kaufhaus hineingewagt hatten, und fragte sich, ob sie das Glas Champagner bekommen hatten – aber andererseits war Harpers für jedermann geöffnet.

Mave nickte und errötete. Sallys Eindruck von den beiden bestätigte sich, als das Mädchen sagte: »Ja, aber ich muss die Miete für Sammy zusammenkriegen, und du weißt ja, wie er ist, wenn man nicht zahlen kann …«

»Wir haben auch noch einen preiswerteren für zehn Schilling und sechs Pence«, sagte Sally und nahm einen ähnlichen, aber leichteren Armreif aus dem Schrank.

»Der andere gefällt mir aber besser«, sagte Mave. »Kannst du mir fünf Schilling leihen, Shirl? Dann hätte ich genug für den Armreif und die Miete …«

Sally legte den günstigeren Armreif zurück und wartete, während die beiden Mädchen den anderen an Maves Handgelenk bewunderten.

»Na gut«, stimmte Shirl zu. »Aber ich will die Kohle wiederhaben, ja?«

»Na klar.« Mave grinste sie an. »Big Tony kommt heute Abend wieder. Er ist so scharf auf mich, er kann sich gar nicht von mir fernhalten.«

Sallys Nervenenden kribbelten. Diese beiden waren eindeutig Straßenmädchen auf einer Einkaufstour mit ihren illegal erworbenen Einnahmen, und sie wünschte, sie würde es wagen, sie zu fragen, was Sylvia wissen musste. Aber das konnte sie nicht riskieren. Nicht hier. Jemand könnte es hören – und dann würde sie nicht nur ihre Stelle verlieren, sondern auch ihr Ruf wäre ruiniert.

Sie nahm das Geld entgegen und sah den Mädchen hinterher, als sie mit der auffallenden schwarzen Tüte mit dem samtausgeschlagenen kleinen Schmuckkästchen darin gingen. Sie kicherten und sahen sich um und amüsierten sich. Sally bemerkte, dass zwei der anderen Kundinnen sie missbilligend ansahen, weil ihr gebleichtes Haar und ihre Kleidung ihren mutmaßlichen Beruf förmlich herausschrien, aber eine Kundin war eine Kundin, und Sally hatte sie genauso freundlich bedient wie jede andere auch.

Beth hatte ihren ersten Verkauf getätigt und sah sehr zufrieden mit sich aus. Auch Mrs. Craven hatte Maggie zwei Hüte gegeben, die sie in spezielle Hutschachteln verpackte, während sie selbst sich um die Bezahlung kümmerte. Zu spät erinnerte Sally sich an den Rat ihrer Chefin, ihre Einnahmen überprüfen zu lassen. Aber alle waren beschäftigt gewesen, und so hatte sie sie selbst geprüft. Und weil ihre beiden Kundinnen zufrieden gewesen waren und in der Abteilung den ganzen Morgen über auch weiterhin viel zu tun war, hatte sie ihre Einnahmen und ihr Wechselgeld auch weiterhin selbst geprüft.

Sie tat sich auch nicht schwer damit, den meisten Kundinnen, die zu ihr kamen, etwas zu verkaufen, auch wenn eine

Frau sich über die hohen Preise von allem, was sie sich zeigen ließ, beschwerte und dann letztendlich mit leeren Händen ging. Alle anderen Kundinnen kauften jedoch etwas, wobei die Krokodilhandtasche für zehn Guineen der größte Einzelumsatz war, den Sally erzielt hatte.

Um halb eins schickte Mrs. Craven Maggie und Beth in ihre Mittagspause. Als der erste Ansturm nachgelassen zu haben schien, ging sie zu Sally hinüber und lächelte zufrieden.

»Ich glaube, Sie waren erfolgreicher als Beth oder ich«, sagte sie. »Wie viele der silbernen Schmuckstücke haben Sie verkauft?«

»Fünf«, sagte Sally. »Das teuerste zu einer Guinee, aber die Anhänger zu achtzehn und elf sind gut gegangen – und eine Frau hat zwei Broschen zu jeweils fünfzehn Schilling das Stück gekauft. Sie wollte getrennte Schmuckkästchen, weil die Geschenke für ihre beiden Schwestern waren. Sie fand alles sehr schön und sagte, sie würde nächste Woche wiederkommen, um etwas für sich selbst zu kaufen.«

»Das ist es, was ich hören will.«

»Wir hatten alle viel zu tun und die anderen Abteilungen auch. Miss Hart kam vorbei, als Sie gerade die Dame bedienten, die drei Hüte kaufte – und sie sagte, ein nicht enden wollender Strom von Kunden sei den ganzen Morgen da gewesen.«

Mrs. Craven nickte. »Ich habe einer Kundin gleich mehrere Dinge für insgesamt neun Pfund verkauft. Was war Ihr bester Verkauf?«

»Eine Handtasche für zehn Guineen«, sagte Sally. »Ich hätte nicht gedacht, dass diese Kundin so viel Geld ausgeben konnte, aber es war ein Geschenk für die Frau ihres Chefs, und sie wollte wohl nur das Beste.«

»Das beweist nur mal wieder, dass man nie sicher sein kann. Ich dachte schon, wir würden diese Tasche niemals los.« Mrs. Craven lächelte. »Oh, wir haben schon wieder Kunden …«

Dann ging sie, um einer Kundin Handschuhe zu zeigen, da Beth schon jemand anderen bediente und Sally eine weitere an Schmuck interessierte Kundin hatte. Das mexikanische Silber erwies sich als echter Verkaufsschlager, vielleicht weil es so ausgefallen und ungewöhnlich war, und obwohl es ziemlich teuer war, gab es doch auch einige Stücke, deren Preise selbst für junge Mädchen, die sich etwas Hübsches gönnen wollten, noch erschwinglich waren. Vielleicht mussten sie sich dann Geld leihen, um ihre Miete zu bezahlen, aber ein bisschen freudige Erregung hier und da zauberte ein Lächeln auf jedermanns Gesicht.

Sallys Gedanken kehrten zu den beiden jungen Frauen zurück, die eins der kostspieligeren Schmuckstücke gekauft hatten. Unwillkürlich fragte sie sich, ob Mave auf den Straßen in Soho arbeitete oder ein Zimmer hatte, in das ihr Zuhälter die Männer brachte. Sally beschloss, nach der Arbeit einen Spaziergang um den Platz zu machen und sich dort ein Café für eine Tasse Tee oder ein Sandwich zu suchen. Vielleicht würde sie ja zufällig Mave oder einem anderen Mädchen begegnen, das ihr die Information geben konnte, die sie brauchte.

* * *

Als Sally aus der Mittagspause zurückkam, überließ Mrs. Craven ihr die Aufsicht. Gleich mehrere Kundinnen kamen herein, und Sally verkaufte einen glockenförmigen Damenhut und eine rote Lederhandtasche. Am meisten hatte jedoch Beth zu tun, da viele Leute sich Schals und Handschuhe zeigen lassen wollten. Handschuhe trug jede Frau, wenn sie ausging, ob im Winter oder Sommer, wenn sie anständig gekleidet sein wollte. Ein paar von Beths Kunden gingen allerdings auch wieder, ohne etwas gekauft zu haben.

Als die Abteilung vorübergehend leer war, fragte Sally sie,

warum die drei Frauen keinen der Schals kaufen wollten, die sie ihnen gezeigt hatte.

»Eine von ihnen sagte, sie wolle einen helleren Blauton, eine andere sagte, sie wären alle zu teuer, und die dritte fragte mich, ob ich einen für sie zurücklegen könnte – sie würde dann am Samstag wiederkommen.«

»Und was hast du gesagt?«

»Natürlich ja, und ich habe den Schal in Seidenpapier gepackt und ihn mit einem Zettel mit ihrem Namen und dem Preis in meine Schublade gelegt.«

»Ich weiß nicht, ob das erlaubt ist«, meinte Sally. »Du solltest Mrs. Craven fragen, Beth. Ich glaube nicht, dass die Geschäftsführung so etwas gutheißen würde.«

»Du meinst, ich habe etwas falsch gemacht?«, fragte Beth beunruhigt. »Die Frau machte einen ehrlichen Eindruck. Sie bekommt am Freitagabend ihr Geld, und die Farbe des Schals war genau die, die sie suchte. Sie hatte einfach nicht genügend Geld dabei, um den Schal zu kaufen, bevor sie ihren Lohn erhält.«

»Na ja, bei Selfridges durfte ich es nicht tun«, sagte Sally, »aber du solltest besser Mrs. Craven fragen. Oh, da steht ein Herr an meiner Theke ...«

Sie ging auf ihren Platz zu, wo ein gutgekleideter Mann darauf wartete, bedient zu werden. »Darf ich Ihnen helfen, Sir?«

»Ja, ich denke, das können Sie vielleicht«, sagte er und lächelte sie an, als er höflich seinen Filzhut antippte. »Meine Sekretärin hat heute Morgen für den Geburtstag meiner Frau eine sehr schöne Handtasche bei Ihnen gekauft und mir etwas von einem ganz besonderen Silberschmuck erzählt, den sie hier gesehen hat.« Er blickte auf den Verkaufstresen herab. »Würden Sie mir diesen Armreif und einige Ohrringe zeigen?«

»Natürlich, Sir.« Sally nahm den wertvollsten Armreif,

der mit drei Guineen ausgezeichnet war, und eine Schmuckschachtel mit dazu passenden Ohrringen aus der Vitrine.

Der Mann schaute sich den Armreif genauer an, nickte dann und sagte, er werde ihn kaufen, aber die Ohrringe gefielen ihm nicht ganz so gut, und er zeigte auf ein Paar in einem anderen Stil.

»Ich würde gerne diese sehen ...«

Sally nahm die großen Kreolenohrringe heraus. Sie hatte sie für zu auffallend für den Geschmack eines Gentlemans gehalten, aber er lächelte zustimmend. »Ja, die nehme ich – für eine Freundin ...«

Der Schmuck war also offenbar nicht für seine Frau bestimmt. Sally fragte sich, wer die Empfängerin der Ohrringe und des Armreifs sein mochte, verdrängte den Gedanken aber schnell wieder, als sie die Rechnung zweimal überprüfte und dann genau vier Pfund verlangte.

Nachdem sie das Geld hinaufgeschickt hatte, gab sie ihm die Quittung für seine Päckchen.

»Wir werden uns wiedersehen, denke ich.« Er schenkte ihr ein charmantes Lächeln, bevor er ging.

Mrs. Craven war inzwischen aus ihrer Pause zurück und sprach mit Beth. Sie runzelte die Stirn, und Beth errötete und sah aus, als ob sie sich sehr unwohl fühlte. Sally hatte das Gefühl, dass ihre Freundin den Tränen nahe war, aber sie konnte von Glück sagen, dass sie Mrs. Craven und nicht Miss Hart als Abteilungsleiterin hatten.

Mrs. Craven kam auf Sallys Theke zu. »Vielen Dank, dass Sie Beth geraten haben, keine Waren zurückzulegen. Da wir jedoch nicht über die Firmenpolitik aufgeklärt wurden, war es nicht ihre Schuld, aber auch ich halte es für unklug, Waren zurückzulegen, weil das zu Fehlern und Missverständnissen führen kann.«

»Ja, das weiß ich«, stimmte Sally zu. »Einige kleinere Läden tun es, aber die meisten größeren nicht. Weil die Leute sich Sachen reservieren lassen und dann wochenlang nicht wiederkommen oder sie vergessen.«

»Pst! Kein Wort mehr darüber«, sagte Mrs. Craven, als die Etagenaufseherin mit Mr. Stockbridge und Mr. Harper hereinkam. »Sie braucht das nicht zu wissen ...«

Sally grinste und wandte sich ab, um einen Teil des Schmucks in den Regalen neu zu ordnen. Ihr Chef war wirklich ein gutaussehender Mann, und es gefiel ihr, dass er sich die Abteilungen höchstpersönlich ansah und an allem Interesse zeigte. Sie hatte an diesem einen Tag viel mehr verkauft als erwartet, und wenn es so weiterging, würde sie schon bald mehr Ware brauchen.

»Gut gemacht, meine Damen!«, sagte Miss Hart. »Sie haben mehr Umsatz gemacht als irgendeine andere Abteilung – und Sie, Miss Ross, haben an diesem Morgen den größten Einzelumsatz erzielt. Ich gratuliere Ihnen dazu, Sie werden diese Woche einen Bonus von fünf Schilling zu Ihrem Lohn erhalten.«

»Ich möchte meine Angestellten dazu motivieren, hart zu arbeiten und dadurch mehr zu erreichen«, sagte Mr. Harper, wobei sein Blick einen Moment auf Sally verweilte, sodass sie leicht errötete.

»Hatten wir überall im Laden gut zu tun?«, fragte Mrs. Craven ihn.

»Ich glaube, die Verkäufe waren auf den meisten Etagen recht zufriedenstellend«, sagte er und wandte sich ihr zu.

»Ja, aber in der Abteilung für Herrenbekleidung wurde nicht so viel verkauft wie hier«, warf Miss Hart wichtigtuerisch ein. »Im Erdgeschoss ist alles in allem mehr verkauft worden, aber dort gibt es auch mehr Theken – und nichts, das über sechs Guineen lag, wurde heute Morgen dort verkauft. Ich wage zu behaupten, dass Sie den größten Einzelumsatz an diesem Tag erzielt haben, Miss Ross.« Ihr Mund verzog sich zu einer Grimasse, als sei sie enttäuscht darüber, dass es Sally gewesen war. »Allerdings hat sich vorhin jemand nach einem kompletten Tafelservice aus Porzellan erkundigt. Falls diese Kundin wiederkommt, wird dieser Verkauf natürlich einen höheren Wert haben ...«

»Wir brauchen sowohl große als auch kleine«, sagte Mr. Harper mit einem zufriedenen Lächeln. »Kommen Sie, Stockbridge, wir haben noch andere Abteilungen zu besuchen ...«

Eine weitere Kundin betrat die Abteilung, als die Männer gingen, und Sally kehrte zu ihrem Platz zurück. Sie wurde nach Handtaschen gefragt und verkaufte eine Ledertasche für zwei Guineen und einen silbernen Anhänger für zehn Schilling. Miss Hart beobachtete sie und eilte dann ihren Vorgesetzten hinterher.

»Ich glaube, sie war nicht erfreut darüber, dass Sie den besten Verkauf an diesem Morgen getätigt haben, Miss Ross«, meinte Mrs. Craven. »Obwohl ich mir beim besten Willen nicht vorstellen kann, warum ...«

Sally verzog das Gesicht. »Ich glaube, ich bin Miss Hart einfach nicht sonderlich sympathisch.«

»Vielleicht nicht – aber mir schon«, sagte Mrs. Craven. »Ah, ich habe eine Kundin – entschuldigen Sie mich bitte ...«

Sally begab sich wieder hinter ihren Verkaufstisch, wo sie auch den ganzen Nachmittag über gut verkaufte. Sie machte jetzt ihren gesamten Umsatz mit dem Silberschmuck, und irgendwann wurde ihr klar, dass es die Schaufensterauslage sein musste, die so viele Kundinnen hineinlockte.

Lächelnd wartete sie auf die nächste. Bisher lief alles wirklich gut. Jetzt konnte sie nur noch hoffen, dass ihr abendlicher Ausflug nach Soho genauso gut verlaufen würde ...

Kapitel 11

Beth war völlig erschöpft, als sie an jenem Nachmittag die Arbeit beendete. Sie war eine der Letzten, die gingen, und konnte beobachten, wie Mr. Marco und Mr. Harper eine der Schaufesterdekorationen besprachen. Mr. Marco nickte ihr zu, und trotz ihrer Müdigkeit rang sie sich ein Lächeln ab. Ihr war nicht bewusst gewesen, dass die Arbeit als Verkäuferin so anstrengend sein würde, dass sogar ihr Rücken schmerzte, als sie zum Bus ging. Sie seufzte, als sie die lange Warteschlange an der Haltestelle sah, denn falls der Bus schon halb voll war, würde sie wahrscheinlich ewig keinen Sitzplatz mehr bekommen. Als ein Auto hinter ihr anhielt, machte sie sich nicht einmal die Mühe, sich umzudrehen. Doch dann berührte eine Hand sie an der Schulter.

»Erlaubst du mir, dich mit dem Auto heimzufahren?«

Als Beth sich umdrehte, machte ihr Herz einen Satz, weil es Mark war, der hinter ihr stand und ihr tief in die Augen blickte. Sie waren dunkel vor Leidenschaft, und Beth konnte spüren, dass die Stärke seiner Emotion sie nicht unberührt ließ. Vielleicht war es aber auch der bittende Blick in seinen Augen, der sie dazu bewegte, zuzustimmen, bevor sie an die Konsequenzen dachte. Sein Wagen, den er am Bordstein geparkt hatte, war ein todschickes Fahrzeug mit funkelnden Rädern und grüner Lackierung. Beth hatte keine Ahnung, um was für ein Modell es sich handelte, weil sie sich nie für Autos interessiert hatte, aber dann sah sie die Worte »De Dion« auf der Rückseite und nahm an, dass es ein französisches Modell war. Die Menschen in der Schlange an der Bushaltestelle musterten sie neugierig, sodass sie errötete und sehr verlegen wurde, als Mark ihr die Beifahrertür aufhielt.

Als sie neben ihm saß, sah Beth den Mann an, den sie einst so verzweifelt geliebt hatte, und fühlte sich verletzlich und nervös. »Ich weiß nicht, ob das eine gute Idee ist ... Deine Frau ...«

»Würde es nicht stören«, beendete Mark ihren Satz für sie. »Ich werde dich schon nicht in eine dunkle Gasse entführen und dir Gewalt antun, falls es das ist, was du befürchtest?« Sie sah einen Anflug von Verärgerung in seinen Augen und schämte sich.

»Natürlich nicht!« Beth errötete heiß. »Ich wohne bei Tante Helen und nehme an, du weißt noch, wo das ist. Aber halte bitte an, bevor wir dort sind, weil ich den Nachbarn keinen Grund zum Tratschen geben will.«

Autos waren in dem Viertel ihrer Tante noch immer eine Seltenheit, und Beth wusste, dass sie beim Aussteigen von einem Dutzend Augenpaaren hinter den Spitzenvorhängen beobachtet worden wäre und den Klatschtanten damit eine Woche lang Stoff für ihre Geschichten geliefert hätte.

»Die arme Beth, die immer nur das Richtige tun darf. Bist du es nicht allmählich leid, eine Heilige zu sein?«

»Das ist unfair«, entgegnete sie. »Du verstehst das nicht – du hast ja keine Ahnung, wie es war ...«

»Nein, und deshalb finde ich, wir sollten miteinander reden«, sagte er, während er die Handbremse löste und sich in den Verkehr einreihte. Er sah Beth nicht an, als er die Frage stellte, die sie sich Jahre zuvor zu beantworten geweigert hatte. »Warum, Beth – warum hast du mir damals deine Mutter vorgezogen?«

»Das habe ich doch gar nicht«, sagte Beth mit Tränen in den Augen. Sie spürte, wie der Wind an ihrem Hut zerrte, und hob eine Hand, um ihn festzuhalten, denn obwohl es ein angenehmer Abend war, drohte der rauschende Fahrtwind ihn ihr vom Kopf zu reißen, als sie beschleunigten. »Ich habe um ihre Erlaubnis gebettelt, dich heiraten zu dürfen, sodass sie dann bei uns leben könnte, aber sie hat sich immer wieder geweigert. Sie warf mir vor, ich sei egoistisch und kümmere mich nicht um sie. Sie sagte, mein Vater wäre schockiert und verletzt, dass ich auch nur daran denken würde, sie zu verlassen. Sie drohte mir, eher im Krankenhaus zu sterben, als in Abhängigkeit von dir zu leben ...«

»Aber was hatte ich denn getan, dass sie eine solche Ablehnung gegen mich empfand?«, fragte er verärgert.

»Ich weiß es nicht – sie wollte mich einfach an der kurzen Leine halten. Wahrscheinlich hättest du dich ihr gegenüber besser durchsetzen können als ich, und das war ihr offensichtlich klar.«

Mark nickte, sagte aber eine Weile nichts. »Und dennoch hast du dich dazu entschieden, bei ihr zu bleiben. Sie hätte dich schließlich nicht zwingen können.«

»Ich war nicht alt genug, um ohne ihre Zustimmung zu heiraten, aber viel schlimmer noch war es für mich, dass sie sagte, sie würde lieber sterben, als unser Zuhause zu verlassen. Ich kam mir selbstsüchtig und lieblos vor und habe versucht, es dir zu erklären, aber du warst schrecklich aufgebracht und hast mich in jener Nacht in einem Wutanfall verlassen. Danach hast du mir nie wieder eine zweite Chance gegeben.«

»Weil ich dachte, du wolltest jemand anderen – und dann wurde mir gesagt, du wärst leicht beeinflussbar und noch nicht bereit, eine echte Bindung einzugehen ...«

»Wer hat dir denn einen solchen Blödsinn erzählt?«, fragte Beth empört.

»Ich ging am nächsten Morgen zu dir nach Hause, aber du warst nicht da, und deine Mutter sagte, du hättest bessere Möglichkeiten, und bat mich, nicht mehr anzurufen ...«

»*Das* hat Mutter gesagt?« Beth schaute ihn an und sah den Puls an seiner Schläfe pochen. Für einen Moment schloss sie die Augen, als der Schmerz einsetzte. »Wie konnte sie nur? Sie hat mir nie gesagt, dass du da warst – ich dachte, du hättest mich verlassen, und deshalb schrieb ich dir, aber dann habe ich den Brief nicht abgeschickt. Mutter sagte, wenn du mich wirklich gewollt hättest, wärst du wiedergekommen ...«

»Wie es scheint, war deine Mutter wild entschlossen, uns auseinanderzuhalten ...«

»Ja, das war sie wohl«, stimmte Beth ihm zu, denn das konnte sie jetzt klar und deutlich sehen. »Ich hatte gehofft, du würdest mir schreiben oder anrufen, aber du hast es nie getan ...«

Mark schwieg. Zwei Straßen vom Haus ihrer Tante entfernt parkte er den Wagen, schaltete die Zündung aus und sah Beth an. »Steig jetzt bitte noch nicht aus.«

»Ich sollte aber besser gehen ...« Sie zögerte, weil sie sich von dem sehnsüchtigen Blick in seinen Augen zu ihm hingezogen fühlte und dennoch wusste, dass es sinnlos war. »Es ist zu spät, Mark. Ich war damals kaum zwanzig, und meine Mutter hat mich emotional erpresst – und so habe ich dich verloren. Ich wünschte, ich hätte es dir damals besser erklären können und dich gebeten, noch ein wenig abzuwarten ...« Sie wischte sich die Tränen von den Wangen. »Es tut mir wirklich leid, dass ich dir wehgetan habe. Ich habe dich geliebt, Mark, aber jetzt bist du verheiratet und ...« Beth schüttelte den Kopf. »Bitte versuch nicht, mich am Gehen zu hindern – und komm auch nicht mehr wieder, um mich zu sehen. Denn es bringt nichts, Mark.«

»Ich war ein verdammter Narr«, sagte er, und sie konnte den Schmerz in seinen Augen sehen. »Ich hätte wissen müssen, dass deine Mutter log. Ich hätte dich suchen und dich zwingen sollen, mir die Wahrheit zu sagen ...«

»Das hast du aber nicht getan, und ich war zu verletzt und zu stolz, um dich zu bitten, zu mir zurückzukommen«, sagte Beth. Sie zitterte, und ihre Stimme bebte, als sie flüsterte: »Leb wohl, mein Lieber. Du weißt selbst, dass es hier enden muss ...«

Er beugte sich zu ihr vor, und bevor Beth auch nur ahnen konnte, was er vorhatte, berührten seine Lippen die ihren. Es war nur der Hauch einer Berührung, aber sie zuckte sofort zurück.

»Nein! Das kannst du nicht – und darfst du nicht!«, rief sie, während sie die Tür aufriss und in ihrer Eile fast hinausfiel. »Leb wohl, Mark.«

Sie drehte sich nicht mehr um, als sie davoneilte, aber ihr liefen Tränen über die Wangen, als sie um die Straßenecke bog. Mit ihrer behandschuhten Hand wischte sie sie ab, atmete tief durch und versuchte, ihre Gefühle unter Kontrolle zu bringen, bevor sie das Haus betrat. Tante Helen durfte sie auf keinen Fall so sehen! Sie würde sie nur mit verächtlichen Worten überhäufen, und das war das Letzte, was Beth brauchte. Niemand brauchte ihr zu sagen, dass sie nicht die geringste Chance hatte, mit Mark je wieder glücklich zu werden. Er war verheiratet, und sie würde weder seine Geliebte werden noch seine Ehe zerstören. Es wäre schockierend, wenn er sich ihretwegen von seiner Frau scheiden ließe – und die Alternative wäre Scham und Schande.

Beth blieb gar keine andere Wahl, als ihn zu vergessen. Der Schmerz in ihrer Brust war heftig, aber sie würde ihn vor ihrer Tante und der Welt verbergen. Sie musste so tun, als wäre all das nie geschehen. Selbst wenn Mark seine Ehe bereute und mit ihr zusammen sein wollte, war es unmöglich.

* * *

Sally fand ein Café und setzte sich an einen Tisch, um eine Tasse Kaffee und ein Schinkensandwich zu bestellen. Nachdem sie heute einen Bonus von fünf Schilling erhalten hatte, glaubte sie, es sich leisten zu können, sich etwas Besonderes zu gönnen. Zufrieden schaute sie auf den Platz hinaus und sah zu, wie die Dämmerung einsetzte. Bald würden die jungen Frauen, die sich für Geld an Männer verkauften, auf den Bürgersteigen herumflanieren. Normalerweise hätte Sally sich um diese Uhrzeit nicht hierhergewagt, und sie war auch fest entschlossen zu gehen, sobald es ihr gelungen war, die Frage zu stellen, auf die sie eine Antwort brauchte.

Während sie noch müßig durch das Fenster schaute, sah Sally plötzlich die junge Frau, die Mave hieß. Erfreut sprang sie auf, warf das Geld für ihre Rechnung auf den Tresen und eilte auf den Platz hinaus. Sie lief Mave hinterher, ergriff ihren Arm und drehte sie zu sich herum. Erst dann erkannte sie, dass die Frau nicht Mave war, sondern jemand, den sie noch nie zuvor gesehen hatte.

»Oh, entschuldigen Sie bitte«, sagte sie. »Ich dachte, Sie wären jemand anderes.«

»Was zum Teufel woll'n Se denn von der?«, fragte die Frau ärgerlich. »Wenn Sammy Sie geschickt hat, könn' Se gleich wieder abhauen. Ich arbeite jetzt für mich allein, und es ist mir scheißegal, was der Kerl denkt ...«

»Ich kenne keinen Sammy«, sagte Sally verzweifelt. »Ich hatte Mave gesucht ...«

»Was woll'n Se denn von ihr?«, wiederholte die Frau.

Sally zögerte und entschied sich dann für eine kleine Lüge. »Sie wollte mir sagen, wo ich ein Kind loswerden kann ...«

»'n Kind loswerden ...« Die Frau starrte sie durchdringend an. »Dann sind Se wohl schwanger, was?«

»Nicht ich, sondern meine Freundin«, antwortete Sally. »Aber ich muss es wissen – ihr zuliebe ...«

Die Frau schwieg für einen Moment, dann nickte sie. »Ich kenn da zufällig jemanden«, sagte sie, nahm einen Bleistift und einen Zettel aus ihrer Tasche und kritzelte einen Namen und eine Adresse darauf. »Sagen Se Dot, dass Vera Sie schickt ... und sie wird Geld wollen, zehn Pfund, falls es ihr erstes Mal ist. Aber das haben Se nicht von mir, und wenn Se mich verpfeifen, werden Se wünschen, nie geboren zu sein ...«

»Ich verspreche Ihnen, dass niemand es erfährt. Aber meine Freundin ist verzweifelt ...«

»Das glaub ich Ihnen gern.« Die Frau grinste sie an, weil sie offensichtlich dachte, dass Sally die Adresse für sich selbst benötigte. »Aber das is' doch keine Schande, Kindchen. Es sind die verdammten Männer, die schuld dran sind.«

Sally hielt es für sinnlos zu bestreiten, dass sie für sich selbst eine Abtreibung wünschte, Vera würde ihr ohnehin nicht glauben. »Danke. Ich werde Sylvia sagen, wie viel es sie kosten wird ...«

»Aber seien Se sich ganz sicher, dass Sie 's wollen«, riet Vera ihr noch ernsthaft. »Es könnte sein, dass Se danach keine Kinder mehr haben können – und wenn Sie 's zu spät machen lassen, kann's gefährlich werden ...«

»Danke, auch das werde ich ihr sagen.« Sally steckte den Zettel in ihre Jackentasche und ging davon. Sie war jedoch erst ein paar Schritte weit gekommen, als ein Mann vor sie hintrat.

»Wie viel?«

»Kein Interesse«, sagte Sally, aber er ergriff ihren Arm.

»Ich geb Ihnen zehn Pfund für alles ...«

»Nein! Lassen Sie mich in Ruhe!« Sally versuchte, ihn fortzustoßen, aber sein Griff wurde nur noch fester, und er murmelte etwas wie »Jetzt werden sie auch noch größenwahnsinnig, die verdammten Nutten«, während er versuchte, Sally mit sich zu ziehen. Als sie sich wehrte, stieß er sie brutal gegen die Häuserwand. Sally schrie erschrocken auf, aber dann sah sie, wie der Mann, der sie angegriffen hatte, zurückgerissen und auf den Bürgersteig geschleudert wurde.

Jemand stellte sich über ihn, und ein ziemliches Geschrei entstand, bevor der Angreifer sich aufrappelte und das Weite suchte. Sally zitterte am ganzen Körper, als ihr Retter sich ihr zuwandte.

»Alles in Ordnung?«, fragte Irish Mick, und Sally schnappte verblüfft nach Luft, aber er wirkte genauso schockiert, als er sah, dass sie es war. »Was zum Teufel tun Sie hier?«

»Ich hatte etwas zu erledigen«, sagte Sally, deren Gesicht brannte, als stünde es in Flammen. »Danke für die Hilfe, aber ich muss jetzt gehen ...«

»Ich bringe Sie zum richtigen Bus«, sagte Mick und funkelte sie böse an. »Sind Sie verrückt geworden, bei Nacht hierherzukommen, Sally Ross?«

Sally hatte nicht gewusst, dass er ihren Namen kannte. Sie hatte bisher kaum mit ihm gesprochen, obwohl er sie oft ansah und ihr einen Gruß zurief. »Ich sagte doch schon, dass ich etwas Wichtiges erledigen musste!«

Doch Mick hatte sie schon am Arm gepackt und schob sie die Straße entlang. »Anständige Mädchen gehen nachts nicht über diesen Platz, schon gar nicht allein«, belehrte er sie. »Es ist ein Wunder, dass die Mädchen Sie nicht für eine Rivalin gehalten und sich auf Sie gestürzt haben – und es gibt hier auch so einige Männer, die Sie auf eine Art und Weise benutzen würden, die Ihnen nicht gefiele!«

»Ich bin nicht verrückt!«, murmelte Sally wütend, als Micks Finger sich schmerzhaft fest in ihren Arm gruben. »Ich musste etwas für eine Freundin tun ...«

Micks Augen verengten sich, und sie wusste, dass auch er erbost war, aber was ging es ihn an, dass sie hier war?

»Wenn ich nicht gekommen wäre, hätte man Sie vielleicht schon morgen früh im Fluss gefunden.«

Sally biss sich auf die Lippe. Sie wusste, dass es gefährlich war, was sie getan hatte, aber sie hatte es Sylvia versprochen.

Sie erreichten die Haltestelle, als soeben ein Bus anhielt.

»Steigen Sie ein«, befahl Mick ihr. »Und kommen Sie nur ja nicht wieder hierher ...«

»Ich weiß nicht, was Sie das angeht«, fauchte Sally, aber er war schon weg, und der Schaffner forderte sie auf weiterzugehen. Sie tat es und rieb sich dabei den Arm. Morgen früh würde dort sicher ein blauer Fleck zu sehen sein. Nur gut, dass ihre Uniform lange Ärmel hatte, denn sonst wäre Mrs. Craven sicher neugierig geworden ...

Sally bezahlte ihr Fahrgeld und starrte aus den Fenstern auf die Lichter der Stadt. Es war ein anderes London, das bei Nacht zum Leben erwachte, und obwohl sie noch nie Angst gehabt hatte, irgendwo allein zu sein, hatte sie heute Abend einen Mordsschrecken bekommen, und es würde lange dauern, bis sie sich wieder auf diesen Platz wagen würde ...

***

Sylvia griff eifrig nach der Adresse, die Sally ihr gab, runzelte aber die Stirn, als sie hörte, wie teuer der Eingriff sein würde.

»Eigentlich müsste er ihn bezahlen«, murmelte Sylvia, »aber er wird mir keinen Penny geben.«

»Viel habe ich nicht gespart, aber vier Pfund kann ich dir leihen, falls du knapp bei Kasse bist.«

»Danke, Sally«, sagte ihre Freundin dankbar. »Ich werde es dir zurückzahlen, sobald ich kann. Du hast so viel für mich getan, ich werde dir jeden Penny zurückgeben.«

»Vera sagte übrigens, du solltest es nicht zu lange aufschieben, weil es gefährlich sein kann, wenn die Schwangerschaft schon zu weit fortgeschritten ist.«

Sylvia machte ein ängstliches Gesicht. »Ich bin mir nicht

sicher, wie weit ich bin.« Doch dann zuckte sie mit den Schultern. »Aber ich kann es sowieso nicht behalten, also bleibt mir gar keine andere Wahl.«

»Ich wünschte, ich könnte mehr tun«, sagte Sally, die sie aufrichtig bedauerte. »Möchtest du, dass ich dich begleite?«

»Nein, das geht schon, ich habe keine Angst«, antwortete Sylvia. »Und wenn ich es hinter mir habe, lade ich dich irgendwohin ein. Ins Varieté vielleicht. Ich mag ein bisschen Tingeltangel ...«

»Ich auch«, stimmte Sally lächelnd zu. »Aber allein macht es keinen Spaß, man braucht schon jemanden, der mitgeht.«

»Genau – und deshalb werden wir zusammen hingehen«, versprach Sylvia. »Ich habe endgültig genug von den verdammten Kerlen ...«

Sally lächelte und ging, um in ihr eigenes Zimmer zurückzukehren. Sie hatte die Adresse, die Vera ihr gegeben hatte, abgeliefert, und nun lag es bei Sylvia. Erst als sie sich auf das Bett in ihrem Zimmer setzte, wurde ihr klar, dass sie Irish Mick in Zukunft nicht mehr ignorieren durfte. Er hatte sie zumindest vor Prügel bewahrt, wenn nicht vielleicht sogar vor Schlimmerem. Sally hatte sich nicht einmal richtig bei ihm bedankt, aber das würde sie nachholen, wenn sie ihn das nächste Mal sah. Doch sie würde ihm nicht sagen, warum sie in Soho gewesen war, denn das ging ihn nichts an. Einen Moment lang fragte sie sich, was er dort zu suchen gehabt hatte, vergaß es dann aber wieder, weil das auch sie nichts anging.

Sally war mehr als müde, als sie ins Bett kroch. Es war ein anstrengender Tag gewesen, und sie hätte sich den Ausflug nach Soho lieber erspart. Aber sie hatte Sylvia helfen wollen, und das war ihr gelungen. Jetzt konnte sie es vergessen und an die Zukunft denken.

***

Sally sah Mick schon am nächsten Morgen, als sie zur Arbeit ging. Er wartete in der Tür des Pubs auf sie und kam über die Straße, um mit ihr zu reden. Und da sie ihn nicht ignorieren konnte nach dem, was er für sie getan hatte, blieb sie stehen und sah ihn misstrauisch an.

»Tut mir leid, aber ich habe nicht viel Zeit, ich muss meinen Bus erwischen.«

»Ich weiß. Aber Sie haben noch jede Menge Zeit«, sagte er, und sein irischer Akzent war jetzt deutlicher zu hören als am Abend zuvor, als er so aufgebracht gewesen war. Er lächelte und war viel lockerer und mehr er selbst. »Ich wollte nur fragen, wie Sie sich an diesem schönen Morgen fühlen, Sally Ross.«

Sally war nervös und nicht ganz sicher, ob sie so ungezwungen mit ihm reden wollte. »Wer hat Ihnen meinen Namen gesagt?«

»Oh, ich habe meine Mittel und Wege«, erwiderte er grinsend. »Hauptsache, es geht Ihnen nicht schlechter als nach dieser hässlichen Erfahrung?«

»Natürlich nicht!«, fauchte Sally. »Sie haben diesen Rohling rechtzeitig gestoppt, und dafür bin ich Ihnen dankbar. Ehrlich. Es war dumm von mir, dorthin zu gehen, aber ich musste es tun, weil ich Informationen für eine Freundin brauchte.«

»Nun, dann hätten Sie auch mich fragen können«, sagte er. »Für alles, was Sie wissen müssen, bin ich genau der Richtige – vergessen Sie das in Zukunft nicht.« Ein schelmisches Lächeln blitzte in seinen Augen auf, das ihre Wangen zum Glühen brachte.

»Das ist nett von Ihnen«, sagte Sally, »aber ich habe nicht vor, je wieder dorthin zu gehen.«

»Sie sind ein kluges Mädchen – und noch klüger wären Sie gewesen, wenn Sie sich gar nicht erst auf den Weg dorthin gemacht hätten.« Seine Augen wurden schmal. »Falls Sie selbst es sind, die in Schwierigkeiten steckt ...«

»Nein, nein, das ist es nicht«, sagte sie schnell. »Und jetzt entschuldigen Sie mich bitte, ich muss die Straßenbahn erwischen ...«

Mick trat zur Seite, um sie vorbeizulassen, und Sally hastete zum Ende der Gasse und ging die wenigen Schritte zur Straßenbahn. Sie war erst ein paar Sekunden dort, als die Bahn um die Ecke bog und ihre Glocke läutete. Sally stieg schnell ein, seufzte vor Erleichterung und lachte dann über sich selbst. Sally wusste, dass sie keinen Grund hatte, Mick zu fürchten. Er mochte zwar vertrauter mit ihr umgehen, als ihr lieb war, aber er würde ihr niemals etwas antun. Sie hatte die Wärme in seinem Blick gesehen und wusste, dass er sie mochte, auch wenn sie absolut nicht an einem Mann interessiert war, der als Barmann arbeitete. Sie wollte mehr als das vom Leben ...

Kapitel 12

Beth bemerkte sofort, wie blass und verstört Maggie aussah, als sie an diesem Donnerstagmorgen zur Arbeit kam. Sie hatte jedoch fast augenblicklich Kundinnen, und erst als sie ihre Mittagspause machten, kam sie dazu, sie zu fragen, was los sei. Maggies Augen füllten sich mit Tränen, aber sie wischte sie weg und schluckte, als Beth ihr ein Taschentuch reichte.

»Es ist wegen meinem Vater«, sagte sie mit erstickter Stimme. »Ach, Beth, es war so schrecklich! Er hatte solch starke Schmerzen, dass er weinte und wir mitten in der Nacht den Arzt holen mussten.«

»Das tut mir sehr leid«, sagte Beth mitfühlend. »Ich konnte dir ansehen, wie schlecht es dir ging, aber das ist ja auch verständlich, wenn dein Vater so schwer krank ist.« Sie holte tief Luft. »Ich habe meinen verloren, als ich noch ein Kind war. Danach habe ich mich um meine Mutter gekümmert, bis sie vor ein paar Monaten starb. Es ist eine sehr traurige und schmerzhafte Zeit, wenn jemand, den man liebt, so leidet…«

»Und ich fühle mich so hilflos«, gestand Maggie. »Der Arzt sagte, er könne nichts anderes tun, als meinem Vater mehr von dem Mittel zu geben, das seine Schmerzen lindert… aber wenn wir ihm zu viel davon geben, könnte er daran sterben.«

»Was für eine schreckliche Situation für dich und deine Mutter!«, erwiderte Beth traurig. »Und man kann wirklich gar nichts mehr für ihn tun?«

»Er hat sich bei einem Betriebsunfall die Wirbelsäule verletzt, und seine Firma müsste ihm nun eine Entschädigung zahlen, weil es ihre Schuld war – aber das ändert nichts an den Schmerzen, nicht wahr? Außerdem glaube ich nicht, dass sie bisher etwas gezahlt haben.«

»Geld hilft deinem Vater auch nicht im Geringsten«, sagte Beth. »Es mag zwar deiner Mutter helfen, die Rechnungen zu bezahlen, aber es ist dein Vater, der Schmerzen hat und leidet – und ihr beide mit ihm.«

Maggie nickte, sagte aber nichts, sondern wischte sich nur die Tränen ab. »Ich weiß, dass Weinen nicht hilft, aber dein Mitgefühl hat mich dazu gebracht, Beth. Meine Mutter dagegen scheint sich einfach nur noch um sich selbst zu kümmern ...« Sie holte tief Luft. »Oh, wie gemein von mir, und es ist auch gar nicht wahr. Ich bin mir sicher, dass es nur die Sorge ist, die sie so hartherzig macht.«

»Ja, Menschen werden barsch und hart, wenn sie sich Sorgen machen«, sagte Beth. »Es tut mir wirklich leid, Maggie. Soll ich Mrs. Craven fragen, ob du heute früher heimgehen darfst?«

»Tu das bloß nicht!«, sagte Maggie. »Ich hatte Glück, diese Stelle zu bekommen, und möchte sie nicht verlieren, auch wenn Mama die Bezahlung nicht besonders gut findet – und außerdem bin ich hier glücklicher als zu Hause. Ich liebe meinen Vater, aber er hat entweder Schmerzen, oder er schläft ... und meine Mutter schnauzt mich dauernd an.«

»Ja, das verstehe ich besser, als du vielleicht glaubst«, sagte Beth. »Meine Mutter fühlte sich oft unwohl und verbrachte die meiste Zeit mit Schlafen.« Und den Rest mit Jammern!

»Ich liebe Mama auf meine Art ... aber eben nicht so sehr wie meinen Vater.« Maggie zog die Nase hoch und gab Beth ihr Taschentuch zurück. »Oder sollte ich es besser waschen und dir wieder mitbringen?«

»Ach was, ich werde es zu Hause waschen«, widersprach

Beth lächelnd. »Ich weiß, dass ich nicht viel tun kann, um dir zu helfen, aber ich kann dir zuhören, wenn du willst ...«

»Danke, Beth«, sagte Maggie und blickte auf die große silberne Uhr an der Wand des Restaurants. »Wir sollten jetzt besser gehen, sonst kommen wir noch zu spät. Ich will nicht gleich in meiner ersten Woche eine Strafe bezahlen.«

»Oh nein, das will ich auch nicht!«, stimmte Beth ihr zu. »Ich komme mit meinem Lohn gerade so über die Runden ...« Maggie sah sie an, und sie zog ein langes Gesicht. »Die Hälfte meines Lohns verlangt schon meine Tante für Kost und Logis ...«

»Oh, das ist aber ganz schön viel, oder?«

»Na ja, immerhin habe ich schon ein paar Monate bei ihr gelebt und nicht mehr bezahlt als ein paar Einkäufe ...« Beth unterdrückte einen Seufzer. »Es war schon schwer genug, als meine Mutter noch lebte, aber seit ihrem Tod bleibt mir nur sehr wenig, und das ist inzwischen alles aufgebraucht, sodass ich nicht mal ausziehen kann, selbst wenn ich es wollte ...«

»Meine Mutter sprach davon, eine Untermieterin aufzunehmen, aber sie wollte nur fünf Schilling für Übernachtung und Frühstück verlangen.«

»Na ja, bei meiner Tante bekomme ich ja auch mein Abendbrot«, erinnerte Beth sie. »Was sie verlangt, ist also nicht unverhältnismäßig viel. Zumindest weiß ich, dass ich es mir nicht leisten könnte, irgendwo anders zu leben.«

»Sally will eine eigene Wohnung und hat mir vorgeschlagen, bei ihr einzuziehen«, sagte Maggie. »Aber meine Mutter würde mir das ganz sicher nie erlauben.«

»Ich glaube, das wäre ein teurer Spaß, es sei denn, man würde sich mindestens zu viert eine Wohnung teilen – und eine der Frauen müsste eine Witwe sein, damit es respektabel ist.«

»Sally hat gesagt, das spiele keine Rolle«, meinte Maggie stirnrunzelnd. »Warum ist es respektabler, wenn eine der Frauen Witwe ist?«

»Weil es schlicht und einfach so ist«, sagte Beth und lachte. »Deine Mutter wäre bestimmt schockiert, wenn du ihr sagen würdest, wir vier wollten in einer eigenen Wohnung leben, oder nicht?«

»Ja, das weiß ich, aber kannst du verstehen, warum?«, fragte Maggie. »Wenn wir alle anständige Mädchen sind, was sollte dann das Problem sein?«

»In den Köpfen anderer Frauen, fürchte ich. Vermutlich würde man uns für leichte Mädchen halten«, meinte Beth lächelnd. »Aber komm jetzt, wir müssen uns beeilen, wenn wir uns nicht verspäten wollen ...«

* * *

Sally zeigte gerade einer Dame mittleren Alters eine Lederhandtasche, als sie eine Frau die Abteilung betreten sah, bei deren Anblick ihr bang ums Herz wurde. Es konnte kein Irrtum sein: Es war definitiv die Prostituierte, der sie zwei Abende zuvor in Soho begegnet war. Sally hatte versucht, die Erinnerung an dieses unangenehme Erlebnis aus ihrem Gedächtnis zu streichen, was ihr allmählich gelang, doch jetzt, da Vera geradewegs auf ihre Theke zusteuerte, kehrte alles wieder zurück.

»Hallo, Miss«, sagte Vera. »Ich dachte, Sie könnten mir vielleicht einen silbernen Armreif zeigen wie den, den meine Freundin neulich am Eröffnungstag bei Ihnen gekauft hat.«

Sally erinnerte sich noch genau an den Armreif, den Mave gekauft hatte, aber es gab keinen zweiten, der dem anderen auch nur annähernd glich. »Diese Armreife sind alle Einzelstücke«, sagte sie, »aber ich glaube, dieser hier ist dem, den Sie suchen, noch am ähnlichsten ...«

Vera blickte erschrocken auf und zugleich zeichnete sich ein Wiedererkennen auf ihrem Gesicht ab, doch als Sally den Armreif herausnahm, entspannte sich ihr Gesichtsausdruck sofort wieder. »Ja, Miss«, sagte sie. »Dieser sieht fast genauso aus, nur die Steine sind ein wenig kleiner. Wie heißen diese Steine?«

»Türkise«, sagte Sally und hoffte inständig, dass Vera ihre vorherige Begegnung nicht erwähnen würde. »Dieser Armreif ist preiswerter als der, den Ihre Freundin gekauft hat – er kostet siebzehn Schilling und sechs Pence.« Was allerdings immer noch mehr war, als viele Straßenmädchen sich zu zahlen erlauben konnten.

»Er gefällt mir sogar noch besser«, sagte Vera. »Könnte ich ihn in einem hübschen Schmuckkästchen bekommen? Er ist nämlich nicht für mich, sondern für meine Schwester. Sie lebt auf dem Land und hat so etwas bestimmt noch nie gesehen.« Vera zwinkerte Sally zu. »Sie wird es für was ganz Ausgefallenes halten und denken, ihre große Schwester sei eine reiche Frau.«

»Wahrscheinlich haben noch nicht viele Leute in diesem Land solchen Schmuck schon einmal gesehen haben«, sagte Sally. »Er wurde erst kürzlich aus Amerika importiert, und Harpers hat die Exklusivrechte daran. Ich hoffe, er gefällt Ihrer Schwester.«

»Mit Sicherheit«, antwortete Vera und grinste, als sie Sally den exakten Kaufpreis reichte. »Vielen Dank, meine Liebe – und machen Sie sich keine Gedanken, Vera ist keine Petze …«

Sally verzog keine Miene, als sie ihr die kleine Tüte mit dem charakteristischen Firmenzeichen übergab. »Das freut mich«, erwiderte sie. »Und vielen Dank für Ihren Besuch.«

»Also dann auf Wiedersehen«, sagte Vera. »Und passen Sie auf sich auf …« Sie zwinkerte Sally noch einmal zu und ging, wobei sie beinahe mit Miss Hart zusammenstieß. Die Etagenaufseherin musterte sie verächtlich, als ob sie etwas Widerliches wäre, was die Katze hereingeschleppt hatte. »Passen Sie auf, Madame, dass Sie keine Risse im Gesicht bekommen, falls Sie eines Tages mal lächeln sollten ...«

Sally hielt den Atem an, als sie die Entrüstung in Miss Harts Augen sah. Und tatsächlich kam die Etagenaufsicht mit verkniffener Miene direkt auf sie zu. »War das eine Freundin von Ihnen, Miss Ross?«

»Aber nein, Miss Hart, nur eine Kundin. Sie hat einen silbernen Armreif gekauft ...«

»Ich bin mir nicht sicher, ob wir Frauen wie diese ermutigen sollten, den Laden zu betreten«, erklärte Miss Hart naserümpfend.

»Als ich bei Selfridges arbeitete, sagte man mir, ich sollte jede Kundin gleich behandeln, aber wenn Sie mir die Anweisung geben, eine einfache Frau nicht zu bedienen ...?« Sally ließ die Frage in der Luft hängen und setzte die argloseste Miene auf, zu der sie fähig war.

Miss Hart funkelte sie böse an. »Davon kann nicht die Rede sein! Wir sind hier, um zu bedienen, und ich nehme an, dass das Geld dieser Frau so gut ist wie das jeder anderen auch – aber Sie sollten darauf achten, keine Vertraulichkeit zu dulden, Miss Ross. Es wäre unklug, in freundschaftlichem Kontakt mit einer solchen Frau gesehen zu werden ...«

»Gibt es ein Problem?«, fragte Mrs. Craven, als sie näher kam. »Ich wollte Sie gerade bitten, Miss Ross, die Abteilung zu übernehmen, während ich Mittagspause mache.« Ihr Blick richtete sich auf Miss Harts zornigen Gesichtsausdruck. »Ich überlasse Miss Ross gerne die Abteilung – es sei denn, Sie wollen selbst während meiner Pause hierbleiben, Miss Hart?«

»Nein, ich habe andere Dinge zu erledigen. Und nun entschuldigen Sie mich bitte, Mrs. Craven – und Sie, Miss Ross, werde ich im Auge behalten ...«

»Was war denn los?«, fragte Mrs. Craven, nachdem Miss Hart gegangen war.

»Ach, sie fand nur, dass eine der Kundinnen zu vertraulich im Umgang mit mir war«, antwortete Sally und konnte spüren, wie sie errötete.

»Da hat sie recht, Miss Ross – denn auch wenn es mir nicht gefällt, wie sie mit Ihnen und Maggie spricht, muss ich ihr doch zustimmen, dass Sie vorsichtig sein sollten. Allerdings glaube ich nicht, dass Sie diese junge Frau zu Vertraulichkeiten ermutigt haben, obwohl sie Sie zu kennen schien.«

»Es war nur so, dass ich ihrer Freundin einen Armreif verkauft hatte und sie einen ähnlichen haben wollte.« Sally gefiel es nicht, Mrs. Craven zu belügen, aber sie konnte ihr auch nicht die Wahrheit sagen. Was Sylvia vorhatte, war illegal, und auch sie hatte gegen das Gesetz verstoßen, indem sie ihr die Adresse dieser »Engelmacherin« gegeben hatte. Ihre Vorgesetzte würde sie für sehr dumm halten, und vielleicht war sie das ja auch, denn wenn Mick nicht zufällig da gewesen wäre, als sie angegriffen wurde ... Eigentlich komisch, dass er überhaupt dort war, dachte Sally, als Mrs. Craven in die Pause ging. Was hatte er in diesem Teil Londons gemacht?

Sie verwarf den Gedanken sofort wieder, als eine elegante junge Frau die Abteilung betrat und zu ihr hinüberkam. »Ich möchte eine Handtasche kaufen, aber es soll eine gute sein. Im Schaufenster habe ich eine gesehen, die mir gefällt ... Ah ja, ich glaube, es war diese rote dort ...«

Sally nahm die Tasche aus dem Schrank. Es war eine der preisgünstigeren, und die Kundin brauchte ziemlich lange, um sich zu entscheiden. Beth hatte zwei Kundinnen, weswegen es Maggie überlassen blieb, eine Dame mittleren Alters an der Theke mit den Hüten zu bedienen. Sally konnte nicht richtig sehen, was dort vor sich ging, weil sie damit beschäftigt war, ihrer Kundin Handtaschen zu zeigen, aber als diese sich schließlich für die erste rote entschied, sah Sally, dass schon mindestens zehn Hüte vor Maggies Kundin auf der Theke lagen und sie auf einen weiteren in der Vitrine deutete, um auch diesen anzuprobieren. Da Sally nun frei war, ging sie zu Maggie hinüber, deren Gesicht vor Nervosität schon leicht gerötet war.

»Können wir Ihnen bei der Entscheidung helfen, Madam?«, fragte sie und lächelte Maggie an. »Bitte räumen Sie diese Hüte weg, Miss Gibbs, während ich mich um Ihre Kundin kümmere – Sie wollten einen schwarzen Hut, vermute ich?«

Sichtlich erleichtert, dass Sally übernommen hatte, beeilte Maggie sich, die abgelehnten Hüte wegzuräumen.

»Ja, aber ein grauer ginge auch«, sagte die Kundin. »Nichts Frivoles, weil der Hut für eine Beerdigung ist, aber ich sollte ihn auch zur Arbeit tragen können. Ich kann mir diese hohen Preise nicht erlauben«, sagte sie und runzelte die Stirn über ein Preisschildchen von zwei Guineen.

Sally schaute sich zwischen Schränken und Ständern um und entdeckte einen schwarzen Glockenhut mit einem schlichten Band. Da sie wusste, dass er zwölf Schilling kostete, nahm sie ihn schnell von seinem Ständer.

»Also dieser hier würde Ihnen gut stehen, Madam – er hat die perfekte Form für Ihr Gesicht.«

Sally reichte der Kundin den Hut, und sie nahm ihn, warf einen Blick auf den Preis und probierte ihn dann an. Er stand ihr wirklich gut, aber sie runzelte die Stirn und biss sich auf die Lippe, als sie erneut auf das Preisschild schaute.

»Nun ja, ich denke, der würde es tun«, räumte sie ein. »Zwölf Schilling sind ein viel annehmbarerer Preis als alles, was mir das andere Mädchen gezeigt hat, auch wenn es immer noch recht teuer ist. Normalerweise zahle ich höchstens sieben Schilling und sechs Pence! Ich dachte, dieses Geschäft hätte vernünftigere Preise als Selfridges, doch sie sind manchmal geradezu absurd.«

»Ja, ein bisschen teuer für dieses Stadtviertel«, stimmte Sally ihr zu. »Aber ich glaube, Mr. Harper wollte unseren Kunden eine größere Auswahl bieten – und die meisten Dinge haben wir in allen Preisklassen auf Lager.«

»Sie scheinen ja eine vernünftige junge Frau zu sein«, sagte die Kundin und warf der armen Maggie einen bösen Blick zu. »Aber ich halte es für ausgesprochen töricht, einem ungeschulten Mädchen die Verantwortung für eine solche Theke zu überlassen ...«

»Miss Gibbs ist noch in der Ausbildung«, sagte Sally sanft und steckte das Geld der Kundin in den Automaten, der es in den nächsten Stock beförderte. Dann verpackte sie den Hut in einer schicken Schachtel. »Ich hoffe, Sie werden zufrieden sein mit Ihrem Kauf, Madam.«

Die Kundin bewunderte die sehr aparte Hutschachtel, und wirkte schon beschwichtigter. »Gut, dass Sie hier das Sagen haben«, bemerkte sie, während Sally ihr Wechselgeld abzählte. »Der Hut ist von guter Qualität, aber er ist trotzdem zu teuer. Ich könnte mir dennoch vorstellen, hier wieder einzukaufen, und ich werde auch meinen Freundinnen von Harpers erzählen.«

»Ja, tun Sie das bitte«, sagte Sally lächelnd.

»Danke«, sagte Maggie, die zu ihr herüberkam, als die Kundin durch die Glastüren verschwand. »Sie hat mir richtig Angst gemacht. Ich wusste beim besten Willen nicht, was ich tun sollte ...«

»Hunde, die bellen, beißen nicht«, sagte Sally und lachte. Sie nahm gerade einen der Hüte in die Hand, die Maggie noch nicht weggeräumt hatte, als Mrs. Craven durch die gegenüberliegende Tür hereinkam. Sally, die mit dem Rücken zu ihrer Vorgesetzten stand, lachte Maggie zu, wobei sie den Hut aufsetzte und so tat, als bewunderte sie ihr Spiegelbild. »Ich bin mir nicht sicher, ob das meine Farbe ist – haben

Sie nicht etwas anderes in einem helleren Farbton und nicht zu teuer? Oh, und etwas mehr Schleier, ich brauche mehr Schleier ...«

»Miss Ross!« Der scharfe Ton der Etagenaufsicht ließ Sally buchstäblich erstarren. Sie nahm den Hut schnell ab, bevor sie sich umdrehte und den frostigen Blick sah, der auf sie gerichtet war. »Was glauben Sie, was Sie da tun? Mit diesen Hüten spielt man nicht – und falls Sie ihn beschädigt haben, können Sie sich auf eine Geldstrafe gefasst machen!« Miss Hart schnappte sich den teuren Hut und betrachtete ihn prüfend. »Wie ich mir schon dachte, ist die Seide hier zerrissen! Sie werden also eine Geldstrafe von zwei Schilling pro Woche zahlen, bis Sie den Hut abbezahlt haben ...«

»Moment mal«, sagte Mrs. Craven, die hinter der Etagenaufsicht stand. »Ich glaube, da irren Sie sich, Miss Hart. Ich hatte Miss Ross gebeten, diesen Hut anzuprobieren, weil ich ihn für eine Freundin kaufen möchte. Darf ich den Riss mal sehen?«

Miss Hart funkelte sie böse an und reichte ihr den Hut. Eine kleine Tüllfalte war leicht ausgefranst, und Mrs. Craven steckte sie einfach wieder an ihren Platz zurück. Ein echter Schaden war also nicht entstanden.

»So, das war's auch schon«, sagte Mrs. Craven. »Und da ich diesen Hut kaufen werde, besteht also kein Grund, Miss Ross für dieses kleine Missgeschick zu bestrafen.«

»Also wirklich!« Miss Hart sah aus, als ob sie jeden Moment explodieren würde, und stapfte aufgebracht davon.

Mrs. Craven wartete, bis sie gegangen war, und schaute Sally dann stirnrunzelnd an. »Was war das denn gerade?«

»Es war meine Schuld«, sagte Maggie schnell. »Sally hat mir bei einer schwierigen Kundin geholfen. Als ich ihr dann sagte, wie nervös mich solche Frauen machen, hat sie sich über mich lustig gemacht und so getan, als ob sie selbst eine solche Kundin wäre.« Maggie schoss die Röte ins Gesicht. »Es tut mir leid«, sagte sie und sah aus, als wäre sie den Tränen nahe.

»Miss Hart ist ziemlich kleinlich«, sagte Mrs. Craven in gedämpftem Ton. »Allerdings muss ich ihr darin zustimmen, dass die Verkäuferinnen nicht zum Spaß die Waren anprobieren sollten. Das war nicht klug von Ihnen, Miss Ross. Zum Glück ist dieses Mal kein Schaden entstanden, und ich hatte sowieso immer vor, den Hut zu kaufen, aber …«

»Es war die Kundin, die den Schaden verursacht hat«, sagte Maggie. »Sie hat sich den Hut zu tief über den Kopf gezogen, und ich habe mich nicht getraut, etwas zu sagen …«

»Gut, dann werden wir nicht mehr darüber reden«, sagte Mrs. Craven. »Aber seien Sie vorsichtig, Miss Ross. Miss Hart hat sich Ihren Namen zweifellos notiert, und weitere Rügen könnten zu einem offiziellen Verweis oder sogar zur Entlassung führen.«

»Danke, Mrs. Craven«, sagte Sally kleinlaut. Innerlich schäumte sie jedoch vor Wut. Diese Miss Hart hatte von Anfang an eine Abneigung gegen sie gehegt, und Sally wusste, dass sie in Zukunft sehr vorsichtig sein musste, wenn die Etagenaufsicht in der Nähe war, ansonsten würde sie hochkant hinausgeworfen werden!

***

Sally grübelte noch immer über ihre Verfehlungen nach, als sie an diesem Abend ihr Zimmer betrat. Sie war früher als sonst zu Hause, weil sie beschlossen hatte, sich die Zeit zu nehmen, ihr Haar zu waschen und zu trocknen. Obwohl sie es nur kragenlang trug, war es dicht und dunkel mit einem Anflug von Rot und sehr eigenwillig. Deshalb musste sie es zunächst gründlich mit dem Handtuch trockenrubbeln und dann Strähnchen um ihre Finger wickeln und sie feststecken, bis das Haar trocken war und sich gewellt hatte. Die Enden würden sich von selber kringeln. Wenn sie es länger wachsen ließe, würde es sich ganz natürlich um ihre Schultern wellen, aber bei der Arbeit musste es ordentlich und gepflegt aussehen.

Sie erhitzte einen Kessel Wasser auf dem kleinen Gaskocher, machte sich eine Kanne Tee und wollte sich gerade die Haare waschen, als jemand an ihre Tür klopfte. Stirnrunzelnd ging Sally hin, um sie zu öffnen, und sah Sylvia vor sich stehen, sie war furchtbar blass und konnte sich kaum auf den Beinen halten.

»Du siehst ja furchtbar aus!«, sagte Sally und begriff sofort, dass sie bei der »Engelmacherin« gewesen war. »Sie hat's also getan?«

Sylvia stolperte ins Zimmer, und Sally fing sie auf, als sie beinahe hinfiel. Sie führte sie zum Bett, und Sylvia brach darauf zusammen. »Ich blute wieder«, sagte sie. »Sie hatte Mühe, die Blutung zu stoppen, aber dann sagte sie, es sei alles in Ordnung und ich solle nach Hause gehen und ein, zwei Tage im Bett bleiben ... aber dort habe ich die Laken schon total vollgeblutet. Ich weiß nicht, was ich machen soll, Sally.«

Aber auch Sally wusste nicht, was sie tun sollte. Sie hatte ihre Freundin davor gewarnt, dass die Abtreibung unangenehme Folgen haben könnte, als sie Sylvia von der Frau namens Dot erzählt hatte. Aber dass die Blutungen jetzt so stark waren, hörte sich gar nicht gut an.

»Hat sie gesagt, was du tun sollst, falls du wieder zu bluten beginnst?«

»Sie sagte nur, ich könnte nicht zu einem Arzt gehen, weil wir dann beide ins Gefängnis kämen – und ich musste ihr versprechen, es nicht zu tun, bevor sie sich an die Arbeit machte. Sie hat mich gewarnt. Ich würde es bereuen, falls ich doch den Mund aufmache. Sie hat zwei große, starke Söhne, und ich habe Angst davor, was sie mit mir anstellen werden, wenn ich zur Polizei gehe ...«

»Oh Gott, das ist ja schrecklich!« Auch Sally bekam es mit der Angst zu tun und wünschte, sie hätte ihrer Freundin niemals von der Frau erzählt. »Es tut mir leid, Sylvia. Ich dachte, sie wüsste, was sie tut, denn sonst hätte ich dir ihre Adresse nicht gegeben.«

»Was soll ich denn jetzt tun?«, fragte Sylvia, den Tränen nahe.

»Blutest du noch immer?«

Doch Sylvia antwortete nicht, und als Sally sie anschaute, sah sie, dass ihre Augen geschlossen waren. Sie schien das Bewusstsein verloren zu haben, und jetzt konnte Sally auch eine kleine Blutlache sehen, die sich auf ihrem Bett ausbreitete. Panik ergriff sie, als ihr bewusst wurde, dass Sylvia ernsthaft in Gefahr sein könnte. Was sollte sie nur tun?

Sie konnte Sylvia doch nicht einfach hier verbluten lassen! Ihr war klar, dass sie einen Arzt holen musste, weil das Mädchen, dem sie zu helfen versucht hatte, sonst sterben würde – und es ihre Schuld wäre, weil sie ihr von dieser verdammten Metzgerin erzählt hatte, die das Leben des Kinds in ihr beendet und obendrein auch Sylvia fast getötet hatte.

»Ich werde Hilfe holen«, sagte sie, aber da Sylvia sie ohnehin nicht hören konnte, ließ sie sie auf dem Bett liegen und rannte die Treppe hinunter und auf die Straße hinaus. Sie war sich nicht mal sicher, wo der nächste Arzt war, weil sie noch nie einen gebraucht hatte. Doch dann sah sie Mick aus dem gegenüberliegenden Pub kommen und erinnerte sich daran, dass er gesagt hatte, sie solle zu ihm kommen, falls sie wieder Hilfe brauchte. Ohne die Konsequenzen zu bedenken, winkte sie ihm verzweifelt zu, und er kam zu ihr gelaufen.

»Was ist los, Sally? Ich kann dir ansehen, dass es nichts Gutes ist!«

»Meine Freundin Sylvia hatte eine Abtreibung, und jetzt liegt sie bewusstlos in meinem Zimmer und hört nicht auf zu bluten. Ich muss einen Arzt holen ...«

»Tut mir leid, aber das kannst du nicht tun, Sally«, sagte Mick. »Das würde euch alle in große Schwierigkeiten bringen. Überlass es mir. Ich kenne jemanden, der ihr helfen wird. Geh zurück in dein Zimmer, und warte dort. Ich schicke eine Freundin zu dir, und sie wird tun, was sie kann. Falls sie die Blutung stoppen kann, ist es das Beste, wenn wir deine Freundin anschließend woanders hinbringen ... und all das muss geheim gehalten werden, weil sie sonst Probleme mit dem Gesetz bekommt ... und du auch, weil du ihr geholfen hast.«

Sally nickte und wurde immer ängstlicher und verzweifelter. Sie hätte niemals in Soho nach Hilfe suchen sollen, denn damit hatte sie alles nur verschlimmert.

Sie eilte zu Sylvia zurück und stellte fest, dass das Mädchen mittlerweile wieder bei Bewusstsein war.

»Es wird jemand kommen, um dir zu helfen – kein Arzt und auch sonst niemand, der dich der Polizei ausliefert. Lass mich dir helfen, dich aufzusetzen, und ich mache dir etwas zu trinken, während wir warten ...« Ärzte waren verpflichtet, misslungene Abtreibungsversuche zu melden, und es konnte als Straftat geahndet werden.

»Danke«, sagte Sylvia mit fast unhörbarer Stimme. »Ich habe deine schöne Plüschdecke ruiniert ... was mir furchtbar leidtut, Sally.«

»Ach was. Ich kann sie in die Wäscherei bringen, und niemand wird was merken.« Sally kochte Kakao und reichte Sylvia eine Tasse. Ihre Hand zitterte, als sie daran nippte, aber sie hatte es immerhin geschafft, das meiste hinunterzuschlucken, als es an der Tür klopfte. Sally öffnete sie und ließ die Frau ein, die davorstand. Sie war um die vierzig und hatte krauses, stark gebleichtes blondes Haar, aber ihre Augen waren freundlich und verständnisvoll, als sie die Situation erfasste. Die Tasche, die sie mitgebracht hatte, stellte sie auf den Boden neben dem Bett.

»Mick hat mich geschickt. Ich bin Bridget«, sagte die Frau und schaute von einem Mädchen zum anderen. »Und wen haben wir hier?«

»Ich bin Sally, und das ist meine Freundin Sylvia.«

Bridget nickte. »Würden Sie sich bitte wieder hinlegen, Liebes, und mich mal nachsehen lassen?«, sagte sie in ruhigem und gefasstem Ton zu Sylvia.

Sylvia sah Sally an, die zustimmend nickte und lächelte, und tat dann, was Bridget von ihr verlangt hatte.

»Oh ja, das ist eine üble Schweinerei, was diese Metzgerin da mit Ihnen angestellt hat. Sie hat Sie buchstäblich zerrissen – aber Bridget wird die Blutung stoppen und den Teil vernähen, den ich sehen kann – wie es innen aussieht, das weiß nur der liebe Gott.« Sie gab Sylvia eine kleine Flasche Irischen Whisky. »Trinken Sie etwas davon, das wird den Schmerz ein bisschen dämpfen«, befahl sie.

Sylvia nahm die Flasche, trank ein paar Schlucke daraus und gab sie dann zurück.

Bridget holte nun eine kleine braune Flasche aus der mitgebrachten Tasche, goss etwas Flüssigkeit auf ihre Hände und wusch sie gründlich mit dem Jod. Dann goss sie etwas davon auf ein Stück weißes Leinen und beugte sich vor, um Sylvias Verletzungen zu betrachten.

»Das wird jetzt brennen, Liebes«, sagte sie, »aber es ist nötig, denn sonst stirbst du uns noch an einer Infektion! Also nimm jetzt die Hände deiner Freundin und halte sie ganz fest, dann werde ich dich so schnell ich kann in Ordnung bringen, Kleines.«

Sally umklammerte die Hand ihrer Freundin, während Bridget sie an ihrer empfindsamsten Stelle mit dem Jod betupfte und die Wunde dann vernähte. Sie wimmerte und schrie ein paar Mal auf vor Schmerz, aber Sally hielt ihre Hände fest und beruhigte sie, so gut sie konnte, während sie mitfühlend die stummen Tränen beobachtete, die über Sylvias Wangen rannen. Bridget trat zurück, als sie ihre Arbeit beendet hatte, und nickte.

»Jetzt wird's dir besser gehen, Liebes. Es ist schade, dass du nicht gleich zu mir gekommen bist, denn ich hätte es besser gemacht als diese Metzgerin, die du bezahlt hast, aber du wirst es überleben. Ich kann dir zwar nicht versprechen, dass du jemals wieder Kinder kriegen kannst, aber bete zum lieben Gott, vielleicht erhört er dich ja.«

»Ich danke Ihnen.« Sylvia nahm noch einmal die kleine Flasche Whisky, die Bridget ihr anbot, und trank noch etwas davon. »Ich kann Sie nur leider nicht bezahlen ...«

»Es war Mick, der mich bat hierherzukommen, und von Micks Freunden nehme ich kein Geld«, erklärte Bridget. »Er hat allerdings gesagt, du solltest mit mir kommen, falls du es schaffst – er wird dich an einen sicheren Ort bringen, und ich werde mich um dich kümmern, bis du wieder ganz gesund bist.« Sie sah Sally an. »Können Sie mir helfen, sie hinauszubringen? Mick wird ein Taxi bereitstehen haben, um sie abzuholen ...«

»Sie sind sehr liebenswürdig«, sagte Sally. »Und ein paar Scheine kann ich vielleicht auftreiben, falls Sie ...«

Bridget stieß ein gackerndes Lachen aus. »Mick würde mir das Fell über die Ohren ziehen, wenn ich von Ihnen Geld annähme! Behalten Sie es, meine Liebe. Sie sind seine Sally, und er hält große Stücke auf Sie, das können Sie mir glauben ...«

»Er kennt mich kaum, und ich kenne ihn genauso wenig«, sagte Sally heiß errötend.

»Vielleicht kennen Sie ihn *noch* nicht«, gab Bridget mit einem wissenden Blick zurück, »aber Mick kennt Sie, meine Liebe – und Sie stehen unter seinem Schutz. Wenn das nächste

Mal eine Freundin von Ihnen in Schwierigkeiten ist, gehen Sie zu Mick!«

Sally nickte, sagte aber nichts, weil sie sich nicht sicher war, inwieweit sie sich auf Mick verlassen wollte, auch wenn er ihnen dieses Mal geholfen hatte. Schließlich kannte sie ihn kaum. Sie ging zur Tür und blickte hinaus. Niemand war zu sehen. Schnell drehte sie sich um, winkte die anderen beiden Frauen zu sich und legte einen Arm um Sylvias Taille, um Bridget zu helfen, sie die Treppe hinunterzubekommen. Ihre Tür blieb halb offen, aber das kümmerte Sally nicht, weil sie an nichts anderes dachte, als ihre Freundin schnell wegzubringen, bevor sie entdeckt wurden.

Draußen wartete Mick. Sally konnte ihn im Schatten stehen sehen, wo er nicht vom hellen Licht der Straßenlaterne erfasst wurde. Seine dunklen Augen huschten zu Sally und dann zu dem Mädchen, das sie und Bridget stützten.

»Darum kümmere ich mich jetzt«, sagte er und hob Sylvia auf seine starken Arme. »Danke, Bridget, mein Schatz. Wir sehen uns – und du, Sally, geh wieder hinauf und räume auf. Wir müssen die Sache so still wie möglich über die Bühne bringen.«

Sally nickte zustimmend und lief die Treppe wieder hinauf und den Gang entlang zu ihrem Zimmer. Als sie hineinging, sah sie Jean vor ihrem Bett stehen, die all die Blutflecken und das Stückchen Leinen mit Jod und Blut darauf betrachtete. Als sie sich zu Sally umdrehte, lag ein Ausdruck von mit Triumph vermischter Schadenfreude auf ihrem Gesicht.

»Wie man so schön sagt, sind die Stillen ja immer die Schlimmsten, nicht?«

»Was soll das denn heißen?«, gab Sally zurück, weil ihr bewusst war, dass sie alles abstreiten musste, wenn sie verhindern wollte, dass dieses boshafte Biest sowohl sie als auch Sylvia für den Rest ihres Lebens erpresste.

»Das ist doch wohl offensichtlich, oder?«, erwiderte Jean schadenfroh. »Jemand hatte eine Abtreibung, und die wurde hier in diesem Zimmer vorgenommen.«

»Was für ein absoluter Blödsinn!«, sagte Sally. »Ich habe einen jungen Burschen hierhergebracht, der mit dem Fahrrad gestürzt war und sich schwer am Knie verletzt hatte. Er hat meine ganze Plüschdecke vollgeblutet, und deshalb ließ ich eine Krankenschwester kommen. Sie hat ihn zusammengeflickt und zur weiteren Behandlung ins Krankenhaus gebracht.«

Jeans Augen verengten sich vor Bosheit. »Darauf falle ich nicht herein!«

»Wenn du wüsstest, wie egal es mir ist, was du denkst!«, fuhr Sally sie an, weil sie inzwischen so wütend war, dass ihre Angst verflogen war. »Du kannst denken, was du willst, aber Beweise hast du keine – dein Wort steht gegen meins, und alle hier wissen, was du bist.«

»Sylvia ist nicht in ihrem Zimmer«, sagte Jean herausfordernd und grinste sie triumphierend an.

»Nein. Sie war vor einer halben Stunde hier, um mir zu sagen, dass sie für ein paar Tage zu ihrer Cousine gefahren ist.«

»Pah! Sie hatte eine Abtreibung, und du hast ihr geholfen«, sagte Jean gehässig. »Das weiß ich. Pass bloß auf, du hochnäsige Zicke, denn ich werde es beweisen, und dann schicke ich euch beiden die Bullen auf den Hals ...«

»Mach doch, was du willst«, sagte Sally und öffnete die Tür. »Und jetzt verschwinde aus meinem Zimmer – und wenn du noch mal hier hereinkommst, wenn ich nicht da bin, zeige ich dich wegen Diebstahls an. Ich hatte fünf Pfund in Münzen und Scheinen auf meinem Nachttisch liegen, und sie sind weg. Du wirst deine Arbeit verlieren und wahrscheinlich sogar ins Gefängnis gehen ...«

»Du verdammte Lügnerin!«, kreischte Jean. »Ich habe noch nie im Leben Geld geklaut.«

»Dann beweis es«, sagte Sally mit gefährlich schmalen Augen. »Und jetzt verschwinde, oder ich fange an zu schreien und dich als Diebin zu bezeichnen!«

Jean funkelte sie böse an und ging dann endlich. Sally schloss die Tür hinter ihr ab und lehnte sich dagegen, denn ihr war ganz übel vor Schreck, weil Jean die Wahrheit kannte, auch wenn sie sie nicht beweisen konnte. Sylvia würde vorgeben müssen, bei ihrer Cousine gewesen zu sein, und sie selbst würde ihre Tür in Zukunft immer abschließen.

Jean würde versuchen, sie beide zu erpressen, aber der einzige Weg, damit umzugehen, war, kühn genug zu sein, um ihr die Stirn zu bieten. Sie war eine Tyrannin, und Sally hatte ihre Sorte schon im Waisenhaus kennengelernt. Es gab immer ein Kind, das versuchte, die anderen zu beherrschen und ihnen das Leben zur Hölle zu machen. Sally hatte sich ihrer dortigen Erzfeindin stellen und mit ihr kämpfen müssen, bevor die andere aufgehört hatte, sie ständig zu verspotten und ihr die Haare auszureißen. Sie wusste also, wie sie mit Jean umzugehen hatte, vorausgesetzt, dass diese nie beweisen konnte, was heute Nacht hier vorgegangen war.

Als sie die Plüschdecke vom Bett abzog, war Sally froh, dass das Blut nicht bis zu der darunterliegenden Decke durchgesickert war. Sie würde die Bettdecke am nächsten Tag auf dem Weg zur Arbeit in die Wäscherei bringen und bei ihrer Geschichte von dem Jungen, der mit dem Fahrrad gestürzt war, bleiben. Außerdem würde sie sich in Sylvias Zimmer schleichen und auch dort saubermachen müssen, bevor jemand anderes seine Nase hineinsteckte …

Als Sally sich später an jenem Abend auszog, war sie froh, nun endlich Zeit zu haben, sich hinzulegen und nachzudenken. Mick hatte heute Abend alles wieder in Ordnung gebracht, und deshalb war sie ihm zu Dank verpflichtet – aber sie hoffte, dass er nicht allzu viel dafür erwartete. Bridget sagte, er hielte große Stücke auf sie, aber das konnte doch bestimmt nicht wahr sein?

Sally dachte noch einen Moment über Mick nach. Er sah gut aus und war immer gut gelaunt und freundlich – und er hatte ihr einen Riesengefallen getan, obwohl sie ihn eigentlich gar nicht richtig kannte …

Kapitel 13

Harpers war nun schon anderthalb Wochen geöffnet, und der erste Käuferansturm hatte nachgelassen. Die Zeitungen hatten zwar viel Wirbel um das neue Kaufhaus gemacht und waren auch voll des Lobes darüber gewesen, doch inzwischen beschäftigten sie sich längst wieder mit neueren Nachrichten. Bei Harpers gingen nach wie vor viele Kunden ein und aus, doch sporadischer, es wurde nicht mehr so viel verkauft. In den ersten Tagen hatte es den Anschein gehabt, dass fast jeder Kunde etwas kaufte, doch inzwischen gingen einige wieder, ohne etwas erworben zu haben. Sally machte immer noch den meisten Umsatz, aber die Kunden an Beths Theke schienen schwieriger zufriedenzustellen zu sein. Wie oft hatte sie ihnen die teuren Seidenschals gezeigt, nur um dann zu hören, dass der Kunde bei Selfridges oder in einem der anderen Kaufhäuser Besseres kaufen könne. Beth hielt das nicht unbedingt für wahr, berichtete aber trotzdem Mrs. Craven von dem Trend.

»Ach, ich denke, aus diesen Kunden spricht nur die Verärgerung«, meinte ihre Vorgesetzte. »Denn eins kann man wirklich nicht bemängeln, und das ist die Qualität unserer Ware. Aber wenn ich das nächste Mal einen halben Tag frei habe, werde ich in einige der anderen Geschäfte in der Oxford Street gehen und mir die Schals dort ansehen. Und wenn ich zu dem Schluss kommen sollte, dass unsere zu teuer sind, werde ich einen Bericht an die Geschäftsleitung schreiben.«

»Sie meinen also, es liegt nicht an mir?«

»Das denke ich ganz und gar nicht«, antwortete Mrs. Craven, als Miss Hart in die Abteilung kam. »Kehren Sie zu Ihrer Theke zurück, und machen Sie eine Bestandsaufnahme Ihrer Schals«, schlug Mrs. Craven vor. »Ich wüsste nämlich gern, was bisher verkauft wurde.«

Beth kehrte zu ihrem Platz zurück, während Miss Hart zu Mrs. Craven hinüberging und ihr etwas erklärte.

Sally hatte gut zu tun. Sie verkaufte zuerst eine Lederhandtasche und dann etwas von dem Silberschmuck. Nachdem ihre Kundinnen und die Etagenaufsicht gegangen waren, war die Abteilung bis auf die Verkäuferinnen leer. Mrs. Craven winkte Beth, Maggie und Sally zu sich herüber.

»Heute Abend findet im Restaurant eine Besprechung statt«, informierte sie sie. »Mr. Harper wird eine Ankündigung machen, und deshalb würde ich Ihnen allen raten, anwesend zu sein.«

»Na, dann wollen wir hoffen, dass alles gutgeht«, sagte Sally. »Sonst könnten wir nämlich alle schon bald wieder auf der Suche nach einer neuen Stelle sein.«

»Machen Sie keine Witze«, sagte Maggie erschaudernd. »Mir gefällt meine Arbeit hier.«

»Wir alle mögen unsere Arbeit hier«, sagte Mrs. Craven. »Maggie, Sie und Sally können jetzt in Ihre Mittagspause gehen. Beth und ich werden hier derweil die Stellung halten …« Als Sally lachte, wurde der Vorgesetzten bewusst, dass sie ihre eigene Regel gebrochen hatte. »Das genügt, Miss Ross. Ab mit Ihnen – und nehmen Sie Miss Gibbs mit.«

»Ja, Mrs. Craven«, sagte Sally brav, aber aus ihren Augen funkelte der Schalk.

Beth schmunzelte und schüttelte den Kopf. Der kleine Versprecher ihrer Vorgesetzten bewies nur wieder, dass sie die Mädchen, die in ihrer Abteilung arbeiteten, langsam kennen- und schätzen lernte. Im Übrigen zeigte er, dass auch sie nur ein Mensch war, fand Beth und mochte sie dafür nur umso mehr.

Drei Kundinnen betraten die Abteilung, sowie die anderen gegangen waren, und zwei von ihnen steuerten geradewegs auf Beths Schalter zu. Die erste war eine der Kundinnen, die es am Vortag abgelehnt hatten, einen der Seidenschals zu kaufen, weil sie ihrer Meinung nach woanders preiswerter zu haben waren.

»Ich denke, ich werde nun doch diesen hübschen grünen Schal mit den Wellenlinien nehmen«, sagte sie zu Beth. »Er ist zwar teuer, aber mein Mann will ihn mir zum Geburtstag schenken, und ich habe nirgendwo sonst einen gesehen, der mir so gut gefällt wie dieser.«

Beth, die sich bestätigt fühlte, lächelte im Stillen, als sie den Schal herausnahm und ihn über ihre Hand drapierte. »Ist es dieser, Madam?«

»Ja, und er ist genauso schön, wie ich ihn in Erinnerung hatte.« Die Kundin nickte und sah sehr zufrieden aus. »Ich dachte, ich hätte einen besseren für weniger Geld gesehen, aber er war längst nicht so schön wie dieser, als ich ihn mir noch mal angesehen habe ...«

Beth nahm ihr Geld entgegen und schickte es in dem Flaschenzugsystem zur Kasse hinauf, bevor sie den Schal in Seidenpapier einschlug und ihn in eine der markanten schwarz-goldenen Tüten legte. Schließlich gab sie der Kundin das Wechselgeld zurück, nachdem sie es sorgfältig gezählt hatte, verabschiedete sich von ihr und wandte sich der nächsten Interessentin zu.

»Es tut mir leid, dass ich Sie warten lassen musste, Madam. Was kann ich für Sie tun?«

»Ich suche einen Schal von guter Qualität«, sagte die Frau. »Und ich sehe in dieser Schublade dort den Zipfel eines Schals, der ... die Farbe nennt sich Magenta, glaube ich ...«

»Oh ja, das ist einer unserer allerbesten«, stimmte Beth ihr lächelnd zu. Als sie den Schal herausnahm und ihn der Kundin zeigte, fragte diese, ob sie ihn anprobieren dürfe, und legte ihn sich zufrieden lächelnd vor dem kleinen Spiegel auf der Verkaufstheke um.

»Wunderschön und genau das, was ich wollte – und auch der Preis ist angemessen«, sagte die Kundin. »Ich bin so froh, dass Harpers hier eröffnet hat. Früher musste ich für das, was ich wollte, bis Knightsbridge fahren, aber in Zukunft werde ich hier einkaufen.«

Beth bedankte sich bei ihrer Kundin, die sehr zufrieden die Abteilung verließ. Mit einem Gefühl der Genugtuung vermerkte Beth den Verkauf in ihrem Bestandsbuch. Sie hatte geglaubt, dass dieser purpurrote Schal ewig in der Schublade liegen würde, doch wie sie jetzt wusste, gab es für alles einen Kunden. Man musste nur geduldig sein und abwarten.

***

»Was würdest du tun, wenn Harpers wirklich schließen würde?«, fragte Maggie Sally, als sie in Bessies Café bei einer Kanne Tee mit Sandwiches saßen. Wann immer sie konnten, teilten sie sich einen Snack bei Bess, weil es viel günstiger war als im Restaurant bei Harpers und zu viel Zeit von ihrer Mittagspause in Anspruch nehmen würde, wenn sie mit selbstgemachten Sandwiches in den nächsten Park gingen.

»Ich würde mir eine andere Stelle im Einzelhandel suchen«, erwiderte Sally mit nachdenklichem Gesicht. »Ich hoffe aber, dass es nicht so weit kommt, weil ich gute Referenzen und einen festen Arbeitsplatz brauche, damit zukünftige Arbeitgeber mich nicht für unbeständig halten und denken, ich würde ständig die Stellen wechseln.«

»Und ich bezweifle, dass ich etwas fände, das mir genauso

gut gefällt wie diese Stelle hier«, sagte Maggie. »Und Mama würde mich sowieso zwingen, zu Hause zu bleiben und ihr zu helfen. Sie sagt, sie könnte mehr verdienen, wenn sie arbeiten ginge und ich zu Hause bliebe und mich um meinen Vater kümmerte.«

»Vielleicht könnte sie das ja wirklich«, räumte Sally ein. »Aber es wäre zu schade, wenn du zu Hause bleiben müsstest, Maggie-Schatz. Du musst mal raus aus dem Haus und Freunde finden. Wenn du wenigstens mal an einem Sonntag wegdürftest, könnten wir zusammen spazieren gehen oder uns ein Konzert im Park anhören und irgendwo ein Sandwich oder so zum Abendbrot essen.«

»Ich wünschte, ich könnte es!«, sagte Maggie seufzend. »Aber Mum erwartet, dass ich sonntags zu Hause bleibe, weil sie nachmittags zu ihrer Freundin geht. Sie sagt, es sei ihre einzige Möglichkeit, mal ein bisschen Zeit für sich selbst zu haben.«

»Es ist aber auch wirklich schade, dass wir nicht zusammenziehen können«, sagte Sally. »Ich mag dich, Maggie, und würde mir nur zu gerne eine Wohnung mit dir teilen – und natürlich auch mit Beth, wenn sie es wollte ...«

»Aber auch ihre Tante erwartet von ihr, dass sie im Haushalt hilft«, erwiderte Maggie. »Ich glaube, sie wird schon angekeift, wenn sie nur mal 'n bisschen später heimkommt.«

»Während ich niemanden habe, den es interessiert, wann ich nach Hause komme«, sagte Sally. »Ich dachte immer, es wäre schön, eine Familie zu haben – aber manchmal frage ich mich, ob ich nicht besser dran bin, wenn ich tun und lassen kann, was ich will.«

»Und ich würde lieber zu Hause leben als in einem Mädchenwohnheim«, antwortete Maggie. »Du hast selbst gesagt, es sei dort alles andere als schön. Wenigstens hält Mama das Haus blitzsauber. Und früher hat sie auch nicht so viel herumgemeckert, aber seit Papas Unfall hat sie sich sehr verändert.«

»Das wird die Sorge um ihn sein«, gab Sally zu bedenken, und Maggies Augen brannten plötzlich von ungeweinten Tränen.

»Mir selbst macht es nicht so viel aus, aber ich hasse es, wenn sie meinen Vater kränkt und niedermacht. Ich habe es in seinen Augen gesehen, und am liebsten würde ich sie dann anschreien, damit aufzuhören, aber er sieht mich nur an und schüttelt den Kopf, damit ich nicht vergesse, dass ein Streit alles nur noch schlimmer machen würde.«

»Tja, nichts ist einfach in diesem Leben, was?« Sallys Blicke huschten durch das Café, als sie zwei Mädchen hereinkommen sah. »Schau nicht dorthin, Maggie. Ich will nicht, dass sie uns bemerkt!«

Maggie war nicht ganz sicher, was sie meinte, aber da kamen die beiden Mädchen auch schon an ihren Tisch. »Hier kommst du also her«, sagte eine der beiden mit einem solch boshaften und überheblichen Grinsen, dass Maggie eine instinktive Abneigung gegen sie empfand. »Ihr habt doch nichts dagegen, wenn wir uns zu euch setzen? Die anderen Tische sind leider alle schon besetzt.«

Sally sprang augenblicklich auf. »Und ob ich was dagegen habe!«, sagte sie. »Komm, Maggie, wir gehen. Ich bin mir nicht ganz sicher, warum, aber hier stinkt es plötzlich irgendwie ...«

Maggie spürte, wie ihr die Röte in die Wangen schoss. Dann aber sah sie den hasserfüllten Blick in den Augen des anderen Mädchens und ließ sich von Sally zur Kasse führen, um zu bezahlen.

»Wer war das denn?«, fragte sie, als sie das Café verließen. Der Himmel war bewölkt, und es sah ganz so aus, als würde es bald regnen. »Ach du liebe Güte, ich habe keinen Mantel mitgebracht! Hoffentlich fängt es nicht an zu regnen, bevor wir wieder bei Harpers sind.«

»Diese blöde Kuh heißt Jean – ihre Freundin kenne ich nicht –, aber Jean ist ein verdammtes Miststück. Wenn sie dir begegnet, wenn du allein bist, beachtest du sie am besten gar nicht, Maggie.«

»Ich würde sie auch gar nicht kennenlernen wollen«, versicherte Maggie ihr. »Vielleicht sollten wir uns für die nächste Zeit einen anderen Ort für unseren Tee und unsere Sandwiches suchen.«

»Von der lasse ich mich nicht vergraulen«, antwortete Sally. »Falls sie Ärger macht, werde ich Bessies Mann bitten, sie beim nächsten Mal vor die Tür zu setzen.«

Maggie nickte. Ihre Mutter hatte sie immer dazu ermahnt, sich in der Schule von solchen Mädchen fernzuhalten.

»Halte dich fern von solch gewöhnlichem Volk, Maggie! Solche Mädchen benutzen Schimpfwörter und können sogar handgreiflich werden«, hatte Mrs. Gibbs ihre Tochter stets gewarnt. »Wir sind eine anständige Familie und bleiben unter uns – also tu, was ich dir sage, und lass dich nicht mit solchen Leuten ein.«

Maggie würde sich auf jeden Fall von Jean und ihrer Freundin fernhalten. Wenn Sally nicht bei ihr gewesen wäre, hätte sie vielleicht nicht den Mut gehabt, einfach aufzustehen und zu gehen. Deshalb würde sie sich ein anderes Lokal suchen, falls sie einmal allein in die Mittagspause gehen musste, auch wenn sie sich woanders vielleicht nur eine Tasse Tee leisten konnte …

***

Sally runzelte die Stirn, als sie auf der Damentoilette ihr Haar in Ordnung brachte. Jean hatte sich nur mit der Absicht an ihren Tisch gesetzt, sie in Verlegenheit zu bringen. Sie war gehässig und eine solch üble Feindin, dass Sally sich inzwischen fragte, ob sie nicht vielleicht besser aus dem Wohnheim ausziehen sollte, in dem sie lebte. Aber es lag nahe genug an der Oxford Street, um ihr morgens eine billige Busfahrt zu ermöglichen, und abends konnte sie zu Fuß zum Wohnheim gehen, falls es nicht gerade in Strömen regnete. Wenn sie umzog, würde sie sich vielleicht viel weiter entfernt von Harpers etwas suchen müssen, wenn es genauso günstig sein sollte.

Wenn sie sich mit Beth und Maggie eine kleine Wohnung teilen könnte, würde sie auf der Stelle aus dem Wohnheim ausziehen, aber beide Mädchen waren an ihr Zuhause gebunden. Sie hätte auch nichts dagegen, sich etwas mit Mrs. Craven zu teilen, obwohl das vielleicht gar nicht ginge, weil ihre Vorgesetzte es als unangebracht empfinden könnte. Seufzend verdrängte sie Jeans hämisches Grinsen aus ihrem Kopf und begann über die abendliche Versammlung mit Mr. Harper nachzudenken. Was er ihnen wohl zu sagen hatte?

Kapitel 14

Die drei Mädchen und Mrs. Craven standen zusammen im hinteren Teil des großen Raumes. Sie hatten die Abteilung noch schnell aufgeräumt, bevor sie hierhergeeilt waren, und beinahe wären sie zu spät gekommen, weil einige Kundinnen die Abteilung noch kurz vor Geschäftsschluss betreten hatten.

»Ich hoffe, alle sind hier«, sagte Mr. Stockbridge, als sie sich zu den anderen Anwesenden stellten. »Und nun bitte ich Sie um Ruhe, Mr. Harper möchte Ihnen allen etwas mitteilen.«

Der gutaussehende junge Mann trat vor und ließ seinen Blick für einen Moment über all die erwartungsvollen Gesichter gleiten. »Ich freue mich sehr, meine Damen und Herren, Ihnen einige gute Nachrichten überbringen zu können. Die Eröffnungswoche ist gut verlaufen, besser, als sogar ich gehofft hatte.« Wieder schweifte sein Blick durch den Raum. »Unsere Situation gestaltet sich inzwischen wie folgt: Mein Onkel hat mir einen fünfundvierzigprozentigen Anteil an Harpers Oxford Street vermacht, und meine Schwester besitzt einunddreißig Prozent unserer Firma. Über den Rest verfügt meine Tante, und beide sind sich darin einig, dass sie mir die Leitung der Geschäfte sehr gern überlassen.«

Für einen Moment waren von überallher Seufzer der Erleichterung über die Neuigkeiten zu hören.

»Und Sie selbst? Haben Sie vor, das Kaufhaus weiterzuführen, oder werden Sie es verkaufen, sobald Sie genug Gewinn damit erzielen können?«, fragte einer der kühneren Männer.

»Ich kann Ihnen allen versichern, dass ich mir nichts dergleichen vorstellen kann«, antwortete Ben Harper. »Solange ich das Unternehmen nach vorne bringen kann, führe ich es lieber weiter, anstatt Kapital daraus zu schlagen und Reißaus zu nehmen.« Er lächelte in Sallys Richtung – das glaubte sie zumindest. »Die bisherigen Verkaufszahlen waren ermutigend, besonders in der Abteilung für Damenhüte und andere Accessoires. Nicht weit dahinter liegt die Damenmode, und auch das Erdgeschoss behauptet sich – nur bei der Herrenmode sind die Verkaufszahlen etwas geringer, da es den englischen Herren anscheinend widerstrebt, den Lift zur obersten Etage hinauf zu nehmen«, schloss er lächelnd.

»Alles Faulpelze, die Männer«, sagte eine Frauenstimme, und jemand kicherte gleich neben ihr.

»Vielleicht sollten wir die Abteilungen umgestalten«, fuhr Ben Harper fort. »Doch zunächst einmal werden wir den Dingen Zeit geben, damit sich alles etablieren kann. Mr. Stockbridge wird in den nächsten Tagen ein Bonussystem für das Verkaufspersonal ankündigen, und ich hoffe, dass das die Herren Verkäufer dort oben anspornt, etwas tatkräftiger in ihren Bemühungen zu sein.«

»Die meisten Leute hier in der Gegend finden uns zu teuer«, sagte einer der Männer. »Einige der Anzüge in unserem Sortiment gehören eher nach Knightsbridge als an das falsche Ende der Oxford Street. Wir können sie nicht verkaufen, weil sie zu viel kosten.«

»Ich werde die Abteilungsleiter bitten, mir am Ende des ersten Monats einen detaillierten Verkaufsbericht zu geben«, antwortete Ben Harper auf den Einwand. »Außerdem werde ich mir jede mir vorgetragene Ansicht über den Bestand, die Preise oder die Schaufenstergestaltung sehr genau anhören. Möglicherweise werde ich auch das Schaufensterdekorationsteam umorganisieren und darüber hinaus einen Briefkasten für Vorschläge installieren lassen, damit jeder von Ihnen seine Ideen einbringen kann.«

Sein Blick glitt noch einmal über die Zuhörerschaft und schien einen Moment länger auf Sally, Beth und den anderen beiden Frauen aus ihrer Abteilung zu verweilen. »Gibt es noch irgendwelche ungeklärten Fragen?«

»Was tun wir, wenn bestimmte Artikel bereits ausverkauft sind?«, meldete Sally sich zu Wort, und er betrachtete aufmerksam auf ihr Gesicht. »Der Silberschmuck hat sich gut verkauft, auch wenn er ein bisschen teuer ist, und wir brauchen Nachschub, wenn wir weiterhin so viel davon verkaufen wollen.«

»Und Ihr Name ist?«, fragte er mit aufrichtigem Interesse.

»Sally Ross«, erwiderte sie. »Einige Artikel sind bereits ausverkauft und müssten ersetzt werden – wenn auch nicht unbedingt durch die gleichen Stücke. Könnten Sie beispielsweise die silbernen Armreife leicht beschaffen?«

»Ich denke schon«, antwortete Ben Harper lächelnd. »Meine Schwester Jenni hat sowohl den Silberschmuck wie auch die Taschen ausgesucht – und ich könnte dafür sorgen, dass sie Ihre Abteilung aufsucht und mit Ihnen darüber spricht.«

»Ich glaube, wir müssen den Bestand sehr bald wieder auffüllen«, sagte Sally und errötete, als alle anderen sie ansahen. »Aber einige Abteilungen haben nicht so viel zu tun, was meiner Meinung nach an ihren Beständen liegen könnte ...«

»Sehen Sie, genau das ist es, was ich hören wollte.« Ben Harpers Augen schienen zu lächeln, als sie auf Sally verweilten. »Ich selbst habe zwar drei Jahre lang in den Läden meines Onkels in New York gearbeitet, aber London ist ein anderer Markt, und ich muss erst noch verstehen lernen, was sich hier verkauft. Meine Schwester Jenni ist für den Einkauf aller unserer Häuser zuständig – aber zum Glück ist sie im Moment hier in England, um britische Waren für unsere New Yorker Filiale zu bestellen.«

»Und warum können wir nicht mehr britische Waren anbieten?«, rief einer der Männer.

Ben Harper drehte sich zu ihm um, und Maggie warf Sally einen Blick zu. »Ich hätte mich nicht getraut, einfach so das Wort zu ergreifen«, sagte sie bewundernd. »Du bist unheimlich mutig, Sally.«

»Es musste gesagt werden«, antwortete Sally leise. »Außerdem sind einige der Waren für unsere Kunden nicht geeignet, und ich glaube, sehr viel davon befindet sich in der Herrenabteilung. Britische Männer wollen die Dinge kaufen, die sie kennen, und einige unserer Sachen hier sind ... na ja, ein bisschen zu ausgefallen für deren konservativen Geschmack.« Die meisten Männer, die Sally auf den Straßen beobachtete, trugen zerknitterte Hosen und Jacketts und sahen alles andere als schick oder gar elegant aus und würden die amerikanische Kleidung mit ihren breiten Revers und den auffallend eingefassten Säumen für zu extravagant halten. Nur wenige trugen perfekt gebügelte Hosen, denn wenn die billigen Stoffe täglich gebügelt wurden, begannen sie schnell zu glänzen und an den Knien auszubeulen.

Maggie kicherte und errötete, als Miss Hart ihr einen strengen Blick zuwarf.

»Vorsicht, Maggie«, zischte Sally. »Du willst doch wohl nicht, dass sie ihre Krallen auch in dich schlägt?«

Die Versammlung hatte sich mittlerweile aufgelöst, und alle gingen auseinander. Mit einem Ausdruck der Entrüstung im Gesicht hielt Miss Hart geradewegs auf Sally zu.

»Was fällt Ihnen ein, einfach so das Wort zu ergreifen, Miss Ross?«, fuhr sie Sally an. »Mr. Harper wollte etwas von den leitenden Angestellten hören – aber doch nicht von jemandem wie Ihnen ...«

Ohne sie einer Antwort zu würdigen, starrte Sally sie an und wollte gerade weitergehen, als plötzlich jemand ihren Arm ergriff. Als sie sich umdrehte, sah sie, dass es Mr. Harper war, der sie freundlich anlächelte.

»Falls Sie es nicht allzu eilig haben, Miss Ross, würde ich Sie bitten, mir zehn Minuten Ihrer Zeit zu opfern und mich in mein Büro zu begleiten.« Trotz seiner höflichen Frage lag ein leichter Befehlston in seiner Stimme, und alle fragten sich, ob Sally wohl Schwierigkeiten bekommen würde.

Sie ging jedoch bereitwillig mit ihm, und Miss Hart richtete ihren düsteren Blick auf Maggie. »Sie wird sich hier nicht lange halten«, erklärte sie voller Gehässigkeit. »Sie wird noch vor Ablauf der ersten sechs Monate achtkantig hinausfliegen – oder enden, wo Mädchen wie sie gewöhnlich enden, nämlich in der Gosse. Und Sie täten gut daran, ihrem Beispiel nicht zu folgen!«

Die Boshaftigkeit der Etagenaufseherin verschlug Maggie den Atem, aber sie sagte nichts, sondern war nur froh, als Mrs. Craven ihren Arm berührte und missfallend den Kopf schüttelte.

»Warum kann sie Sally eigentlich so gar nicht leiden?«, fragte Maggie Mrs. Craven.

»Ach, ignorieren Sie sie einfach, Miss Gibbs. Ich glaube, unsere Etagenaufseherin war bloß ein bisschen beleidigt und musste Dampf ablassen ...« Oder vielleicht war es ja auch nur die Eifersucht einer alleinstehenden älteren Frau auf eine sehr hübsche junge Dame.

Maggie nickte dankbar und eilte davon, um ihren Mantel anzuziehen und zu gehen, um den nächsten Bus noch zu erwischen. Ihre Mutter würde bereits Ausschau nach ihr halten, aber sie hoffte wirklich sehr, dass Sally nicht in Schwierigkeiten steckte ...

* * *

»Bitte nehmen Sie doch Platz, Miss Ross«, sagte Ben Harper und zeigte auf den Besucherstuhl vor dem großen Mahagonischreibtisch. »Und machen Sie nicht so ein Gesicht, als ob sie in Schwierigkeiten wären.«

»Danke«, sagte Sally und setzte sich. Mr. Harper blieb jedoch stehen und blickte einen Moment mit nachdenklicher Miene auf sie herab. »Ich hoffe, es hat Sie nicht gestört, dass ich das Wort ergriffen habe, Sir?«

»Es war genau das, was ich mir erhofft hatte«, erwiderte er.

»Ich hatte das Gefühl, dass Sie über den Warenbestand informiert sein sollten. Einiges davon passt nämlich wirklich nicht in dieses Viertel Londons ...«

Er nickte und runzelte die Stirn. »In unserer New Yorker Filiale haben wir wesentlich mehr Abteilungen auf einer Etage. Diese Räumlichkeiten hier sind im Vergleich dazu recht klein. Gefällt Ihnen Ihre Arbeit eigentlich, Miss Ross?«

»Oh ja, Sir.«

»Das ist gut, denn es freut mich, wenn das Personal zufrieden ist. Ich bin mir nicht sicher, aber ...« Er unterbrach sich kurz und sagte dann: »Meine Schwester Jenni wird in ein paar Wochen nach New York zurückkehren. Sie besitzt auch Anteile an einem der Läden dort. Ich selbst habe allerdings beschlossen hierzubleiben, die nächste Zeit zumindest. Wir müssen dafür sorgen, dass dieses Kaufhaus sich bezahlt macht, und das so schnell wie möglich. Unternehmen wie dieses hier können im Handumdrehen sehr erfolgreich werden oder untergehen. Mein Onkel wollte hier eine Filiale eröffnen, weil er London und England liebte und immer sagte, die Engländer hätten mehr Niveau. Und ich möchte ihn auf keinen Fall enttäuschen, Miss Ross.«

»Oh, ich bin mir sicher, dass Sie Harpers zu großem Erfolg verhelfen werden, Sir«, sagte Sally und erwiderte aufrichtig seinen Blick. »Ein Teil des Sortiments ist jedoch wahrscheinlich eher für Knightsbridge geeignet, besonders in der Herrenabteilung. Nur wenige Männer hier können sich die Preise leisten, die Sie verlangen, und die meisten Arbeiter würden nicht einmal im Traum daran denken, so viel für Kleidung zu bezahlen.« Ganz abgesehen davon waren die Anzüge für den englischen Geschmack etwas zu auffällig und besaßen nicht die diskrete Eleganz, die Briten bevorzugen.

»Ich wollte aus unserer Filiale hier keinen Schnäppchenladen machen«, sagte er. »Aber vielleicht sind die Anzüge ja tatsächlich ein bisschen zu teuer ...«

»Es gibt ja auch einen Mittelweg«, meinte Sally.

»Vermutlich schon«, gab er zu, obwohl er nach wie vor ein wenig skeptisch wirkte. »Es war bisher immer unsere Geschäftspolitik, nur die beste Ware zu verkaufen, denn so hat mein Onkel sein Vermögen gemacht. Ich muss allerdings auch gestehen, dass keiner von uns London so gut kannte, wie wir dachten ...« Wieder unterbrach er sich für einen Moment, und Sally fragte sich, was er noch hinzufügen wollte. Dann nickte er vor sich hin und richtete seinen Blick wieder auf sie. »Ich muss mit Jenni sprechen, und danach werde ich vielleicht noch einmal mit Ihnen reden wollen, Miss Ross. Meine Schwester arbeitet schon länger in diesem Gewerbe als ich, und deshalb muss ich mich mit ihr besprechen ...« Er lächelte Sally an, und ihr Herz setzte einen Schlag aus. »Danke, dass Sie mir zugehört und mir einen Rat gegeben haben, Miss Ross – aber jetzt haben Sie es sicher eilig, Feierabend zu machen ...«

Sally hätte ihm sagen können, dass sie weder in Eile war noch irgendwelche Pläne hatte, hielt es aber für besser, diese Information für sich zu behalten. Und so ging sie wieder hinunter, um ihren Mantel zu holen, und begegnete dabei Mrs. Craven, die im Begriff war heimzugehen.

»Ich habe auf Sie gewartet«, sagte sie. »Sie haben doch keinen Ärger bekommen, Sally?«

»Nein, nein, Mr. Harper wollte nur mit mir reden. Ich glaube, er hat eingesehen, dass einige der Waren Fehlkäufe waren. Seine Schwester ist für den Einkauf zuständig und scheint es gewohnt zu sein, nur das Beste für ihre exklusiven Filialen in New York zu kaufen. Er wird jedoch mit ihr reden, und vielleicht wird sich dann das eine oder andere ändern ...«

»Hauptsache, Sie sind nicht ungerechtfertigt entlassen worden«, sagte Mrs. Craven. »Ich werde dann mal gehen, Sally, weil ich mich heute Abend mit Freundinnen zum Essen treffe. Es sind zwei ältere Damen, Minnie und Mildred, die bei mir in der Pension leben. Heute ist Minnies Geburtstag – und zu meinem Geburtstag haben sie mir eine wunderschöne Tischdecke genäht ...«

»Wie reizend«, sagte Sally und beneidete ihre Chefin im Stillen. »Dann wünsche ich Ihnen einen schönen Abend, und wir sehen uns morgen ...«

Sie trennten sich vor dem Kaufhaus. Sally beschloss, den Bus nach Hause zu nehmen und dann nach Mick Ausschau zu halten, um ihn nach Neuigkeiten über Sylvia zu fragen ...

Kapitel 15

Rachel hatte für das Abendessen einen Tisch in einem ruhigen Restaurant reserviert, um Minnie und Mildred, die sie als ihre Schützlinge betrachtete, eine Freude zu machen. Minnie war eine ganz besonders nette Dame mit einem liebenswürdigen, sanften Wesen, und für sie hatte Rachel den Hut gekauft, den Sally Ross angeblich beschädigt hatte. Es war Minnies achtundvierzigster Geburtstag, und sie war noch nie in ihrem Leben zum Essen in ein Restaurant ausgeführt worden.

Der Speisesaal wurde von leicht abgedunkelten Lampen beleuchtet, die ein sanftes Licht auf die hübsch gedeckten Tische warfen. Sie alle waren mit roten Tüchern bedeckt und mit einem kleinen Arrangement aus einer Nelke und einem Farnzweig versehen. Die Bestecke waren blitzsauber und die Gläser so blank poliert, dass sie sogar im schwachen Licht der Lampen funkelten. Als Rachels geliebter Mann noch gesund war, war dies ihr Lieblingsrestaurant gewesen, wenn es etwas zu feiern gegeben hatte.

Minnie zitterte buchstäblich vor Aufregung, als der Oberkellner sie zu einem abgelegenen Tisch in einer Ecke am Fenster führte. Es war einer der schönsten Plätze, und Rachel hatte extra um diesen Tisch gebeten. Der Kellner strahlte sie an.

»Wie schön, Sie wiederzusehen, Madam«, sagte er und für einen Moment lag Mitleid in seinen Augen, obwohl er taktvoll genug war, ihren Trauerfall nicht zu erwähnen. »Ich hatte gehofft, dass wir Sie nicht für immer verloren hatten.«

»Und ich habe auch meine Freundinnen mitgebracht, Miss Minnie und Miss Mildred ... und Miss Minnie feiert heute ihren Geburtstag, Mr. Henry.«

»Einundzwanzig Jahre jung«, erwiderte er galant und beugte sich über ihre Hand, was sie zum Kichern und Erröten brachte wie ein junges Mädchen. »Wie reizend – ein Geburtstagsessen. Ich werde den Küchenchef bitten, dafür zu sorgen, dass alles perfekt ist für meine drei Lieblingsdamen.«

»Er hat mit dir geflirtet, Minnie«, sagte Mildred und runzelte missbilligend die Stirn, aber Rachel lächelte.

»Mr. Henry ist immer sehr charmant«, sagte sie. »Mein Mann hat mich oft hierher eingeladen, und das Essen war immer gut.«

»Das muss aber schrecklich teuer gewesen sein«, bemerkte Minnie, als sie sich bewundernd umsah. »Und du hast mir doch schon diesen schönen Hut geschenkt, Rachel!«

»Ich komme auch sehr gern hierher«, versicherte Rachel ihr. »Außerdem bekomme ich jetzt ein gutes Gehalt, mehr, als sie diesen armen Bergleuten verweigern, und ich wollte mit meinen Freundinnen feiern.«

»Du solltest einen netten Herrn zum Freund haben, der dich ausführt«, sagte Minnie und sah sie mit viel Wärme und Güte in ihren Augen an. »Du bist viel zu hübsch, um den Rest deines Lebens allein zu verbringen.«

»Minnie! Du solltest doch keine persönlichen Bemerkungen machen«, tadelte ihre Schwester sie, doch Rachel lachte nur und schüttelte den Kopf.

»Wenn ich mich noch einmal verlieben würde, würde ich vielleicht sogar wieder heiraten, weil ich weiß, wie es ist, wirklich glücklich zu sein, aber ich bin bisher noch niemandem begegnet, für den ich auch nur im Entferntesten so empfinde«, sagte sie. »Allerdings sehe ich nicht ein, warum ich nicht ab und zu ausgehen und mir ein kleines Vergnügen gönnen sollte – und ich freue mich schon darauf, den Abend mit euch beiden zu verbringen.«

Mr. Henry war mit einer Flasche Wein auf Eis zurückgekommen und stellte den Behälter schwungvoll auf den Tisch. »Mit den besten Wünschen der Geschäftsführung«, sagte er und strahlte die drei Frauen an. »Wir freuen uns sehr, Mrs. Craven und ihre Freundinnen heute Abend bei uns zu Gast zu haben.«

Dann wurden die Speisekarten hervorgeholt, und jede wählte etwas aus der umfangreichen Liste. Minnie nahm Brathähnchen, Mildred entschied sich für Scholle in Weißweinsoße und Rachel bat um ein auf den Punkt gebratenes Steak mit Pommes frites, Champignons und einem Salat. Als Vorspeise wählten die Schwestern Fruchtsaft und Rachel die Mousse aus geräuchertem Lachs, die schon immer eines ihrer Lieblingsgerichte gewesen war.

Sie hatte sich gefragt, ob es sie traurig stimmen würde, ohne ihren Mann hierherzukommen, doch stattdessen stellte sie fest, dass die Ruhe und Wärme des Restaurants, verbunden mit Mr. Henrys Charme und dem Geplauder der Schwestern, sie sogar glücklich machte. Es schien, als ob sie endlich einen Weg gefunden hätte, die Hölle der letzten Monate der schrecklichen Krankheit ihres Mannes in eine ferne Ecke ihres Bewusstseins zu verlegen, wo sie nicht mehr ganz so mächtig war.

Minnie kostete ihren Wein und kicherte, als ihr die Bläschen in die Nase stiegen. Es war kein Champagner, aber ein herrlich prickelnder Rosé, den sie zu ihrer eigenen Überraschung sogar mochte.

»Ich weiß nicht, was Papa dazu sagen würde«, bemerkte Mildred und kostete misstrauisch ihren Wein. Im weiteren Verlauf des Essens leerte sie dann jedoch sogar ein ganzes Glas und bat Mr. Henry, ihr noch einmal nachzuschenken. Auch

Minnie trank zwei Gläser und war womöglich sogar ein bisschen beschwipst, als sie später ihre Kaffee-Sahne-Torte aß. Mr. Henry brachte ihnen noch eine frische Kanne Kaffee, und das Essen endete mit kleinen, mit Schokolade überzogenen Mintplätzchen.

»Das war das beste Essen, das ich je hatte«, sagte Minnie später. »Ich weiß nicht, wie ich mich angemessen bei dir dafür bedanken könnte, liebe Rachel.«

»Es war mir ein Vergnügen«, erwiderte sie, als sie sich erhob und Mr. Henry herbeigeeilt kam, um ihnen in ihre Mäntel zu helfen. Sie lächelte ihn an und dankte ihm. Seine besondere Aufmerksamkeit hatte ihnen allen das Gefühl gegeben, sehr willkommen zu sein, und das Essen war ausgezeichnet gewesen.

»Lassen Sie bis zum nächsten Mal nicht mehr so viel Zeit verstreichen, Madam«, sagte Mr. Henry, und wieder wurde ihr ganz warm ums Herz bei seinem Lächeln. »Und natürlich müssen Sie auch die beiden reizenden Damen wieder mitbringen ...«

Rachel versprach es ihm, dann verließen sie das Lokal. Die Abendluft war kühl nach der Wärme, die im Restaurant geherrscht hatte, aber sie erwischten schon bald einen Bus, der sie zu Mrs. Malones Pension zurückbrachte.

»Das war der schönste Abend meines Lebens«, flüsterte Minnie, als sie Rachel auf die Wange küsste. »Du bist eine reizende junge Frau, Rachel, und ich bin sehr froh darüber, dass du meine Freundin bist!«

»Ja, dies alles war wirklich sehr, sehr nett von dir, Rachel«, sagte Mildred. »Auch ich habe den Abend sehr genossen.«

Rachels Augen wurden ein bisschen feucht, als sie zuerst Minnie und dann ihre Schwester auf die Wange küsste und ihnen eine gute Nacht wünschte. Auf dem Weg zu ihrem Zimmer fühlte sie sich so entspannt wie schon lange nicht mehr.

Nach dem Tod ihres Mannes hatte sie lange Zeit das Gefühl gehabt, ihr Leben sei vorbei, aber die neue Arbeit bei Harpers und die Freundschaften, die sie dort und auch hier in der Pension geschlossen hatte, waren ihr Weg zurück ins Leben gewesen.

Sie dachte über Minnies Worte nach, als sie sich bettfertig machte. Natürlich war sie noch jung genug für eine zweite Ehe, aber sie wusste auch, dass sie einen Mann erst wirklich lieben musste, bevor sie ihn heiraten könnte. Da sie jedoch noch immer trauerte, war sie noch nicht bereit, so etwas auch nur in Betracht zu ziehen. Sie hatte Glück gehabt, die Stelle bei Harpers zu bekommen, weil sie ihr ermöglichte, einigermaßen bequem zu leben und sich sogar gelegentlich einen kleinen Luxus zu erlauben wie das Essen heute Abend.

Rachel hatte ihren Freundeskreis nach Pauls Tod ganz und gar vernachlässigt und alle Einladungen zu Besuchen, Abendessen oder dergleichen abgelehnt. Ihre Trauer hatte sie zur Einzelgängerin gemacht, aber jetzt war sie bereit, ihr altes Leben wieder aufzunehmen. Mr. Henry war mitfühlend, aber auch taktvoll genug gewesen, Pauls Tod nicht zu erwähnen, sodass sie sich viel besser gefühlt hatte. Eines der schlimmsten Dinge beim Verlust eines geliebten Menschen waren all die wohlmeinenden Mitmenschen, die einem immer wieder sagten, wie leid es ihnen tat. Doch nun nahm Rachel sich vor, zweien ihrer engsten Freunde eine Karte zu schreiben, um anzufragen, ob sie sie an einem Sonntag besuchen dürfe. Denn nun, wo sie einen Anfang gemacht hatte, konnte sie auch andere Freunde in ihr Lieblingsrestaurant einladen ...

**

Sally blieb draußen vor dem Pub stehen, den Mick führte. Sie wollte nicht hineingehen, weil sie wusste, dass eine junge Frau ohne Begleitung in einer solchen Kneipe Kommentare erntete, die von unhöflich bis unverschämt reichten. Sally wollte sich gerade wieder abwenden, als Mick zu ihr hinauskam.

»Bin ich es, den du suchst?«, fragte er mit einem netten Lächeln.

»Ja ...« Sally warf einen Blick über die Schulter. »Ich wollte mich nach Sylvia erkundigen – geht es ihr gut?«

»Deine naive kleine Freundin erholt sich gut«, antwortete Mick mit einem leichten Stirnrunzeln. »Es war zwar eine Höllenarbeit, sie dazu zu kriegen, im Bett zu bleiben, aber jetzt ist sie auf dem Weg der Besserung. Ich wage sogar zu behaupten, dass sie in ein oder zwei Tagen zurück sein wird ...«

»Oh, Gott sei Dank!«, rief Sally erleichtert. »Ich habe mir schreckliche Sorgen um sie gemacht.«

»Ich hätte es dir gesagt, wenn es einen Grund zur Sorge gäbe«, sagte er, und seine Art, sie anzusehen, war fast schon wie ein Streicheln. »Ich könnte dich zu ihr bringen, aber ich habe die ganze Woche Nachtschicht, und tagsüber arbeitest du ja auch.«

»Am Montagnachmittag habe ich frei«, antwortete Sally, »aber vielleicht ist sie bis dahin ja schon wieder zurück. Ah, und sag ihr, dass sie sich vor Jean in Acht nehmen soll – sie denkt nämlich, sie wüsste alles, aber sie ahnt oder vermutet höchstens was.«

Mick kniff die Augen zusammen und nickte. »Ich sag's ihr, aber ich bezweifle, dass deine Freundin noch lange in dem Wohnheim bleiben wird. Sie hat mir erzählt, dass sie für eine Weile nach Hause zurückkehren wird – sie stammt aus Cambridgeshire, sagt sie jedenfalls.«

»Ja, Sylvia ist keine gebürtige Londonerin«, stimmte Sally zu und holte dann tief Luft. »Ich habe mich noch gar nicht richtig bedankt für alles, was du für uns getan hast, Mick ...«

»Ich habe es für dich getan«, entgegnete er, und sein Grinsen raubte ihr den Atem. »Klar, du weißt es sicherlich noch nicht, aber mir liegt sehr viel an dir, Sally.«

»*Sooo* dankbar bin ich nun auch wieder nicht!«, blaffte Sally, und er lachte und schien geradezu entzückt über ihren Temperamentsausbruch. »Du hast dich als guter Freund erwiesen, aber ich gehe trotzdem nicht mit dir aus.«

»Hab ich vielleicht so was gesagt? Wenn ich darauf aus bin, wirst du es schon merken.«

Sein Spott bewirkte, dass sie ihn böse anstarrte, bevor sie auf dem Absatz kehrtmachte und davonstürmte. Sie warf allerdings einen Blick zurück und sah, dass er sie immer noch beobachtete und über ihre Empörung lachte. Sally war versucht, mit einer sehr unfeinen Grimasse darauf zu antworten, doch da ihn das nur noch mehr zum Lachen bringen würde, hob sie den Kopf und ging in die Herberge, ohne ihm die Genugtuung zu geben. Er war ein Satansbraten und verdiente es eigentlich nicht mal, dass sie mit ihm sprach – und dennoch hatte er Sylvia und sie vor großen Problemen bewahrt, weil die Gesetze sehr streng waren, was Abtreibungen betraf.

Auf dem Weg zu ihrem Zimmer beruhigte sie sich wieder. Mick hatte sie nur aufgezogen, und sie durfte sich von ihm nicht so auf die Palme bringen lassen, denn sie wusste, dass es ihn nur amüsierte. Sie lächelte, als sie ihre Zimmertür hinter sich schloss. Eine Zeitlang hatte sie sich Sorgen gemacht, dass Sylvia vielleicht sogar sterben könnte, aber Bridget hatte sie gerettet, und Mick hatte sich um alles andere gekümmert. Er war ein guter Freund – vielleicht sogar der einzige Mensch auf der Welt, auf den sie sich verlassen konnte ...

***

Beth erzählte ihrer Tante die guten Neuigkeiten, als sie heimkam. »Harpers ist in der ersten Woche gut gelaufen«, berichtete sie ihr. »Mr. Harper war sogar so zufrieden, dass er ein Bonussystem für uns eingerichtet hat!«

»Na, das ist ja ein Segen, schätze ich mal«, sagte ihre Tante. »Ich habe das Muster für dein Arbeitskleid schon kopiert und auch den Stoff auf dem Markt gekauft. Ich glaube nicht, dass die Abteilungsleiterin den Unterschied bemerken wird, aber es hat die Hälfte von dem gekostet, was sie dir für eine zweite Uniform berechnen wollten.«

»Oh, vielen Dank, das war sehr lieb von dir«, sagte Beth, weil sie sich so schon jetzt ein zweites Kleid für die Arbeit leisten konnte und nicht noch länger warten musste. »Kann ich irgendetwas tun, um dir zu helfen?«

»Erledige einfach nur deine normalen Aufgaben«, sagte ihre Tante und nickte dann. »Ich war mir nicht sicher, ob es klappen würde, als ich dich bei mir aufnahm, Beth – aber du hast dich gut eingewöhnt und sogar Arbeit gefunden. Mit dem Geld, das du zum Haushalt beiträgst, können wir die Kohle und den Strom bezahlen. Wir können von Glück sagen, dass wir schon Strom haben, viele Häuser in London sind noch immer nur an Gas angeschlossen. Aber mir ist Strom viel lieber, dann kann ich nachts bei vernünftigem Licht arbeiten.«

Ein kleines Lächeln umspielte ihren Mund, und Beth nickte zustimmend. Manchmal schien ihre Tante ihr gegenüber aufzutauen, schien sie allmählich zu schätzen und sich über ihre Gesellschaft zu freuen.

»Musst du denn jede Nacht arbeiten?«, fragte Beth skeptisch. »Ich dachte, wir könnten abends vielleicht auch mal zusammen in ein Konzert gehen – oder uns ein Theaterstück ansehen, falls dir das lieber ist?«

»In ein Konzert gehen?« Ihre Tante starrte sie ganz seltsam an. »Früher habe ich Musik geliebt. Als junges Mädchen habe ich sogar Klavier gespielt. Meine Lehrerin meinte, ich sei möglicherweise gut genug, um zur Bühne zu gehen, aber dann verstarb Mutter, und Vater verkaufte das Klavier. Er konnte es nicht ertragen, mich spielen zu hören, weil es ihn an sie erinnerte – und so fing ich an, für andere Leute Kleider zu nähen.«

Beth hatte nichts von den verlorenen Träumen ihrer Tante gewusst, aber jetzt wurde ihr klar, wie leer und emotionslos das Leben ihrer Tante jahrelang gewesen sein musste. Angesichts dessen war es kein Wunder, dass sie ihre hübschere Schwester beneidet hatte. Beth hätte ihrer Tante gern ihr Mitgefühl gezeigt, ahnte aber, dass sie das nicht schätzen würde, denn Tante Helen hatte die Vergangenheit ganz entschieden hinter sich gelassen.

»Du magst also Musik?«, fragte Beth sie vorsichtig.

»Oh ja – und ich würde sehr gern mit dir in ein Konzert gehen, Beth. Wenn du die Plätze reservierst, bezahle ich meine Hälfte selbst.«

»Gut, dann gehen wir an deinem Geburtstag ins Konzert – aber die Eintrittskarten bezahle ich.«

Tante Helen schaute sie scharf an. »Das kannst du dir von deinem Lohn nicht leisten, Kind.«

»Ich bekomme diese Woche einen Bonus von fünf Schilling«, sagte Beth. »Meine Umsätze waren in den letzten beiden Tagen so gut, dass ich mir damit den wöchentlichen Bonus verdient habe.«

Tante Helen zögerte, und Beth wusste, dass sie überlegte, ob sie die Hälfte dieser Extrazahlung nicht für sich verlangen sollte. Aber dann entschied sie sich dagegen.

»Na schön, dann darfst du das Geld für ein Geburtstagsgeschenk ausgeben, an dem wir beide Freude haben werden.«

Beth bedankte sich und versuchte, sich nicht ein bisschen darüber zu ärgern, dass ihre Tante offenbar der Meinung war, dass jede Gehaltserhöhung zur Hälfte ihr gehörte.

Beth ging in die Küche und machte sich daran, den Herd und die Spüle zu reinigen, bevor sie den Boden wischte. Als alles blitzsauber war, ging sie auf ihr Zimmer und bereitete ihre Kleidung für den Morgen vor. Das Kleid, das sie jeden Tag zur Arbeit trug, musste noch mit einem feuchten Schwamm gereinigt und gebügelt werden, damit es frisch und sauber aussah. Sobald sie ein zweites Kleid besaß, konnte sie dieses waschen, doch für den Moment würden Schwämmchen und Bügeleisen genügen müssen.

Beth seufzte, obwohl sie wusste, dass sie Glück hatte. Tante Helen wollte in den meisten Dingen zwar ihren eigenen Willen durchsetzen, aber Beth war immer noch in der Lage, sich die Dinge zu leisten, die sie täglich brauchte. Sie hätte das Wenige, das sie übrighatte, lieber für ein hübsches Kleid ausgegeben, aber sie brauchte ein zweites für die Arbeit, und durch Tante Helens Hilfe hatte sie mindestens zehn Schilling gespart. Und sie wusste auch, dass Miss Hart den Unterschied nicht bemerken würde, wenn sie den Spitzenkragen anlegte, den alle Mädchen zu ihren adretten schwarzen Kleidern trugen.

Als sie endlich zu Bett ging, war Beth müde, aber zufrieden. Es war ein langer, arbeitsreicher Tag gewesen. Sally hatte sich für sie alle eingesetzt, weil sämtliche Abteilungen mehr Ware brauchten. Nach zwei geschäftigen Wochen waren schon viele der besten Stücke verkauft. Beth war zufrieden mit den für ihre Theke ausgewählten Schals, aber sie wusste, dass einige der Männer murrten, denn sie hatte an jenem Abend noch mit Fred Burrows gesprochen, bevor sie gegangen war, und er hatte ihr von der Unzufriedenheit auf der Herrenmodeetage erzählt.

»Sie kosten ein Heidengeld, diese schicken Anzüge«, hatte er gesagt. »Und vor allem die extravaganten Gehröcke mit den Persianer-Kragen. Entschuldigen Sie meine Ausdrucksweise, Miss, aber all das habe ich mir die ganze Woche anhören müssen. An Kunden fehlt's uns nicht, aber die Ware verkauft sich nicht und wird es wohl auch nie tun, wenn Sie mich fragen, und das finden die Männer ungerecht, weil sie so nie einen Bonus kriegen werden.«

»Ach Gott, das ist aber auch wirklich schade – und für einen Ausverkauf ist es leider noch zu früh«, hatte Beth geantwortet.

»Tja, irgendwas werden sie sich schon einfallen lassen müssen, das sag ich Ihnen!«

Beth hatte gelächelt und ihm eine gute Nacht gewünscht. Sie wollte nicht zu spät kommen und hatte sich beeilt, um ihren Bus noch zu erwischen. Jeden Abend schaute sie sich an der Haltestelle um, in der Hoffnung, dass sie Mark dort sehen würde, aber andererseits war ihr auch klar, dass es nicht in Ordnung wäre, wenn er nach ihr suchen würde. Mark hatte sie einfach nicht genug geliebt, um auf sie zu warten. Stattdessen hatte er eine andere geheiratet, und das bedeutete, dass sie nie wieder Liebe und Glück in seinen Armen finden würde.

Seufzend löschte sie die Lampe. Tante Helen hatte nur unten Strom, hier oben benutzten sie noch Öllampen. Was jedoch kein Grund war, sich zu beklagen, da die meisten Häuser in der Gegend bisher noch gar keinen Strom hatten. Tante Helen hielt immer einen Vorrat an Schillingmünzen für den Stromzähler bereit, und bei kaltem Wetter heizten sie mit Kohle.

Beth machte es sich im Bett bequem und schloss die Augen. Fast augenblicklich schlief sie ein und begann von einem Ozean und einem sonnenbeschienenen Strand zu träumen, obwohl sie nur ein paar Mal am Meer gewesen war, und dessen Anblick hatte nichts mit den vielen Meilen goldenen Sands gemein, den sie gerade in ihren Träumen sah.

Im Schlaf veränderte sich der Traum, und wo die Stille des Strands gerade noch nur ab und zu vom Kreischen der Vögel unterbrochen worden war, hörte Beth jetzt plötzlich das Dröhnen von Gewehrschüssen und sah überall Männer liegen,

Männer mit zerfetzten Körpern, toten Augen und blutdurchtränkten Uniformen.

Als sie schaudernd erwachte, fragte sie sich, woher dieser grauenvolle Traum gekommen war, bis ihr wieder einfiel, dass Fred von einigen alten Soldaten gesprochen hatte, die er kannte und die in fremden Ländern gekämpft hatten. Einer von ihnen hatte ein Bein und ein anderer sein Augenlicht im Zweiten Burenkrieg verloren, der elf Jahre zuvor geendet hatte. Beth zitterte und fror plötzlich am ganzen Körper. Doch dann erinnerte sie sich wieder an die Käsetoasts, die Tante Helen zum Abendbrot gemacht hatte, und dachte, dass es vielleicht der schwer im Magen liegende Käse war, der den Albtraum ausgelöst hatte. Das passierte ihr hin und wieder, vor allem, wenn ihr irgendetwas auf der Seele lag.

Schließlich beschloss sie, hinunterzugehen und sich eine Kanne Tee zu machen. Außerdem war es schon fast sechs Uhr morgens, und nach einem solch grauenvollen Traum würde sie ohnehin nicht weiterschlafen können …

Kapitel 16

Sally bediente am nächsten Morgen eine Kundin, die einen silbernen Armreif suchte. Es waren jedoch nur noch zwei übrig, und die junge Frau machte ein enttäuschtes Gesicht, als ihr nur diese beiden gezeigt wurden.

»Ich wollte einen etwas breiteren«, beklagte sie sich. »Und ich bin mir sicher, dass Sie eine viel größere Auswahl hatten, als ich sie mir das erste Mal ansah.«

»Es gab einen regelrechten Ansturm auf diese Armreife«, sagte Sally. »Mir wurde versprochen, dass wir bald wieder mehr auf Lager haben werden – aber diese beiden hier sind viel preiswerter als die breiteren, und zusammen getragen sehen sie auch sehr schick aus. Warum probieren Sie sie nicht einfach mal an?«

Die Kundin zögerte, doch dann streifte sie beide über ihre Hand und hielt sie hoch, um die schmalen Silberreifen zu bewundern, von denen einer ganz schlicht und der andere mit Türkisen besetzt war.

»Ja, das sieht hübsch aus – und ist mal etwas anderes«, sagte sie, als sie die Armreife betrachtete. »Das etwas breitere Armband, das ich wollte, sollte ein Geschenk für meine Schwester sein ...«

»Es könnte der Grundstein für eine kleine Sammlung von Armreifen werden«, schlug Sally vor, »und außerdem würden Sie diese beiden für den gleichen Preis erhalten wie ein breiteres Armband.«

»Ja, da haben Sie natürlich recht.« Die Kundin strahlte sie

an und nickte. »Ich werde also einfach beide nehmen, und Amie werden sie bestimmt gefallen.«

Sally legte die Armreife in eine Schachtel und packte sie in Seidenpapier ein. Das Geld schickte sie nach oben an die Kasse und schob die Schachtel dann in eine der unverwechselbaren schwarz-goldenen Einkaufstüten.

»Diese Tüten sehen so edel aus, als kämen sie aus einem der Juwelierläden auf der Bond Street«, bemerkte ihre Kundin, als sie sie entgegennahm. »Ich denke, meine Schwester wird begeistert sein.«

»Das hoffe ich«, antwortete Sally. »Übrigens müssten wir bald schon neuen Schmuck hereinbekommen ... vielleicht würden Sie Ihrer Schwester zu Weihnachten ja gern etwas Passendes zu den Armreifen kaufen?«

»Ja, das ist eine gute Idee«, sagte die Kundin. »Und da ich auch schon ein paar Stücke im Auge habe, die ich selbst gern hätte, werde ich nächsten Monat noch einmal vorbeischauen und sehen, was es Neues gibt.« Sie lächelte Sally an. »Es gefällt mir übrigens sehr, wie Ihre Schaufensterdekorationen auf das eingehen, was gerade aktuell ist, wie den Frühling, Ostern und so weiter, und das Fenster mit all den Päckchen und dem Geburtstagskuchen war einfach wunderbar.«

»Ja, Mr. Marco ist sehr kreativ«, stimmte Beth ihr zu. »Dieses Fenster hat auch mir sehr gut gefallen ...«

Ein Klingeln verriet Sally, dass ihr Wechselgeld da war, und sie nahm es aus dem Behälter und zählte es ihrer Kundin in die Hand. Die Frau nickte lächelnd und wünschte ihr einen guten Morgen, bevor sie ging. Erst jetzt bemerkte Sally die sehr modisch und elegant gekleidete junge Frau, die sie aus schmalen dunklen Augen nachdenklich beobachtete.

»Entschuldigen Sie bitte, dass ich Sie warten ließ, Madam.«

»Ach was«, erwiderte die junge Dame lächelnd. »Ich bin keine Kundin, und es hat mir Spaß gemacht, Ihnen beim Bedienen zuzusehen, Sally. Denn Sie sind doch Sally Ross, nicht wahr?«

»Ja ...« Sally zögerte einen Moment. »Und Sie sind Miss Harper, nicht? Mr. Harpers Schwester?«

»Ja, das bin ich.« Jenni trat vor und begrüßte sie mit einem festen Händedruck. »Ich freue mich sehr, Sie kennenzulernen, Sally, und nun, da ich Sie in Aktion gesehen habe, glaube ich, dass mein Bruder recht hatte.«

Sally runzelte die Stirn. »Entschuldigen Sie bitte, aber ich bin mir nicht ganz sicher, was Sie meinen ...«

Jenni Harper lachte. »Ja, das glaube ich Ihnen gern, Miss Ross, weil ich meinen Bruder kenne und weiß, dass er sich erst mit mir beraten wollte, bevor er etwas erzählen würde. Er ist fünf Jahre jünger als ich, und ich habe mehr Erfahrung mit den Waren – aber ich habe von Ben gehört, dass Sie und einige andere Mitarbeiter sehr entschiedene Ansichten zu meiner Auswahl unserer Ware haben?«

»Ich bin Ihnen damit hoffentlich nicht zu nahegetreten, Miss Harper«, sagte Sally und warf einen Blick zu ihrer Vorgesetzten hinüber, die gerade einer Kundin Hüte zeigte. »Es ist nur so, dass wir von einigen Artikeln mehr benötigen – und die Mitarbeiter in der Herrenabteilung die kostspieligen Anzüge für den durchschnittlichen britischen Kunden und seinen Geldbeutel für ungeeignet halten.«

»Sie meinen, sie wollen nicht so viel Geld für einen guten Anzug ausgeben«, sagte Jenni und nickte. »Ja, das verstehe ich, Miss Ross. Ich war noch nie an diesem Ende der Oxford Street, bis ich meinem Onkel beim Einkauf der Waren half. Ich habe hier in England qualitativ sehr gute Ware für unsere New Yorker Läden eingekauft und dachte, sie würde sich auch hier verkaufen. Daheim in Amerika verkaufen wir an Männer, die das Beste wollen und auch bereit sind, unsere Preise für gute Schnitte und Stoffe zu bezahlen. Ich habe jedoch schon mit dem Leiter der hiesigen Herrenabteilung gesprochen und Waren in einer niedrigeren Preisklasse für sie bestellt. Darüber hinaus habe ich beschlossen, die sehr teuren Anzüge nach New York zurückschicken zu lassen und sie in unserem Winterschlussverkauf anzubieten.«

»Das ist eine gute Entscheidung«, sagte Sally, der das Lächeln nun schon leichter fiel. Denn abgesehen von einem leichten Akzent wies nichts darauf hin, dass Miss Harper Amerikanerin war, aber sie war eindeutig sehr freundlich und aufgeschlossen. »Wir haben hier die Möglichkeit, die weniger teure Ware zu verkaufen, und der Großteil des Umsatzes wird sicher im mittleren Bereich liegen. Gute Sportjacken und -hosen könnten ein Verkaufsschlager für den Sommer sein, glaube ich.«

»Sprechen Sie aus Erfahrung?« Ihre Worte schienen auf aufrichtiges Interesse zu stoßen, was Sally vor Freude erröten ließ.

»Ich habe ein paar Monate bei Selfridges gearbeitet. Dort kannte ich einen der Mitarbeiter aus der Herrenabteilung, der mir sagte, diese Dinge seien ihr größter Kassenschlager. Britische Männer neigen dazu, sich einen Anzug zu kaufen, der dann jahrelang herhalten muss, und tragen viel häufiger ein Sakko und eine Hose – es sei denn, sie müssten zu ihrer Arbeit einen Anzug tragen. Deshalb ist das untere Preissegment das beste, denn wer will schon ein Vermögen für einen Anzug fürs Büro ausgeben?«

»Gut gedacht!«, lobte Jenni. »Ein guter Anzug ist ein Zeichen von Wohlstand, und Männer geben sich gern den Anschein, sie hätten es bis ganz nach oben geschafft.«

»Ja, und ich bin mir sicher, dass diejenigen, die es sich leisten können, das auch hier in England tun«, stimmte Sally ihr zu. »Aber dann gehen sie nach Knightsbridge oder zu einem guten Schneider, um sich einen Maßanzug anfertigen zu lassen – und entscheiden sich für etwas Unauffälligeres, Dezenteres.«

Jenni nickte, als stimmte sie ihr zu, und sagte dann: »Mein Onkel hätte besser seine Hausaufgaben machen sollen, bevor er Ware einkaufte, nicht wahr? Was für Fehler haben wir noch gemacht?« Sie schien es wirklich wissen zu wollen und war weder wütend noch entrüstet, weil sie auf mögliche Fehler hingewiesen worden war.

»Nun ja, ich dachte, einige der Taschen aus Krokodilleder und dergleichen würden sich nie verkaufen«, berichtete Sally ihr. »Inzwischen ist es mir doch gelungen, zwei zu verkaufen – sie waren für einen ganz besonderen Anlass gedacht –, aber dennoch glaube ich, dass die preisgünstigeren Taschen schneller weggehen und wir daher eine größere Menge davon benötigen werden. Momentan haben wir noch genügend auf Lager, aber ich denke, in etwa einem Monat brauchen wir auf jeden Fall Nachschub.«

»Sehr gut, das sind genau die Informationen, die ich brauche«, sagte Jenni. »Mein Bruder hat auch einige Ideen, die er gern mit Ihnen besprechen würde, Miss Ross. Würden Sie heute Abend mit uns essen gehen? Es wird ein ruhiges Essen in einem malerischen kleinen Pub am Fluss sein, sodass Sie sich also nicht extra für den Anlass umzuziehen brauchen.«

Sallys Nervenenden kribbelten vor freudiger Erregung. Sie hatte gedacht, Mr. Harper hätte sie nach ihrem kurzen Gespräch vergessen, doch anscheinend hatte er sogar mit seiner Schwester über sie gesprochen. Jetzt konnte Sally es kaum erwarten zu erfahren, worüber die Geschwister mit ihr sprechen wollten ...

»Ist alles in Ordnung, Miss Ross?«

Mrs. Craven hatte ihre Kundin bedient und kam nun mit einer etwas unsicheren Miene auf sie zu.

»Mrs. Craven?« Jenni Harper reichte ihr die Hand. »Ich bin Mr. Harpers Schwester und die Einkäuferin für unsere englische Filiale hier – vorläufig jedenfalls noch. Als mein Onkel noch lebte, hat er mir dabei geholfen, aber es ist eine zu große Aufgabe für eine einzige Person, und deshalb werden wir sie in Zukunft delegieren. Ich habe mich mit Miss Ross beraten, und was sie zu sagen hat, klingt interessant. Ich würde aber auch gerne hören, was Sie zu unseren Waren zu sagen haben ...«

»Ich freue mich, Sie kennenzulernen, Miss Harper«, sagte Mrs. Craven lächelnd. »Ich war schon ein bisschen besorgt – Miss Ross ist doch hoffentlich nicht in Schwierigkeiten?«

»Weit gefehlt«, sagte Jenni und lachte Sally an. »Ich denke, Sie werden schon bald erfahren, dass ihr eine Beförderung angeboten wurde. Und nun sagen Sie mir, was Sie von den Hüten, Tüchern und anderen Accessoires hier halten?«

Mrs. Craven ging mit ihrer Besucherin davon, und Sally wandte sich einer neuen Kundin zu. Innerlich zitterte sie vor Aufregung, auch wenn sie noch nicht ganz glauben konnte, richtig gehört zu haben. Hatte Miss Harper tatsächlich gemeint, dass sie daran dachten, ihr einen besseren Job zu geben?

Sie nahm sich jedoch zusammen und konzentrierte sich auf ihre Kundin, eine junge Frau, die eine Ledertasche suchte. Sally zeigte ihr einige Modelle, und schließlich kaufte die Kundin eine hellbraune Tasche mit Lasche und einer schlichten Messingschnalle. Dann fragte sie nach silbernen Ohrringen und kaufte auch von diesen ein Paar, worüber so viel Zeit verging, dass Jenni Harper inzwischen die Abteilung verlassen hatte, und Sally sich erst jetzt erinnerte, dass sie ihr noch keine Antwort auf die Frage gegeben hatte, ob sie heute Abend mit ihnen essen gehen würde.

Allerdings kam Mrs. Craven ein paar Minuten später zu ihr, um ihr auszurichten, dass Miss Harper sie nach Geschäftsschluss oben im Büro erwarten würde. »Sie wird dort auf Sie warten und sagte, da sie sich für den Abend nicht umziehen wird, könnten auch Sie sich diese Mühe sparen.«

Sally wäre gern nach Hause gegangen, um sich umzuziehen, aber vielleicht war das ja auch nicht so wichtig. Sie war schließlich nur eine Angestellte, und es handelte sich wohl auch mehr um eine geschäftliche Besprechung und nicht um eine richtige Einladung zum Essen.

»Mir scheint, dass Sie uns bald verlassen werden«, sagte Mrs. Craven. »Das tut mir leid, Miss Ross – aber wenn es eine Verbesserung für sie darstellt, freue ich mich natürlich für Sie.«

»Was für eine Arbeit?«, fragte Sally, die sich nicht sicher war, ob sie sich Sorgen machen oder sich freuen sollte. »Hat sie etwas Genaueres gesagt?«

»Das nicht, aber sie sagte, da sie die meiste Zeit in New York verbringen müsse, wolle sie zunächst einmal noch etwas länger hierbleiben, um Sie für die neue Aufgabe auszubilden, für die sie Sie vorgesehen haben ... Es klang alles sehr geheimnisvoll, Miss Ross.«

»Miss Harper kauft für die New Yorker Häuser ein. Sie hat mich nach meiner Meinung zu unserem Bestand gefragt, und ich habe ihr ehrlich gesagt, was ich davon halte. Aber ich habe keine Ahnung, woher ich bekommen soll, was unser Laden braucht. Ich bin doch bloß eine Verkäuferin.«

»Na ja, sie hat angedeutet, dass Sie den Einkauf übernehmen sollen«, erwiderte Mrs. Craven. »Und falls Sie das Gefühl haben, die Ihnen angebotene Aufgaben wäre zu viel für Sie, können Sie sie ja auch immer noch ablehnen.«

Sally nickte. Ihr Magen rebellierte vor Nervosität, sie war aufgewühlt und unruhig. Vielleicht hätte sie ihre Ansichten besser für sich behalten sollen. Sie war schon immer sehr freimütig gewesen, aber jetzt hatte sie sich offenbar zu sehr eingemischt!

***

Sally kaufte sich einen neuen Spitzenkragen, um nach dem langen Arbeitstag einen sauberen tragen zu können. In der Personaltoilette wusch sie sich Hände und Gesicht und tupfte ein Tröpfchen Lavendelwasser hinter ihre Ohren. Bei der Arbeit war es zwar verboten, aber abends durfte sie doch wohl ein bisschen Parfüm benutzen, wenn sie wollte?

Miss Harper öffnete sofort, als Sally an die Bürotür klopfte. Sie hatte ihren schicken Mantel an, trug eine große Ledertasche in der Hand und ein Bündel Akten unter dem Arm und lächelte, als sie Sally sah. Nun, da sie nicht mehr ganz so nervös war, hatte Sally Zeit, den Unterschied in ihrem Kleidungsstil zu registrieren. Engländerinnen neigten zu hübscheren, weicheren Stilrichtungen, die ebenso feminin wie schick waren, während Miss Harpers Kleidung von Klarheit und Strenge in den Linien geprägt war.

»Schön, dass Sie so pünktlich sind, denn unser Wagen wartet schon. Mein Bruder wird erst nach seiner Besprechung kommen, was mir jedoch die Gelegenheit geben wird, noch einige Dinge mit Ihnen durchzugehen, bevor er kommt.«

»Werden Sie schon bald nach Amerika zurückkehren, Miss Harper?«, fragte Sally, als sie gemeinsam die Treppe hinuntergingen.

»Ich hatte eigentlich vorgehabt, mit auf der *Titanic* zu reisen«, sagte Jenni und seufzte dann. »Es wäre sehr aufregend geworden, es ist schließlich die Jungfernfahrt des Schiffs, aber ich konnte mein Ticket noch an jemanden verkaufen, der unbedingt eine Luxuskabine wollte, und werde also noch ein paar Wochen in London bleiben. Wenn Sie meine Aufgabe übernehmen sollen, brauchen Sie zunächst noch Unterstützung ...«

»Sie meinen, ich soll Ihre Aufgabe als Einkäuferin für das Kaufhaus übernehmen?« Sally schnappte nach Luft und verspürte ein eigenartiges Kribbeln in der Wirbelsäule. Sie hatten die Vorderseite des Kaufhauses erreicht, wo ein teures Auto am Straßenrand parkte. Es war glänzend poliert und gelb und schwarz lackiert, und am Steuer saß ein in nüchternes Grau bekleideter Chauffeur. »Damit fahren wir?« Sally lachte. »So ein Auto habe ich noch nie gesehen.«

»Es gibt für alles ein erstes Mal.« Jenni lächelte. »Glauben Sie nur ja nicht, dass wir schon immer reich waren, Sally – ich darf Sie doch Sally nennen, hoffe ich? Und Sie müssen mich Jenni nennen. Schließlich werden wir eng zusammenarbeiten und Freundinnen werden ...«

»Sie sind einfach unglaublich, Jenni ...«

»Bin ich das?« Jennis Augen funkelten verschmitzt. »Das war auch meine Absicht, weil ich etwas Gutes zu erkennen weiß, wenn ich es sehe, und nicht will, dass Sie Bens Angebot ablehnen.«

»Ich habe keinerlei Erfahrung im Einkauf«, sagte Sally wahrheitsgemäß. »Ich habe zwar meine Meinung dazu gesagt, aber nur aus dem Gefühl heraus, denn leider verstehe ich rein gar nichts von der Beschaffung von Waren ...«

»Das werden Sie, wenn mein Bruder und ich Sie eingearbeitet haben«, sagte Jenni. »Mein Onkel hat mich buchstäblich ins kalte Wasser geworfen, als ich sechzehn war, Sally. Ich sollte die Ware für seinen neuesten Laden einkaufen und dafür sorgen, dass es gute Ware war, und dann musste ich zusehen, wie ich damit zurechtkam. Aber keine Bange, das werde ich Ihnen nicht zumuten.«

Sally ließ sich auf dem Rücksitz des imposanten Fahrzeugs nieder und nahm sogleich den unverwechselbaren Geruch von Leder und einem kostspieligen Parfüm wahr.

»Oh, was für ein wundervolles Parfüm!«, rief Sally aus. »So unaufdringlich und dennoch faszinierend!«

»Es war ein Geschenk von jemandem namens Elizabeth Arden«, sagte Jenni. »Sie hatte es aus Paris mitgebracht, wo sie sich eine Zeitlang aufhielt, um mehr über Kosmetik für Frauen zu lernen. Sie ist jemand, von dem Sie noch viel hören werden, wenn ihre Produkte bekannter sind. Für unsere amerikanischen Kaufhäuser habe ich bereits einige ihrer Gesichtscremes eingekauft. Hier in England haben wir sie zwar noch nicht, aber ich verlasse mich darauf, dass Sie mir Bescheid geben werden, wenn die Zeit dafür gekommen ist. Wenn Mrs. Arden ihre Produkte für jedermann zugänglich macht und nicht nur für die Besucherinnen ihres Schönheitssalons, werden auch wir sie führen können.«

»Diese Elizabeth Arden ... ist sie Amerikanerin?«

»Nein, Kanadierin, aber sie wird ihr Geschäft auch auf Amerika ausweiten, und ich bin mir sicher, dass es ein großer Erfolg werden wird, sobald sie ihre Produktpalette ausreichend vergrößert hat.«

»Es muss aufregend sein, neue Produkte zu entwickeln und sie einzuführen«, sagte Sally, die innerlich schon wieder ganz nervös war, wenn auch mehr aus Freude als aus Besorgnis. »Vor allem solch wundervolle Parfums und schöne Kleidung.«

»Dann mögen Sie also hübsche Kleidung.« Jenni nickte und lächelte. »Auch ich liebe Mode, aber ein Einkäufer für ein Geschäft wie Harpers muss über alle möglichen Produkte auf dem Laufenden sein. Ich möchte nach und nach nämlich noch mehr Abteilungen eröffnen, so auch eine für Kosmetik, eine Kinderabteilung und noch andere. Wir werden mehr Personal benötigen, aber wir tasten uns ja zunächst noch langsam vor. Es ist harte Arbeit, für einen Laden dieser Größenordnung einzukaufen, Sally, und manchmal machen wir Fehler und man gibt uns die Schuld, wenn der Umsatz schlecht ist. Aber Sie haben ein gutes Auge, und wenn Sie lernen, auf die zu hören, die die Waren verkaufen müssen, werden Sie es schon bald lernen.«

»Ich würde es gern versuchen«, sagte Sally, obwohl ihr

Magen sich wieder einmal verkrampfte. Aber es würde Spaß machen, neue Waren ausfindig zu machen – und zu reisen.

»Ich nehme an, dass diese neue Aufgabe auch Reisen innerhalb des Landes einschließt, um sich Waren anzusehen, bevor man sie bestellt?«

»Oh ja – allerdings werden Sie vorerst mit dem Zug reisen müssen. Ich werde meinen Bruder bitten, Ihnen das Fahren beizubringen, und dann besorgen wir Ihnen ein Auto oder vielleicht auch einen kleinen Lieferwagen. Es ist immer gut, ein paar neue Waren mitzubringen, wenn es möglich ist.«

Das luxuriöse Auto hatte sie sanft durch die Dämmerung zum Fluss hinabgefahren. Als Sally das altmodische Gasthaus erblickte, war sie entzückt. Vorn im Hof brannte zischend eine Gaslampe, und sie konnte sogar Pferde in den Ställen auf der Rückseite des Gebäudes hören.

Drinnen waren die Decken niedrig und die Balken rauchgeschwärzt, die Tische aus glänzend aufpolierter Eiche stammten aus einem anderen Jahrhundert. Harding's war ein altmodisches, renommiertes Gasthaus in einem Gebäude aus dem siebzehnten Jahrhundert. Kleine Öllampen auf den Tischen sorgten für eine intime Atmosphäre, und in einer Kaminecke stand ein wunderschönes Blumenarrangement.

»Ich liebe Gasthöfe wie diesen«, bemerkte Jenni, als der Kellner kam, um sie zu ihren Plätzen zu führen, und ihnen dann die Speisekarten und eine Weinkarte überreichte. »Dies ist Bens Lieblingsrestaurant in London.« Sie blickte zu dem Kellner auf. »Mein Bruder wird sich uns später anschließen, Edwin – und in der Zwischenzeit hätten wir gern eine Flasche Ihres besten halbtrockenen Weißweins – und gut gekühlt, bitte.«

»Sehr gern, Miss Harper. Ich weiß ja, dass Sie nur das Beste mögen.« Er lächelte ihr zu und ging.

»Es ist kühl heute Abend«, bemerkte Jenni fröstelnd. »Dabei haben wir schon April, und ich dachte, es wäre inzwischen etwas wärmer. New York kann im Winter bitterkalt sein, aber wenn es dort warm ist, ist es richtig warm.«

Sally lachte. »Bei uns geraten Frühling und Sommer immer wieder durcheinander. Selbst im Juni sind die Abende oft noch kühl.«

»Da ziehe ich doch Florida oder Kalifornien vor«, antwortete Jenni. »Normalerweise fahre ich in die Sonne, sobald ich die Bestellungen der Winterwaren erledigt habe. Ich glaube nicht, dass ich hier leben möchte – aber Ben sagt, es gefiele ihm hier, und wenn das Geschäft gut läuft, könnte es sogar sein, dass er nach London umzieht.« Sally bemerkte jetzt ein Näseln in Jennis Stimme, das nicht immer da war, sie jetzt aber eher wie eine Amerikanerin klingen ließ.

»Es ist wirklich schade, dass Sie die Gelegenheit verpasst haben, mit der *Titanic* zu fahren«, sagte Sally. »Ich habe alles darüber gelesen – es heißt, sie sei ein großartiges Schiff mit allem nur erdenklichen Luxus an Bord ...«

»Na ja, es wird schon noch ein anderes Mal geben.« Jenni lachte. »Ich konnte Sie doch nicht einfach den Haien zum Fraß vorwerfen, Sally. Ben schien zu glauben, Sie würden auch ohne mich zurechtkommen, aber trotzdem habe ich ihm versprochen, bis irgendwann im Mai zu bleiben. Ich werde Ihnen helfen, Ihre ersten Lieferanten zu treffen, und Ihnen beibringen, wie man sie dazu bringt, einen besseren Preis zu machen. Der liegt zunächst nämlich immer erst einmal mindestens zwanzig Prozent über der Untergrenze.«

Sally blickte auf, als der Kellner kam und ihnen jeweils ein Glas Wein einschenkte. Als Sally den ersten Schluck probierte, war sie angenehm überrascht über den spritzigen und ein wenig fruchtigen Geschmack. »Der Wein ist köstlich«, sagte sie.

»Mögen Sie Wein?«, fragte Jenni.

»Ich trinke ihn nur selten«, gab Sally zu. »Wenn ich überhaupt etwas trinke, was ich nur bei besonderen Anlässen tue, nehme ich normalerweise einen Sherry oder einen Portwein mit Zitrone.«

»Ja, das habe ich hier schon oft gehört«, sagte Jenni. »Meine Tante trinkt immer Champagner, aber sie kommt ja auch aus einem vermögenden Elternhaus. Mein Onkel hat sich kaputtgearbeitet, um sein eigenes Vermögen zu machen, während meine Eltern nur einen bescheidenen Eisenwarenladen in einem kleinen Ort besaßen. Als sie beide an einem Fieber starben, lud meine Tante Ella mich ein, bei ihnen zu leben, während Ben von meinem Onkel aufs College geschickt wurde. Ich begann damals in seinem Kaufhaus zu arbeiten, aber nach drei Wochen als Verkäuferin an verschiedenen Ladentheken beförderte er mich zur Einkäuferin des ganzen Unternehmens und sagte mir einfach nur, ich solle mich ans Werk machen. Und alles, was ich hatte, waren eine Liste mit Namen und ein ganzes Kaufhaus, das ich mit Waren füllen sollte.«

Sally schaute sie entgeistert an. »Das muss ja geradezu beängstigend gewesen sein?«

»Und ob! Am Anfang stand ich Todesängste aus – aber irgendwie habe mich durchgemogelt, so gut es ging, und hatte dann das Glück, einen neuen Modedesigner zu entdecken, der sein Unternehmen gerade erst gegründet hatte. Als seine Kollektion dann binnen weniger Wochen ausverkauft war, hat mir das Selbstvertrauen gegeben. Seitdem habe mich so oft wie möglich für neue Designer und Lieferanten entschieden, von denen einige sich als echte Glücksgriffe erwiesen. Ein einziges Mal nur erlebte ich einen totalen Reinfall, was aber daran lag, dass der Designer die Qualität seiner Kollektion verschlechtert hatte, nachdem ich die erste gekauft hatte. Natürlich habe ich seine nächste Kollektion nicht mehr genommen, und auch niemand sonst hat es getan.«

Sally begriff nun, wie ausschlaggebend Einkäufer für das

Gedeihen kleiner Unternehmen sein konnten und welche Verantwortung mit ihren Entscheidungen einherging.

»Zu Anfang werden entweder mein Bruder oder ich Ihnen zur Seite stehen, und Sie werden unsere Zustimmung benötigen, bevor Sie Ihre Bestellungen aufgeben«, fuhr Jenni fort. »Mit der Herrenabteilung und allem anderem im Parterre werden Sie allerdings nichts zu tun haben, weil Mr. Stockbridge und Ben sich darum kümmern werden. Zu Ihren Aufgaben gehören also Schmuck, Taschen, Schals, Handschuhe und Mode. Ich denke, dass Sie das leicht schaffen müssten. Und da Sie einen gesunden Menschenverstand und einen guten Blick besitzen, werden Sie mit Sicherheit schnell lernen. Ich jedenfalls habe vollstes Vertrauen in Sie.«

Sally sagte nichts, weil ihr all das zu schön erschien, um wahr zu sein. Warum sollten Jenni und ihr Bruder ihr zutrauen, für Harpers einzukaufen? Sie hatte keinerlei Erfahrung in diesen Dingen, und ihre Vorschläge waren nur eine Antwort gewesen, als Mr. Harper seine Fragen gestellt hatte. Bestimmt war all das nur ein Traum, aus dem sie jeden Augenblick erwachen würde!

»Was denken Sie?«, fragte Jenni.

»Nur dass es eine große Verantwortung bedeutet.«

»Wie ich schon sagte, hatte ich niemanden, der mir zur Seite stand. Sie dagegen werden uns haben ...« Jennis glänzende Augen schienen Sally herauszufordern, ihr zu beweisen, was sie konnte.

»Na ja, wenn Sie meinen, dass ich es schaffen werde ...« Sally blieb skeptisch, doch im selben Moment betrat Mr. Harper den Raum, und wie magisch von ihm angezogen, blickte sie zu ihm hinüber. Er trug einen sehr eleganten Anzug, von dem sie annahm, dass er eine Maßanfertigung aus der Savile Row sein musste, und er sah sehr distinguiert und attraktiv darin aus. Für einen Moment begann ihr Herz zu rasen, als sie sein Lächeln bemerkte, und dann war er auch schon an ihrem Tisch.

»Guten Abend, Miss Ross«, sagte er höflich und reichte ihr die Hand, als sie aufstand. »Und entschuldigt bitte, dass ich euch warten ließ, Jenni. Habt ihr schon bestellt?«

»Nein, wir haben auf dich gewartet«, erwiderte seine Schwester. »Ich hätte gern den Lachs mit Spargel in Aspik und danach eine Seezunge und sautierte Kartoffeln mit Erbsen.«

»Und Sie, Miss Ross?«, fragte er und zog eine seiner feingeschnittenen Augenbrauen hoch.

»Könnte ich bitte das Gleiche haben?«

»Aber natürlich – und ich denke, ich werde ein Steak mit Pommes frites und Champignons nehmen.«

Der Kellner wurde herbeigerufen, um die Bestellung aufzunehmen, und er brachte auch gleich ein Weinglas für Mr. Harper mit.

»Nun, Miss Ross?« Ben Harpers Augen leuchteten voller Vorfreude. »Hat Jenni Ihnen von unserer Idee erzählt, dass Sie den Einkauf für unser Londoner Geschäft übernehmen sollen? Schmuck, Taschen und Mode – also all die Dinge, die Frauen so lieben?«

»Ja ... nur weiß ich immer noch nicht, warum Sie ausgerechnet mich für geeignet halten«, gab Sally ehrlich zu. »Bei unserem Gespräch hatte ich Ihnen gesagt, was ich über die Dinge denke, die ich beobachte, aber vom Einkauf verstehe ich wirklich nichts.«

»Jenni verstand noch weniger davon, als mein Onkel ihr die Stelle gab«, entgegnete er gut gelaunt. »Außerdem wird sie Ihnen alles zeigen, bevor sie abreist – und dann werde ich ja auch noch da sein. Mr. Stockbridge und Marco sind beide gut in dem, was sie tun, und werden den Einkauf für die anderen Abteilungen übernehmen, bis wir die richtigen Leute dafür gefunden haben – obwohl ich Ihre Meinung durchaus schätzen werde, falls Sie den Eindruck haben sollten, dass sie Fehler machen.« Jetzt grinste er sie sogar an, und ihr Herz machte einen komischen kleinen Sprung. »Wann immer Sie einen neuen Lieferanten ausprobieren wollen, müssen Sie allerdings zuerst mich oder Jenni davon überzeugen. Denn ich muss den Kopf hinhalten, wenn etwas schiefgeht.«

»Ich würde es gern versuchen«, sagte Sally. »Natürlich ist mir klar, dass ich noch sehr viel lernen muss – was aber bestimmt sehr interessant sein wird.«

»Und auch harte Arbeit«, warf Jenni warnend ein. »Ich bleibe in Verbindung, so gut ich kann, aber erwarten Sie für mindestens vier bis sechs Monate nach meiner Abreise keinen weiteren Besuch von mir.«

»Jenni muss zwei unserer Geschäfte in New York mit Ware bestücken«, sagte Ben Harper mit einem liebevollen Blick in ihre Richtung. »Sie ist die beste Schwester der Welt, Miss Ross – und ich weiß, dass sie die Reise ihres Lebens geopfert hat, um das hier für mich zu tun.«

»Und dafür schuldest du mir etwas«, sagte Jenni mit einem Blick, der Bände sprach. »Ich werde mir etwas überlegen, Brüderchen, womit du es wiedergutmachen kannst.«

Sally lachte über das Geplänkel zwischen ihnen. Sie waren beide lebhafte, dynamische Menschen, und sie hatte noch nie jemanden wie sie kennengelernt. Beide waren attraktiv und verliehen eher ihrer Kleidung Schick und Eleganz als umgekehrt. Außerdem hatte Sally noch nie zu einer Familie gehört, und so sorgten die liebevollen Neckereien dafür, dass sie sich bei ihnen wohlfühlte. Sie waren warmherzige Menschen, und Sally spürte, dass beide auch sehr kluge Geschäftsleute waren – und Jenni ihren Bruder in jeder Hinsicht unterstützte. Sie wollte, dass das Londoner Harpers ein Erfolg wurde und war deshalb sogar bereit gewesen, auf die Jungfernfahrt dieses fantastischen neuen White-Star-Ozeanliners zu verzichten.

»So«, sagte Ben, als der Lachs gebracht wurde. »Sie werden die Stelle also annehmen, Miss Ross. Und was das Gehalt angeht – ist das für Sie akzeptabel?«

»Ich glaube nicht, dass wir bereits darüber gesprochen haben«, sagte Jenni. »Wir hatten für den Anfang an zwanzig Pfund im Monat gedacht – und wenn der Laden gut läuft, werden wir Ihr Gehalt in sechs Monaten verdoppeln.«

»Zwanzig Pfund im Monat?« Sally schluckte, weil sie nicht sicher war, richtig gehört zu haben, da zwanzig Pfund weit mehr waren, als sie in ihrem ganzen Leben je verdient hatte. »Das ist ganz schön viel ...«

»Nicht für eine Einkäuferin«, warf Jenni ein. »Im Moment verdiene ich hundertfünfzig Dollar im Monat und trage mich schon mit dem Gedanken, eine Gehaltserhöhung zu verlangen. Meine und nun auch Ihre Tätigkeit ist mit einer enormen Verantwortung verbunden, und Sie werden Ihr Geld verdienen müssen, Sally. Sie werden nicht nur dafür verantwortlich sein, neue Waren zu beschaffen, ihren Transport hierher zu organisieren und die Preise festzulegen, sondern auch dafür, dass die neuesten Modelle die besten Plätze in den Schaufenstern erhalten. Was unter anderem auch längere Arbeitszeiten mit sich bringt, Sally. Die Gehaltszulage wird also wohlverdient sein, das kann ich Ihnen versprechen, meine Liebe.«

»Ja, denn ich möchte auch zu den Schaufensterdekorationen Ihre Meinung hören«, sagte Ben Harper ernst. »Ich denke, einige der Fenster sind durchaus noch verbesserungsfähig. Jenni hat gleich nach ihrer Ankunft hier eins selbst neu dekoriert ... Marco besitzt zwar Stil und Geschmack, aber wie wir alle braucht auch er neue Ideen.«

Sally kam schlagartig wieder auf den Boden der Tatsachen zurück. Sie würde viele Überstunden machen müssen, um eine solche Arbeit zu bewältigen – aber andererseits war es auch genau das, was sie brauchte. Bisher hatte sie abends Stunden damit verbracht, durch die Straßen zu bummeln, nur um nicht in die Bruchbude zurückzumüssen, in der sie lebte, aber so würde sie sich bis spät in ihrem Büro aufhalten ... und konnte sich auch nach einer besseren Wohnung umsehen!

»Ich könnte mir ein Zimmer in der Nähe von Harpers suchen«, schlug sie vor. »Außerdem macht es mir nichts aus, nach Feierabend zu arbeiten, denn schließlich zieht mich nichts nach Hause.«

»Haben Sie denn keine Familie – oder einen Freund?«, fragte Jenni mit mitfühlendem Gesichtsausdruck.

»Leider nicht, da ich in einem Waisenhaus aufgewachsen bin«, antwortete Sally. Das hätten sie auch aus ihren Unterlagen erfahren können, wenn sie nachgesehen hätten, aber wahrscheinlich wussten sie es schon und wollten nur ihre Geschichte hören. »Ich habe niemanden.«

»Jetzt schon«, sagte Jenni. »Ich möchte, dass wir wie eine Familie sind, Sally. Wenn Ihnen der Laden am Herzen liegt, werden Sie Ihr Bestes geben!«

Sally nickte stumm, weil sie viel zu beschäftigt mit ihrem Essen war. Etwas so Köstliches wie diesen Lachs hatte sie noch nie gegessen, und auch die Seezunge schien ihr geradezu auf der Zunge zu zergehen. Der Rest des Abends verging wie im Flug, und ehe sie sichs versah, hatte Ben Harper sie zum Wohnheim gefahren und verabschiedete sich von ihr.

»Ich bin froh, dass Sie bei uns sind, Sally – und auf meiner Seite stehen.« Dann stieg er aus, öffnete ihr die Tür und reichte ihr die Hand, um ihr beim Aussteigen zu helfen. Sein Blick glitt dabei abschätzig über das Wohnheim. »Kein Wunder, dass Sie umziehen möchten – ich werde sehen, was ich näher am Kaufhaus finden kann. Sie können sich jetzt etwas Anständiges leisten.«

Sally bedankte sich bei ihm. Und erst als sie in ihrem Zimmer war, wurde ihr bewusst, dass Mr. Harper sie mit Sally angesprochen und ihre Hand eine Sekunde länger als nötig gehalten hatte.

Unwillkürlich runzelte sie die Stirn, weil sie gelernt hatte, auf der Hut zu sein, was Männer anging, und wusste, dass es nicht ratsam wäre, ihren Arbeitgeber zu sehr zu bewundern. Jenni war geradeheraus und hatte es ernst gemeint, als sie sagte, sie wolle, dass sie Freunde wurden – aber war es für eine Frau überhaupt möglich, mit einem Mann befreundet zu sein? Sally wusste nur, dass es sehr leicht war, den Kopf in der Gegenwart von jemandem wie Mr. Harper zu verlieren.

Irgendetwas zog sie zu ihrem Fenster, und sie warf einen Blick die Straße hinunter. Mr. Harpers Auto war nicht mehr da, aber vor dem Pub stand Mick und schaute zu ihrem Fenster hinauf. In dem Licht hinter ihr konnte er sie sehen, und deshalb trat sie zurück, ließ die Gardine an ihren Platz zurückfallen und zog auch noch die schweren Baumwollvorhänge zu. Mick hatte sie offenbar mit Mr. Harper ankommen gesehen. Ob er jetzt wohl dachte, sie sei mit ihrem Liebhaber unterwegs gewesen?

Schließlich beschloss sie, Mick kurz zuzuwinken und ihm bei ihrer nächsten Begegnung von ihrer Beförderung zu erzählen, damit er nur ja nichts missverstand. Denn es mochte ihr zwar gefallen, zu einem so köstlichen Essen eingeladen zu werden und eine viel besser bezahlte Stelle zu bekommen, aber sie war nicht so dumm, darüber den Kopf zu verlieren, wie es Sylvia passiert war. Nicht einmal aus Dankbarkeit...

Kapitel 17

»Wie ist es gelaufen?«, fragte Mrs. Craven Sally, als sie am nächsten Morgen in die Abteilung kam. »Haben Sie die neue Stelle angenommen? Ich hoffe es sehr, denn ich glaube, sie wird genau das Richtige für Sie sein, obwohl ich mir die damit verbundene Verantwortung nicht wünschen würde. In meinem Alter wären die vielen Überstunden nichts für mich.«

Sally lächelte. Mrs. Craven machte nur einen Scherz, um ihr auf diese Weise zu sagen, dass sie es ihr nicht übelnahm, dass sie gehen würde.

»Ja, ich habe die Stelle angenommen und bin auch nur kurz hereingekommen, um mein Bestandsbuch abzuschließen, und danach gehe ich wieder zu Miss Harpers Büro hinauf.«

»Dann reist sie also nicht gleich wieder ab?«

»Nein, sie hält es für wichtiger, dass ich noch etwas bei ihr lerne«, sagte Sally. »Sie hat ihrem Bruder den Gefallen getan – aber nur, weil ich mich so offen über den Schmuck und all das geäußert habe. Jetzt kann ich nur hoffen, dass ich die beiden nicht enttäusche.«

»Das werden Sie nicht, Miss Ross.« Mrs. Craven lächelte. »Und ich werde Sie hier vermissen. Ich weiß nicht, ob man Sie in der Abteilung ersetzen wird ...«

»Jenni sagte, sie würde mit Ihnen darüber sprechen.« Sally zögerte und sagte dann: »Ich denke, Maggie könnte Beths Theke übernehmen und Beth die meine ...«

»Und die Hüte überlassen wir Miss Grey?« Mrs. Craven nickte nachdenklich. »Ja, das habe ich mir auch schon überlegt, Miss Ross – an Ihrer Theke braucht man die meiste Erfahrung, und Miss Gibbs ist inzwischen schon viel selbstbewusster.«

»Und eigentlich brauchen wir gar keine Assistentin, wenn wir alle unsere eigenen Theken sauber halten, außer vielleicht samstags ...« Sally unterbrach sich und errötete. »Oh, entschuldigen Sie bitte, Mrs. Craven. Ich will Ihnen bestimmt nicht vorschreiben, wie Sie die Abteilung zu führen haben. Das klingt ja, als würde ich größenwahnsinnig, aber das bin ich keineswegs.«

»Absolut nicht, Miss Ross«, antwortete die Etagenleiterin. »Ich habe mir auch schon Gedanken darüber gemacht, dass der Laden wirtschaftlicher arbeiten könnte, und werde Mr. Harper von unseren Ideen erzählen. Schließlich sind es ja nicht nur die Verkäufe, die einen Laden wie diesen erfolgreich machen. Wenn Geld verschwendet wird, wird er sowieso scheitern.«

Sally nickte. »Ich werde mir übrigens eine bessere Unterkunft suchen. Eine kleine Wohnung vielleicht, die ich gern mit jemandem teilen würde, aber ...« Den Rest ihrer Worte ließ sie ungesagt, weil es ihr ein bisschen anmaßend erschien, ihre Vorgesetzte zu fragen, ob sie mit ihr zusammenziehen würde.

»Sie fragen sich, ob wir uns eine Wohnung teilen könnten?« Mrs. Craven zögerte kurz und nickte dann. »Ich glaube, jetzt nach Ihrer Beförderung wäre das durchaus möglich. Ich habe selbst schon einen Umzug in Betracht gezogen, aber eine Wohnung für nur eine Person ist teuer ... Wir könnten uns einige zusammen ansehen und mal schauen, wie wir uns dort fühlen ...«

Eine freudige Erregung erfasste Sally. »Das würde ich sehr gerne tun«, stimmte sie eifrig zu. »Und danke, dass Sie es in Betracht ziehen, Mrs. Craven.«

»Bei der Arbeit müssen wir uns natürlich nach wie vor mit

Mrs. Craven und Miss Ross ansprechen, aber unter uns können Sie mich Rachel nennen und mich duzen, wenn Sie wollen.«

»Oh ja, danke, das werde ich gerne tun«, stimmte Sally ihr strahlend zu. »Ich kann kaum glauben, wie viel Glück ich habe ...«

»Nein, ich denke, Sie haben einfach das Potenzial«, sagte Rachel ernst. »Ich wusste von Anfang an, dass Sie anders waren. Sie werden Ihre Sache gut machen – und ich wünsche Ihnen alles Glück der Welt dazu.«

»Ich werde die Abteilungen regelmäßig aufsuchen«, sagte Sally. »Jenni kann nicht immer hier sein, das ist auch ein Grund, warum sie mir die Stelle gegeben hat. Sie sagt, eine Einkäuferin müsse den gesamten Warenbestand kennen und wissen, was sich verkauft und was nicht ...«

»Ja, da hat sie recht. Auch ich glaube, dass es der einzige Weg ist, diese Arbeit gut zu machen«, sagte Rachel. »Aber jetzt gehen Sie besser, und ich werde Miss Grey und Miss Gibbs über ihre neuen Arbeitsplätze informieren.«

Sally verließ die Abteilung und ging zum Lift, um in die oberste Etage zu gelangen, doch während sie noch darauf zuging, öffnete er sich schon, und Mr. Harper trat mit einer schönen rothaarigen Frau an seinem Arm heraus. Er lächelte sie an, während sie ihm tief in die Augen schaute – und keiner von ihnen schien Sally zu bemerken.

»Du bist ein wunderbarer Mann, Ben Harper«, sagte die Frau schwärmerisch. »Du hast meine Reise nach London zu etwas Besonderem gemacht, ich finde gar keine Worte dafür ...«

»Das Zusammensein mit dir war mir ein Vergnügen, Selina«, murmelte er.

Am Tag der Eröffnung hatte er eine Blondine am Arm gehabt und jetzt eine Rothaarige! Mr. Harper schien ein regelrechter Don Juan zu sein.

Sally lachte innerlich. Sie hatte gedacht, er sei möglicherweise interessiert an ihr, aber jetzt wusste sie, dass das äußerst unwahrscheinlich war. Die Frau an seiner Seite sah reich aus, war offensichtlich Amerikanerin und lachte sehr viel und sehr laut.

Es war komisch, wie deplatziert sie in dem Kaufhaus wirkte, in das Mr. Harper und seine Schwester sich so gut einzufügen schienen. Natürlich hatten auch sie einen leichten Akzent und sprachen einige der Worte anders aus, aber sie waren weder anmaßend noch arrogant, und die Kluft zwischen ihnen und dieser Frau fiel Sally sofort auf. Sie lächelte über sich selbst, als sie den Lift betrat. Das würde sie lehren, sich keine Illusionen über ihre Position zu machen!

***

»Ich finde es wunderbar, dass du die Stelle bekommen hast«, sagte Beth und lächelte Sally freundlich an, als sie während ihrer Teepause zu ihr ging, um ihr alles Gute zu wünschen. »Aber wir werden dich hier vermissen und hoffen, dich wenigstens ab und zu wiederzusehen.«

»Ich werde ja in der Nähe sein«, antwortete Sally. »Ihr drei seid immer noch meine Freundinnen, mit denen ich Kontakt halten möchte. Aber zumindest brauche ich mir nach dieser Beförderung keine Sorgen mehr über Miss Harts Genörgel zu machen. Denn eigentlich habe ich jetzt sogar eine höhere Position als sie. Passt nur auf, dass sie stattdessen nicht an dir oder Maggie herumnörgelt.«

»Es wird ihr nicht gefallen, dass du jetzt über ihr stehst«, warnte Beth. »Ich würde mich an deiner Stelle trotzdem vor ihr hüten, Sally.«

»Um die mache mir keine Sorgen mehr«, sagte Sally. »Und vielleicht werden wir uns eines Tages ja mal ganz woanders treffen. Ich werde mir nämlich eine kleine Wohnung suchen, und dann könnt ihr mich sonntags mal zum Tee besuchen.«

»Oh, das würde ich liebend gerne tun, Sally, wenn ich irgendwie von zu Hause wegkäme«, sagte Beth. »Aber zunächst einmal wünsche ich dir viel Glück, ich werde dich vermissen.« Und damit überließ sie Sally ihrer neuen Aufgabe und kehrte zu ihrer Abteilung zurück.

Für Beth war es ein sonderbarer Anblick, Maggie an ihrer Verkaufstheke zu sehen, aber wie Sally glaubte auch sie, dass das jüngere Mädchen tüchtig genug war, um es allein zu schaffen. Sie selbst war froh, die Hüte zu übernehmen, einige von ihnen waren so schön, es war einfach ein Vergnügen, damit umzugehen.

Sie bediente ihre erste Kundin um kurz nach neun und verkaufte ihr zwei verhältnismäßig schlichte Filzhüte – einen braunen mit einer Feder und einen grauen mit einer hübschen Schleife an der Rückseite. Die Kundin hatte sie gebeten, den grauen aufzusetzen, um ihn von hinten sehen zu können, und war sehr zufrieden mit dem Effekt.

»Man kann ihn an sich selbst nicht richtig sehen, nicht mal mit den Spiegeln«, hatte sie zu Beth gesagt. »Und da ich eine neue Arbeitsstelle antrete, möchte ich schick, aber nicht zu herausgeputzt aussehen – und diese Hüte sind genau die richtigen.«

Nachdem sie gegangen war, sah Beth, dass Maggie einen Schal verkaufte und Mrs. Craven eine Ledertasche einpackte. Sie beschloss, ihr Bestandsbuch auf den neuesten Stand zu bringen, und holte zwei neue Filzhüte, die beide noch nicht ausgestellt gewesen waren, aus dem kleinen Hinterzimmer und fügte sie ihrer Liste hinzu.

Eine Stunde verging, bevor sie eine weitere Kundin hatte, obwohl Maggie und auch Mrs. Craven gut zu tun hatten. Zum Zeitvertreib dekorierte Beth einige der Hüte in der Theke um und seufzte, als sie sich fragte, wie Sally mit ihrer neuen Aufgabe zurechtkommen mochte. Sie hatte sie sowohl als nervenaufreibend als auch interessant beschrieben, und Beth beneidete sie ein bisschen. Es musste aufregend sein, einen so anspruchsvollen Posten anzunehmen – und dennoch wollte Beth bei genauerer Überlegung eigentlich nicht in Sallys Haut stecken.

Um elf Uhr hatte sie drei Kundinnen hintereinander, und danach schickte Mrs. Craven sie in eine verfrühte Mittagspause. »Zwei von uns müssen immer in der Abteilung sein, also wird Miss Gibbs als Nächste Mittagspause machen und ich als Letzte. Es tut mir leid, dass ich Sie nicht zusammen gehen lassen kann, aber eine alleine kann die Abteilung nicht führen.«

»Nein, es wäre gar nicht gut, wenn die Kundinnen warten müssten«, stimmte Beth ihr zu. Anfangs hatte sie vier Verkäuferinnen für eine Abteilung dieser Größe noch für übertrieben gehalten, aber jetzt wusste sie, dass weniger Personal die Arbeit während der Urlaubszeiten oder falls jemand erkrankte definitiv erschweren würde.

»Ich werde mit Mr. Stockbridge über Aushilfskräfte sprechen müssen«, sagte Mrs. Craven. »Wir brauchen keine ständige Aushilfe, aber wenn Sie oder ich krank werden, könnte das hier alles sehr mühsam werden.«

Beth stimmte ihr zu und verabschiedete sich in ihre Mittagspause. Sie hatte sich ein Käsesandwich und einige selbstgebackene Felsenkekse mitgebracht und wollte damit in den Keller hinuntergehen, um mit Fred zu reden. Er würde eine Kanne Tee kochen und sie mit ihr teilen, und sie würde ihm ein paar ihrer Kekse abgeben. Beth saß lieber bei Fred und plauderte mit ihm über sein Leben und seine Familie, als in irgendeinem überfüllten Café zu sein, in dem ihr kaum Zeit zum Essen blieb, bevor sie ins Kaufhaus zurückmusste.

Ein erfreutes Lächeln erschien auf seinem Gesicht, als er sie sah, und er stellte sofort den Kessel auf. Fred hatte seine eigenen Sandwiches, sagte aber nicht Nein, als sie ihm die Kekse anbot, und Beth bemerkte, dass er schon zu seiner ersten Tasse Tee einen davon aß.

»Wie geht's Ihnen denn heute, Fred?«

»Ich hab vor lauter Arbeit kein Bein mehr auf den Boden bekommen«, sagte er. »Ich hatte eine Ladung neuer Waren für die Herrenabteilung und war dreimal dort oben – und ich hab auch gleich ein paar von diesen viel zu teuren Anzüge wieder heruntergebracht.«

»Und was wird aus ihnen werden?«, fragte Beth, die nun neugierig geworden war.

»Ich glaube, Miss Harper wird sie in die Staaten zurückschicken, zumindest hat sie das gesagt. Die anderen lässt sie hier, aber diese sind anscheinend etwas ganz Besonderes, und sie meinte, sie würden dort, wo sie herkommt, wie warme Semmeln weggehen.«

»Dann müssen sie in New York reicher sein als wir hier.«

»Genau. Einige ertrinken offenbar in ihrem Geld«, sagte Fred und lachte meckernd. »Deshalb ist mein ältester Junge auch schon bald dort drüben ...« Er lächelte voller Stolz. »Er hatte das Glück, auf diesem fantastischen Schiff, das sich *Titanic* nennt, anheuern zu können. Haben Sie schon davon gehört, Miss?«

»Ja, habe ich«, sagte Beth und lächelte über seinen unübersehbaren Stolz. »Was macht Ihr Ältester denn, Fred?«

»Jack ist Steward bei der White Star Line«, antwortete er. »Das ist ein guter Posten. Als ich in seinem Alter war, habe ich Botengänge gemacht, bis ich meine Ausbildung zum Lehrer hinter mich gebracht hatte – und ich hoffe nur, dass es nicht wieder zu irgendwelchen Kriegen kommt, die uns alles vermasseln.«

»Aber Ihr Sohn würde doch sicher keinen guten Posten aufgeben, um sich freiwillig zu melden?«

»Nicht Jack, weil er kein Dummkopf ist. Ich dachte mehr an unseren Tommy, der gerade mal siebzehn ist und an nichts anderes denken kann, als Soldat zu werden.«

»Na ja, auch das ist kein schlechter Beruf, und wir führen im Moment ja auch nirgendwo Krieg, nicht wahr?«

»Nicht dass ich wüsste«, gab Fred zu. »Aber ich habe Freunde, die im Burenkrieg gekämpft haben, und es besteht immer die Gefahr, dass irgendwo in Übersee ein Krieg ausbricht – ob in Indien oder in einer der anderen Kolonien. Tommy wird auf und davon sein, um sich zum Dienst für König und Vaterland zu melden, sobald er achtzehn ist, und dann werde ich wieder allein sein …«

Beth nickte mitfühlend und erinnerte sich für einen Moment, einen merkwürdigen Traum vom Krieg gehabt zu haben, der wahrscheinlich mit Freds Geschichten über seinen Militärdienst zu tun hatte. Sie wusste, dass seine Frau vor einigen Jahren verstorben war und er oft einsam war, weil seine Söhne selbst ein geschäftiges Leben hatten. Sie wusste auch, dass er sein Lehramt verloren hatte, weil er anderer Meinung als seine Vorgesetzten über die körperliche Züchtigung von Schülern gewesen war. Da Fred es in seiner Schule nicht duldete, war er mit einem einflussreichen Mann aneinandergeraten und hatte prompt die Kündigung erhalten.

»Ich werde Sie ab und zu besuchen, wenn ich kann«, versprach Beth ihm und nahm sich vor, Tante Helen zu fragen, ob sie ihn sonntags mal zum Tee einladen dürfte. Da ihre Tante es ihr jedoch verbieten konnte, würde sie es vorläufig noch nicht erwähnen. »Ich vermisse meinen Vater auch, Fred. Habe ich Ihnen erzählt, dass er Arzt war?«

»Ja, das haben Sie, Miss«, erwiderte Fred lächelnd. »Eines Tages werden Sie einem Glückspilz von Mann eine wunderbare Ehefrau sein – allein schon durch Ihre Kochkünste, Miss Beth.«

»Ich glaube nicht, dass ich je heiraten werde.«

»Aber nur aus eigenem Entschluss – ein reizendes Mädchen wie Sie müsste eigentlich Dutzende von Anträgen haben.«

Beth lächelte traurig und ertappte sich dabei, dass sie ihm von Mark erzählte.

Er schüttelte den Kopf darüber und murmelte dann: »Was für ein verdammter Narr – entschuldigen Sie bitte meine Ausdrucksweise, Miss, aber mir wird schlecht, wenn ich das höre. Er hätte sich um Sie kümmern sollen, anstatt nur an sich selbst zu denken!«

Beth lachte. »Kein Wunder, dass ich Sie so gern besuche, Sie schaffen es wirklich immer wieder, dass ich mich besser fühle. Doch nun muss ich zurück zu meiner Arbeit. Ich beneide Ihren Sohn um seine Tätigkeit auf der *Titanic*. Es muss wunderbar sein, zu reisen und die Welt zu sehen ...«

Bevor Beth ging, fragte sie ihn, ob sie einen Blick in seine Zeitung, den *Evening Standard*, werfen könne, und blätterte zu der Seite mit den Konzertanzeigen. »Ich suche ein Konzert, zu dem ich meine Tante mitnehmen kann«, erklärte sie, worauf er nickte. »Ich glaube, Harry Lauder dürfte eine sichere Wahl sein, oder nicht?«

»Das kommt darauf an, ob Ihre Tante klassische Musik oder eher beliebte und bekannte Lieder hört. Sie könnten natürlich auch mit ihr ins Ballett gehen, falls Sie sich nicht sicher sind – das mögen die meisten Damen ...« Fred seufzte. »Meine Frau – Gott hab sie selig – hätte sehr gern einmal Anna Pavlova gesehen.«

»Ich auch«, sagte Beth und lächelte. »Ich glaube allerdings nicht, dass wir uns das Ballett leisten könnten – aber eine nette Vorstellung mit viel Gesang und Scherzen müsste auch gehen.«

»Meine Frau mochte so etwas auch.« Dann lächelte er Beth

an. »Aber Sie gehen jetzt besser wieder hinauf, Miss, oder wir bekommen beide Ärger.«

Beth ließ ihn sein Mittagessen allein beenden und ging schon viel besser gelaunt zu ihrer Abteilung zurück. Sie würde Sally sehr vermissen, aber Fred würde immer für sie da sein ...

»Ich überlasse Ihnen jetzt die Leitung der Abteilung«, sagte Mrs. Craven, als sie etwas später an diesem Tag zum Mittagessen ging. »Es ist schon komisch ohne Miss Ross hier ...«

»Ich frage mich, wie sie zurechtkommt«, sagte Beth und seufzte. Sie wusste zwar, dass sie froh sein konnte, diese Stelle zu haben, doch irgendwie schien sie etwas von ihrem Reiz verloren zu haben, seit Sally nicht mehr in derselben Abteilung war. Ihr eigenes Leben erschien Beth ein bisschen leer, als sie daran dachte, zu ihrer Tante heimkehren zu müssen. Denn was erwartete sie dort? Sie würde etwas kochen, saubermachen und dann zu Bett gehen, um für die Arbeit am nächsten Tag bereit zu sein. Für einen Moment schweiften ihre Gedanken zu Freds Sohn ab, der die Jungfernfahrt der *Titanic* miterleben würde, und fast schon sehnsüchtig malte sie sich aus, wie aufregend es sein musste, auf solch luxuriöse Art zu reisen ...

Dann schüttelte sie den Kopf und lächelte über sich selbst, denn nie im Leben würde sie sich die Preise leisten können, die die Passagiere gezahlt haben mussten ...

Kapitel 18

Jenni überreichte Sally eine lange Liste von Lieferanten, die mehr als zwei Seiten mit sauber getippten Namen und Adressen umfasste.

»Das sind Hersteller und Lieferanten hier in Großbritannien«, erklärte sie Sally. »Die amerikanischen Lieferanten, mit denen ich zusammengearbeitet habe, sind nicht mit aufgeführt. Ich werde die Bestellungen zwar nach wie vor zu Hause machen, aber ich verlasse mich darauf, dass Sie mir sagen, was hier gebraucht wird und was ich nicht mehr bestellen sollte. Halten Sie sich also bitte nicht zurück, denn wenn ich es nicht erfahre, kann ich es auch nicht wissen. Und ich denke, wir sollten so viel wie möglich von britischen Lieferanten beziehen ...«

»Aber das mexikanische Silber hat sich wirklich gut verkauft«, erinnerte Sally sie.

Ihr war, als würde sie durch Nebel gehen. Jenni bombardierte sie seit einer Stunde mit Informationen, und sie versuchte, alles zu behalten, was ihr gesagt wurde. Sie wusste jetzt auf jeden Fall, dass auch ihr das Büro zur Verfügung stand, das Jenni sich mit ihrem Bruder teilte.

»Mein Bruder wird ohnehin die meiste Zeit nicht hier sein«, erklärte Jenni ihr. »Aber wenn er kommt, durchwühlt er gern diese Ablagefächer, in denen die Bestellungen liegen, um sich einen Überblick zu verschaffen. Also gehen Sie lieber nicht davon aus, dass die Papiere noch dort sind, wo Sie sie hingelegt haben. Ben hat sein ganz eigenes System, und er legt die

Akten ganz woanders ab.« Sie lächelte in einer Art liebevoller Verärgerung. »Ich denke, dass Sie in Zukunft besser daran tun werden, hier drüben neue Bezugsquellen zu finden, Sally. Wir werden so viele der Firmen, die ich vorhin erwähnte, wie möglich besuchen, bevor ich nach New York zurückkehre – aber wenn Sie mich wirklich etwas fragen müssen, schicken Sie mir ein Telegramm. Ich telegrafiere dann schnellstmöglich zurück. Aber ich denke, meistens werden Sie die Dinge hier mit meinem Bruder regeln können.« Sie sah Sally an und grinste. »Ich weiß, was für eine Sklaventreiberin ich bin und dass ich viel zu früh zu viel erwarte, aber ich muss wirklich unbedingt nach Hause ...«

»Ich werde mich bemühen, mit Ihnen mitzuhalten«, sagte Sally und lachte über die lockere Ausdrucksweise ihrer Arbeitgeberin, die ihr die Befangenheit nahm, weil Jenni sie wie eine Gleichgestellte und nicht wie eine Untergebene behandelte. »Ich kann mit den Verkäufern entweder Kontakt aufnehmen, indem ich sie besuche oder indem ich mit ihnen telefoniere«, sagte sie mit einem skeptischen Blick auf das Gerät. Sally hatte bisher noch nie ein Telefon benutzen müssen, obwohl Jenni ihr erklärt hatte, wie es funktionierte. Und es hörte sich auch gar nicht allzu schwer an.

»Setzen Sie sich an den Schreibtisch«, forderte Jenni sie nun auf, und als Sally es tat, schob sie ihr das Gerät hinüber. »Jetzt nehmen Sie den Hörer und halten ihn sich ans Ohr, so wie ich es Ihnen gezeigt habe. Das Mädchen in der Vermittlung wird die Nummer aufnehmen und Sie durchstellen.«

»Wen soll ich zuerst anrufen?«, fragte Sally angespannt.

»Warum versuchen Sie es nicht bei diesem Schmuckhersteller in Hatton Garden? Lassen Sie sich einen Termin für heute Nachmittag geben, und dann gehen wir zusammen hin und schauen, ob sich nicht eine neue Silberschmucklinie auftreiben lässt.«

»Das ist eine gute Idee.« Sally nahm den Hörer ab, sprach in das Mundstück und nannte die gewünschte Nummer. »Guten Morgen«, sagte sie mit fester, aber höflicher Stimme, als der gewünschte Teilnehmer sich meldete. »Ich bin die Schmuckeinkäuferin von Harpers of London und möchte Ihren Verkaufsleiter sprechen ...«

Jenni nickte aufmunternd, während Sally sprach. Sie vereinbarte einen Termin für zwei Uhr nachmittags, bedankte sich bei der Person am anderen Ende der Leitung und legte den Hörer wieder auf.

»Das war ein guter Anfang«, sagte Jenni mit einer anerkennenden Handbewegung. »Und jetzt schauen Sie sich Nummer drei auf der Liste an. Diese Firma hat Vertreter. Rufen Sie dort an und bitten darum, dass einer von ihnen morgen zurückruft.«

Sally kam der Aufforderung nach und rief anschließend noch ein halbes Dutzend weiterer Lieferanten an, die alle sagten, sie hätten Vertreter, die sich bei ihr melden würden.

»Das reicht erst mal«, sagte Jenni dann. »Ich denke, wir sollten jetzt eine Pause mit Sandwiches und Kaffee machen und uns dann nach Hatton Garden fahren lassen. Ich gebe Miss Summers Bescheid.«

Sie ging zur Bürotür, rief die Sekretärin und bestellte Sandwiches und Kaffee und ihr Auto für ein Uhr.

»Nach Hatton Garden hätten wir auch die U-Bahn nehmen können«, bemerkte Sally, als Jenni zurückkam und sich einen Stuhl an den Schreibtisch heranzog.

»Das können Sie beim nächsten Mal halten, wie Sie wollen«, antwortete Jenni. »Aber in Amerika hasse ich die U-Bahn wie die Pest. Sie stinkt und ist sehr dunkel. Da ziehe ich doch jederzeit ein bequemes Auto mit Fahrer vor.«

Sally lachte. »Diesen Luxus hatte ich noch nie, bis wir uns kennenlernten, Jenni. Für uns Kinder aus dem Waisenhaus war es schon ein Vergnügen, mit der U-Bahn zu fahren.«

»Es ist traurig, dass Sie nie eine Familie hatten«, sagte Jenni mitfühlend. Einen Moment zögerte sie und meinte dann: »Glauben Sie, dass die neue Arbeit Ihnen gefallen wird? Mein Bruder war begeistert von der Idee, aber dann haben wir praktisch alles auf Sie abgewälzt.«

»Na ja, es war schon eine Überraschung, aber ich gewöhne mich langsam an die Idee. In ein paar Tagen werde ich Ihnen mehr sagen können«, erwiderte Sally. »Im Augenblick versuche ich noch, das hier alles zu verarbeiten.«

»Ich weiß, dass es viel verlangt ist«, stimmte Jenni ihr zu. »Ich habe auch eine Weile gebraucht, um mich daheim zurechtzufinden. Es macht mir nichts aus, Ihnen gegenüber einzugestehen, dass ich hier ein paar Fehler gemacht habe, Sally. Ich habe nicht genug von dem Schmuck gekauft, den Sie so schnell verkauft haben, und ich habe zu viele teure Anzüge bestellt. Ich dachte, dass britische Männer sehr elegant aussehen und mindestens ein paar Anzüge pro Jahr kaufen würden, aber inzwischen ist mir klargeworden, dass nur die Reichen mehr als einen Anzug haben ...«

»Jemand hat mir einmal erzählt, dass selbst Aristokraten nur ein paar gute Sachen bei ihren Schneidern kaufen und sie dann ewig behalten«, warf Sally lächelnd ein. »Es sind vor allem Geschäftsleute, die die Anzüge kaufen, aber sie wollen nicht die, die wir auf Lager haben. Normalerweise suchen sie Nadelstreifenanzüge oder Jacketts aus gutem Tweed – auf jeden Fall etwas, das lange hält. Die Idee, einen guten Anzug von der Stange zu kaufen, ist den Briten neu. Die Schneider, die für dreißig Schilling einen Anzug nähen, haben meist sehr viel zu tun. Ein Teil unserer Ware kostet jedoch fünf Pfund und mehr, und für die meisten normalen Männer ist das ein Vermögen. Nur die Gangster können sich unsere Preise leisten.«

»Deshalb werde ich einige der teureren Anzüge nach New

York mitnehmen, wenn ich zurückfahre«, sagte Jenni und blickte auf ihre Armbanduhr. »Eigentlich hätte ich jetzt schon an Bord des Schiffs sein müssen.«

»Bereuen Sie es, noch eine Weile geblieben zu sein, um Ihrem Bruder zu helfen?«

»Ja und nein.« Jenni verzog das Gesicht. »Ich bedaure nur, dass ich nicht in dieser fabelhaften Kabine reisen kann, die ich gebucht hatte, aber mein Bruder brauchte meine Hilfe, und so lautete die Antwort Nein, und ich bin froh, dass ich ihm helfen kann. Vielleicht kann ich ein anderes Mal mit der *Titanic* reisen – vielleicht sogar schon beim nächsten Mal. Es wird nicht ganz dasselbe sein wie eine Jungfernfahrt, aber es ist auf alle Fälle ein wunderbares Schiff.«

»Ein wirklich fabelhaftes«, stimmte Sally zu. »Ich habe nur in der Zeitung darüber gelesen, aber ich würde zu gern mitfahren.«

»Und ich würde Sie gern einmal nach New York mitnehmen«, sagte Jenni und lachte, als sie Sallys Gesicht sah. »Allerdings sind es zunächst diese Lieferanten hier, um die wir uns kümmern müssen ...«

»Herein!«, antwortete sie auf ein Klopfen an der Tür, und die Sekretärin brachte ein Tablett mit Sandwiches und eine Kanne Kaffee herein.

»Ich weiß, dass Sie Ihren schwarz trinken, Miss Harper, aber bei Miss Ross war ich mir nicht sicher, und deshalb habe ich Milch und Zucker mitgebracht ...«

»Danke. Ich nehme immer Milch und Zucker, Miss Summers.«

»Gurke und Kresse und geräucherter Lachs mit Gurke«, bemerkte Jenni, als sie die Sandwiches betrachtete, nachdem die Sekretärin gegangen war. »Essen Sie davon, was Sie mögen, Sally. Sie werden Kraft brauchen, denn womöglich haben wir eine Schlacht vor uns. Die erste Lektion im Umgang mit einem neuen Lieferanten ist, den ersten Preis abzulehnen, auch wenn er preiswert klingt. Wir wollen mindestens zehn Prozent Rabatt auf jeden Preis, den sie uns nennen.«

Sally aß einige der Sandwiches und trank zwei Tassen Kaffee dazu. Jenni tat das Gleiche. Sie war schlank, aber sie hielt sich mit dem Essen nicht zurück, weswegen Sally annahm, dass sie eine Menge nervöser Energie verbrauchte, weil sie nie länger als fünf Minuten stillsaß. Jenni hockte mehr auf ihrem Stuhl, als dass sie saß, und war ständig in Bewegung, gestikulierte viel, um ihre Ideen zu unterstreichen, und war voller Energie und Lebensfreude. Es war das erste Mal, dass ihre amerikanische Herkunft wirklich die Unterschiede zwischen ihnen aufzeigte, denn die meisten englischen Frauen waren wesentlich zurückhaltender.

Sie fuhren noch vor ein Uhr los, um pünktlich zu ihrer Verabredung zu kommen. Es war nicht das erste Mal, dass Sally in Hatton Garden war. Seit sie das Waisenhaus verlassen hatte, benutzte sie öffentliche Verkehrsmittel wie Straßenbahnen, U-Bahnen und Busse, um so viel wie möglich von London zu sehen, aber heute sah sie die Stadt zum ersten Mal während der Arbeitszeit. Als sie an einigen Goldbarrenhändlern vorbeikamen, musterte sie die schweren Eisengitter an den Fenstern. Bei den meisten Werkstätten und Großhändlern hier musste man klingeln, um Einlass zu erhalten.

Sally trug ihre beste Jacke über einem schicken grauen Rock mit einer weißen Bluse, die mit einem Spitzenkragen versehen war. Sie wollte einen guten Eindruck machen und war sich darüber im Klaren, dass sie einen Teil ihres Gehalts für bessere Kleidung würde ausgeben müssen. Als Einkäuferin für Harpers musste sie auch so aussehen, und sie war nicht wie die Verkäuferinnen an eine Uniform gebunden.

Ein Mann in einem grauen Nadelstreifenanzug begrüßte sie: Die Hose glänzte schon ein wenig, aber seine schwarzen

Schuhe waren so blank poliert, dass Sally den Eindruck hatte, er müsse sein Gesicht darin sehen können.

»Mr. Heinrich?«, sagte Jenni fragend. »Ich bin Miss Harper, und die junge Dame ist unsere Einkäuferin, Miss Ross. Sie ist es, die in Zukunft mit Ihnen verhandeln wird – falls wir einige Ihrer Produktlinien in unseren Bestand aufnehmen wollen.«

»Dann haben wir schon miteinander telefoniert, Miss Ross«, sagte er und reichte ihr die Hand. »Es war gut, dass Sie angerufen haben. Sehr viele andere Einkäufer kommen ohne Termin, und es ist mir nicht immer möglich, persönlich mit ihnen zu sprechen.«

»Wir sind auf der Suche nach einer Auswahl an Silberschmuck in guter Qualität, den wir zu einem vernünftigen Preis verkaufen können«, sagte Sally. »Was könnten Sie uns da zeigen?«

Jenni nickte zustimmend, sagte aber nichts und überließ es Sally, die Richtung vorzugeben. Mr. Heinrich führte sie durch die Werkstätten, in denen vier Männer an handgefertigten Silbergegenständen arbeiteten. Es war faszinierend, das Silber Form annehmen zu sehen, und für einen Moment war Sally wie hypnotisiert, doch dann sah sie einen Mann, der einen Armreif gravierte, und ging zu seiner Werkbank, um zuzusehen, wie er seine Arbeit beendete und das Silber dann zu polieren begann. Er hielt den Armreif hoch, damit sie ihn bewundern konnte. Sie sah sofort, dass dieses Silber dem, das sie verkauft hatte, ebenbürtig war, aber vom Stil her zurückhaltender. Einige der mexikanischen Silberstücke waren ziemlich extravagant gewesen, aber vielleicht hatten sie sich gerade deshalb so gut verkauft.

»Sehr schön«, sagte sie. »Wie viele von diesen können Sie an einem Tag herstellen?«

»Das hängt von der Bestellung ab«, erwiderte er ausweichend und sah seinen Chef an.

»Wir könnten etwa einhundert am Tag herstellen, wenn alle Stücke die gleichen wären, aber wir arbeiten auf Bestellung. Wir sind eine Maßanfertigungsfirma, Miss Ross – deshalb sind unsere Preise auch höher als die einiger anderer Juweliere im Garden.«

»Was würde uns ein Armreif wie dieser kosten?«

»Auch hier kommt es darauf an. Für ein einzelnes Stück würde ich fünfzehn Schilling für einen Armreif dieser Qualität verlangen, bei zwölf Stück würden wir noch elf Schilling pro Armreif berechnen.«

Sally betrachtete den Armreif noch einmal genau. Sie wusste, dass sie ihn für neunzehn Schilling und sechs Pence verkaufen musste, wenn sie Kundinnen damit anlocken wollte. »Ich brauche einen Preis von zehn Schilling pro Stück, wenn ich ein Dutzend bestelle«, sagte sie. »Und jetzt zeigen Sie mir bitte etwas mit in Silber gefassten Steinen.«

Mr. Heinrick schrieb etwas auf seinen Block, und jemand brachte ein mit Samt ausgelegtes Tablett mit Armreifen, die mit verschiedenen Steinen besetzt waren. Sally bemerkte sofort, dass die Qualität besser war als die des mexikanischen Silbers, und nickte.

»Wie viel kosten diese einzeln oder wenn ich ein Dutzend nehme?«

»Das kommt darauf an«, begann er, und dann, als Sally die Stirn runzelte: »Na gut, Miss Ross – der Preis für ein Dutzend Armreife mit Halbedelsteinen wie Amethyste, Granaten und Peridots sowie Türkisen beträgt fünfzehn Schilling pro Stück. Sollten Sie Saphire oder Rubine mit Diamanten benötigen, steigt der Preis auf dreißig Schilling bis zwei Pfund, und das ist das beste Angebot, das Sie im Garden bekommen werden.«

»Gut.« Sally lächelte. »Wir brauchen zwölf der einfachen und zwölf der mit Halbedelsteinen besetzten Armreife für unsere erste Bestellung.« Sie warf Jenni einen Blick zu und sah ihr zustimmendes Nicken. »Ich würde aber gern auch noch ein paar silberne Broschen sehen – mit einem ausgefallenen Design. Jugendstil zum Beispiel wäre gut. Ich mag auch Emaillearbeiten, falls Sie welche haben, die Sie uns zeigen könnten ...«

Es dauerte fast zwei Stunden, das gesamte Angebot durchzugehen und sich über die Preise zu einigen. Als sie fertig waren, hatte Mr. Heinrick eine Bestellung im Wert von fast zweihundert Pfund und sie ein Paket mit schönem Schmuck.

»Sie haben mich verblüfft«, sagte Jenni, als sie auf dem Rückweg zu Harpers im Auto saßen. »Ich hätte gedacht, Sie kaufen schon seit Jahren für ein Geschäft ein, wenn ich es nicht besser wüsste – woher wussten Sie, welche Preise Sie für die Ware ansetzen mussten?«

»Weil ich weiß, was es kosten durfte, wenn wir den Profit verdoppeln, es aber dennoch zum selben Preis wie das mexikanische Silber verkaufen wollen«, erklärte Sally ihr. »Ansonsten bleiben wir vielleicht auf einem Teil davon eine Ewigkeit sitzen.«

»Ich werde so schnell wie möglich mehr von dem mexikanischen Silber schicken lassen«, sagte Jenni. »Aber ich werde auch eine Bestellung bei Mr. Heinrick aufgeben, um den Schmuck mit nach Amerika zu nehmen – ich fand die Qualität besser als alles, was ich bisher gekauft habe ...«

»Das mexikanische Silber war etwas Besonderes«, sagte Sally, die sich allmählich zuversichtlicher fühlte. »Deshalb hat es sich anfangs auch so gut verkauft, aber wir brauchen mehr Auswahl, damit die Kundinnen wiederkommen und mehr kaufen. Ich werde noch ein paar weitere Lieferanten finden, aber zunächst einmal werden wir sehen, wie sich diese Ware verkauft ...«

»Hätte ich gewusst, dass Sie so gut zurechtkommen, wäre ich vielleicht doch mit der *Titanic* gefahren ...« Jenni warf einen wehmütigen Blick auf ihre Armbanduhr – sie war aus Platin und Diamanten mit einem diamantenbesetzten Armband und sah sehr teuer aus.

»Ich fürchte, jetzt ist es zu spät. Sie wird längst ausgelaufen sein«, sagte Sally. »Abgesehen davon verstehe ich nicht annähernd so viel von Damenmode – und wir müssen morgen mit drei Lieferanten sprechen. Sie haben alle versprochen, Vertreter zu schicken. Und ich fürchte, da werden wir beide gebraucht, um die Entscheidungen für die Ergänzung unserer Bestände zu treffen ...«

»Ja«, stimmte Jenni ihr zu. »Da werden wir zwei Köpfe brauchen – und auch Bens, falls er die Zeit erübrigen kann, da er im Moment doch eine Freundin zu Besuch hat. Dolores ist Schauspielerin, Sally, und wunderschön – obwohl mein Onkel sie für vulgär gehalten hätte. Manche Leute machen den Fehler zu denken, alle Amerikaner wären vulgär, aber einige von uns wissen sich durchaus zu benehmen ...«

Sally lachte, wie es von ihr erwartet wurde. Für einen Moment hatte sie das Gefühl, sich kneifen zu müssen. Es war keine Woche her, seit sie mit Maggie und Beth hinter der Verkaufstheke gestanden hatte, und jetzt sprach sie ihre Arbeitgeberin schon mit dem Vornamen an und wurde in ihrem teuren Mietwagen durch ganz London kutschiert. Ihre Gedanken kehrten zu ihren Freundinnen zurück, weil sie Beth, Maggie und Mrs. Craven wirklich mochte und hoffte, dass sie wegen ihrer Beförderung nicht den Kontakt zu ihnen verlieren würde ...

Kapitel 19

Ihre Tante lachen zu hören bestärkte Beth in dem Gefühl, eine gute Wahl mit dem Konzert getroffen zu haben. Die Musik war schön gewesen, aber Tante Helen hatte auch sehr über den Komiker Little Tich gelacht und den Auftritt der bekannten Sängerin Vesta Tilley genossen, doch zu Tränen gerührt war sie vor allem von einer von Eugene Stratton gesungenen Melodie.

»Das war ein richtig schönes Geburtstagsgeschenk«, sagte Tante Helen, als sie das Theater verließen und die Straßenbahn nach Hause nahmen. »Ich weiß nicht, wann ich mich je so gut amüsiert habe. Vielen Dank, Beth.«

»Mir hat es auch Spaß gemacht«, stimmte Beth ihr zu. Sie hatte sich große Mühe gegeben, eine Vorstellung auszusuchen, die ihre Tante gutheißen würde, und war nun sehr erleichtert, dass alles so positiv verlaufen war.

»Mein Vater billigte weder Varietés noch Theater in welcher Form auch immer«, sagte Tante Helen. »Als deine Mutter mit deinem Vater auszugehen begann, musste ich sie stets begleiten, weil unsere Eltern darauf bestanden – und ich erinnere mich jetzt wieder, dass dein Vater uns zweimal ins Theater mitnahm. Es gefiel mir damals schon, aber ich hatte vergessen, wie sehr ...«

Sie wirkte nachdenklich, als sie in die Küche voranging und den Wasserkessel aufstellte. Beth schnitt derweil zwei Stücke Mohnkuchen ab, und sie aßen ihr Abendbrot in fast völligem Schweigen. Ihre Tante schien tief in Gedanken versunken zu sein, und als Beth ihr eine gute Nacht wünschte, nickte sie nur und blieb verträumt und scheinbar vollkommen in ihren Erinnerungen versunken vor der Teekanne sitzen.

Hatte auch ihre Tante einmal von Liebe und einer eigenen Familie geträumt? Beth hätte das normalerweise nie vermutet, aber jetzt fragte sie es sich plötzlich. Ihr Großvater war allem Anschein nach sehr streng gewesen. Beths Mutter hatte heiraten dürfen, aber Tante Helen war daheimgeblieben, um ihren Vater zu pflegen, bis er starb, und hatte sich ihren Lebensunterhalt mit Nähen für andere Frauen verdient. Ob sie wohl jemals neidisch war, wenn sie schöne Abendkleider für andere nähte und nur allzu gut wusste, dass sie selbst niemals die Chance haben würde, so etwas zu tragen?

Es hatte Beth ihren ganzen Bonus gekostet, das Geburtstagsgeschenk für ihre Tante zu bezahlen. Nun würde sie sich zwar lange Zeit nichts dergleichen mehr leisten können, aber da sie fest entschlossen war zu sparen, so viel sie konnte, würden sie vielleicht kurz vor Weihnachten wieder ins Theater gehen können – aber bis dahin dauerte es ja auch noch eine Weile.

Als Beth irgendwann im Bett erwachte, hörte sie, dass ihre Tante endlich die Treppe hinaufkam. Sie war froh, dass sie auf die Idee gekommen war, Tante Helen zu ihrem Geburtstag einen Theaterbesuch zu schenken, und hoffte, dass das vielleicht zu einer besseren Beziehung zwischen ihnen führen würde.

Auch wenn es eine willkommene finanzielle Hilfe wäre, jede Woche ein wenig Geld dazuzuverdienen, konnte sie natürlich nicht erwarten, immerzu einen Bonus für gute Verkäufe zu bekommen, und eine Gehaltserhöhung war noch längst nicht in Sicht. Maggie hatte ihre schon bekommen, weil sie von einer Auszubildenden zur Verkäuferin aufgestiegen war, doch Beth würde noch etwas länger warten müssen. Trotzdem mochte sie ihren Job, und nachdem sie gesehen hatte, wie lang Sallys Arbeitszeiten jetzt waren, glaubte Beth nicht, dass sie je eine Stelle wie die ihre anstreben würde. Eine Beförderung war zwar etwas Wunderbares, aber sie brachte auch sehr viel Arbeit und Verantwortung mit sich.

* * *

Es war Dienstagmorgen, und Sally saß an ihrem Schreibtisch und arbeitete sich durch die Liste der Firmen, die sie besuchen wollte, als die Tür des Büros aufging und Ben Harper hereinkam. Sein Gesicht war kreidebleich, und Sallys Herz setzte einen Schlag aus, als er sie ansah, weil nur allzu offensichtlich war, dass irgendetwas ganz und gar nicht stimmte.

»Haben Sie Jenni heute Morgen schon gesehen?«, fragte er.

»Nein, sie ist noch nicht hereingekommen.«

»Dann hat sie die Nachricht also schon gehört«, sagte er und ließ sich schwer auf einen Stuhl fallen. »Sie ist gesunken – können Sie sich das vorstellen, Sally? Es hieß doch immer, dieses Schiff sei unsinkbar, und jetzt ging es so schnell unter, dass Hunderte von Menschen starben. Wenn Jenni an Bord gewesen wäre ...« Er holte tief Luft und fuhr sich mit den Fingern durch das Haar, bevor er sich Sally wieder zuwandte. »Und dass sie nicht dort war, haben wir nur Ihnen zu verdanken. Wenn Sie sich bei jener Besprechung nicht zu Wort gemeldet hätten, wäre Jenni auf diesem Schiff gewesen. Sie lebt nur deshalb noch, weil ich sie gebeten hatte zu bleiben, um Sie in Ihre neue Stellung einzuarbeiten!«

Sally schnappte entsetzt nach Luft. »Sie meinen doch nicht etwa, dass die *Titanic* untergegangen ist? Alle sagten doch, sie sei solch ein modernes, exzellentes Schiff? Wie konnte das passieren? Wurde sie angegriffen? Oder war es eine Explosion?«

Sie schüttelte ungläubig den Kopf. Es hatte doch immer geheißen, die *Titanic* sei das sicherste Schiff, das je gebaut worden war, und nun war es direkt auf seiner Jungfernfahrt gesunken?

»Die Nachrichten sickern nur nach und nach durch«, antwortete Ben sichtlich erschüttert. »Ich habe gehört, dass das Schiff einen Eisberg gerammt haben soll und gesunken ist, bevor irgendwelche Rettungsschiffe in der Nähe es erreichen konnten. Und was das Schlimmste ist: In der Zeitung steht, dass sie nicht einmal genügend Rettungsboote auf dem Schiff hatten. Viele der Passagiere müssen ertrunken sein …«

»Gott sei Dank hat Jenni dieses Schiff nicht genommen!«, sagte Sally tief bewegt. Der Schock und das Entsetzen drehten ihr für einen Moment den Magen um.

»Oh ja«, stimmte Ben ihr zu, »aber eine ihrer Freundinnen ist vermutlich auf dem Schiff gewesen – und Marie hatte ihren kleinen Sohn dabei. Jenni wird am Boden zerstört sein, wenn die beiden sich nicht retten konnten!«

»Ja, das wird sie«, stimmte Sally leise zu, weil sie sich nur allzu gut vorstellen konnte, wie ihre Arbeitgeberin sich fühlen würde. »Es ist grauenvoll, was da passiert ist, und ich weiß, dass Hunderte von Menschen sich auf dem Zwischendeck befanden – oder dort sogar eingeschlossen waren. Sie wollten in Amerika ein neues Leben beginnen, und jetzt …« Tränen liefen ihr über die Wangen, weil es so unglaublich traurig war. All diese Menschen, die sich eine wundervolle Reise erhofft hatten und stattdessen in der eisigen See gestorben waren! Ihre anfängliche Erleichterung darüber, dass Jenni nicht an Bord gewesen war, wich der Trauer um all die Menschen, die auf dieser Reise umgekommen sein mussten.

»Ich muss ins Hotel gehen und mit Jenni sprechen«, sagte Mr. Harper, der dazu seine ganze Kraft zusammenzunehmen schien. »Dass sie nicht hergekommen ist, wird daran liegen, dass sie viel zu aufgewühlt ist. Ich kenne Jenni. Sie wird sich jetzt auch noch die Schuld dafür geben, dass ihre Freundin sich auf diesem Schiff befand.«

»Höchstwahrscheinlich«, stimmte Sally zu.

Nachdem er gegangen war, war sie so deprimiert, dass sie Gesellschaft brauchte und beschloss, ihre Arbeit für eine Weile liegenzulassen und ihre Freundinnen in ihrer alten Abteilung zu besuchen. Außerdem wäre es sicherlich nicht verkehrt, sich danach zu erkundigen, wie der neue Schmuck im Vergleich zu dem mexikanischen Silber, das sie zuvor verkauft hatten, bei den Kundinnen ankam.

Mrs. Craven lächelte ihr zu, als sie die Abteilung betrat. Beth zeigte einer Kundin gerade Hüte, und Maggie hatte soeben einen Seidenschal verkauft, den sie jetzt sorgfältig in Seidenpapier einpackte.

»Ich dachte mir schon, dass Sie uns vielleicht besuchen würden«, sagte Mrs. Craven. »Ich habe heute Morgen einen Teil der neuen Ware ausgestellt und schon zwei der neuen Armreife mit den Halbedelsteinen verkauft.«

»Das ist eins der Dinge, die ich mit Ihnen besprechen wollte«, sagte Sally. »Finden Sie, dass der neue Schmuck gut abschneidet im Vergleich zu dem, den wir vorher hatten?«

»Die Armreife sind von besserer Qualität und werden für den gleichen Preis verkauft. Ich glaube nicht, dass Sie noch viel mehr von dem mexikanischen Silber einkaufen müssen, Miss Ross. Die Kundinnen scheinen jedenfalls der Meinung zu sein, dass sie mit der neuen Ware etwas Wertvolleres für ihr Geld bekommen.«

»Und so ist es ja auch«, stimmte Sally ihr zu.

Sie sprachen noch eine Weile über die anderen Waren, und Sally vermerkte in ihrem Notizbuch, dass Maggie mehr Handschuhe in der kleineren Größe und Schals in gedeckteren Tönen brauchte, denn die leuchtenden Farben verkauften sich hier viel seltener.

»Haben Sie schon die schlimme Nachricht gehört?«, fragte sie, als Mrs. Craven mit ihrem Überblick über die jüngsten Verkäufe fertig war. »Mr. Harper hat es mir erst vor ein paar Minuten erzählt. Es ist entsetzlich – aber die *Titanic* hat einen Eisberg gerammt! Das war in der vergangenen Nacht, glaube ich. Die Nachrichten sind im Moment noch ziemlich vage, aber im Radio wird berichtet, dass nicht genügend Rettungsboote auf dem Schiff vorhanden waren oder bereitgestellt wurden, sodass Hunderte von Menschen in der eisigen See ertrunken sein müssen.«

»Oh Gott! Das hatte ich noch nicht gehört. Aber das ist ja furchtbar!« Beth rang entsetzt nach Luft. »Freds Sohn hat als Steward auf dem Schiff gearbeitet!«, sagte sie mit erstickter Stimme, und Sally und Mrs. Craven drehten sich zu ihr um und sahen sie an. Ihre Kundin war gerade gegangen und sie hatte sich zu ihnen gesellt und die schreckliche Nachricht mitbekommen.

»Fred war so stolz darauf, dass sein Sohn diese Stelle als Steward bekommen hatte, und jetzt ...« Eine Träne rann über Beths Wange. »Das wird dem armen Mann das Herz brechen!«

»Ach Gott, das tut mir wirklich furchtbar leid für ihn!«, sagte Mrs. Craven. »Möchten Sie vielleicht jetzt gleich Ihre Pause machen und hinuntergehen, um mit ihm zu sprechen?«

»Ja, sehr gern«, sagte Beth, zögerte aber noch einen Moment und fügte dann rasch hinzu: »Ich wollte Ihnen nur sagen, Miss Ross, dass wir bis auf einen alle unsere schwarzen Hüte verkauft haben.«

»Danke für die Information. Ich habe schon eine neue Charge Hüte bestellt, und darunter sind einige sehr schicke in Schwarz. Der Chef der Firma hat mir fest versprochen, dass sie heute oder morgen geliefert werden.«

Beth nickte, wandte sich dann aber wortlos ab und verließ ihre Abteilung.

»Es macht das Drama viel persönlicher, wenn man Leute kennt, die auf diesem Schiff unterwegs waren«, bemerkte Sally. »Auch Miss Harper wäre an Bord gewesen, wenn sie nicht hiergeblieben wäre, um mich in meine neue Arbeit einzuführen – aber sie hatte ihr Ticket an eine Freundin verkauft, die auch noch ihren kleinen Sohn bei sich hatte.«

»Ja, das muss furchtbar für sie sein«, stimmte Mrs. Craven ihr zu. »Jetzt wird sie sich schuldig fühlen wegen der Menschen, die gestorben sind, weil sie hier in Sicherheit geblieben ist.«

»Genau. Mr. Harper hat mir von dem Schiffbruch erzählt und ist dann zum Hotel seiner Schwester gefahren, um zu sehen, ob er sie trösten kann.«

»Eine Tragödie wie diese wirft ihren Schatten auf alles und alle«, sagte Mrs. Craven, die blass und besorgt aussah. »Und es ist umso schlimmer, weil doch alle dachten, dieses Schiff wäre so sicher.«

»Ich kann es fast nicht glauben.« Sally schüttelte den Kopf. »Mir ist nur noch nach Weinen zumute, aber ich habe Arbeit zu erledigen. Ich wollte Sie fragen, ob Sie nicht ein paar schöne lederne Reisekoffer hier oben haben möchten. Einige Ihrer Kundinnen, die sich für Taschen interessieren, würden sie vielleicht gern kaufen.«

»Ich denke, die Koffer sollten sie besser bei den übrigen Gepäckstücken im Erdgeschoss belassen«, antwortete Mrs. Craven. »Der Silberschmuck und die Handtaschen halten mich auch so ganz schön auf Trab. Oh, und wie ich sehe, habe ich gerade eine Kundin, also entschuldigen Sie mich bitte ...«

Sally nickte. Maggie bediente gerade zwei Kundinnen, die Handschuhe suchten, und als eine elegante Dame hereinkam, um sich Hüte anzusehen, blieb Sally stehen, um sie zu bedienen, und machte schließlich sogar einen sehr guten Umsatz mit dem Verkauf von drei teuren Modellen.

»Ich glaube, Sie haben ein Händchen für den Verkauf«, sagte Maggie, als alle Kundinnen bedient worden waren und gingen. »Beth hat dieser Frau gestern nämlich eine ganze Menge Hüte gezeigt, aber am Ende ist sie gegangen, ohne etwas gekauft zu haben.«

Sally nickte. »Ich glaube, die Leute sehen sich unsere Ware an, finden sie zu teuer und versuchen es woanders, nur um wieder zurückzukommen, wenn sie dort nichts ebenso Schönes für den gleichen Preis bekommen. Aber ich habe eine neue Kollektion gefunden, von der ich glaube, dass sie sich zu etwas niedrigeren Preisen verkaufen lässt, was im Endeffekt bedeutet, dass wir vielleicht sogar noch besser abschneiden werden.«

»Beth meinte, wir hätten nicht genug Hüte verkauft«, warf Maggie ein. »Sie wird sich freuen, wenn Ihre neue Kollektion bei den Kundinnen gut ankommt.«

Sally nickte und ließ Maggie mit ihrer Arbeit weitermachen. Beth war zu aufgewühlt gewesen, um über die Arbeit zu sprechen, aber Sally nahm sich vor, etwas später noch einmal mit ihr zu reden, wenn sie Zeit gehabt hatte, ihren ersten Schock zu überwinden.

Als Sally den Aufzug betrat, kam Miss Hart heraus. Sie sah verärgert aus und starrte Sally einen Moment lang an, als wollte sie etwas sagen, doch dann schüttelte sie nur den Kopf und ging. Offensichtlich hatte sie die Neuigkeiten gehört und wollte sie mit jemandem besprechen, nur eben nicht mit einem Mädchen, das sie aus irgendeinem unerfindlichen Grund nicht mochte.

***

Beth sah sofort, dass Fred die traurige Nachricht schon erfahren hatte. Mit aschfahlem Gesicht und düsteren, kummervollen Augen saß er auf seinem Stuhl, eine Tasse Tee, die inzwischen kalt geworden war, stand auf der Bank neben ihm. Er starrte ins Leere.

»Ach, Fred, es tut mir so schrecklich leid«, sagte Beth und setzte sich auf einen Hocker neben ihm. Sie griff nach seinen großen, abgearbeiteten Händen und nahm eine von ihnen zwischen die ihre, worauf sie spürte, wie seine Finger sich ganz fest um ihre schlangen. »Es ist eine fürchterliche Nachricht, aber Sie dürfen die Hoffnung nicht aufgeben. Einige Menschen werden überleben ...«

»Mein Junge ist nur ein Steward, und laut Seerecht gehen Frauen und Kinder vor, wie es ja auch sein sollte. Mein Jack würde nie versuchen, sich einen Platz zu sichern, den eine Frau oder ein Kind besetzen könnte. Diese wenigen Rettungsboote müssen völlig überfüllt gewesen sein, bevor sie ablegten ...« Er schüttelte betrübt den Kopf und sah Beth aus feuchten Augen an. »Mein Junge hatte mir schon erzählt, dass sie nicht genug von diesen Booten an Bord hatten, aber sie hätten ja auch im Leben nicht daran gedacht, dass so etwas passieren könnte – wo dieses Schiff doch angeblich das sicherste überhaupt war!« Ein kleines Aufschluchzen entrang sich ihm.

»Sie hätten auf jeden Fall Mannschaftsmitglieder gebraucht, um die Boote zu rudern und zu steuern«, sagte Beth, um Fred ein bisschen zu beruhigen. In Gedanken sah sie jedoch die Panik der Menschen an Bord und hörte ihr Geschrei, während sie darum kämpften, in die Boote zu gelangen, nur um feststellen zu müssen, dass es nicht genügend gab. Das musste grauenvoll gewesen sein, und sie konnte sich einfach nicht vorstellen, wie es sein musste zu wissen, dass man in eiskaltem Wasser und im Finstern sterben würde ...

Fred sah, wie sie erschauderte. »Mein Junge wusste, was passieren konnte. Er fürchtete die See nicht. Er wird versucht haben zu schwimmen – oder vielleicht hat er es sogar geschafft, sich an einem der Boote festzuhalten, bis Rettung kam.«

»Ist ihnen denn ein Schiff zu Hilfe gekommen?«

»In der Zeitung steht, dass es die *Carpathia* war«, sagte Fred mit leiser, tränenerstickter Stimme. »Sie erreichte die Stelle erst ein paar Stunden nach dem Untergang der *Titanic*, weil sie ziemlich weit entfernt war, und so gab es nur noch ein paar hundert Überlebende in den Booten – sodass fünfzehnhundert Menschen oder mehr gestorben sind. In der Zeitung steht, niemand könne mit Sicherheit sagen, wie viele im Zwischendeck eingeschlossen waren, aber das könnte auch bloß Gerede sein ...«

Beth liefen Tränen über die Wangen, und sie legte ihre Arme um Freds Schultern und drückte ihn ganz fest an sich. Nun konnte sie spüren, wie er seinen Gefühlen endlich freien Lauf ließ und zu schluchzen anfing, und sie weinte mit ihm. Nach ein, zwei Minuten löste er sich jedoch aus ihren Armen und nahm ein nicht gerade sauberes Taschentuch heraus, um sein Gesicht damit abzuwischen.

»Weinen nützt nichts, Miss, und meinem Jungen würde es nicht gefallen. Wenn er mit diesem Schiff untergegangen ist, hat er vorher seine Pflicht den Passagieren gegenüber erfüllt, denn so war er nun einmal.« Fred wischte sich über die Augen und sah sie an. »Ich weiß, dass mein Jack nicht mehr lebt. Er hätte niemals einen Platz für sich beansprucht, den eine Frau oder ein Kind hätte einnehmen können. Ich bin stolz auf meinen Jungen, Miss.«

»Ja, das sollten Sie auch sein«, sagte Beth und wischte sich über ihre eigenen Wangen. Sie empfand ein warmes, fürsorgliches Gefühl diesem Mann gegenüber, der den Verlust seines ältesten Sohnes so tapfer ertrug. Fred war wie der Vater, den sie einst geliebt und viel zu früh verloren hatte, und so fasste sie den Entschluss, Fred insgeheim wie einen Vater zu be-

trachten. Er würde es nicht erfahren, doch falls es irgendetwas gab, was sie für ihn tun konnte, würde sie nicht zögern, es zu tun. Kleine Dinge – wie ihm Kuchen mitzubringen oder ihm Zigaretten und eine Karte zu seinem Geburtstag zu kaufen.
»Sie sind nicht der Einzige, der sich Sorgen macht, Fred. Ich glaube, das ganze Land wird ebenso besorgt und gespannt mit Ihnen warten ...«

Fred nickte und schenkte ihr ein Lächeln, das seine Augen jedoch nicht erreichte. »Sie gehen jetzt besser wieder, Miss«, sagte er. »Und danke, dass Sie daran gedacht haben, zu mir herunterzukommen, es hat mir sehr geholfen, und ich werde es Ihnen nicht vergessen. Aber jetzt gehen Sie, ich komme schon zurecht. Eines Tages werde ich meinen Jungen sowieso im Himmel wiedersehen.«

»Ja, natürlich werden Sie ihn dort wiedersehen«, sagte Beth und küsste ihn noch einmal auf die Stirn, bevor sie ihn allein ließ. Ihr Herz tat ihr weh für ihn und all die anderen Menschen, die Freunde und Verwandte auf diesem unglückseligen Schiff verloren hatten. Sie wusste, dass es einen Gott gab, und dennoch war es in Zeiten wie diesen schwer, den Glauben daran mit einer derart grauenvollen Tragödie in Einklang zu bringen. Denn warum sollte der Gott, der für die Menschheit gestorben war, ein solch grausames Opfer von ihr fordern?

Kapitel 20

Sally telefonierte gerade, als ihre Bürotür aufging und Miss Summers ein Tablett mit Kaffee und Sandwiches hereinbrachte.

»Sie haben zwar nicht geklingelt, Miss«, sagte sie, als Sally den Hörer auflegte, »aber ich dachte mir, Sie müssten hungrig sein. Denn Sie waren noch nicht zur Mittagspause draußen, oder?«

»Nein, denn mir war nicht nach Essen zumute, und ich wollte mir auch noch einige Abteilungen ansehen«, antwortete Sally. »Und dazu noch diese schrecklichen Nachrichten heute! All diese Menschen, die ertrunken sind ...« Sie erschauderte, als das blanke Grauen sie wieder erfasste. Der Stapellauf der *Titanic* war von so viel Optimismus und Hoffnung begleitet gewesen, und jetzt kam ihr alles nur noch wie ein einziger Albtraum vor.

»Daran darf man gar nicht denken«, sagte die Sekretärin und fröstelte ein wenig. »Ich war richtig neidisch auf die reichen Leute, die es sich leisten konnten, mit diesem Schiff zu reisen, aber jetzt kann ich mich nur noch glücklich schätzen.«

Sally stimmte ihr rückhaltlos zu. »Oh ja, ich auch, Miss Summers. Ich habe übrigens ein paar Briefe geschrieben und wollte Sie bitten, sie für mich abzutippen und vielleicht auch ein bisschen umzuformulieren? Ich bin nämlich nicht besonders gut im Briefeschreiben ...«

Miss Summers nahm die Papiere an sich, auf die Sally zeigte, und lächelte. »Ich werde die Rechtschreibung korrigieren, Miss Ross, und ein paar Sätze umschreiben, ohne den Sinn zu verändern natürlich.«

»Es sind eigentlich nur Nachbestellungen«, erklärte Sally, »aber als ich versuchte, die Firmen anzurufen, hat sich keine von ihnen gemeldet.«

»Vielleicht liegt es an dem Schiffsunglück«, meinte die Sekretärin. »Diese Tragödie wird viele Menschen berührt haben, und nicht nur diejenigen, die reich genug sind, um erster Klasse reisen zu können.«

»Ja, da haben Sie recht«, stimmte Sally ihr zu.

Sie aß ein paar der Sandwiches, nachdem die junge Frau gegangen war, und trank eine Tasse Kaffee, aber sie war nicht besonders hungrig und wollte gerade wieder anfangen zu telefonieren, als die Tür aufging und Mr. Harper hereinkam.

Sally legte sofort wieder auf, und ein nervöses Kribbeln erfasste sie. »Ist Miss Harper sehr betroffen?«

»Am Boden zerstört«, sagte er und setzte sich ihr gegenüber. Er sah aus, als wäre ihm aller Wind aus den Segeln genommen worden. Sein gewohntes Selbstvertrauen war verschwunden, und er kam Sally sehr verwundbar vor. »Sie hat versucht, Nachrichten aus New York und von verschiedenen Nachrichtenagenturen zu bekommen, doch bisher weiß sie noch nicht sicher, ob ihre Freunde überlebt haben oder nicht.«

»Das tut mir schrecklich leid ...« Sally zögerte ein wenig und sagte dann: »Einer unserer Mitarbeiter hatte einen Sohn an Bord. Er hat dort als Steward gearbeitet, soweit ich weiß.«

»Ach du meine Güte! Das macht ja alles noch viel schlimmer«, sagte Mr. Harper und nahm sich ein Sandwich, aß es auf und begann dann sofort mit dem nächsten. »Oh, Entschuldigung – war das Ihr Mittagessen?«, fragte er dann erschrocken.

»Ich habe genug gegessen. Sie können die anderen Sandwiches gerne haben.«

»Danke, denn ich habe mich nicht mit dem Frühstück

aufgehalten, als ich die Neuigkeiten hörte.« Er nahm die Ersatztasse, die Miss Summers immer mitbrachte, goss sich Kaffee ein und fügte nur ein wenig Zucker hinzu. »Können Sie mir sagen, wo ich den Mann finde, der höchstwahrscheinlich seinen Sohn verloren hat?«

»Er heißt Fred und arbeitet hier als Pförtner. Er wird im Keller sein, falls er nicht gerade etwas ausliefert.«

Mr. Harper trank seinen Kaffee aus und machte sich auf den Weg zur Tür, blieb dann aber noch einmal stehen und schaute sich zu Sally um: »Würden Sie heute Abend mit Jenni und mir zu Abend essen? Sie braucht Aufmunterung, und sie mag Sie sehr, Sally.«

»Aber ja, sehr gerne, Mr. Harper. Vielen Dank.«

Dann ging er, und Sally widmete sich wieder ihren Anrufen. Sie wollte Kontakte herstellen, um herauszufinden, wer neue Kollektionen anzubieten hatte, welche Firmen grundsätzlich Vertreter schickten und welche sie selbst aufsuchen musste. Nur war es im Moment eben sehr schwer, die furchtbaren Nachrichten aus ihrem Bewusstsein zu verdrängen ...

***

Jenni war anzusehen, dass sie geweint hatte. Auch wenn sie sich das Gesicht gewaschen und ein wenig Puder und Lippenstift aufgetragen hatte, sah sie immer noch sehr blass aus, und auch ihre Augenlider waren ein wenig geschwollen.

»Noch keine Neuigkeiten?«, fragte Sally, und Jenni schüttelte den Kopf.

»Es besteht die Möglichkeit, dass Marie sich auf der *Carpathia* befindet«, sagte sie mit rauer Stimme, »aber das ist bisher noch nicht bestätigt worden.«

»Geben Sie die Hoffnung nicht auf«, sagte Sally und drückte ihre Hand.

»Oh nein, bestimmt nicht«, sagte Jenni. »Es tut mir leid, dass ich heute nicht im Büro war – haben Sie mich gebraucht?«

»Nein, ich habe meine Termine mit den Vertretern auf einen anderen Tag verlegt«, sagte Sally, die beschloss, dass es das Beste war, das Thema zu wechseln. »Ich habe auch viel Zeit damit verbracht, die Bestände im ganzen Haus zu überprüfen, auch in den Abteilungen, für die ich nicht zuständig bin – und es wird Sie freuen zu hören, dass sich die Umsätze in der Abteilung für Herrenbekleidung leicht verbessert haben.«

»Dann hatten Sie also recht«, sagte Jenni anerkennend. »Gut. Und nun haben Ben und ich eine kleine Neuigkeit für Sie – wir haben nur ein paar Straßen entfernt von hier eine Wohnung für Sie gefunden. Sie befindet sich über einem Tabakladen und hat drei Schlafzimmer – ich dachte, Sie würden sie vielleicht gern mit einer Freundin teilen?«

»Ja, das wäre mir sehr viel lieber, als allein zu leben«, stimmte Sally zu. »Mrs. Craven, die Leiterin meiner früheren Abteilung, meinte, sie sei nicht abgeneigt, eine Wohnung mit mir zu teilen.«

»Na, das ist doch perfekt!« Jenni lächelte ein wenig traurig. »Es ist immer gut, eine Freundin zu haben, und jetzt, wo Sie unsere Einkäuferin sind, kann sie auch mit Ihnen zusammenleben, ohne dass es für beide Seiten ... nun ja, ein bisschen unangenehm wäre.«

»Ja, genau das haben wir auch gedacht«, sagte Sally. »Wie hoch wäre denn die wöchentliche Miete?«

»Zwölf Schilling und sechs Pence«, sagte Jenni. »Ich weiß, dass das ziemlich viel ist, aber wenn Sie sich die Miete mit jemandem teilen ...«

Die meisten Mieten lagen zwischen fünf und sieben Shilling und sechs Pence, aber Sally hatte schon damit gerechnet, dass eine Wohnung, die nur einen Spaziergang entfernt von Harpers lag, durchaus teurer sein könnte. Allein hätte sie es vielleicht für zu teuer gehalten, auch wenn sie jetzt mehr verdiente. Schließlich kamen ja auch noch viele andere Ausgaben hinzu, wenn man in einer eigenen Wohnung lebte, doch zu zweit konnten sie sich die Wohnung vermutlich leisten.

»Ich würde sie mir gern ansehen und Rachel mitnehmen«, sagte Sally. »Wenn sie ihr gefällt, könnten wir uns die Miete gemeinsam sicher leisten.«

»Ben meinte, er könnte Ihnen auch einen Zuschuss zu der Miete geben ...«

»Nein!«, sagte Sally vielleicht etwas zu schnell, denn er blickte sie irritiert an. »Sie haben mir schon eine große Gehaltserhöhung gegeben, und deshalb werde ich nicht auch noch einen Mietzuschuss von Ihnen annehmen. Aber trotzdem vielen Dank dafür, dass Sie daran gedacht haben.«

Mr. Harper erwiderte nichts, aber Sally glaubte, einen stummen Vorwurf in seinen Augen zu sehen.

Jenni redete jedoch munter weiter über das Thema und schlug vor, ihr zumindest beim Abschluss des Mietvertrags zu helfen. »Sie werden vielleicht eine Kaution hinterlegen müssen, Sally. Wenn dem so ist, helfe ich Ihnen auf jeden Fall, und Sie können es mir irgendwann zurückzahlen«, sagte sie in einem entschiedenen Ton, der keinen Widerspruch erlaubte. »Die Wohnung ist bis auf Teppiche und Vorhänge noch unmöbliert, aber ich bin mir sicher, dass Sie in einem Gebrauchtwarenhandel bestimmt noch ein paar gute Möbel kaufen können.«

»Das ist eine gute Idee«, sagte Sally. »Seit ich in dem Wohnheim lebe, habe ich mir schon einiges gekauft, aber ich bräuchte noch ein Bett und etwas zum Sitzen ...«

»Wie ich schon sagte, Sally, kann man die meisten Dinge in einem Secondhandladen kaufen, und wenn man sie sorgfältig aussucht, können sie richtig gut aussehen. Ben hat ein paar hübsche Sachen für seine Wohnung sehr preiswert eingekauft.«

Ihr Bruder saß noch immer schweigend da und aß, ohne Jennis Worte zu kommentieren, fragte dann aber, ob es Sally recht wäre, von ihm nach Hause gefahren zu werden. Sie zögerte zunächst, aber um ihn nicht zu kränken, erwiderte sie: »Das wäre wunderbar, falls Sie meinetwegen keinen Umweg machen müssen.«

»Ich hätte es Ihnen ja wohl nicht angeboten, wenn es mich auch nur im Geringsten stören würde«, erwiderte er mit ungewohnter Schärfe.

Bald darauf schon trennten sie sich von Jenni. Ihr Leihwagen mit Chauffeur stand bereit, um sie in ihr Hotel zurückzubringen, und sie küsste Sally schnell noch einmal auf die Wange, bevor sie ging. »Morgen werde ich wie immer da sein«, versprach sie. »Wir haben viel zu tun, und mir ist klargeworden, dass Grübeln mir alles andere als guttut.«

Auch Sally küsste ihre Chefin auf die Wange, bevor sie sich zu ihrer Hotelsuite fahren ließ. Dann hielt Mr. Harper Sally die Beifahrertür seines Wagens auf, und sie ließ sich auf den Sitz gleiten, dessen Ledergeruch sie wie ein alter Freund begrüßte.

»Danke, dass Sie Jenni aufgemuntert haben«, sagte Mr. Harper, als sie in die Dunkelheit hineinfuhren, die immer heller wurde, je weiter sie das altmodische Gasthaus hinter sich ließen und in die belebteren Straßen einbogen. Hier war die Beleuchtung besser, und die Schaufenster der großen Kaufhäuser, an denen sie vorbeikamen und in denen jetzt nur noch die Nachtwächter unterwegs waren, boten einen fantastischen Anblick.

Mr. Harper sagte kaum etwas, bis sie fast bei Sallys Wohnheim waren, und erst dann blickte er kurz zu ihr hinüber. »Ich wollte Ihnen nicht zu nahetreten, Sally. Aber da ich weiß, dass Sie keine Familie haben, die Sie unterstützen könnte, dachte ich, ein Wohngeld könnte Ihnen nützlich sein. Mein Onkel schenkte Jenni auch eine eigene kleine Wohnung, als sie einundzwanzig war, und bis dahin lebte sie mietfrei in einem seiner Häuser.«

»Aber Miss Harper ist Ihre Schwester«, wandte Sally ein. »Die Leute würden sonst was denken, wenn Sie meine Miete zahlen würden ...«

Mr. Harper hatte inzwischen den Motor abgestellt und wandte sich ihr fragend zu. »Und was würden *Sie* denken, Sally? Ich hatte gehofft, Sie würden mir vertrauen ...«

»Nehmen Sie es mir bitte nicht übel, Sir, aber ...« Ihre Wangen brannten, aber sie wusste, dass dies der richtige Moment für absolute Offenheit ihm gegenüber war. »Ich habe meine Stelle bei Selfridges aufgegeben, weil die Etagenaufsicht seine Finger nicht bei sich behalten konnte – und als er mir auch noch mit Kündigung drohte, falls ich nicht tat, was er wollte, hatte ich endgültig genug.«

»Was für ein widerlicher Mensch! Geben Sie mir seinen Namen, und ich werde dafür sorgen, dass er wünscht, er wäre nie geboren.« Seine Augen bohrten sich förmlich in die ihren. »Glauben Sie wirklich, dass ich so etwas täte, Sally?«

Sie schüttelte den Kopf. »Nein, und es war dumm von mir, es auch nur zu denken«, sagte sie. »Ich weiß, dass Sie sehr viel reizvollere Freundinnen haben ... und trotzdem habe ich Dummkopf mir eingebildet, dass Sie an mir interessiert sein könnten. Wie idiotisch von mir. Verzeihen Sie mir.«

»Sie sind eine attraktive junge Frau, Sally, die leider eine sehr unschöne Erfahrung gemacht hat«, erwiderte er sanft. Dann beugte er sich zu ihr hinüber und strich mit seinen Lippen so leicht über ihre Wange, dass sie es kaum spürte, ihr Herz aber gleich wieder schneller schlug. »Ich würde ihnen niemals wehtun, Sally. Ich mag Sie sehr, aber wir kennen uns ja bisher noch kaum ...«

»Nein, natürlich nicht«, stimmte Sally zu, der die Situation ausgesprochen peinlich war. Er musste sie ja für eine eitle Närrin halten, die sich einbildete, dass jeder Mann, der sie auch nur ansah, mit ihr ins Bett springen wollte! Einen Moment lang wünschte sie, der Boden möge sich unter ihr auftun und sie verschlingen ... und da sie nicht wusste, was sie hätte sagen sollen, stieg sie aus dem Auto, warf Ben Harper noch einen kurzen Blick zu und flüchtete sich in ihr Wohnheim.

Als sie wieder allein in ihrem Zimmer war, beruhigte sich ihr wild pochendes Herz, bis sie endlich wieder einen klaren Gedanken fassen konnte. Und dann begriff sie, dass es vermutlich ihre eigenen Gefühle waren, die sie auf die Idee gebracht hatten, dass auch Mr. Harper mehr als nur Arbeit im Sinne haben könnte. Sie fand ihn nun einmal ausgesprochen attraktiv, und seine Lippen an ihrer Wange zu spüren hatte ihr Herz zum Rasen gebracht. Was für ein dummes Ding sie war! Sie kannte diesen Mann doch kaum – auch wenn manchmal schon ein einziger Blick genügte, um sich in jemanden zu verlieben. Und sie erinnerte sich auch nur allzu gut daran, dass sie schon beim ersten Mal, als sie vor Selfridges standen und über die Schaufenster sprachen, eine große Sympathie für ihn empfunden hatte – und sie hatte sich auch körperlich zu ihm hingezogen gefühlt. Hätte Mr. Harper sie damals in die Arme genommen und leidenschaftlich geküsst, wäre sie vielleicht darauf eingegangen ... was allerdings töricht gewesen wäre, denn er war ihr Chef und mit etwas Glück womöglich auch ein Freund. Alles andere konnte nur böse enden. Außerdem sah er sie nicht auf diese Weise. Er hatte die Wahl zwischen so vielen schönen Frauen, dass sie nie mehr sein würde als eine weitere junge Dame in der Schar seiner Bewunderinnen.

Wieder brannten ihre Wangen vor Verlegenheit bei dem Gedanken, und sie beschloss, dass sie sich von nun an im Umgang mit dem gutaussehenden und viel zu sympathischen Mr. Harper absolut korrekt verhalten würde.

Kapitel 21

Beth lag im Bett, doch sie konnte nicht schlafen. Sie hatte mit ihrer Tante über die Tragödie der *Titanic* gesprochen, als sie abends nach Hause gekommen war, und zu ihrer Überraschung hatte Tante Helen geweint. In letzter Zeit schien sie öfter als früher ihre weiche Seite zu zeigen.

Beth hatte ihre Tränen für ihren Freund vergossen, und sie dachte auch jetzt an ihn, während sie ins Dunkel starrte. Fred würde heute Nacht kein Auge zutun, davon war sie überzeugt, und sie wünschte, sie hätte mehr für ihn tun können. Das Einzige, womit sie ihn vielleicht ein bisschen trösten konnte, war der Apfelkuchen, den sie abends noch für ihn gebacken hatte. Und so würde sie ihm nur still den Kuchen geben und hoffen, dass er verstand.

Beth spürte plötzlich, wie einsam sie sich fühlte. Vielleicht lag es daran, dass sie gespürt hatte, wie allein der arme Fred sich fühlen musste. Vielleicht war ihr so ihr eigenes Bedürfnis nach jemand Besonderem in ihrem Leben deutlicher als je zuvor vor Augen geführt worden. Mark hatte nicht mehr versucht, mit ihr Verbindung aufzunehmen, seit sie ihm gesagt hatte, er solle es lassen, und sie wusste, dass es das einzig Richtige war. Er war verheiratet, und deshalb gab es für sie keine zweite Chance. Sie hatte geglaubt, es würde ihr genügen, sich von nun an ihrer Arbeit zu widmen, aber in letzter Zeit war ihr deutlich geworden, dass sie mehr als nur das brauchte. Einerseits war ihr durchaus bewusst, dass sie sich glücklich schätzen konnte, von ihrer Tante aufgenommen worden zu sein. Aber wenn es andererseits so gar nichts mehr gab, worauf sie sich noch freuen konnte ... Beth schüttelte den Kopf und befahl sich, mit ihrem Selbstmitleid aufzuhören. Es war jetzt Fred, an den sie denken musste. Sie hatte Tante Helen gegenüber erwähnt, dass sie ihn gerne einmal zum Tee mit nach Hause bringen würde, aber keine Antwort von ihrer Tante erhalten. Vielleicht sollte sie versuchen, ein paar Schilling zu sparen, um stattdessen irgendwo mit ihm essen zu gehen ... Da das Wetter wärmer wurde, könnte sie ihm einen Ausflug in den Park oder an die Serpentine vorschlagen, und sie würde ein Picknick vorbereiten, das sie mitnehmen konnte. Sie lächelte bei dem Gedanken und nickte, als ihr bewusst wurde, dass ein gut gefüllter Picknickkorb die Lösung sein könnte. Fred würde vielleicht nicht zum Plaudern mit ihrer Tante aufgelegt sein, aber ein Besuch im Park wäre auf jeden Fall schön, und er könnte sogar seinen jüngeren Sohn mitbringen, wenn er wollte. Beths Vater hatte vor Jahren einen schönen Weidenkorb gekauft, mit dem sie immer in den Park gefahren waren, und dieser Korb stand nach wie vor in ihrem Zimmer.

Beth fühlte sich schon besser und entspannte sich ein wenig. Fred war ein tapferer Mann, und sie selbst hatte das Glück, ein komfortables Zuhause zu haben – im Gegensatz zu so vielen anderen Menschen –, und sie durfte sich von dem Mangel an Liebe und Romantik in ihrem Leben nicht unterkriegen lassen. Viele junge Frauen mussten sich mit einem ähnlichen Leben zufriedengeben, sich um ihre Eltern kümmern und arbeiten, um sich ihren Lebensunterhalt zu verdienen. Es war also dumm und absurd, sich etwas zu erhoffen, von dem sie wusste, dass es nie geschehen würde.

Ihre Gedanken schweiften zu Maggie ab, die es zu Hause noch viel schwerer hatte. Maggies Vater ging es zunehmend schlechter, seine Schmerzen waren inzwischen fast unerträglich, und Maggies Mutter schien immer mehr der Aufgaben, die die Pflege mit sich brachte, auf ihre Tochter abzuwälzen.

»Sie war nicht mal zu Hause, als ich gestern Abend zurückkam«, hatte Maggie ihr in einem der seltenen Momente, in denen sie Zeit zum Reden hatten, anvertraut. »Papa war wach und bat um etwas zu trinken, das Feuer im Küchenherd war heruntergebrannt, und meine Mutter hatte mit dem Abendessen noch nicht einmal begonnen ...«

»Vielleicht ist sie ja in das Unwetter geraten«, hatte Beth zu bedenken gegeben, weil es eine Zeitlang in Strömen geregnet hatte. Dieser Sommer war noch verregneter als andere.

»Nein, das glaube ich nicht«, hatte Maggie mit nachdenklicher Miene geantwortet. »Sie war völlig trocken, als sie hereinkam – und sie wollte auch nichts essen. Sie sagte nur, sie habe eine Freundin besucht und auch sie besäße schließlich ein Recht auf ein bisschen Zeit für sich.«

Beth fielen die Augen zu, als sie über das Problem ihrer Freundin nachdachte, aber außer ihr zuzuhören, gab es leider nicht viel, was sie für sie tun konnte.

Sie versank in einen unruhigen Schlaf, und als sie aufwachte, klangen die Schreie ertrinkender Menschen in ihren Ohren nach. Für eine Weile war das Bild so lebendig gewesen, dass Beth sofort gewusst hatte, dass sie die Tragödie der *Titanic* in ihrem Traum miterlebt hatte.

Sie fröstelte, weil das alles so real gewesen war, weil sie tatsächlich das Gefühl gehabt hatte, sich im Wasser zu befinden und ums Überleben zu kämpfen, und dann war plötzlich ein Mann auf sie zugeschwommen und hatte sie festgehalten. Er hatte ihren Kopf über Wasser gehalten, während jemand anderes sie in ein Rettungsboot gezogen hatte, aber als sie sich nach dem Mann umsah, war er verschwunden.

»Wo bist du?«, flüsterte sie und wusste instinktiv, dass der Mann, der sie gerettet hatte, Freds Sohn war.

Es war unglaublich real gewesen, aber eben nur ein Traum wie der, den sie gehabt hatte, nachdem Fred über seine alten Kriegskameraden gesprochen hatte. Beth schüttelte den Kopf, als sie aufstand und ihren Morgenmantel überzog. Sie musste diese lebhaften Bilder aus ihrem Kopf vertreiben, und eine Tasse Tee würde ihr dabei sicher helfen.

* * *

Fred wirkte still, aber er schien entschlossen zu sein, eine tapfere Miene zu bewahren, als sie ihn am nächsten Morgen in ihrer Pause aufsuchte. Er trug eine schwarze Armbinde über einem seiner Hemdsärmel, und damit war er nicht der Einzige. Auch einige der Angestellten trugen sie zum Zeichen des Respekts für diejenigen, die bei der schrecklichen Katastrophe gestorben waren. Eine ungewohnte Stille lag an diesem Morgen über dem Kaufhaus, während alle zu verarbeiten versuchten, was geschehen war.

»Hier, der ist für Sie«, sagte Beth und reichte Fred den Apfelkuchen. »Ich habe ihn gestern Abend extra noch für Sie gebacken.« Ihre Worte und der Kuchen erschienen ihr erbärmlich unzureichend, aber sie wusste nicht, was sie sonst sagen oder tun sollte.

»Sie sind ein nettes Mädchen«, sagte Fred mit feuchten Augen, aber diesmal riss er sich zusammen. »Eines Tages werde ich mich revanchieren ...«

»Wie wär's denn, wenn Sie mich sonntagnachmittags einmal zu einem Picknick in den Park begleiten würden?«, schlug Beth vor. »Meine Tante will das Haus gewöhnlich nicht verlassen, wenn es warm ist, aber mir würde es große Freude machen.«

»Ein hübsches Mädchen wie Sie braucht bessere Gesellschaft als einen alten Kauz wie mich ...«

Beth lächelte und schüttelte den Kopf. »Vielleicht könnte

ich ja auch Maggie bitten, mitzukommen – und Sie könnten auch jemanden mitbringen. Dann hätten wir eine kleine Gesellschaft.«

Beth wusste, dass er nur noch seinen jüngsten Sohn hatte, aber mehr sagte sie nicht, sondern ließ ihn nur darüber nachdenken.

»Manchmal veranstalten sie Konzerte im Park, und ich mag Musik«, sagte er schließlich leise.

»Ich auch, vor allem Blasmusik«, sagte Beth. »Mein Vater nahm mich früher immer zu denen der Heilsarmee mit – und einige der Kapellen, die sonst in den Arbeiterclubs spielten, veranstalteten Wettbewerbe im Park. Mein Vater liebte es, ihnen zuzuhören.«

Fred sah sie an, und wieder konnte sie Tränen in seinen Augen glitzern sehen. »Sie sind ein reizendes Mädchen, Miss – und es wäre mir eine Ehre, Sie zu einem Picknick im Park einzuladen, sobald es etwas wärmer ist.« Er zögerte kurz und sagte dann: »Wenn Sie möchten, können Sie diesen Sonntag aber auch zum Tee zu mir kommen und meinen Sohn und seine Freundin kennenlernen ...«

»Oh ja, danke, das fände ich sehr schön«, sagte Beth sofort, obwohl sie sich über eine solche Einladung so kurz nach dem Bekanntwerden der Schiffstragödie wunderte. Sie trank die Tasse Tee aus, die er ihr eingeschenkt hatte, und erhob sich. »Ich gehe jetzt besser wieder, Fred. Ich will mich nicht verspäten, weil wir ja nur noch zu dritt sind, seit Miss Ross zur Einkäuferin befördert wurde ...«

»Auch sie ist eine sehr nette junge Dame«, sagte er und nickte. »Sie war schon ein paar Mal bei mir hier unten und hat mir gesagt, was ich an neuen Waren zu erwarten habe.«

»Wir sehen sie jetzt nur leider nicht mehr oft«, sagte Beth. »Miss Gibbs hat heute Morgen erst gesagt, wie sehr sie sie vermisst.«

Auch Beth vermisste Sallys fröhliche Art und wusste, dass sie alle es als Verlust empfanden, dass sie nicht mehr hinter ihrem Verkaufstisch stand, auch wenn sie regelmäßig vorbeischaute, um zu sehen, wie die Dinge liefen.

In Gedanken versunken ging Beth zu ihrer Abteilung zurück. Als sie erst an Mr. Stockbridge und dann an Mr. Harper vorbeikam, der sich mit einer jungen, dunkelhaarigen und todschick gekleideten Frau unterhielt, nickte sie als Antwort auf sein kurzes »Guten Morgen« nur. Es war schön, ihren Arbeitgeber im Geschäft zu sehen – nur schien er immer eine hübsche junge Frau bei sich zu haben.

Mrs. Craven zeigte gerade einer jungen Frau einen der neuen silbernen Armreife, als Beth ihren Platz an der Theke einnahm. Zwei Frauen bewunderten verschiedene Hüte, und schon bald wurde sie in ein Gespräch über die Vorzüge eines Glockenhuts aus Samt gegenüber denen eines breitkrempigen Strohhuts hineingezogen.

* * *

Maggie sah zu, wie Beth und ihre Vorgesetzte eine Reihe von Kundinnen bedienten. Sie hatte an diesem Morgen zwei Seidenschals und ein Paar graue Lederhandschuhe sowie zwei Paar weiße Baumwollhandschuhe verkauft, war innerlich aber irgendwie ganz unruhig und wünschte, Mrs. Craven würde ihr sagen, sie könnte in die Mittagspause gehen.

»Sie können jetzt etwas essen gehen, Miss Gibbs«, sagte ihre Vorgesetzte dann auch endlich. »Ich hätte Sie gleich in die Pause schicken sollen, als Miss Grey zurückkam.«

»Danke, Mrs. Craven.« Maggie ging ihren Mantel holen und machte sich dann eilig auf den Weg. Sie wollte in ihrer Pause ein paar Einkäufe erledigen und würde sich unterwegs irgendwo eins dieser klebrigen, süßen Brötchen kaufen und es später in ihrer Nachmittagspause im Aufenthaltsraum essen.

Morgen hatte ihre Mutter Geburtstag, und Maggie hatte bereits ihren Mitarbeiterrabatt genutzt, um einen hübschen Schal für sie zu kaufen. Sie wollte jedoch noch eine schöne Karte finden und vielleicht ein paar Pralinen oder einen kleinen Blumenstrauß dazukaufen.

Sie eilte gerade den belebten Bürgersteig der Oxford Street entlang, als sie jemanden anrempelte, wobei ihre Geldbörse herunterfiel. Die Münzen rollten heraus, bis jemand sie mit seinem Fuß aufhielt. Er bückte sich, um sie aufzuheben, und reichte Maggie die zwei Schilling und sechs Pence, die alles waren, was ihr Portemonnaie enthalten hatte.

»Bitte sehr, Miss«, sagte der junge Mann und gab ihr das Geld.

»Oh, vielen Dank«, stammelte sie errötend. »Ich bin aber auch wirklich schrecklich ungeschickt ...«

»Ach was, das glaube ich nicht«, sagte er und lächelte sie an. »Wohin waren Sie denn so eilig unterwegs?«

»Ich wollte eine Geburtstagskarte für meine Mutter kaufen ...« Maggie errötete, als sie das Lächeln in seinen Augen sah. »Ich muss zurück zur Arbeit – und dabei habe ich meine Einkäufe noch gar nicht erledigt.«

»Dann darf ich Sie nicht aufhalten, denn Sie haben sicher viel zu tun«, sagte er.

Maggie errötete erneut und nahm das Geld aus seiner Hand entgegen, bevor sie den Schreibwarenladen betrat, der unter anderem auch Zeitungen, Bücher und sogar eine ganze Reihe von Füllfederhaltern verkaufte. Sie betrachtete sie wehmütig, denn im Jahr zuvor hatte sie ihrem Vater einen zum Geburtstag gekauft – vor dem Unfall, der ihm das Leben heute so zur Hölle machte. Er hatte sich sehr über das Geschenk gefreut und davon geschwärmt, dass er jetzt damit sein Kreuzworträtsel ausfüllen konnte. Mittlerweile waren seine Schmerzen jedoch so schlimm, dass er sich nicht einmal mehr an die Kreuzworträtsel wagte.

Blinzelnd, um ihre Tränen zurückzuhalten, machte Maggie sich auf den Weg zu dem Schalter, der Geburtstagskarten verkaufte, und ließ sich eine kleine Auswahl zeigen. Als sie eine mit gezeichneten Veilchen darauf und einem etwas sentimentalen Vers im Inneren fand, wählte sie diese für ihre Mutter aus. Sie bezahlte, schrieb ihren Geburtstagsgruß auf die Karte, adressierte den Umschlag und klebte die Briefmarke darauf, um das Kuvert auf dem Rückweg zu Harpers in einen Briefkasten zu stecken.

Beth und Mrs. Craven hatten beide Kundinnen, als Maggie in die Abteilung zurückkam, und sowie sie ihren Mantel ausgezogen hatte, stand sie auch schon wieder an ihrem Verkaufstresen. Sie bediente drei Kundinnen hintereinander und wandte sich dann der nächsten zu.

»Könnte ich bitte ein paar Lederhandschuhe sehen? Ich weiß, es ist die falsche Jahreszeit dafür, aber Lederhandschuhe sind ja immer ein willkommenes Geschenk, nicht wahr?« Das stimmte, denn die meisten Frauen trugen grundsätzlich Handschuhe, wenn sie ausgingen, Leder an kühleren Tagen und Baumwoll- oder Spitzenhandschuhe im Sommer.

Maggie blickte zu dem Mann auf, der vor ihrer Theke stand, und errötete erneut, als sie erkannte, dass es der freundliche Herr war, der ihre Münzen auf der Straße aufgesammelt hatte.

»Oh, Sie sind es!«, rief sie dann. »Welche Farbe würden Sie gern sehen, Sir?«

»Marineblau oder *Bleu de France*, wie meine Schwester diese Farbe nennt«, sagte er und zeigte auf ein Paar Handschuhe im zweiten oberen Regal.

»Wir haben sie in einer kleinen und in einer mittleren

Größe«, sagte Maggie und wich dem Blick seiner blauen Augen aus.

»Und welche Größe benutzen Sie?«, fragte er. »Meine Schwester ist Ihnen von Größe und Statur her nämlich ziemlich ähnlich.«

»Ich trage die kleinere Größe«, sagte Maggie und zog einen der Handschuhe über, um ihm zu zeigen, wie er aussah.

»Ja, der sieht perfekt aus«, sagte der Mann und ergriff Maggies Hand. »Und es ist ein schönes weiches Leder – ich glaube, Vera würde diese hier gern tragen. Wie viel kosten sie?«

»Zwölf Schilling und elf Pence«, antwortete Maggie. »Ich weiß, dass sie teuer sind, Sir, aber sie sind von sehr guter Qualität.«

»Meine Schwester würde mich bei lebendigem Leib häuten, wenn sie es nicht wären«, sagte er und lachte. Sein Gesicht leuchtete vor Schalk. »So sind Schwestern nun mal, nicht wahr?«

»Das weiß ich nicht. Ich bin ein Einzelkind …«

»Oh, Sie Ärmste«, sagte er prompt. »Vera ist manchmal schwer zufriedenzustellen, aber ich würde nicht ohne sie sein wollen. Gut, dann nehme ich die Handschuhe – und hätten Sie auch noch einen passenden Schal dazu?«

Maggie verkaufte ihm die Handschuhe und einen hübschen blau-weiß getupften Schal. Er nahm zwei Pfundnoten aus seiner Brieftasche und bezahlte, und Maggie packte die Sachen in eine der Tüten von Harpers. Dann bedankte sich der Mann bei ihr und ging.

Maggie sah, wie Mrs. Craven mit Beth sprach und dann die Abteilung verließ, um ihre eigene Pause zu machen. Danach war es ruhig auf der Etage, da sie ausnahmsweise keine Kunden hatten.

Beth kam zu ihr herüber und lächelte. »Hast du gefunden, was du wolltest?«

»Ja. Ich habe eine hübsche Karte und eine Schachtel duftendes Briefpapier gekauft. Als ich es sah, dachte ich, dass meine Mutter es sicher gern benutzen würde.«

»Das wird sie ganz bestimmt«, sagte Beth. »Eigentlich könnte ich meiner Tante auch etwas von diesem Briefpapier schenken.« Sie zögerte, dann sagte sie: »Möchtest du am Sonntag zum Tee zu uns kommen?«

»Das ist sehr lieb von dir«, sagte Maggie und seufzte. »Aber ich werde meine Mutter vorher fragen müssen. Vielleicht hat sie ja eigene Pläne. Es ist sehr anstrengend für sie, sich den ganzen Tag allein um meinen Vater zu kümmern ...«

»Ja, das ist es ganz bestimmt«, sagte Beth mitfühlend, weil sie Maggie täglich fragte, ob es ihrem Vater besser ginge. »Aber auch du solltest ein bisschen Freizeit haben ...«

»Ich weiß.« Maggie konnte Beths Blick nicht erwidern. »Ich kann sie im Moment nur leider sonntags nicht allein lassen ...« Tränen brannten hinter ihren Augen, aber sie blinzelte sie weg. »Es ist nicht so, dass ich nicht kommen will, Beth ...«

»Dann vielleicht in einer anderen Woche«, schlug Beth vor und ging zu ihrem Platz hinüber, als zwei Kundinnen eintraten.

Sie war sogleich damit beschäftigt, zwei älteren Damen Hüte vorzuführen, während Maggie einer jungen Frau einige der silbernen Armreife zeigte. Sie nahm einen nach dem anderen heraus und achtete darauf, sie wieder wegzulegen, wenn sie nicht infrage kamen. Die Kundin sah sich jeden einzelnen Armreif an und schüttelte den Kopf, während sie einen weiteren mit drei eingesetzten Türkisen betrachtete.

»Mir gefällt keiner von diesen – ich fand die anderen schöner, die Sie hatten, als die andere Verkäuferin hier noch bediente«, sagte sie. »Vielleicht sollte ich mir stattdessen lieber ein paar Handtaschen ansehen ...«

Maggie legte den neuerlich abgelehnten Armreif in die

Theke zurück und drehte sich um, um aus dem Schrank hinter ihr drei Taschen herauszunehmen. Als sie sie auf den Tresen stellte, runzelte die Frau die Stirn und schüttelte den Kopf.

»Nein, ich denke, ich werde mir die Mühe sparen und mich woanders umsehen ...«

Maggie biss sich auf die Lippe, als die junge Frau wieder ging. Sie hatte gerade die Taschen in den Schrank zurückgestellt, als Mrs. Craven zurückkam und Maggie zu ihrem eigenen Verkaufstisch zurückgehen konnte. Sie verkaufte drei Schals, und fast eine Stunde später kam Mrs. Craven mit einem besorgten Gesichtsausdruck zu ihr hinüber.

»Miss Gibbs, haben Sie einen silbernen Armreif mit drei hintereinander eingesetzten Amethysten verkauft?«

»Nein, ich habe gar keinen Schmuck verkauft. Ich hatte einer Kundin zwar ein paar Armreife gezeigt, aber sie hat keinen davon gekauft«, sagte Maggie und spürte, wie ihr ein kalter Schauder über den Rücken lief. »Aber wieso – ist irgendetwas nicht in Ordnung?«

»Ich weiß, dass dieser Armreif noch da war, als ich zum Mittagessen ging«, sagte Mrs. Craven. »Ich hatte ihn erst heute Morgen einer Kundin gezeigt, und jetzt ist er nicht mehr da ...«

Maggie starrte sie betroffen an. »Ich habe einer Frau zwar einige silberne Armreife gezeigt, sie aber jedes Mal wieder weggelegt, wenn sie einen anderen sehen wollte ...«

Ihre Vorgesetzte musterte sie streng. »Sind Sie sicher, Miss Gibbs? Denn der Armreif ist definitiv nicht da, und er ist auch nicht als verkauft vermerkt.«

»Ich weiß, dass ich nichts auf der Theke liegengelassen habe, als ich mich abwandte, um die Taschen aus dem Schrank zu nehmen«, sagte Maggie entschieden, obwohl sie innerlich schon ganz krank vor Sorge war. Hatte sie etwa zugelassen, dass ein teures Schmuckstück praktisch direkt vor ihrer Nase gestohlen worden war? »Ich weiß, dass ich meiner Kundin drei Armreife gezeigt habe – einen mit Granaten, einen mit Perlen und einen mit Bernstein ...«

»Sind Sie sicher, dass Sie die Theke nicht offen gelassen haben, als Sie sich zum Schrank umdrehten?«

»Ganz sicher«, sagte Maggie. »Ich habe den Armreif mit den Amethysten nicht in der Vitrine gesehen, als ich die Kundin bediente.«

»Ich weiß aber, dass er vorhin noch da war.« Mrs. Craven blickte stirnrunzelnd zu ihrer Theke hinüber.

Maggie war krank vor Sorge, denn wenn der Armreif irgendwie gestohlen worden war, würde man wahrscheinlich ihr die Schuld daran geben, und sie konnte es sich nicht leisten, für den Verlust aufzukommen. Sie erinnerte sich daran, was Miss Hart zu Sally gesagt hatte, als es um eine leichte Beschädigung des Tülls an einem Hut ging, und Maggie hatte große Angst, dass man sie entweder zur Kasse bitten oder entlassen würde.

Beth beobachtete die beiden. Sie bediente noch eine Kundin, doch sowie der Verkauf abgeschlossen war, kam sie zu ihnen herüber.

»Ist irgendwas?«, fragte sie.

»Es fehlt ein silberner Armreif mit Amethysten«, antwortete Mrs. Craven. »Ich weiß, dass er vorhin noch da war, aber jetzt ist er weg ... Sie haben doch nicht an meinem Verkaufstisch bedient, Miss Grey?«

»Nicht heute Morgen«, sagte Beth. »Ich war gerade sehr beschäftigt, als Miss Gibbs dieser Kundin die Armreife zeigte, und habe deshalb nichts Ungebührliches gesehen ...«

»Dies ist ein gravierender Verlust, den ich Miss Hart oder Mr. Stockbridge werde melden müssen«, sagte Mrs. Craven.

Maggie zog scharf den Atem ein. Sie würden sie dafür verantwortlich machen und sie entlassen ... Ihre Mutter würde sehr böse auf sie sein, und sie würde nie wieder eine andere Stelle finden!

»Ich weiß, dass ich alles weggeräumt habe«, versuchte sie sich zu verteidigen. »Und ich habe den Armreif nicht auf der Theke gesehen, als ich sie übernahm ...« Sie unterbrach sich, weil ausgerechnet in diesem Moment Miss Hart hereinkam.

»Gehen Sie wieder an ihre Arbeitsplätze«, sagte Mrs. Craven zu den Mädchen. »Ich werde den Verlust melden, Miss Gibbs, aber ich gebe Ihnen nicht die Schuld daran – praktisch jeder könnte dafür verantwortlich sein.«

Maggie nickte, fühlte sich aber trotz Mrs. Cravens aufmunternder Worte schuldig. Als sie merkte, dass Miss Hart sie ansah, nachdem ihre Vorgesetzte ihr die Sache gemeldet hatte, wandte sie ihren Blick ab, was jedoch nichts daran änderte, dass sie sich äußerst unwohl fühlte und ihre Wangen brannten.

»Miss Gibbs? Kommen Sie doch bitte einmal her«, rief Mrs. Craven sie auch tatsächlich kurz darauf, und Maggie ging schweren Herzens zu ihr hinüber. »Ich muss mich bei Ihnen entschuldigen«, sagte Mrs. Craven und hielt den Armreif mit den drei Amethysten hoch. »Er lag in meiner obersten Schublade unter meinem Einnahmenbuch. Mir ist gerade erst wieder eingefallen, dass ich ihn vorhin schnell daruntergelegt hatte ...«

»Oh, zum Glück haben Sie ihn gefunden!«, sagte Maggie und brach in Tränen aus, diesmal allerdings vor Erleichterung. »Es tut mir schrecklich leid ...«

»Nein, nein, ich bin diejenige, die sich entschuldigen muss«, sagte Mrs. Craven. »Ich dachte, Sie wären unachtsam gewesen, doch stattdessen bin ich die Schuldige.«

»Nun, ich denke, wir können von Glück sagen, dass der Schmuck gefunden wurde«, bemerkte Miss Hart missbilligend und starrte Mrs. Craven verärgert an. »Das ist nicht der Standard, den ich von Ihrer Abteilung erwarte, Mrs. Craven. Schließlich kamen Sie mit hervorragenden Referenzen zu uns!«

Naserümpfend machte sie sich zu einer zweiten Runde durch die Abteilung auf, um nach einem weiteren Anlass für Kritik zu suchen, doch als sie nichts fand, was es noch zu beanstanden gab, stolzierte sie hocherhobenen Kopfs wieder davon.

»Es tut mir aufrichtig leid, Sie verdächtigt zu haben, Miss Gibbs«, sagte Mrs. Craven mit bestürzter Miene. »Und ich wollte Sie bestimmt nicht zum Weinen bringen.«

»Das ist nicht wegen des Armreifs. Ich bin nur müde, glaube ich«, sagte Maggie. »Ich war gestern die ganze Nacht auf und bei meinem Vater, weil ich mir solch furchtbare Sorgen um ihn mache.«

»Wir beide brauchen ein bisschen Ungestörtheit, glaube ich«, meinte ihre Abteilungsleiterin. »Geben Sie mir Bescheid, Beth, falls ich hier gebraucht werde.«

Dann führte sie Maggie in ihr kleines Büro und überließ ihr den einzigen Stuhl dort, während sie selbst sich neben sie auf die Schreibtischkante hockte.

»Möchten Sie darüber reden, Maggie? Mir war nicht bewusst, dass Ihr Vater so krank ist ...«

Maggie unterdrückte ein Schluchzen und erzählte ihr dann von den schlimmen Schmerzen ihres Vaters und seiner zunehmenden Abhängigkeit vom Laudanum, das ihm verschrieben worden war. »Er hatte gestern Nacht so etwas wie einen Anfall«, sagte sie und atmete tief ein, um sich zu beruhigen. »Eine Zeitlang schrie er wie wild herum, und seine Augen hatten einen seltsam wirren Blick. Er beschuldigte meine Mutter, dass sie versuche ihn umzubringen, und endete schließlich weinend in meinen Armen ...« Maggie blickte in das mitfühlende Gesicht ihrer Vorgesetzten. »Es war schrecklich, ihn so gebrochen zu sehen. Wir standen uns immer sehr nahe, und ich weiß, dass meine Mutter nicht so gut für ihn sorgt, wie ich es tue ...« Sie trocknete ihre Tränen mit dem Taschentuch, das Mrs. Craven ihr gab. »Aber sie würde doch nicht wirklich versuchen, ihn umzubringen ... oder?«

»Bestimmt nicht«, sagte Mrs. Craven. »Seine Ängste sind eine Nebenwirkung der Droge, die er nimmt. Ich vermute, dass er zu viel davon genommen hat, aber ich weiß auch, dass das Laudanum tatsächlich hilft, Schmerzen erträglicher zu machen, und wenn auch nur, indem es den Patienten schlafen lässt. Bei einigen Menschen erzeugt es schlimme Nebenwirkungen, und für mich klingt es so, als ob es sich bei Ihrem Vater um ebensolche handelt, wenn er schon halluziniert. Falls möglich, sollten Sie die Dosis, die er nimmt, verringern.«

»Er hat sehr starke Schmerzen, aber ich werde es versuchen«, antwortete Maggie mit einem unsicheren Atemzug. »Und vielen Dank, dass Sie mit mir gesprochen haben, Mrs. Craven. Ich fühle mich jetzt schon ein bisschen besser.«

»Aber fühlen Sie sich auch imstande, Ihre Arbeit wiederaufzunehmen, oder brauchen Sie noch ein bisschen Zeit?«

»Nein, nein, es geht schon wieder«, sagte Maggie lächelnd. »Ich hatte nur Angst, meine Stelle zu verlieren, und als Sie sagten, es sei Ihre Schuld, bin ich vor lauter Erleichterung in Tränen ausgebrochen.«

»Was verständlich ist bei all Ihren privaten Problemen«, sagte Mrs. Craven und lächelte. »Doch nun müssen wir beide zu unseren Aufgaben zurückkehren, Miss Gibbs – falls Sie jedoch wieder einmal Sorgen haben sollten, dann kommen Sie damit bitte zu mir.«

Maggie nickte und bedankte sich bei ihr. Als sie zu ihrem Verkaufstisch zurückging, war sie schon nicht mehr ganz so unruhig. Ihre Stelle war zwar nicht gerade gut bezahlt, aber sie bedeutete ihr sehr viel, und sie wusste, dass es nahezu unmöglich sein würde, eine andere zu finden, die ihr genauso gut gefallen würde, wäre sie hier entlassen worden.

Kapitel 22

Maggie machte an jenem Tag um die gleiche Zeit wie immer Feierabend und nahm den Bus nach Hause. Von der Haltestelle ging sie zum Ende der Straße und bog in das Sträßchen ein, in dem das Reihenhaus ihres Vaters lag. Die Eingangsstufe sah ungepflegt aus und war offensichtlich schon seit Tagen nicht mehr gereinigt worden. Während Maggie sich vornahm, sie am nächsten Morgen noch vor der Arbeit gründlich abzuschrubben, ging sie um das Haus herum und betrat es durch die Küchentür. Sofort sah sie, dass ihre Mutter nicht daheim war, denn das Feuer im Herd war sich selbst überlassen worden und schon fast vollständig erloschen.

Maggie holte schnell einen Eimer Koks aus dem Schuppen im Hof und schaffte es, das Feuer wieder anzufachen. Erleichtert füllte sie einen Wasserkessel und stellte ihn auf den Herd. Es würde eine Weile dauern, bis es kochte, denn das Feuer musste erst wieder in Gang kommen, um den Herd ausreichend zu erhitzen.

Wo war ihre Mutter hingegangen? Als Maggie sich umsah, dachte sie, dass sie fast den ganzen Tag außer Haus gewesen sein musste, denn nichts war aufgeräumt oder geputzt, und die Bügelwäsche türmte sich im Korb. Ihre Mutter musste schon kurz nach ihr das Haus verlassen haben, denn sogar das Frühstücksgeschirr ihres Vaters stand noch in der Spüle.

»Mama? Wo bist du? Mama?«, rief sie, obwohl sie wusste, dass ihre Mutter nicht zu Hause war. »Papa? Geht's dir gut, Papa?«

Ein Frösteln ergriff sie, als sie die Treppe hinauflief. Wie konnte ihre Mutter einfach weggehen und ihn so lange allein lassen? Es war zwar nicht kalt im Haus, weil Frühling war, aber er brauchte mehr Wärme, wenn er den ganzen Tag nur im Bett lag. Normalerweise hielt die Hitze des Küchenherds sein Zimmer warm, aber der Herd war kalt gewesen ...

Als Maggie in sein Zimmer stürmte, sah sie ihren Vater ausgestreckt am Bettrand liegen, der Kopf in einer unnatürlichen Haltung. Seine Beine baumelten kraftlos vom Bettrand herab, und als sie nähertrat, nahm sie den scharfen Geruch von menschlichen Exkrementen wahr und wusste, dass er sich besudelt hatte. Wahrscheinlich war das der Grund gewesen, warum er versucht hatte aufzustehen.

»Schon gut, Papa ... das macht nichts, ich werde dich im Nu wieder sauberhaben«, sagte Maggie beruhigend und ging zu ihm – doch kaum berührte sie seine Hand, erschrak sie über deren Kälte. »Oh nein, Papa! Nein, nein – bitte nicht!« Ihr Angstschrei ging in ein verzweifeltes Schluchzen über, als sie sein Gesicht genauer betrachtete und sah, wie bleich es war. »Oh bitte, bitte, Papa ... lass mich nicht allein ...«

Doch Maggie wusste, dass es zu spät war. Ihr Vater war gestorben, ganz allein und unter Qualen. Er musste versucht haben, die Toilette zu erreichen, und war dabei über der Bettkante zusammengesackt. Dann sah sie die leere Laudanum-Flasche auf dem Boden liegen und stöhnte auf. Sie war noch voll gewesen, als sie morgens gegangen war ... Tränen strömten ihr über die Wangen. Minutenlang konnte sie nur bittere Tränen weinen und ihren Vater anflehen aufzuwachen, obwohl sie wusste, dass er das nie wieder tun würde. Sie musste Hilfe holen. Für ihn war es zu spät, das wusste sie, aber sie musste einen Arzt kommen lassen, einen Arzt und den Bestatter. Und so wischte sie sich die Augen am Ärmel ihres Kleids ab und ging die Treppe wieder hinunter und zu ihrem nächsten Nachbarn.

Mr. Jones öffnete die Tür, warf einen Blick auf ihr Gesicht und sagte: »Ich komme auf der Stelle, Kind. Es geht um deinen Vater, nicht?«

»Ich glaube, er ist tot«, sagte Maggie mit zittriger Stimme nach einem unsicheren Atemzug. »Ich muss den Doktor benachrichtigen und ...« Ihre Stimme versagte, aber sie riss sich zusammen. »Und die Polizei sollte wohl auch herkommen, glaube ich.«

Ihr Nachbar machte ein grimmiges Gesicht. »Ja, Kind, das denke ich auch. Ist deine Mutter wieder mal nicht da? Sie war ganz schön viel unterwegs in letzter Zeit ...«

Maggie nickte und schluckte mühsam. »Der Herd war aus, als ich nach Hause kam«, sagte sie und sah, wie Mr. Jones die Stirn runzelte. »Mein Vater hatte sich beschmutzt, als er versuchte, allein aus dem Bett herauszukommen, um zur Toilette zu gehen ...«

»Du gehst jetzt zu meiner Mabel in die Küche«, sagte Mr. Jones freundlich. »Ich werde selbst einmal nachschauen und dann den Arzt holen. Er wird entscheiden, was du als Nächstes tun solltest, Maggie.«

»Ich gehe besser wieder hinüber und warte dort«, antwortete Maggie mit gedämpfter Stimme. »Sagen Sie Mabel, dass ich später vorbeikommen werde, weil ich Papa jetzt nicht allein lassen will.

»Wenn es dir lieber ist«, stimmte ihr Nachbar zu und lächelte betrübt. »Aber es ist nicht deine Schuld, mein Kind. Ich habe Rob vergangene Woche noch gesehen, und er hat mir erzählt, was für eine gute Tochter du ihm immer warst. Es tut mir nur leid, dass ich heute nicht hier war, aber ich habe die ganze Woche Überstunden gemacht.«

»Danke für alles«, sagte Maggie.

Bevor ihr wieder die Tränen kamen, drehte sie sich um und ging zu ihrem Haus zurück. Der Kessel hatte mittlerweile zu kochen begonnen, und so nahm sie ihn vom Herd und ging wieder hinauf zum Zimmer ihres Vaters, wo sie das Fenster einen Spalt öffnete, um den Raum ein bisschen durchzulüften. Für einen Moment überlegte sie, ob sie ihn nicht säubern sollte, bevor irgendjemand kam, entschied sich dann aber dafür, alles so zu belassen, wie es war, einschließlich der leeren Laudanum-Flasche auf dem Boden.

Maggie versuchte, die schrecklichen Verdächtigungen, die sich ihr aufdrängten, auszublenden. Sie durfte sich auf gar keinen Fall erlauben, so etwas Furchtbares zu denken. Mrs. Craven hatte recht gehabt, als sie sagte, das Laudanum habe bei ihrem Vater Halluzinationen ausgelöst. Ihre Mutter hätte ihm doch wohl niemals absichtlich eine Überdosis der Droge verabreicht und wäre dann ausgegangen, um ihn allein sterben zu lassen – oder vielleicht doch?

Wohl wissend, dass sie gegen solche Verdächtigungen ankämpfen musste, setzte Maggie sich auf einen Stuhl neben ihren Vater und streichelte ihm den Kopf. »Es tut mir so leid, mein liebster Papa«, flüsterte sie, während ihr die Tränen über die Wangen rannen. »Du weißt, wie sehr ich dich geliebt habe, und ich bereue es von ganzem Herzen, dass ich dich den ganzen Tag allein gelassen habe. Ich hätte hier bei dir bleiben sollen ...«

Maggie hätte nicht sagen können, wie lange sie dort bei ihrem Vater saß, aber es war längst nicht lange genug. Denn mit einem Mal waren der Arzt und ihr Nachbar da, und dann hatte der Doktor Mr. Jones zur Polizei geschickt, um sie zu informieren. Die Beamten kamen und machten sich Notizen, während sie Maggie endlose Fragen danach stellten, wann sie heimgekommen und wo ihre Mutter sei.

»Ich weiß nicht, wo sie ist«, antwortete Maggie ehrlich. »Ich habe den gleichen Bus wie immer um zehn vor sechs genommen, und es muss schon fast halb sieben gewesen sein, als ich heimkam. Als ich in die Küche kam, war der Herd aus, also habe ich Kohle nachgefüllt, das Feuer wieder angefacht und den Wasserkessel aufgesetzt ... und dann bin ich zu meinem Vater hinaufgegangen ...« Ihre Stimme schlug in ein Schluchzen um.

»Ich denke, Sie sollten Miss Gibbs zu Ihnen nach nebenan mitnehmen«, sagte der Polizist zu ihrer Nachbarin. »Machen Sie ihr einen heißen, süßen Tee und geben Sie ihr etwas zu essen. Wir beenden unsere Arbeit hier und bringen Ihnen den Schlüssel dann vorbei.«

Maggie protestierte, aber sie wurde überstimmt und in die warme Küche im Nachbarhaus geführt, wo Mabel Jones ihr ein dickes Stück Brot und einen Becher heißen Tee mit drei Stück Zucker darin reichte. Das Brot konnte Maggie kaum hinunterzwingen, aber der heiße Tee tat ihr gut, und so nahm sie dankbar noch einen zweiten an.

»Es ist der Schock, Liebes«, sagte Mabel bekümmert. »Er war so ein reizender Mann, dein Vater, Maggie. Jeden Tag, wenn er zur Arbeit ging, hatte er ein Lächeln und ein Winken für uns – und wenn es etwas gab, wobei er helfen konnte, war er da.«

»Ja, das weiß ich.« Maggie wischte sich die nassen Wangen ab. »Er war wunderbar, und ich habe ihn sehr geliebt.«

»Ja, das weiß ich«, sagte ihre Nachbarin. »Ich habe deiner Mutter immer angeboten, auf ihn aufzupassen, wenn sie irgendwo hinging, aber sie ist zu stolz, deine Mutter.«

»Ich verstehe nicht, wie sie ihn allein lassen konnte«, sagte Maggie schluchzend. »Es ist meine Schuld. Ich hätte zu Hause bleiben und ihn pflegen sollen, anstatt mir Arbeit außerhalb zu suchen.«

»Oh nein, es ist natürlich nicht deine Schuld, Liebes ...«

»Ist es doch! Mama war zu erschöpft, weil sie sich immer allein um ihn kümmern musste ...«

»Mit dem Geld, das die Firma ihm zuerkannt hat, hätte sie sich eine Krankenschwester leisten können«, sagte Mabel und schüttelte den Kopf. »Tausend Pfund sind eine Menge Geld, Maggie. Deine Ma musste nicht alles selbst machen, und das habe ich ihr auch gesagt – worauf ich die Antwort bekam, ich solle mich um meine eigenen Angelegenheiten kümmern.«

Maggie starrte sie fassungslos an. »Die Firma hat meiner Mutter tausend Pfund gezahlt? Ich wusste nicht einmal, dass überhaupt irgendeine Entschädigung gezahlt worden war!« Ihre Mutter hatte sie mit keinem Wort erwähnt und ihr Vater auch nicht, was aber nur bedeuten konnte, dass auch er es nicht gewusst hatte!

»Dein Vater hat bei seiner Firma in eine Versicherung einbezahlt, und die gleiche Summe, die er selbst einzahlte, zahlte auch die Firma für ihn ein. Das Geld aus dieser Versicherung hat deine Mutter vor einem Monat erhalten.«

Maggie spürte, wie eine jähe Wut in ihr aufstieg. Ihr Vater hätte gar nicht allein bleiben müssen, wenn ihre Mutter das Haus verließ! Für ein paar Schilling in der Woche hätte jede der Frauen in ihrer Straße sich zu ihm gesetzt und geholfen, ihn zu pflegen und ihn sauber zu halten! Oder was sogar noch besser gewesen wäre, sie selbst hätte zu Hause bleiben können, um ihrer Mutter zu helfen. Aber sie hatte die Nachricht von der Entschädigung für sich behalten! Warum hatte sie das getan, wo sie doch ihrer aller Leben so viel leichter hätte machen können? Und weshalb war sie heute überhaupt weggegangen und hatte ihren Vater den ganzen Tag allein gelassen?

Kapitel 23

»Ich habe Miss Hart gefragt, ob die Nachwuchskraft aus dem Bekleidungsbereich hier für ein paar Tage aushelfen kann«, sagte Mrs. Craven am nächsten Morgen zu Beth. »Leider ist es nämlich so, dass Miss Gibbs mich benachrichtigt hat, dass ihr Vater gestern verstorben ist und sie ein paar Tage zu Hause bleiben muss.«

»Oh nein! Die arme Maggie«, sagte Beth und konnte spüren, wie ihre Augen von Tränen des Mitgefühls zu brennen begannen. »Ich weiß, wie viel er ihr bedeutet hat, sie muss am Boden zerstört sein.«

»Ja, das ist sie zweifellos«, stimmte Mrs. Craven ihr sichtlich traurig zu. »Und Sally fehlt uns außerdem. Wir müssen zwar nicht ständig zu viert sein, aber es war definitiv einfacher, wenn jemand krank oder in der Mittagspause war.«

Beth nickte, aber ihre Gedanken waren bei dem jungen Mädchen, das jetzt mit Sicherheit um seinen Vater trauerte. Deshalb beschloss Beth, nach der Arbeit bei Maggie vorbeizuschauen, um ihr zu zeigen, dass sie an sie dachten.

June Brown wurde wie verlangt aus dem Bekleidungsbereich zu ihnen hinübergeschickt, und Mrs. Craven zeigte ihr den Verkaufstisch, an dem Maggie sonst bediente. Da es die einfachste der drei Abteilungen war, gewöhnte June sich dort schnell ein, und Beth bemerkte, dass sie im Laufe des Vormittags schon mehrere Verkäufe abwickelte, nur ein junger Mann betrat die Abteilung, warf einen Blick auf die Schals und ging wieder, ohne sich etwas zeigen zu lassen.

Fred brachte ihnen im Laufe des Vormittags einen großen Karton mit neuen Hüten. Im Vorbeigehen zwinkerte er Beth zu und flüsterte: »Ich habe Neuigkeiten. Kommen Sie in Ihrer Pause doch kurz mal runter, dann erzähle ich sie Ihnen.«

Beth nickte lächelnd und fragte sich, worum es sich wohl handeln könnte. Aber sie musste sich in Geduld üben und warten, weil June um die erste Mittagspause gebeten hatte und Mrs. Craven als Nächste ging und damit Beth die Verantwortung für die Abteilung überließ. Zum Glück wollte niemand Schmuck oder Taschen sehen, während Mrs. Craven in ihrer Pause war, und auch Beth hatte nur zwei Kundinnen für die Hüte. June verkaufte einen weiteren Schal, aber Beth fiel auf, dass sie anschließend nichts als das Wort »Schal« und den Preis vermerkte, und ging deshalb zu ihr.

»Haben Sie vergessen, diesen Schal hinten in Ihrem Bestandsbuch anzukreuzen?«

»Ich wusste nicht, dass ich das tun musste«, sagte June beleidigt. »Ich habe gar nichts angekreuzt. In meiner Abteilung machen wir das nicht so.«

»Dann schauen wir doch mal in das Quittungsbuch ...« Beth überprüfte es und stellte fest, dass June tatsächlich nur das Wort »Schal« und den Preis vermerkt hatte. »Und wie sollen wir nun wissen, welche Artikel Sie verkauft haben?«

So würde Maggie keinen Anhaltspunkt haben, was in der Zwischenzeit verkauft worden war, wenn sie wiederkam, was all die mühsame Arbeit, die sie bei der Erstellung der Warenliste geleistet hatten, ad absurdum führte. Sie war um ihrer Freundin willen plötzlich sehr verärgert, und so verglich Beth den Preis der verkauften Schals mit den Preisen im Bestandsbuch. Sie musste mehrere Schubladen durchforsten, bevor sie herausgefunden hatte, dass ein grüner Seidenschal und ein blaukarierter verkauft worden waren. Sie strich beide im Bestandsbuch durch und zeigte es dann June.

»Bitte machen Sie das in Zukunft genauso«, sagte sie und ging zur Schmucktheke hinüber, als zwei Kundinnen eintraten. Nachdem sie ihnen sowohl Armreife wie auch zwei Broschen verkauft hatte, kehrte Beth an ihre eigene Theke zurück, wo eine ungeduldig dreinschauende Dame wartete.

»Entschuldigen Sie bitte, dass Sie warten mussten«, sagte Beth, »aber im Moment sind wir leider unterbesetzt …«

»Dieses junge Ding dort hatte keine einzige Kundin in der ganzen Zeit, in der Sie die ihren bedient haben. Sie hat mich mit voller Absicht ignoriert!«

»Vielleicht hatte sie Angst, etwas falsch zu machen«, sagte Beth, obwohl sie sehr wohl wusste, dass June noch immer schmollte. Sie bediente die Kundin und überlegte, ob sie June noch etwas dazu sagen sollte, aber dann kam Mrs. Craven zurück, und Beth beschloss, es ihrer Vorgesetzten zu überlassen. Dann jedoch hatte June eine Kundin, und Beth sah, dass sie den Verkauf anschließend in das Warenbuch eintrug.

»Sie können jetzt Mittagspause machen, Miss Grey«, sagte Mrs. Craven.

Beth zögerte, ging dann aber, ohne mit ihrer Vorgesetzten gesprochen zu haben. Schließlich war es nicht ihre Aufgabe, das junge Mädchen zu maßregeln, und sie hatte sie ohnehin schon verärgert, indem sie ihre Arbeitsweise kritisiert hatte. Da June in Zukunft jedoch vielleicht wieder in ihrer Abteilung eingesetzt werden würde, wollte Beth sie sich nicht zur Feindin machen.

Fred hatte den Teekessel schon aufgesetzt, als sie zu ihm herunterkam. Sein Verhalten verriet ihr sofort, dass etwas geschehen sein musste, und als er sie mit einem strahlenden Lächeln empfing, begann auch sie eine freudige Erregung zu verspüren.

»Sie haben gute Neuigkeiten«, sagte sie und ahnte schon, worum es ging.

»Ja, Miss, das kann man wohl sagen!«, antwortete er mit einem breiten Grinsen. »Mein Jack lebt! Er steht auf der Liste der Überlebenden, die sich an Bord der *Carpathia* befinden.«

»Das sind ja wundervolle Neuigkeiten, Fred!«, rief Beth entzückt. »Ich weiß gar nicht, was ich sagen soll vor Freude!«

Fred war sich so sicher gewesen, dass sein Sohn gestorben war wie so viele andere auf der *Titanic*. Sie fragte sich, wie Jack Burrows es geschafft haben mochte zu überleben, obwohl mehr als die Hälfte der Passagiere und der Mannschaft ertrunken waren, aber sie stellte Fred die Frage nicht. Er würde es ihr erzählen, wenn er die ganze Geschichte kannte, und für den Moment würde sie einfach nur die gute Nachricht mit ihm feiern.

»Ich danke Gott dafür, Miss.«

»Wissen Sie schon, wann er heimkommt?«

»Es heißt, die Überlebenden würden nach Amerika gebracht. Sie werden sicher seine Aussage hören wollen, um zu erfahren, wie er dem bitteren Tod entkommen ist. Jack wird sich ein anderes Schiff suchen und seine Überfahrt abarbeiten, sobald sie ihn dort gehen lassen. Wenn ich Glück habe, schickt er mir ein Telegramm. Ich habe noch nichts von ihm gehört, aber seinen Namen auf der Liste der Überlebenden gesehen.«

»Ich bin ja so froh für Sie, Fred!«, sagte Beth und erinnerte sich wieder an ihren Traum, in dem sie von einem Mann aus dem eisigen Wasser gerettet worden war. Und obwohl sie ihn nicht genau gesehen hatte, war ihr klar gewesen, dass dieser Mann Freds Sohn war. Sie hatte seinem Vater nichts davon erzählt, denn er hätte meinen können, die ganze Geschichte mit dem Traum wäre reine Erfindung. Jedenfalls hatte sie irgendwie gewusst, dass Jack noch lebte.

»In der Zeitung, die ich lese, steht, dass einer der Stewards der *Titanic* mehreren Passagieren das Leben gerettet hat«, fuhr Fred fort, während er Beth einen Becher heißen, süßen Tee anreichte. »Die Hälfte der Rettungsboote war nur mit ein paar Leuten besetzt, als sie zu Wasser gelassen wurden, und dieser Steward ist ins Wasser gesprungen und hat einige Frauen und einen kleinen Jungen in Sicherheit gebracht. Sie schrieben, der Steward habe Jack geheißen – und ich glaube, es könnte mein Junge gewesen sein ...« In Freds Augen glitzerten Tränen. »Er ist ein meisterhafter Schwimmer, war es immer schon – und er hat auch einen Lebensrettungskurs gemacht ...«

»Oh, Fred ...« Beth schluckte, denn all das kam ihrem Traum so nahe, dass sie schier überwältigt war. »Sie müssen ja unbeschreiblich stolz auf Ihren Jungen sein ...«

Fred nickte und trank einen Schluck Tee. »Ich dachte, er würde mit dem Schiff untergehen, wenn nicht genug Platz für alle in den Booten sein würde, aber nun ist er einem Kind oder einer Frau hinterhergesprungen – ja, das ist mein Junge, wie er leibt und lebt!«, erklärte er mit einem stolzen Lächeln. »Sie schwimmen beide wie Fische im Wasser, meine Jungs.«

»Es war ein furchtbares Unglück, aber wenn einige gerettet wurden, müssen wir dem Herrgott dafür danken.«

»Und das tun wir, Miss«, stimmte er ihr zu und lächelte. »Denn da war Gottes Hand im Spiel, das steht für mich fest.«

Beth schwieg und trank ihren Tee. Sie erzählte Fred nicht, dass Maggies Vater verstorben war. Fred hatte Maggie zwar mit ihr gesehen, aber sie waren nicht befreundet, und die Nachricht würde seine Freude nur trüben. Vielleicht würde sie es ihm ein andermal erzählen.

Nachdem sie ihren Tee getrunken und die Kekse gegessen hatte, die sie mitgebracht hatte, um sie mit ihm zu teilen, kehrte Beth zu ihrer Abteilung zurück. June bediente an ihrer eigenen Theke, und erst später bemerkte sie, dass ein roter Hut in der Glasvitrine hinter ihr fehlte. Bei der Überprüfung ihres Bestandsbuchs sah sie, dass er nicht durchgestrichen worden war, sondern noch als roter Hut zum Preis von dreißig Schilling darin aufgeführt war. Beth strich ihn von der Liste und wartete, bis June gerade nichts zu tun hatte, bevor sie zu ihr ging, um es ihr zu sagen.

»Sie haben vergessen, diesen Hut in meinem Bestandsbuch durchzustreichen, Miss Brown.«

»Na und?«, sagte June. »Sie haben doch gesehen, dass er verkauft worden ist, was spielt das also für eine Rolle?«

»Wenn es mir nicht aufgefallen wäre, hätte ich zu dem Schluss kommen können, er wäre gestohlen worden.«

»Ach was. Niemand kann einen solchen Hut in seine Tasche stecken«, gab June in flapsigem Ton zurück. »Außerdem ist das Ihre Aufgabe. Ich wollte hier sowieso nicht arbeiten. Mir gefällt's in meiner eigenen Abteilung.«

»Als Lehrling können Sie überall angefordert werden«, gab Beth stirnrunzelnd zurück. »Und bloß, weil Sie in Ihrer Abteilung die verkaufte Ware nicht markieren, heißt das noch lange nicht, dass es keine gute Idee ist.«

»Sie sind eine Wichtigtuerin«, murmelte June missmutig.

Beth hätte ihr gern noch mehr gesagt, musste aber zu ihrer eigenen Verkaufstheke zurück, weil zwei Kundinnen darauf warteten, bedient zu werden. Sie wollten beide Hüte für eine Hochzeit und brauchten fast eine halbe Stunde, um sie auszuwählen. Beth räumte gerade auf, als Mrs. Craven zu ihr kam.

»Miss Brown hat sich bei mir beschwert und behauptet, Sie hätten sie auf dem Kieker, Miss Grey – würden Sie mir bitte erzählen, worüber Sie vorhin mit ihr gesprochen haben?«

Beth zögerte, weil sie nur ungern hinter Junes Rücken über sie sprach, aber sie musste ihrer Vorgesetzten wohl Rede und Antwort stehen. »Ich habe sie nur gebeten, die Waren, die sie verkauft hat, im Bestandsbuch durchzustreichen, weiter nichts ...«

Mrs. Craven nickte. »Ich habe sie heute Morgen schon

zweimal daran erinnert, das auch an ihrer eigenen Theke zu tun. Ich glaube, Miss Brown hat es dort, wo sie normalerweise arbeitet, leichter. In Zukunft melden Sie mir all ihre Versäumnisse, und ich werde mich darum kümmern.«

»Ja, Mrs. Craven. Ich dachte, sie würde mir zuhören und etwas daraus lernen – wie wir anderen es auch tun.«

»Ich werde selbst mit ihr sprechen«, versprach Mrs. Craven, bevor sie zu ihrer Theke zurückging.

Beth machte mit ihrer eigenen Arbeit weiter. Als Erstes holte sie zwei neue Hüte aus dem Lagerraum, um die anderen beiden zu ersetzen, und nahm dann die notwendigen Änderungen in ihren Unterlagen vor. Sie mochte die Aushilfsverkäuferin nicht besonders und hoffte nur, dass Maggie eher früher als später wiederkommen würde.

***

Niemand schien zu Hause zu sein, als Beth an diesem Abend vor ihrem Haus stand. Und so klingelte sie am Nachbarhaus, um in Erfahrung zu bringen, wo sich ihre Freundin aufhielt. Eine Frau mittleren Alters mit einem molligen, lächelnden Gesicht öffnete ihr die Tür und nickte, als sie nach Maggie fragte. »Kommen Sie doch herein, Miss«, sagte sie freundlich und trat zurück, um Beth eintreten zu lassen. »Unsere Maggie ist mit meinem Mann und meinem Sohn in der Küche. Die Männer haben den ganzen Tag auf den Docks gearbeitet, also müssen Sie bitte entschuldigen, wie sie aussehen …«

»Ich wollte Sie nicht stören«, sagte Beth. »Ich bin nur hergekommen, um zu sehen, wie es Maggie geht, und ihr meine Hilfe anzubieten, soweit das möglich ist …«

»Beth!«, rief Maggie erfreut und sprang auf, als sie sie sah. »Vielen Dank, dass du vorbeigekommen bist! Ich werde für ein paar Tage bei Mabel bleiben – meine Mutter ist nirgendwo zu finden ... ich weiß nicht, wo sie ist ...« Ihre Stimme ging in ein Schluchzen über. »Sie war gestern fast den ganzen Tag weg, und sie ist auch heute nicht zurückgekommen ...«

»Das tut mir sehr, sehr leid, Maggie.« Beth nahm sie in die Arme und konnte spüren, wie sie zitterte, als sie sie an sich drückte. Das arme Mädchen war offensichtlich sehr verzweifelt, und Beth war froh, dass sie gekommen war. »Sie wird bestimmt irgendwo sein, wo sie in Sicherheit ist ... aber du hast keine Ahnung, wo?«

»Ich glaube ja, dass sie das Geld von der Versicherung deines Vaters genommen hat und mit ihrem Liebhaber durchgebrannt ist«, sagte Mabel und schnappte erschrocken nach Luft, als Maggie sie schockiert anstarrte. »Oh, entschuldige, Liebes, das wollte ich dir gar nicht sagen ... aber sie hatte wirklich einen anderen Mann.«

»Warum haben Sie mir das nicht früher gesagt?«, fragte Maggie, die sichtlich erschüttert über das Gehörte war.

»Weil mein Sam mir davon abgeraten hatte«, sagte Mabel mit einem schuldbewussten Blick zu ihrem Mann. »Aber du kennst ja mein großes Mundwerk, Maggie. Sam hatte mir extra noch gesagt, ich solle es dir nicht erzählen ...«

Maggie erhob stolz den Kopf, als sie Beth ansah. »Ich weiß nicht, ob es wahr ist, Beth, aber Mama hat mir nichts davon gesagt, dass sie die Entschädigungszahlung erhalten hatte, und mein Vater wusste es auch nicht, glaube ich ...«

»Er muss aber die Empfangsbestätigung unterschrieben haben, um das Geld zu bekommen.« Mabel stand auf und stemmte ihre Hände in die Hüften. »An dem Tag, bevor sie sich aus dem Staub gemacht hat, hab ich sie noch mit einem brandneuen Mantel und Hut gesehen. Wenn ihr mich fragt, hat sie ihn gezwungen zu unterschreiben – und das ist längst nicht alles, was sie getan hat, glaube ich ...«

Beth sah den Schmerz und den Kummer in Maggies Gesicht. »Kommst du zurecht hier, Maggie? Du könntest auch mitkommen und eine Zeitlang bei mir wohnen.«

Maggies Gesicht hellte sich auf, aber dann schüttelte sie den Kopf. »Deine Tante wäre niemals damit einverstanden ...«

»Das Risiko gehe ich ein«, antwortete Beth. »Wir können uns mein Zimmer teilen, und du bezahlst ihr etwas für dein Essen.«

»In ein paar Tagen vielleicht, Beth«, sagte Maggie mit einem Blick zu ihrer Nachbarin. »Ich muss abwarten, ob meine Mutter zurückkommt.«

Mabel rümpfte die Nase, sagte aber nichts. Maggie war so blass, dass Beth wünschte, sie könnte sie überreden, auf der Stelle mit ihr mitzukommen. Es musste ziemlich ungemütlich sein, bei jemandem zu wohnen, der so über ihre Mutter sprach.

»Mein Angebot steht jedenfalls«, sagte Beth. »Und ich werde froh sein, wenn du wieder zur Arbeit kommst. Wir hatten das Lehrmädchen aus der Bekleidungsabteilung da, und sie hat Fehler gemacht und war immer gleich eingeschnappt, wenn ich es ihr sagte. Du ahnst gar nicht, wie sehr ich dich vermisse.«

Maggie lächelte und umarmte sie kurz. »Ich werde kommen, sobald ich etwas von dem Bruder meines Vaters gehört habe. Ich habe ihm ein Telegramm geschickt und hoffe, dass er kommen wird, damit wir Papa bestatten können. Ich bin leider noch nicht alt genug, um die Formulare zu unterschreiben, und solange meine Mutter nicht da ist, kann ich die Beerdigung auch nicht bezahlen.« Ein kleiner Seufzer der Verzweiflung entrang sich ihr. »Ich weiß nicht, was ich tun soll, Beth.«

»Du solltest deine Sachen holen und zu uns kommen«, sagte Beth, obwohl ihr bewusst war, dass sie damit das Missfallen ihrer Tante riskierte, aber sie war bereit, es Maggie zuliebe zu ertragen. »Du kannst nicht allein in euer Haus zurückkehren nach dem, was dort geschehen ist.«

Maggie erschauderte. »Das will ich auch nicht«, sagte sie und senkte ihre Stimme. »Darf ich wirklich zu dir nach Hause kommen?«

»Ja – und zwar auf der Stelle, wenn du willst!«

»Lass mir ein paar Tage Zeit, dann komme ich, falls ich kann«, erwiderte Maggie. »Mabel und Sam sind sehr gut zu mir gewesen, aber Mabel kann mich nicht ewig mit durchschleppen, sie hat genug mit ihrer eigenen Familie zu tun.«

»Von mir aus kannst du gerne bleiben, Liebes«, sagte Mabel, »aber bei deiner Freundin wirst du es besser haben ...«

Beth küsste Maggie auf die Wange. »Ich werde mein Zimmer mit dir teilen«, flüsterte sie ihr zu. »Und ich habe dort ein großes Doppelbett ... Das ist besser, als hierzubleiben, und du solltest jetzt nicht versuchen, allein zu leben.«

»Danke, Beth, und ich werde kommen«, sagte Maggie und umarmte sie. »Vorausgesetzt, dass deine Tante nichts dagegen hat ...«

***

Tante Helen verzog verdrossen das Gesicht, als Beth ihr erzählte, wo sie gewesen war und was sie ihrer Freundin angeboten hatte.

»Du hättest mich auch vorher fragen können«, murrte sie. »Und ich hoffe, du bist bereit, eine Zulage für ihr Essen und die zusätzlichen Kosten einer dritten Person im Haus zu zahlen?«

»Maggie wird für ihr Essen und alles andere, was sie benutzt, bezahlen«, sagte Beth. »Und falls du sie nicht magst, wird sie sich woanders eine Bleibe suchen, aber sie ist ein sehr nettes, wohlerzogenes Mädchen, Tante Helen. Ich glaube, du wirst sie mögen, wenn du ihr eine Chance gibst.«

»Na ja, wahrscheinlich schon ... solange sie für sich selbst aufkommt«, sagte Tante Helen entschieden. »Wir können dem Mädchen ja wohl kaum eine vorläufige Unterkunft verweigern – vor allem angesichts der Tatsache, dass ihre Mutter vermisst wird.«

»Ja, und die Lage wird sich vielleicht ändern, wenn Mrs. Gibbs wieder auftaucht. Maggie macht sich große Sorgen, dass sie verunglückt sein könnte.« Maggie hatte nichts dergleichen gesagt, aber Beth dachte gar nicht erst daran, ihrer Tante zu erzählen, was Mabel Jones der Mutter ihrer Freundin unterstellt hatte. Wenn man der geschwätzigen Nachbarin glauben konnte, hatte Mrs. Gibbs sich mit der Entschädigung ihres Ehemanns und ihrem Liebhaber davongemacht. Es hörte sich schrecklich an, aber Beth wusste, dass es durchaus wahr sein konnte. Maggie hatte ihr erzählt, dass tausend Pfund verschwunden waren und niemand ihre Mutter mehr gesehen hatte, nachdem sie am Tag zuvor das Haus verlassen hatte.

»Meine Mutter hat mir nicht gesagt, dass der Entschädigungsbetrag schon ausgezahlt worden war«, hatte Maggie gesagt. »Sie meckerte bloß ewig herum, dass Papas Arbeitgeber nicht gezahlt hätte. Und ich glaube, ein- oder zweimal hatte sie auch getrunken, als ich nach Hause kam.«

»Du hast mir immer gesagt, sie sei müde und besorgt«, hatte Beth sie zu beruhigen versucht. »Vielleicht liegt das Geld ja auf der Bank und deine Mutter ist nur für eine Weile zu Verwandten oder so gefahren.«

»Sie hat keine«, hatte Maggie geantwortet. »Papa sagte mir, sie sei in einem Waisenhaus aufgewachsen und hätte es dort sehr schwer gehabt ... Ich wünschte nur, sie hätte mir eine Nachricht hinterlassen, damit ich mir keine Sorgen um sie machen muss.«

»Sie wird zurückkommen«, hatte Beth ihrer Freundin versichert, obwohl sie selbst es auch nicht wirklich glaubte. Aber warum war Mrs. Gibbs einfach ohne ein Wort irgendwohin verschwunden? Nicht nur die Tatsache, dass sie ihrer Tochter die Entschädigungszahlung verheimlicht hatte, sondern auch die Art und Weise, wie Mr. Gibbs gestorben war, war ausgesprochen mysteriös. »Kopf hoch, meine Liebe, und komm zu mir, falls du dich dort, wo du jetzt bist, nicht wohlfühlst.«

Maggie hatte ihr versprochen, das zu tun. Beth wusste, dass ihre Freundin bei ihren Nachbarn nicht glücklich war, aber warten musste, bis ihr Onkel kam und sich um das Begräbnis ihres Vaters kümmerte. Sie war die nächste Angehörige ihres Vaters, solange ihre Mutter verschwunden war, aber ihr Onkel würde sich für sie um alle Einzelheiten kümmern – nicht zuletzt auch um die Frage, wer die Beerdigung bezahlen würde.

Maggie selbst hatte kein Geld dafür, und sie glaubte auch nicht, dass sich viel Wertvolles im Haus befand. Falls das Geld aus der Entschädigungssumme nicht aufzufinden war, würde Maggies Onkel die Beerdigung bezahlen müssen, zumindest, bis seine Schwägerin gefunden und gezwungen wurde, ihm das Geld zurückzuzahlen.

Beth konnte nicht verstehen, wie Mrs. Gibbs ihrem Mann seine Entschädigung stehlen und mit einem anderen Mann durchbrennen konnte, falls es wirklich so war. Sie hatte schließlich sowohl ihrem Ehemann wie auch ihrer Tochter gegenüber eine Verpflichtung, dieses Geld zu deren Nutzen zu verwenden!

Was musste das für eine Frau sein, die ihren Ehemann in einem kalten Haus zum Sterben zurückließ, während sie selbst mit tausend Pfund *seines* Gelds durchbrannte? Die Antwort war nicht schön und vergrößerte noch Beths Mitgefühl für den Schmerz und Kummer ihrer Freundin, denn sie war sich sicher, dass Maggie zu einem ganz ähnlichen Schluss gelangt sein musste.

Später, als Beth schlaflos in ihrem Bett lag und dem Wind

lauschte, der unter dem Dachvorsprung entlangwehte und einige lose Bretter zum Klappern brachte, dachte sie über Maggies Problem nach. Außer dem Bruder ihres Vaters hatte sie niemanden, der ihr helfen konnte. Vielleicht würde er ihr ja anbieten, bei ihm und seiner Familie zu leben? Maggie schien das jedoch nicht für wahrscheinlich zu halten, und vielleicht wollte sie es ja auch gar nicht ... Doch all das Grübeln hatte keinen Zweck, weil Beth die Probleme ihrer Freundin ohnehin nicht lösen konnte. Sie hatte ihr ein Bett und ein Dach über dem Kopf angeboten, und mehr konnte sie nicht für sie tun ...

Kapitel 24

Zwei weitere Tage vergingen, bevor Maggie an ihren Arbeitsplatz zurückkehrte. Sie sah müde aus und hatte Schatten unter ihren Augen, aber sie schenkte Beth ein mattes Lächeln, als sie hereinkam und ihre Jacke aufhängte.

»Die Polizei bewilligt uns noch keine Beerdigung«, erzählte sie Beth, als sie ein paar Minuten Zeit zum Reden hatten. »Mein Onkel hat sich um alles gekümmert und mir auch angeboten, bei ihm zu leben, wenn ich will … aber er wohnt draußen in der Vorstadt, und es wäre teuer, jeden Tag hierherfahren zu müssen.« Sie schwieg für einen Moment und sah Beth schüchtern an. »Dürfte ich wirklich eine Zeitlang bei dir wohnen?«, fragte sie dann. »Ich bin mir noch nicht sicher, was ich tun soll, aber es ist mir unangenehm, wie schlecht meine Tante, meine Cousins und mein Onkel über meine Mutter sprechen.«

»Natürlich kannst du bei uns bleiben«, versicherte ihr Beth. »Tante Helen erwartet dich bereits – sie ist manchmal etwas pingelig und nörgelt viel, aber im Grunde kommen wir ganz gut miteinander aus. Ich glaube, du wirst dich bei uns wohlfühlen, wenn du dich erst mal eingewöhnt hast.«

»Vielen, vielen Dank!«, sagte Maggie. »Ich habe meine Sachen schon in zwei Taschen gepackt, die ich in dem Schrank unter der Treppe fand. Onkel Morris wird mir Bescheid geben, wann die Beisetzung stattfinden kann. Er sagt, Papa hätte eine Versicherung, die sie bezahlen wird – aber er sagte auch, dass meine Mutter mir die Hälfte der Entschädigungssumme schuldet, weil Papa die Hälfte von allem, was er besaß, mir hinterlassen hat ...«

»Dann muss dein Vater ein Testament gemacht haben. Glaubst du, dass deine Mutter davon wusste?«

»Keine Ahnung«, erwiderte Maggie achselzuckend. »Außerdem ist mir dieses Geld egal – es wird weder ihn noch sie zurückbringen: Es ist Blutgeld!«

»Hat die Polizei deine Mutter ausfindig machen können?«

»Nein, sie sagen, es gäbe keine Spur von ihr«, erwiderte Maggie. »Aber wir wissen jetzt immerhin, dass sie den Scheck von der Versicherung vor einer Woche eingelöst hat und dann mit all dem Geld in ihrer Handtasche wieder ging ...«

»Warum hat sie es nicht auf ein Postsparkonto eingezahlt?«, fragte Beth. »Ich habe auch eins. Bisher habe ich zwar erst ein Pfund gespart, aber das Geld ist dort sicherer als in einer Handtasche oder unter dem Bett.«

»Ich glaube, sie hatte ohnehin vor wegzugehen«, sagte Maggie. »Ich habe Mr. Jones gefragt, und er bestätigte mir, dass meine Mutter einen Geliebten hatte. Er arbeitete unten am Hafen wie Papa vor seinem Unfall. Mr. Jones glaubt, dass sie mit diesem Bill Rumble durchgebrannt ist und er das Ganze geplant hat, um an das Geld von der Versicherung zu kommen.«

»Wusste er denn, wie viel Geld dein Vater zu erwarten hatte?«

»Er war für die Auszahlungen zuständig, weil er einer der Interessenvertreter der Arbeitnehmer war. Er muss genau gewusst haben, wie viel Papa eingezahlt hatte und wie viel er als Entschädigung für eine Verletzung bekommen würde, die zur Arbeitsunfähigkeit führt.«

»Aber er hätte die Verletzung deines Vaters doch bestimmt nicht voraussehen können?«

»Mr. Jones sagt, er könnte den Unfall herbeigeführt haben, und Bill Rumble ist ja schließlich auch verschwunden – er ist jedenfalls nicht zur Arbeit gekommen an dem Tag, an dem meine Mutter ging.«

Beth sah sie bestürzt an. »Das würde ja bedeuten, dass er tatsächlich geplant hatte, deinen Vater umzubringen und mit deiner Mutter durchzubrennen ...«

Maggie nickte und wurde sogar noch blasser als zuvor. »Mabel sagt, es sei Mord gewesen und sie würden beide am Galgen enden, wenn die Polizei sie schnappt.«

»Nein!«, rief Beth und griff sich an den Hals. »Das kann doch alles nicht wahr sein?«

Maggies Augen standen voller Tränen, die sie vergeblich wegzublinzeln versuchte. »Ich wusste, dass sie ihn nicht liebte und sich auch nicht um ihn kümmern wollte – aber ich kann nicht glauben, dass die beiden all das einschließlich des Unfalls geplant hatten.« Sie unterdrückte ein Schluchzen. »Das ist so abscheulich, Beth, dass ich es nicht wage, es mir auch nur vorzustellen!«

»Du Arme«, sagte Beth, die mit ihrer Freundin mitlitt. »Hoffentlich hat deine Mutter eine gute Erklärung für das, was sie getan hat ...«

»Bloß wegen meinem Anteil an dem Geld würde ich keine Anzeige erstatten«, sagte Maggie nachdenklich. »Ich habe es nie gewollt und hätte lieber meinen Vater wieder – gesund und ohne die Schmerzen, die ihn so gequält haben –, aber wenn sie wirklich geplant hatten, ihn so schwer zu verletzen, verdienen sie es, bestraft zu werden. Mein Onkel sagt, sie hätten nicht nur ein Komplott geschmiedet, um die Versicherung und Papas Firma übers Ohr zu hauen, sondern auch ihn und mich.«

»Wie erschütternd das alles für dich sein muss!«

»Ja ... Ich konnte es kaum erwarten, wieder bei dir und Mrs. Craven zu sein.«

»Und ich bin genauso froh, dass du wieder da bist«, sagte Beth und drückte Maggies Hand.

»Ich weiß nicht, was ich ohne meine Freundinnen hier täte ...«

Beth nickte, doch sie konnten ihr Gespräch nicht länger fortführen, weil Kundinnen hereinkamen und sie für den Rest des Tages sehr beschäftigt waren. Nach Feierabend machten sie sich jedoch zusammen auf den Heimweg.

Maggie war blass, nervös und sichtlich verunsichert wegen des Empfangs, der sie erwartete, als sie die Straßenbahn bestiegen. Zu Beths Überraschung hatte Tante Helen jedoch nicht nur das Abendbrot beinahe fertig, sondern sogar ein paar Blumen aus dem Garten in Beths Zimmer gestellt, für den Fall, dass sie ihre Freundin mitbrachte.

»Komm herein, Kind«, sagte sie, als Maggie in der Küchentür stehenblieb. »Als Freundin von Beth bist du uns jederzeit willkommen – und ich möchte, dass du so lange bleibst, wie du es willst.«

»Vielen, vielen Dank! Es ist sehr lieb von Ihnen, mich hier aufzunehmen«, sagte Maggie. »Ich bin mir nur nicht sicher, wie ich Sie nennen soll?«

»Sag einfach Tante Helen und du, wie Beth es tut«, erwiderte sie lächelnd. »Aber du bist ja ganz blass und frierst – setz dich ans Feuer, und wärm dich gründlich auf.«

Beth warf ihr einen dankbaren Blick zu. Tante Helen nickte, sagte aber nichts mehr, sondern überließ es ihrer Nichte, sich um das Abendbrot zu kümmern, während sie aus der großen braunen Kanne, die auf dem Tisch stand, Tee einschenkte.

»Ich werde euch zwei jetzt in Ruhe essen und den Tisch abräumen lassen«, sagte sie, nachdem sie eine Tasse Tee mit ihnen getrunken hatte. »Ich muss heute Abend noch zu einer Kundin und will euch beide im Bett sehen, wenn ich wiederkomme.«

»Wirst du lange bleiben, Tante Helen? Soll ich die Hintertür besser nicht verriegeln?«

»Das ist nicht nötig, weil ich den Haustürschlüssel mitnehmen werde«, sagte ihre Tante. »Und ich verlasse mich darauf, dass du wie immer deine Aufgaben erledigst, Beth.«

Sie nickte Maggie zu und ging dann, um sich umzuziehen. Kurze Zeit später hörten sie die Haustür hinter ihr zufallen.

»Ich muss noch backen«, sagte Beth, nachdem sie gegessen hatten. »Kann ich es dir überlassen, das Geschirr zu spülen?«

»Aber ja, natürlich«, stimmte Maggie zu. »Ich bin froh, etwas zu tun zu haben. Du brauchst mir nur zu sagen, was noch erledigt werden muss …«

»In dem Schrank unter der Treppe steht ein Teppichkehrer«, sagte Beth. »Du brauchst ihn nur zu schieben, und er sammelt die Fädchen in Tante Helens Zimmer auf – aber sei vorsichtig mit ihren Nadeln! Sie sind teuer, und sie nörgelt, wenn ich sie zerbreche …«

»Ich werde darauf achten, alle aufzuheben, die ich sehe«, versprach Maggie. Dann ging sie zu dem Schrank in der Diele und holte den Teppichkehrer heraus, und ein paar Minuten später hörte Beth sie die kleine Maschine hin- und herschieben.

Beth bereitete die Pastete für den nächsten Tag zu und backte dann ein paar Marmeladentörtchen. Sie machte mehr als normalerweise, weil sie jetzt zu dritt waren, und spülte dann die Förmchen, die sie benutzt hatte. Als Maggie in die Küche zurückkam, waren beide bereit, ins Bett zu gehen.

Maggie sah müde aus, aber ihre Erschöpfung war mehr geistiger als körperlicher Natur, da keine von ihnen sich heute überanstrengt hatte. Beth hielt es jedoch für besser, nichts dazu zu sagen. Maggie musste sich nun an ihr neues Leben gewöhnen, und nichts, was Beth sagte oder tat, könnte die Sorgen im Hinterstübchen ihres Kopfes lindern. Sie würde damit leben müssen, bis ihre Mutter gefunden wurde und der Fall abgeschlossen wäre.

***

Am nächsten Montagmorgen waren Beth und Maggie schon früh aufgestanden, um sich auf die Arbeit vorzubereiten, und sie hatten auch schon ihre Frühstücksteller abgewaschen, bevor Tante Helen aufstand und die Treppe herunterkam.

»Das Wasser kocht schon«, sagte Maggie zu ihr. »Ich habe noch Zeit, dir eine Kanne Tee zu machen, bevor wir gehen, wenn du möchtest?«

»Schert euch fort, ihr zwei«, sagte Tante Helen, aber sie lächelte Maggie dabei an. »Ihr wollt doch nicht zu spät kommen – und wenn du jetzt einen eigenen Verkaufstisch hast, Maggie, sollten sie dir auch den gleichen Lohn zahlen, den Beth bekommt. Sprich mit ihnen, und setz dich dafür ein.«

Beth sah Maggie an, als sie zusammen das Haus verließen und zur nächsten Haltestelle gingen, an der sie die Straßenbahn nehmen konnten, die sie bis zur Oxford Street bringen würde. Da sie schneller war als der Bus, den Beth manchmal abends nahm, würden sie mehr als pünktlich sein.

Tatsächlich waren sie mit die Ersten, die bei Harpers ankamen, und Fred schloss gerade erst den Personaleingang auf. Er lächelte sie an und blieb einen Moment stehen, um mit ihnen zu plaudern und ihnen zu erzählen, dass er ein Telegramm von seinem Sohn erhalten hatte, in dem Jack bestätigte, dass er am Leben und wohlauf war. »Er wird noch ein paar Wochen in Amerika bleiben«, sagte er fröhlich, »und dann wird er sich ein Schiff suchen und seine Überfahrt abarbeiten.«

»Das sind ja wunderbare Neuigkeiten, Fred!«, sagte Maggie. »Ich freue mich sehr für Sie.« Dann überließen die beiden Mädchen ihn seiner Arbeit und gingen zu ihrer Abteilung hinauf, die sie im selben Moment erreichten, in dem auch Sally hereinkam. Kurz zögerte sie, aber dann ging sie auf Maggie zu und küsste sie auf die Wange. »Ich habe das mit deinem Vater gehört, und es tut mir furchtbar leid. Kann ich irgendetwas für dich tun?«

»Vielen Dank, Sally, aber im Moment wohne ich bei Beths Tante, und ... um alles andere kümmert sich mein Onkel«, sagte Maggie.

»Und ich bin ja hier, falls du mich brauchst.« Sally lächelte die beiden an. »Ihr seid früh dran heute Morgen«, bemerkte sie. »Und ich bin tatsächlich froh, dass du schon hier bist, Beth. So bleibt uns noch ein bisschen Zeit, damit du mir sagen kannst, was du von dem neuen Silberschmuck hältst – ist er genauso beliebt wie die Armreife, die Miss Harper gekauft hat?«

»Das kommt auf die Kundin an«, erwiderte Beth ehrlich. »Ich glaube, die älteren, eleganteren Frauen ziehen die neue Ware vor, aber einige der jüngeren Frauen mögen das mexikanische Silber lieber.«

»Ja, das leuchtet mir ein – die mexikanischen Armreife waren schwerer und schienen mehr fürs Geld zu bieten, aber die neuen sind feiner, und die Steine sind wunderschön geschliffen.« Sie nickte nachdenklich. »Ich habe gestern bei einem neuen Lieferanten einige andere Modelle gekauft. Manche der Armreife sind rosa oder grün emailliert, und ich probiere gerade ein goldenes Kettengliederarmband aus. Auch in Rotgold habe ich ein halbes Dutzend Armreife gekauft, aber sie sind sehr schön.«

»Glaubst du denn, dass Gold sich hier verkaufen lässt?«, fragte Beth stirnrunzelnd. »Könnte das nicht ein Schritt zu weit für unsere Kundinnen sein?«

»Vielleicht – deshalb habe ich ja auch nur einige wenige zum Ausprobieren gekauft. Mein Lieferant hat mir ein gutes Angebot für das ganze Paket gemacht, aber das heißt nicht, dass ich sie billig verkaufen werde. Die Leute würden glauben, sie seien nicht aus echtem Gold, wenn ich das täte, und deshalb werde ich sie mit ihrem vollen Preis auszeichnen und sehen, was passiert.«

Nun ging Sally zu dem Schrank mit den Handtaschen hinüber und überprüfte auch sie. Drei der teuersten waren noch da, obwohl an den meisten Tagen mindestens eine gute Ledertasche verkauft wurde. »Ich glaube, wir sollten die Krokodilledertaschen und dergleichen Unsinn nach Amerika zurückschicken, wenn Miss Harper uns das nächste Mal besucht«, sagte Sally. »Ich glaube nicht, dass sich diese drei hier je verkaufen werden ...«

»Neulich hätte ich fast eine verkauft«, warf Beth ein. »Die Kundin wollte sie unbedingt haben, aber sie konnte sie sich nicht leisten. Deshalb fragte sie, ob sie eine Anzahlung machen und den Rest in wöchentlichen Raten begleichen könne. Ich habe ihr gesagt, dass wir das nicht machen. Also wollte sie gerne wiederkommen, wenn sie die Tasche bezahlen könnte.

»Na ja, es wird wohl noch eine Weile dauern, bis Miss Harper zurückkommt, also wird sie ihre Chance bekommen.« Sally lächelte Beth an. »Sie sehen wunderbar aus in der Auslage, aber ich werde mich an Ledertaschen mittlerer Preisklasse halten, die ohnehin den Großteil unseres Bestands ausmachen.«

»Ja, die verkaufen sich auch wirklich gut«, stimmte Beth ihr zu und schaute sie neugierig an. »Gefällt Ihnen Ihre neue Arbeit, Miss Ross?«

Sally lachte. »Ihr könnt mich gerne weiter Sally nennen, wenn wir allein sind. Ich werde euch dafür bestimmt keine sechs Pence Strafe abverlangen«, entgegnete sie grinsend. »Und ja, ich liebe meine Arbeit, Beth. Die Damenbekleidung und diese Abteilung sind etwas ganz Besonderes für mich.«

Beth nickte. »Hast du deine neue Wohnung schon gefunden?«

Sally schüttelte den Kopf. »Leider nicht. Mrs. Craven und ich sehen uns heute Abend eine an. Sie hat drei Schlafzimmer, eine Küche, ein Wohnzimmer und ein Bad. Die erste, die wir gesehen haben, war viel größer, aber sie wollen sie lieber an eine Familie vermieten statt an zwei alleinstehende Frauen ... und vielleicht könnten wir die Miete ja auch gar nicht bezahlen«, schloss sie seufzend. »Und nun sollte ich besser gehen, da ich in fünf Minuten eine Besprechung mit Mr. Marco habe ...«

»Ich habe gestern mit ihm gesprochen«, warf Beth ein. »Er war hier in der Abteilung, um sich unsere Bestände anzuschauen, und fragte uns, was wir gerne in einem seiner Schaufenster sehen würden. Er bat uns auch um einige der neuen Hüte, die ihm sehr gut gefielen.« Beth lächelte. »Er meinte, wenn wir irgendetwas hätten, was wir nicht loswerden, könne er es für die Schaufensterdekoration verwenden und es danach als leicht beschädigt abschreiben, um uns unter die Arme zu greifen ... Maggie und ich haben gelacht, und sogar Mrs. Craven hat ein wenig gelächelt.«

»Ja, er kann ein richtiges Original sein«, stimmte Sally zu. »Aber er hat auch nicht ganz Unrecht, denn ich weiß, dass einige der Schaufensterartikel tatsächlich beschädigt werden. Bisher wurden solche Waren deutlich heruntergesetzt und dem Personal angeboten ... was alle sehr zu freuen scheint.«

»Oh, das wusste ich gar nicht – aber jetzt werde ich gleich nach einem Schnäppchen Ausschau halten«, witzelte Beth, als Sally sich anschickte, die Abteilung wieder zu verlassen.

Beth ging zu ihrem Verkaufstisch und begann einen Filzhut mit einer weichen Bürste sanft zu glätten. Hüte, die außerhalb des Schranks auf Ständern standen, verstaubten zwar nicht, weil sie sie jeden Abend mit Seide abdeckte, aber die Kundinnen probierten die Hüte an und hinterließen manchmal Fingerabdrücke auf dem Filz, die dann wieder geglättet werden mussten.

Sally unterhielt sich noch einen Moment mit Maggie, und dann kam Mrs. Craven, mit der sie ebenfalls ein paar Worte wechselte, bevor sie ging.

»Wie schön, dass Sie beide schon so pünktlich da sind«, sagte Mrs. Craven und lächelte die Mädchen an, während sie ihren Hut ablegte und ihre Handschuhe abstreifte. »Ich habe mit Sally über eine weitere Auszubildende gesprochen, die in den verschiedenen Abteilungen einspringen könnte, wenn Mitarbeiter krank oder im Urlaub sind. Sally hat mir angeboten, mit Mr. Stockbridge darüber zu sprechen. Ich hätte nämlich gern jemanden, den ich selbst ausbilden kann – das Mädchen, das Miss Hart uns geschickt hat, als Maggie nicht da war, war für unsere Abteilung nicht geeignet.«

Miss Hart suchte täglich jede einzelne Abteilung auf. Als Etagenaufsicht war es ihre Aufgabe, dafür zu sorgen, dass jede Theke besetzt war, die Waren sich an ihrem Platz befanden und ihr sämtliche Probleme gemeldet wurden. Aufgrund ihrer Einstellung den Mitarbeitern gegenüber zog Mrs. Craven es jedoch vor, Sally um ein Gespräch mit Mr. Stockbridge zu bitten. Als Einkäuferin der Abteilung würde man ihr eher zuhören.

»Tante Helen ist der Meinung, dass Miss Gibbs mehr bezahlt werden sollte, da sie nun als Verkäuferin an ihrem eigenen Ladentisch arbeitet«, sagte Beth. »Ich stimme meiner Tante zu, aber Miss Gibbs würde sich niemals selbst dafür stark machen.«

Mrs. Craven nickte lächelnd. »Und deshalb habe ich mit Sally darüber gesprochen. Weil ich nämlich nicht glaube, dass es etwas bringen würde, Miss Hart nach einer Lohnerhöhung für eine Mitarbeiterin zu fragen ...«

Beth nickte zustimmend, während sie einige der samtbezogenen Tabletts herausnahm, um sie abzubürsten und den Silberschmuck hübsch darauf anzuordnen, bevor sie die Tabletts wieder in ihre Schubladen schob. Und dann kam auch schon die erste Kundin des Tages herein und ging geradewegs auf Beths Theke zu.

Kapitel 25

Als Sally nach einem Rundgang durch die verschiedenen Abteilungen – bei dem ihr die ungewöhnliche Geschäftigkeit im Erdgeschoss aufgefallen war – in ihr Büro zurückkehrte und nach Kaffee klingeln wollte, kam Mr. Harper herein. An diesem Morgen trug er ein Hemd mit offenem Kragen, einen dunkelblauen Blazer und eine graue Flanellhose und sah so gut darin aus, dass ihr buchstäblich der Atem stockte. Normalerweise trug er Anzüge, wenn er in das Kaufhaus kam, weswegen Sally annahm, dass dies nur eine Stippvisite war.

»Ich bin nur kurz vorbeigekommen, um Ihnen das zu geben«, sagte er und reichte ihr etwas, das wie ein Brief aussah. Als ihre Hände sich berührten, spürte Sally etwas in sich aufflackern und wusste, dass sie vermeiden musste, ihn anzusehen, weil sie sich sonst verraten würde. »Es ist ein Brief von einem unserer Lieferanten, der Sie für die Effizienz lobt, mit der Sie ein kürzlich aufgetretenes Problem gelöst haben.«

Sally sah den Brief an und lächelte. »Das Problem war ein Streik ihrer jüdischen Beschäftigten in der Firma, aber ich habe den Lieferengpass hingenommen und bei einem auswärtigen Anbieter beschafft, was ich benötigte – und unserem eigentlichen Lieferanten zugesagt, dass ich wieder bei ihm bestellen werde, sobald bei ihnen wieder alles in Ordnung ist.«

»Tja, und dann schrieben sie mir, um sich für meine Geduld zu bedanken – aber die Geduldige waren Sie, nicht ich, Miss Ross.« Er warf einen Blick auf seine Uhr. »Jetzt muss ich aber gehen. Ich habe einer Freundin von mir versprochen, sie zu einem Termin zu fahren.«

»Dann noch viel Spaß, Sir ...«

Er drehte sich noch einmal um und grinste sie an. »Es ist rein geschäftlich, Miss Ross. Ich muss die Damen bei Laune halten ...«

Sally sah ihm nach und runzelte die Stirn. Was hatte das denn zu bedeuten? Er war mit diversen jungen, schönen Frauen gesehen worden, und die Klatschbasen hielten ihn für einen Playboy, aber Sally wusste, wie hart er arbeitete. War es möglich, dass es auch zur Arbeit gehörte, alle bei Laune zu halten, und dass er seine Freundinnen deshalb überall hinbegleitete, wohin auch immer sie gerade wollten?

Sally zuckte mit den Schultern und klingelte nach ihrem Kaffee. Mr. Harper war ein sehr charismatischer und gutaussehender Mann. Sie wäre verrückt, wenn sie sich erlauben würde zu denken, er wäre mehr als ihr charmanter Chef ...

***

Sally blickte auf, als Jenni später an jenem Tag zu ihr ins Büro kam. Sie war sehr blass und hatte dunkle Schatten unter den Augen. Sally konnte ihr ansehen, dass sie keine guten Nachrichten mitbrachte, und stand sofort auf, um ihr Trost zu spenden oder Hilfe anzubieten. »Ihre Freundin?«, fragte sie.

Jenni sah sehr angespannt aus, als sie sagte: »Meine Freundin ist ertrunken, aber ihr Junge wurde von einem der Stewards aus dem Wasser gezogen und in eines der Boote gehoben.« Ein kleiner Schluchzer entrang sich ihrer Kehle. »Tommy hatte irgendwo unten mit den irischen Kindern gespielt, und Marie hatte ihn nicht finden können, als das Schiff den Eisberg rammte. Bis sie ihn endlich an Deck hatte, waren alle Boote schon zu Wasser gelassen worden. Einer der Besatzungsmitglieder gab einem Boot ein Zeichen zurückzukommen. Dann versuchte er, ihnen dabei zu helfen, eine Leiter an der Seite des Schiffs hinabzuklettern, aber es hatte schon zu starke Schlagseite. Sie fielen beide ins Wasser – und dann sprang dieser Steward ihnen nach. Er bekam den Jungen und eine andere Frau zu fassen, aber Marie war schon verschwunden. Er suchte eine Weile nach ihr, aber er konnte sie nicht finden – es heißt, sie wäre vom Sog des untergehenden Schiffes mitgerissen worden ...«

»Oh Gott, wie schrecklich!«, sagte Sally entsetzt und legte tröstend einen Arm um Jennis Schultern. Sie konnte sehen, wie erschüttert ihre Arbeitgeberin war.

Jenni schüttelte jedoch den Kopf und wich zurück, als ob sie es unerträglich fände, berührt zu werden. »Es geht schon wieder, Sally – aber es bedeutet, dass ich unverzüglich abreisen muss. Ich habe eine Passage auf demselben Schiff gebucht, mit dem ich hergekommen bin, und ich fahre morgen schon – sodass Sie also auf sich allein gestellt sein werden, Sally.«

Jenni sah sie ganz eigenartig an. »Ich hatte daran gedacht, länger zu bleiben, aber dieser Junge braucht einen Freund, und sein Vater ist General bei der Armee und ein vielbeschäftigter Mann. Er hat nicht viel Zeit für den kleinen Tommy, und ich glaube, dass Henry vielleicht zu sehr in seinen eigenen Kummer vertieft ist, um zu sehen, was sein Sohn braucht.« Jenni blinzelte heftig. »Es ist meine Schuld, dass Marie auf diesem Schiff war, und ich bin es ihnen schuldig, für sie da zu sein ...«

»Ja, ich kann verstehen, dass Sie so empfinden, Jenni, aber es ist natürlich trotzdem nicht Ihre Schuld«, sagte Sally. »Und machen Sie sich bitte keine Sorgen, Jenni. Ich verspreche Ihnen, Sie nicht zu enttäuschen. Mr. Harper ist ja auch hier, und ich kann ihn fragen, wenn ich mir bei irgendwas nicht sicher bin.«

»Das weiß ich«, sagte Jenni und seufzte dann. »Ben ist durchaus fähig, diesen Laden hier allein zu führen, aber er kann auch zu ungestüm sein – deshalb sollte ich eigentlich der Fels sein, an den er sich klammern kann. Mir ist, als würde ich Sie ins kalte Wasser werfen, Sally, aber ich muss leider sofort abreisen.«

»Das verstehe ich«, sagte Sally. »Und ich werde Ihren Bruder bei allem Neuen um Rat fragen, bis ich mir absolut sicher bin …«

»Seien Sie vorsichtig, Sally«, sagte Jenni plötzlich und runzelte die Stirn. »Ich liebe Ben über alles und würde alles für ihn tun – aber ich weiß, dass er schon ziemlich viele Freundinnen hatte. Diese Beziehungen halten nie sehr lange, und er zieht dann einfach zur nächsten weiter. Aber Sie sind nicht wie die anderen, und ich würde es unerträglich finden, wenn Sie verletzt würden …«

Warum glaubte Jenni, sie warnen zu müssen? fragte Sally sich erschrocken. Hatte sie sich anmerken lassen, dass sie ihren Chef ein bisschen zu sehr mochte? Sie holte tief Luft. »Ich mag Ihren Bruder, Jenni, aber ich werde nicht so dumm sein, mein Herz zu verschenken«, sagte sie, obwohl sie sich fast sicher war, es in Wahrheit schon getan zu haben. »Ich weiß, dass er ein Mädchen wie mich nicht heiraten würde – oder könnte …«

»Ich würde mich freuen, wenn er mit jemandem wie Ihnen endlich sesshaft würde«, widersprach Jenni, »aber er hat sich noch nie festlegen wollen, und ich möchte nicht, dass er Ihnen wehtut – also seien Sie bitte vorsichtig bei ihm.« Besorgt, wie sie war, klang sie noch amerikanischer als sonst.

»Danke für die Warnung«, sagte Sally und zwang sich, unbesorgt zu wirken. »Es tut mir leid, dass Sie uns verlassen, und ich hoffe, Sie können Ihren Freunden helfen …«

»Ich werde mein Bestes tun«, erwiderte Jenni und lächelte ganz eigenartig. »Und rechnen Sie mit langen Telegrammen von mir. Sie werden ein Vermögen kosten, aber Ben kann sie bezahlen.« Dann stürzte sie auf Sally zu und küsste sie auf die Wange. »Passen Sie gut auf sich auf, meine liebe Freundin. Ich werde zurück sein, bevor Sie mich vermissen, und dann werden wir uns richtig kennenlernen ...«

Sally saß da und starrte ein bisschen verwirrt die Tür an, als sie sich hinter Jenni schloss. Manchmal hatte sie das Gefühl, als träumte sie nur, weil alles so schnell gegangen war. Gerade eben war sie noch eine kleine Verkäuferin gewesen, und nun kaufte sie plötzlich die Ware für den gesamten ersten Stock ein. Wenn ihr jemand gesagt hätte, dass sie diese Stelle bekommen würde, hätte sie ihn ausgelacht, und ihr war immer noch nicht wirklich klar, warum gerade sie dafür ausgewählt worden war. Sie hatte sich zu Wort gemeldet, als ihr Arbeitgeber jemanden brauchte, der ihm einen Lichtblick bot und an seine Fähigkeiten glaubte. Das war der einzige Grund, der ihr einfiel.

Er hatte keinen Hehl daraus gemacht, dass er an ihr als Frau nicht interessiert war. Hatte er vielleicht an ihrem Verhalten bemerkt, dass sie mehr für ihren Chef empfand, als eine Angestellte es tun sollte? Vielleicht waren ihre Gefühle ja doch sichtbar geworden, obwohl sie sich solche Mühe gegeben hatte, sie zu verbergen?

Der Gedanke ließ sie vor Verlegenheit erschaudern. In Zukunft musste sie vernünftig sein und lernen, ihre Gefühle besser unter Kontrolle zu halten. Sally wünschte, Jenni Harper könnte noch ein paar Monate in London bleiben, um ihr zu helfen. Sie hatte gehofft, noch eine Weile länger ihre Unterstützung zu haben, weil es eine große Verantwortung war, Ware für ein Geschäft wie dieses einzukaufen, und nun würde sie Mr. Harper öfter um Rat fragen müssen, als ihr lieb war. Sie bewunderte ihn, aber sie musste sich von ihm fernhalten, weil es das einzig Vernünftige war.

Seufzend wandte Sally sich wieder ihrer Liste zu und strich zwei Namen durch. Keiner dieser beiden Lieferanten war bereit, ihr Vertreter zu schicken, und die Person, mit der sie am Telefon gesprochen hatte, war alles andere als zuversichtlich gewesen, was das betraf. Wegen einiger der anderen Lieferanten würde sie sich mit Mr. Harper beraten, aber jetzt war es erst einmal an der Zeit, dass sie zu einem Termin bei einem weiteren Juwelier in Hatton Garden ging. Silberschmuck war einer der ersten Erfolge des Geschäfts gewesen, weit mehr, als Jenni Harper vorausgesehen hatte, als sie sich entschloss, ein paar Artikel auszuprobieren, und es war nur vernünftig, auf dem aufzubauen, was gut lief.

Kapitel 26

Beth war fast den ganzen Vormittag beschäftigt. In ihrer Pause ging sie jedoch in den Keller, um mit Fred eine Tasse Tee zu trinken und die Kokosnusstörtchen mit ihm zu teilen, die sie am Vorabend gebacken hatte. Er war gut gelaunt, jetzt, da er wusste, dass sein Sohn noch am Leben und unverletzt war. Die Zeit verging wie im Flug. Es waren schon etliche Tage seit der Tragödie auf der *Titanic* vergangen, und Beths Pläne, Fred zu Hause zu besuchen, waren verschoben worden, teils wegen des schrecklichen Unglücks, teils weil Maggie bei ihr eingezogen war. Das wollte sie jetzt ändern und Fred zeigen, dass sie ihm eine gute Freundin war.

»Wir sollten am Wochenende ein Picknick im Park veranstalten, denn es sieht ganz nach schönem Wetter aus«, sagte Beth zu ihm. »Ich werde das Picknick vorbereiten und alles in einem Korb mitbringen, dann können wir beim Essen der Kapelle zuhören.«

»Und bringen Sie doch auch Ihre Freundin mit«, schlug Fred vor. »Sie scheint eine nette junge Dame zu sein. Ich werde meinen jüngsten Sohn überreden mitzukommen. Wir werden auch etwas zu essen mitbringen. Dann wird dieses Picknick eine richtige Feier …«

»Ich werde Maggie fragen, ob sie auch dabei sein möchte«, versprach Beth, als sie sich von ihm verabschiedete, um zu ihrer Abteilung zurückzukehren.

Mrs. Craven schickte anschließend Maggie in die Pause, sodass sie in der nächsten halben Stunde an allen drei Verkaufstischen bediente. Mrs. Craven selbst machte ihre Pause zwischen halb zwei und zwei Uhr nachmittags. Es schien die Zeit zu sein, in der am wenigsten zu tun war, Maggie hatte nur einen Kunden und Beth keinen einzigen. Maggies Kunde war ein junger Mann und sie bemerkte, dass ihre Freundin in seiner Gegenwart ziemlich oft errötete. Nachdem er gegangen war, ging Beth zu ihr hinüber.

»War dieser Herr nicht schon einmal hier?«, fragte Beth.

»Ja, das war er«, bestätigte Maggie. »Er hat einen Schal und Handschuhe für seine Schwester gekauft, und da sie seiner Mutter gefielen, hat er heute etwas Ähnliches für sie gekauft.«

»Ich glaube, er kommt vor allem, um dich zu sehen«, scherzte Beth. »Ich bin mir sicher, gesehen zu haben, dass er neulich, als du nicht hier warst, hereinkam und sofort wieder ging, ohne nach irgendetwas zu fragen.«

»Ach was«, sagte Maggie, aber ihr stieg schon wieder eine leichte Röte in die Wangen. »Ich bin mir sicher, dass er nicht meinetwegen kommt!«

»Und ich kann sehen, dass du ihm gefällst«, widersprach Beth ihrer Freundin. »Es ist doch schön, dass er dich bewundert, Maggie. Außerdem scheint er ein sehr sympathischer junger Mann zu sein ...« Und gutaussehend!

»Aber ich kann nicht ... Mama würde sagen, ich sei noch viel zu jung, um Verehrer zu ermutigen!«

Beth lachte über Maggies verlegenen Gesichtsausdruck. »Ein junger Mann, der dich mag, ist keine Ermutigung für andere Verehrer, Maggie. Wenn er dich eines Tages zum Tee einlädt, solltest du ja sagen.«

»Das wird er nicht!«, versetzte Maggie und schüttelte den Kopf. »Außerdem würde Mama sagen, dass eine anständige junge Dame nicht allein mit einem Herrn, den sie kaum kennt, zum Tee ausgeht.«

»Das werden wir ja sehen«, erwiderte Beth mit amüsierter Stimme. »Aber hättest du vielleicht Lust, am Sonntagnachmittag mit mir, Fred und seinem Sohn im Park ein Picknick zu veranstalten und ein Konzert zu hören?«

»Oh ja, das wäre schön!« Maggies Gesicht strahlte. »Vorausgesetzt natürlich, dass es deiner Tante recht ist ...« Doch dann flackerten Zweifel in ihren Augen auf, und sie sah ebenso jung wie auch verletzlich aus. »Wir sind jetzt doch zu zweit, um die Hausarbeit zu erledigen«, gab Beth zu bedenken. »Wir werden das Haus blitzblank putzen, damit sie keine Einwände erheben kann. Und warum sollte sie übrigens? Sie könnte ja auch mitkommen.«

**

Also luden sie auch Tante Helen ein, die jedoch ablehnte, weil sie zum Tee zu einer Kundin gehen wollte.

»Ich kenne Martha Hale schon seit Jahren«, sagte sie. »Ich habe für sie schon Kleider genäht, als ihr Mann noch lebte, und auch für ihre beiden Töchter. Sie erzählte mir, dass sie sich sonntags immer sehr einsam fühlt, weil das der einzige Tag ist, an dem ihre Zugehfrau nicht kommt, und sie sagte, ihre beiden Töchter seien so beschäftigt, dass sie sie höchstens einmal im Monat sieht ...«

»Das wird eine nette Abwechslung für dich sein, Tante«, sagte Beth aufrichtig erfreut. »Du bist natürlich herzlich eingeladen, an unserem Picknick teilzunehmen, aber auch der Tee bei deiner Freundin wird dir Freude machen.«

»Vielleicht ein anderes Mal, meine Liebe«, sagte ihre Tante, und Beth spürte erneut, wie viel sanfter ihre Tante in den letzten Wochen geworden war. Sie wusste, dass Tante Helen Maggie wirklich mochte und akzeptierte. Sie sei eine sehr rücksichtsvolle und gutzerzogene junge Dame, sagte sie. Und

Beth war sich ziemlich sicher, dass dies der Grund für die veränderte Stimmung ihrer Tante sein musste. Maggie hatte am zweiten Abend ihres Aufenthalts für sie alle Kakao gemacht, und Beth brachte Tante Helen jetzt morgens eine Tasse Tee ans Bett. Und obwohl ihre Tante immer sagte, sie solle sich nicht die Mühe machen, bemerkte Beth, dass sie ihn gerne trank und morgens sogar etwas länger im Bett zu bleiben schien, weil sie es offenbar genoss, verwöhnt zu werden.

Am Sonntag nach dem Mittagessen fuhren die beiden Mädchen mit dem Bus in den Park und trafen Fred wie vereinbart am Musikpavillon. Beths Blick fiel auf ein Plakat am Geländer, das mit dem Bild eines schneidigen jungen Mannes in einer schicken Uniform für das neu gegründete Royal Flying Corps warb. Freds Sohn Timmy war mitgekommen, und bei ihm war eine mürrisch aussehende junge Frau, die Timmy ihnen als Dot vorstellte. Ihr Haar hatte einen verdächtig hellen Blondton, und sie trug mehr als nur ein bisschen Rouge auf ihren Lippen. Ihre Schuhe hatten hohe Pfennigabsätze, und sie trug ein blassgrünes Kleid mit einer großen Rüsche um die Knöchel, das viel zu gut aussah, um damit auf dem Wasser herumzufahren oder auf dem Rasen zu sitzen. Sowohl Beth als auch Maggie trugen einfache, knöchellange Leinenröcke mit weißen Blusen und adretten Kragen, die mit kleinen Schleifen befestigt waren. Dazu trugen sie Strohhüte und kleine, taillenlange Jäckchen, Beth in Dunkelblau und Maggie in einem flotten Rot. Die Farbe stand Maggie sehr gut, und Beth sah, dass Freds Sohn mehr als einmal von Dot zu Maggie hinüberschaute und die Stirn runzelte, als er verglich, wie mühelos Maggie sich in die kleine Gesellschaft einfügte und sie genoss, während Dot nur in ihrem Essen herumstocherte und sich beklagte, es sei ihr viel zu anstrengend, zu heiß und zu langweilig, im Park herumzusitzen, obwohl alle anderen große Freude an dem Picknick hatten und das Wetter wunderbar mild war.

Fred hatte eine Tasche mit ein paar Kricketpflöcken, einem Ball und einem Schläger mitgebracht, und damit amüsierten sie sich eine Weile, während die Musiker eine Pause machten. Timmy war ein ausgezeichneter Werfer und überrumpelte sowohl Dot als auch Maggie gleich mit dem ersten Ball. Maggie lachte und lobte ihn, während Dot nur wieder schmollte. Beth gelang es, Tim dreimal hinter dem Ball herzuschicken, bevor er ihn erwischte.

Maggie war auf dem Feld, als Timmy als Schlagmann an der Reihe war, sie sprang hoch und verpasste nur knapp seinen Ball, als plötzlich hinter ihr eine Hand hochschoss und ihn auffing.

»Na, wie war das?« Maggie und Beth drehten sich beide zu der fremden Männerstimme um. Beth erkannte den jungen Mann sofort, der ein paar Tage zuvor bei Harpers gewesen war, um Schals und Handschuhe zu kaufen, und Maggie errötete, als sie das Lachen in seinen Augen sah.

»Guter Fang, Sir«, sagte Timmy. »Möchten Sie es mal probieren? Dann sehen wir, ob ich mich revanchieren kann?« Der junge Mann trat vor und reichte ihm die Hand. »Ralf Higgins«, stellte er sich vor. »Freut mich, Sie alle kennenzulernen ...«

Timmy stellte ihn den anderen vor und gab ihm dann den Schläger. Ralf schickte die Mädchen ein halbes Dutzend Mal hinter dem Ball her, aber dann wurde er von Beth abgefangen, die zufällig im richtigen Moment an der richtigen Stelle war.

»Gut gemacht, Miss Grey«, sagte Ralf. »Sie sind eine bessere Fängerin als meine Schwester Maisie – die sich uns übrigens mit Vergnügen anschließen würde, wenn sie hier wäre. Wer ist jetzt dran?«

Da die Kapelle jedoch gerade aus ihrer Pause zurückkehrte, nahmen auch die anderen wieder ihre Plätze ein. Ralf schien wie selbstverständlich einen Platz neben Maggie zu finden, und Beth bemerkte, dass er völlig unbefangen und natürlich mit leiser Stimme mit ihr sprach und sie auch nicht mehr errötete, sondern freudig lächelte.

»Haben Sie das Plakat gesehen, mit dem Männer für das neue Fliegerkorps angeworben werden sollen?«, fragte er. »Es sieht interessant, ja sogar recht verlockend aus.«

»Die Uniform, die der Mann auf dem Plakat trägt, ist auf jeden Fall sehr schick«, scherzte Maggie, woraufhin Ralf gutmütig lachte und meinte, das sei schließlich schon die halbe Miete, wobei er natürlich auch wirklich gerne fliegen lernen würde.

Irgendwann während des Konzerts war Dot so gründlich gelangweilt, dass Timmy sich schließlich bei den anderen entschuldigte und mit ihr ging. Als Beth sah, wie missbilligend Fred seinem Sohn nachsah, flüsterte sie ihm zu, dass Orchestermusik nicht jedermanns Sache sei.

»Er ist noch zu jung für eine ernsthafte Liebschaft«, sagte Fred und seufzte. »Ich könnte mir zwar vorstellen, dass sie nicht von langer Dauer sein wird, aber da das Mädchen älter ist als er, befürchte ich, dass sie ihn schon ziemlich fest in ihren Krallen hält.«

»Oh, ich denke, ihm werden die Augen schneller geöffnet, als Sie es für möglich halten, Fred«, sagte Beth und applaudierte mit den anderen, als das Konzert schließlich beendet war. »Was für ein schöner Nachmittag!«, sagte sie dann. »Ich hatte schon lange nicht mehr so viel Spaß wie heute.«

»Genau wie ich, Miss Grey«, sagte Ralf Higgins zu ihr. »Und ich habe mich schon die ganze Zeit gefragt, ob Sie mir erlauben würden, Sie alle in die Eisdiele einzuladen, bevor wir uns auf den Heimweg machen?«

»Das ist sehr freundlich von Ihnen, aber ich denke, ich sollte besser gehen, weil ich noch zu tun habe«, sagte Fred. »Und Ihnen, meine Damen, ganz herzlichen Dank für das köstliche Picknick und Ihre reizende Gesellschaft heute Nachmittag. Ich kann mich nicht entsinnen, mich je so blendend amüsiert zu haben.«

Er reichte Beth die Hand, aber sie gab ihm einen Kuss auf die Wange. Am liebsten hätte sie ihn umarmt, aber es waren viele Leute im Park, und eine öffentliche Zurschaustellung von zu viel Zuneigung wäre vielleicht missbilligt worden, auch wenn sie einem Mann galt, der ihr Vater sein könnte.

Als Fred ging, schaute Beth Maggie an. Ihre Wangen glühten von der frischen Luft, und sie sah sehr hübsch aus. Ihre Augen funkelten voller Vorfreude, und Beth verstand sofort, dass sie den Nachmittag noch nicht enden lassen wollte.

»Na gut, aber nur für eine halbe Stunde«, sagte sie, und Ralf reichte beiden galant einen Arm, den sie lächelnd nahmen, bevor sie langsam über den gepflegten Rasen zu dem kleinen Café hinübergingen und sich an einen der Tische im Freien setzten.

Alle drei bestellten Eis, Erdbeere für Beth, Vanille für Maggie und Schokolade für Ralf. Kleine Strohschirmchen und kandierte Kirschen und Engelwurz schmückten die Eisbecher. Beth konnte Maggies Gesicht ansehen, dass sie noch nie zuvor zu etwas so Köstlichem eingeladen worden war, und freute sich, sie so glücklich zu sehen.

Nach einer halben Stunde erinnerte sie Maggie jedoch an die Uhrzeit, Ralf beglich die Rechnung und bestand darauf, sie zu ihrem Bus zu begleiten. Beth bemerkte, dass er stehenblieb und ihnen nachsah, bis ihr Bus um die Ecke bog, und ihr fiel auf, wie nachdenklich Maggie wirkte.

»Er scheint ein sehr netter junger Mann zu sein«, bemerkte sie vorsichtig und sah Maggie erröten.

»Er hat mir von seiner Schwester und seiner Mutter erzählt«, sagte sie. »Seine Mutter ist Witwe, und seine Schwester hofft, im nächsten Jahr zu heiraten. Ralf ist der Ernährer seiner Familie, da sein Vater ihnen nur sehr wenig Geld hinterlassen hat, aber sein Onkel hat ihm eine gute Stelle in seinem Büro gegeben. Er arbeitet bei einer der großen Importfirmen unten in der Nähe der Docks und lebt in Southwark – obwohl er gern zum Royal Flying Corps gehen würde, glaube ich.«

»Dann hat er dir aber viel erzählt«, sagte Beth. Ralf Higgins war ihr wie ein anständig gekleideter und gut erzogener junger Mann erschienen, der anscheinend seiner Mutter und Schwester gegenüber Verpflichtungen hatte und sie auch erfüllte. Das bedeutete wahrscheinlich, dass er gefestigter war als andere junge Männer und es daher wohl kein Risiko für Maggie war, von einem jungen Mann wie ihm behutsam umworben zu werden. Schließlich war sie noch sehr jung, und nach allem, was Maggie erzählt hatte, würde Ralf erst in einigen Jahren heiraten und eine eigene Familie gründen können.

»Ich mag ihn«, sagte Maggie. »Zuerst war es mir peinlich, als er an meine Theke kam und schmeichelhafte Bemerkungen machte, aber jetzt weiß ich, dass er mich nur kennenlernen wollte ...«

»Hat er gefragt, ob er dich wiedersehen darf?«

Maggie sah sie bittend an. »Er hat gefragt, ob wir uns am nächsten Sonntagnachmittag nicht alle drei zum Tee treffen könnten. Er will mit uns beiden ausgehen, Beth. Meinst du, das könnten wir?«

Beth nickte, weil es die einzige Möglichkeit für Ralf Higgins war, einem solch unschuldigen jungen Mädchen den Hof zu machen. Er konnte definitiv nicht mit ihr allein ausgehen, und Beth war das, was einer Schwester am nächsten kam. Es würde zwar bedeuten, dass sie eine Zeitlang die Anstandsdame würde spielen müssen, aber Beth war bereit, das für ihre Freundin zu tun. Sonst würde sie sich zu heimlichen Rendezvous davonschleichen müssen, die nur Schande und Schmach über sie und Ralf bringen würden.

»Ja, ich wüsste nicht, was dagegenspricht«, stimmte Beth zu und drückte dabei Maggies Hand. »Du musst mir nur versprechen, dass du keine Dummheiten machst, wie dich nachts aus dem Haus zu schleichen, um ihn zu sehen. Deine Mutter könnte zurückkommen, und dein Onkel und deine Tante würden dich sicher zwingen, bei ihnen zu leben, wenn du in Schwierigkeiten wärst ...«

»Sie würden mich verstoßen«, sagte Maggie düster. »Aber ich bin noch nicht bereit für so etwas, Beth. Ich wäre zu verängstigt, und ich glaube auch nicht, dass Ralf von mir verlangen würde, etwas Unanständiges zu tun.«

»Das will ich auch nicht hoffen«, sagte Beth. »Ich habe auch nur an die Klatschtanten gedacht, Maggie. Es ist so leicht für eine junge Frau, ihren guten Ruf zu verlieren, und wer ihn erst einmal verloren hat, kann ihn nicht zurückgewinnen.«

»Ich weiß«, sagte Maggie ernst. »Außerdem bin ich so glücklich bei dir und Tante Helen, wie ich es schon lange nicht mehr war. Es war alles in Ordnung zu Hause, als mein Vater noch gesund war und einen anständigen Lohn verdiente, aber seit seinem Unfall ...« Ihre Stimme brach, und Tränen schossen ihr in die Augen. »Ich werde eure Güte nicht missbrauchen, und ich weiß, dass es viel verlangt ...«

»Nein, Maggie, das ist es nicht«, sagte Beth schnell und legte eine Hand auf ihren Arm. »Ich werde gerne mit euch im Park spazieren gehen und zum Tee mitkommen. Ich werde deine Anstandsdame sein, nur so wird meine Tante dir – oder mir – erlauben, einen jungen Mann zu treffen ...«

»Dann werde ich deine Anstandsdame sein, wenn du jemanden kennenlernst«, sagte Maggie kichernd, aber Beth schüttelte den Kopf. »Ich habe es niemand anderem erzählt – aber ich habe einmal jemanden geliebt«, sagte sie. »Das Problem war, dass meine Mutter krank war und ich sie nicht verlassen konnte. Er hat das nicht verstanden und ist wütend davongegangen, und dann … dann hat er eine andere geheiratet.«

»Oh, meine arme Beth!«, sagte Maggie und legte mitfühlend einen Arm um ihre Taille. »Er hatte dich nicht verdient – und du wirst jemand viel Besseren finden, das weiß ich …«

Beth lächelte und drückte ihre Hand. »Danke – ich bin auch froh, dass du jetzt bei uns lebst. Tante Helen mag dich sehr, und sie war in den letzten Tagen auch viel netter zu mir.«

»Das ist schön«, sagte Maggie. »Ich mag sie auch, und es macht mir nichts aus, ein bisschen Getue um sie zu machen.« Die Mädchen stiegen aus dem Bus und gingen in kameradschaftlichem Schweigen zum Haus zurück. Tante Helen war gerade hereingekommen und sah sehr zufrieden mit sich aus, als sie den Kessel füllte.

»Ihr zwei könntet sicher ein kleines Abendessen vertragen?«, fragte sie. »Ich werde nur etwas Heißes trinken, da ich ein wirklich fabelhaftes Abendbrot zum Tee bekam. So etwas habt ihr noch nicht gesehen! Lachssandwiches, frische Hefeküchlein mit Honig und drei Sorten Kuchen. Wir haben unaufhörlich geredet und gelacht – wenn ich nicht an euch Mädchen gedacht hätte, wäre ich vielleicht noch immer dort.«

»Es freut mich, dass du so einen schönen Nachmittag hattest, Tante«, sagte Beth, denn Tante Helen strahlte und sah wie ein viel jüngerer, glücklicherer Mensch aus.

»Ja, den hatte ich – und Beryl bat mich, es zur Regel zu machen, was bedeutet, dass ich euch Mädchen sonntagnachmittags allein lassen muss«, sagte sie vor sich hin nickend. »Ich hoffe, ihr hattet auch einen schönen Nachmittag und habt euch gut benommen?«

»Ja, Tante, natürlich haben wir uns benommen! Wir hatten ein leckeres Picknick, und auch das Konzert hat uns sehr gut gefallen.«

»Gut.« Tante Helen machte ein zufriedenes Gesicht.

»Ich bin froh, dass du so vernünftig warst, dir eine anständige Freundin zu suchen, Beth. Maggie ist genau die richtige Person für dich, und auch du wirst ihr guttun. Es hat alles so gut geklappt ... wirklich ausgesprochen gut.« Wieder nickte sie vor sich hin, als freute sie sich über mehr als nur über die Freundschaft der beiden Mädchen.

Beth und Maggie wechselten einen Blick. Beth konnte sich das Lachen kaum verkneifen, aber sie tat es, weil es ganz so aussah, dass ihre Tante ihnen den Ausflug am kommenden Sonntag so sehr erleichtert hatte. Es war nicht etwa so, dass sie sie belügen wollten, da das Treffen mit Maggies neuem Freund ohnehin ganz harmlos war, aber Beth wusste, dass ihr, wenn sie einen Mann kennengelernt hätte, endlose Fragen gestellt worden wären.

»Ja, es war alles bestens«, sagte Beth. »Ich glaube, ich gehe mir die Haare waschen – wenn ihr mich bitte entschuldigt ...«

Beth ließ ihre Tante und ihre Freundin reden. Sie musste für ein paar Minuten allein sein. Das Gespräch über Mark hatte ihr bewusst gemacht, dass sie Leere empfand, wo zuvor noch ihre Gedanken an ihn verweilt hatten. Dennoch wusste sie, dass sie die Gefühle, die sie einst für den jungen Arzt gehabt hatte, vergessen musste. Ihre Chance auf ein Leben als seine Frau war dahin, und sie war sich nicht einmal sicher, ob sie je wieder einen Mann finden würde, den sie lieben oder dem sie Vertrauen schenken konnte.

Während sie einen Krug aus dem Kessel füllte und kaltes Wasser hinzufügte, betrachtete sie ihr schulterlanges blondes Haar in dem schweren, altmodischen Ankleidespiegel und erwog zum ersten Mal, ihre Locken in einer praktischeren Frisur zu tragen. Sie hob ihr schweres Haar von den Schultern und hielt es hoch – wie würde sie wohl aussehen, wenn sie es kürzer trüge?

Als sie Maggie nach oben kommen hörte, ließ sie ihr Haar

los und begann es mit Wasser zu übergießen und gründlich zu durchnässen, bevor sie die nach Flieder duftende Seife, die sie benutzte, in ihre dicken Locken einmassierte. Normalerweise brauchte sie drei große Wasserkrüge, um ihr Haar gründlich auszuspülen, und musste dann einen schweren Eimer die Treppe hinuntertragen, um ihn morgens im Hof auszuleeren.

Maggie kam herein, als sie gerade zum dritten Mal ihr Haar ausspülte.

»Lass mich das machen«, sagte sie. »Und mach die Augen zu, damit die Seife nicht darin brennt. Du hast solch schönes Haar, Beth. Es ist schade, dass niemand es richtig zu sehen bekommt.«

Beth ließ sich nur allzu gern von ihrer Freundin das Haar ausspülen und rubbelte es mit einem Handtuch trocken, nachdem Maggie darauf bestanden hatte, den Eimer hinunterzubringen und ihn gleich zu leeren.

»Das hätte ich auch morgen früh machen können«, sagte Beth, als Maggie wieder hinaufkam, »aber es war lieb von dir, mir die Mühe zu ersparen.«

»Es war keine Mühe«, sagte Maggie. »Warum lässt du dir die Haare nicht ein bisschen kürzer schneiden, damit du sie nicht immer zurückgekämmt in einem Knoten tragen musst?«

»Ich muss gestehen, dass ich auch schon darüber nachgedacht habe«, gab Beth zu. »Wie kurz sollte ich es deiner Meinung nach denn tragen?«

Maggie nahm den Kamm und fuhr damit bewundernd durch Beths dichtes blondes Haar. »Ich glaube, wenn wir etwa zwölf Zentimeter abschneiden würden, könnte es sich über deinem Kragen kräuseln. Das würde wirklich hübsch aussehen.«

»Ich habe neulich in der Oxford Street Friseursalons gesehen«, sagte Beth. »Wahrscheinlich könnte ich für meine Mittagspause einen Termin vereinbaren ...«

»Warum dorthin gehen und eine Menge Geld ausgeben?« Maggie ging zu ihrer Tasche neben dem Bett und holte eine Schere heraus. »Ich habe früher meiner Mutter und auch der Tochter meiner Nachbarin die Haare geschnitten. Darf ich?«

Beth zögerte und nickte dann. »Warum nicht? Es wird Zeit, dass ich etwas ändere, und ich bin die ganze Mühe, die das Waschen macht, inzwischen gründlich leid.«

Sie saß mit geschlossenen Augen da, während Maggie an ihrem Kopf herumschnippelte, das Haar anhob und große Stücke abschnitt, viel mehr, fand Beth, als sie eigentlich vorgeschlagen hatte. Aber jetzt war es zu spät, um sich zu beschweren, und so hielt sie die Augen fest geschlossen, bis Maggie ihr sagte, sie könne sie öffnen. Dann erst blickte sie in den altmodischen Ankleidespiegel. Es verschlug ihr den Atem, als sie ihr Spiegelbild betrachtete und zwei funkelnde grüne Augen sah, und ihr Haar, dessen goldene Spitzen sich um ihr Gesicht und über ihren Ohren kringelten.

»Die wahre Farbe deines Haars konnte man vorher gar nicht sehen«, sagte Maggie und lächelte. »Du siehst wirklich wunderschön aus, Beth – und gar nicht mehr so bieder, und das bist du ja eigentlich auch nicht.«

Beth wusste, dass ihre Freundin recht hatte. Ihre Mutter war immer dagegen gewesen, dass sie sich die Haare schneiden ließ, und da sie sich ständig um sie hatte kümmern müssen, war ihr auch einfach keine Zeit geblieben, an ihr Aussehen zu denken.

»Ja, ich glaube, jetzt sehe ich besser aus«, sagte Beth und bedankte sich erneut. Tante Helen würde morgen vielleicht daran herumnörgeln, aber das war Beth egal. Sie hatte ein ganz neues Selbstbewusstsein mit ihrer neuen Frisur, und das würde sie sich von nichts und niemandem verderben lassen.

Kapitel 27

Sally überprüfte gerade einige Bestände und kreuzte sie auf ihrer Liste an, als Mr. Harper an jenem Morgen hereinkam. Es war Mitte der Woche, und Sally hatte ihn seit ein paar Tagen nicht gesehen – genau genommen seit dem Tag, an dem Jenni nach New York abgereist war. Wahrscheinlich war er zu beschäftigt damit gewesen, eine seiner Freundinnen durch die Stadt zu begleiten, nahm Sally an.

»Haben Sie schon etwas von Miss Harper gehört?«, fragte sie, weil Passagiere manchmal Postkarten aus dem Hafen in Irland schickten, der als letzter angelaufen wurde, bevor man mehrere Tage auf See war. Aber natürlich konnte man auch vom Schiff aus telegrafieren, falls es wichtig war.

»Nein, und ich rechne auch nicht damit«, erwiderte er zerstreut. »Ich habe sie an dem Abend vor ihrer Abreise zum Essen ausgeführt, und dabei haben wir uns ausführlich unterhalten.«

»Ach so ...« Sally befestigte ein Preisschildchen. Sie alle waren mit einer spitzen Feder und wasserfester Tinte beschriftet, damit sie immer gut leserlich waren. »Ich dachte, sie hätte vielleicht eine Nachricht für mich ...«

»Für Sie?« Er starrte sie prüfend an. »Brauchen Sie ihren Rat? Sie scheinen mir doch sehr gut zurechtzukommen.«

»Ich möchte keinen Fehler machen – und Sie waren ja schon ein paar Tage nicht mehr hier.« Sie vermied es, ihn anzusehen, weil ihr Herz unter seinem eindringlichen Blick augenblicklich schneller schlug.

»Da haben Sie recht«, räumte er ein. »Ich habe Freunde aus Amerika zu Besuch und war mit ihnen unterwegs.« Er zögerte und sagte dann: »Wenn Sie Zeit haben, möchte ich, dass Sie ein Auge auf einige der anderen Abteilungen werfen. Schauen Sie sich dort einfach nur um und sagen mir dann, was Sie denken. Stockbridge sprach nämlich davon, versilberte Teekannen und Service in unseren Warenbestand aufzunehmen. Bei uns daheim ziehen die Leute echtes Silber vor ...«

»Ich auch«, sagte Sally. »Aber hier werden viele Kunden sich das nicht leisten können.«

Mr. Harper nickte. »Marco riet mir, Sie bezüglich verschiedener Dinge um Ihre Meinung zu bitten. Ich weiß, dass es nicht Ihre Aufgabe ist, für das gesamte Kaufhaus einzukaufen, aber er schätzt Ihren guten Geschmack – und da er ein Freund ist, dachte ich, Sie könnten sich bei Gelegenheit auch einmal die anderen Abteilungen ansehen.«

»Ja, natürlich.« Sally lächelte. »Mr. Marco ist ein sehr aufgeschlossener und brillanter Dekorateur. Ich hatte neulich eine sehr gute Besprechung mit ihm.«

Bei Mr. Harpers durchdringendem Blick lief Sally ein Schauer über den Rücken. »Er sagte mir, dass Sie seiner Meinung nach das ganze Kaufhaus leiten könnten ...«

Sally war sich nicht sicher, ob das ein Lob war oder er über sie verärgert war. Seine Augen waren jedenfalls so schmal und sein Blick so konzentriert, dass sie das Gefühl hatte, er stellte sie auf die Probe. Wenn sie es nicht besser wüsste, hätte sie gedacht, er sei interessiert an ihr, aber ihr war natürlich klar, dass sein Interesse rein geschäftlich war.

»Ich bin mir ziemlich sicher, dass ich das nicht könnte, Sir.«

Er runzelte die Stirn. »Es ist möglich, dass ich schon bald nach Amerika zurückkehren muss.«

»Probleme?«, fragte Sally und errötete dann heftig. »Oh, entschuldigen Sie – das geht mich gar nichts an ...«

»Es ist etwas Privates, worüber ich nicht sprechen möchte«, entgegnete er dann auch etwas schroff.

»Ja, natürlich«, sagte sie. Er hatte klargestellt, dass sie nur eine Angestellte war. »Ich hätte nicht fragen sollen.«

Er nickte, als stimmte er ihr zu. »Jenni wollte silbernes Teegeschirr in unser Angebot aufnehmen, aber ich dachte, nur versilbertes sei vielleicht besser, weil ich mir nicht vorstellen kann, dass wir hier Tee- oder Kaffeeservice samt Tabletts verkaufen könnten.«

»Das bezweifle ich auch sehr«, bestätigte Sally seine Ansicht. »Allerdings könnten Sie ein solches Service auch stückweise verkaufen ... Ich denke dabei zum Beispiel an einen jungen Ehemann, der vielleicht zuerst die Kanne und dann das dazugehörende Milchkännchen und die Zuckerdose kauft – und später vielleicht auch die Kaffeekanne als Geschenk zum Hochzeitstag. Das wäre vielleicht auch etwas, was ein liebevoller Vater seiner Tochter kauft ...«

Mr. Harper wirkte interessiert. »Kaufen die Leute hier oft Dinge wie diese?«

»Ich glaube, diejenigen, die echtes Silber wollen, ja«, sagte Sally. »Oft sind solche Sets allerdings auch aus zweiter Hand auf dem Markt. Sie sehen genauso aus wie die neuen, nur die Jahreszahlen in der Punze unterscheiden sich. Natürlich müsste man schon ziemlich vermögend sein, um das ganze Set zu kaufen, und solche Kunden gehen gewöhnlich zu Garrards oder einem der Bond-Street-Läden.«

»Ich werde mit Stockbridge reden«, sagte Mr. Harper. »Ich habe noch nie gehört, dass es auch so gemacht wird, aber wenn Sie meinen ...«

Sally stand auf und holte eine Liste. Auf der Suche nach weiteren Schmuckherstellern hatte sie einen Silberschmied entdeckt. »Schauen Sie, hier ist es – fein gearbeitetes Teegeschirr in poliertem und gehämmertem Silber. Sie könnten dort anrufen und sich einen Termin geben lassen, um zu sehen, was sie zu dem Verkauf von Einzelstücken sagen.«

»Ja ...« Er klang abgelenkt, und als sie aufblickte, sah er sie ganz eigenartig an. »Was ist das für ein Parfum, das Sie tragen?«

»Es ist kein Parfum, sondern nur eine nach Rosen duftende Seife.«

»Sie riecht sehr ... angenehm«, sagte er. Für einen Moment flackerte etwas in seinen Augen auf. »Es ist schade, dass Jenni gehen musste. Sie versteht so viel von diesen Dingen – und sie mag Sie ...«

»Ich hatte leider nicht viel Zeit, sie besser kennenzulernen, aber Jenni war sehr gut zu mir, und ich mag sie auch«, erwiderte Sally ein bisschen unsicher. »Gibt es sonst noch etwas, Sir? Ich muss heute Morgen vor meinem ersten Termin noch einige Telefonate führen ...«

»Dann machen wir uns besser wieder an die Arbeit, Miss Ross ...«

»Ja, Mr. Harper. Hatten Sie sonst noch etwas mit mir zu besprechen, Sir?«

»Geben Sie mir bitte einmal Ihre Lieferantenliste.«

Er nahm sie ihr ab, ohne sie dabei anzusehen, und ging mit ihr zum Fenster hinüber. Sally sah, wie er einen goldenen Füllfederhalter aus der Jackentasche nahm und ein paarmal etwas auf der Liste durchstrich, bevor er sie zurückbrachte und auf Sallys Schreibtisch legte.

»Ich möchte bis Ende der Woche einen Bestandsbericht über Ihre Abteilung und welche Ratschläge Sie auch immer zu anderen Abteilungen haben«, sagte er. »Aber jetzt habe ich einen Termin. Bis bald also, Miss Ross.«

Sally fühlte sich, als hätte ihr jemand einen heftigen Stich versetzt und die ganze Luft würde aus ihren Lungen entweichen. Sie hatte die Anspannung gespürt, die von ihm ausging.

Bei den meisten Männern hätte sie gedacht, dass der Ausdruck in seinen Augen ein Interesse an ihr spiegelte, aber Mr. Harper war nicht wie irgendwelche anderen Männer, die ihr je begegnet waren. Sie kannte ihn eigentlich gar nicht, aber dennoch zog etwas sie zu ihm hin …

Doch dann schüttelte sie den Kopf. Auch wenn sie sich zu ihm hingezogen fühlte, es beruhte nicht auf Gegenseitigkeit, und daher wäre es dumm von ihr, ihre Zeit damit zu verschwenden, sich Gedanken über ihn zu machen. Sie hatte selbst gesehen, wie er mit verschiedenen schönen Frauen den Laden verlassen hatte, und auch das Getuschel gehört, er sei dabei fotografiert worden, wie er in den frühen Morgenstunden mit einer Engländerin mit Verbindungen zur Aristokratie einen Nachtclub verließ. Sally hatte den Zeitungsbericht nicht selbst gesehen, aber mehrere andere Mädchen, und die Gerüchte gingen wie ein Lauffeuer durch den Laden. Was für Chancen hatte ein East-End-Mädchen wie sie gegen Frauen wie diese?

Sie sah sich die Liste an. Er hatte mindestens zehn der vielversprechendsten Artikel durchgestrichen, die sie herausgesucht hatte, aber sie war sich nicht sicher, ob er es aus gutem Grund getan hatte oder nur, weil er es konnte. Mindestens die Hälfte der Artikel waren Dinge, von denen sie überzeugt war, dass sie sich gut verkaufen würden. Für einen Moment blieb sie gedankenversunken sitzen, und dann schüttelte sie den Kopf. Sie würde diese so sorgfältig von ihr ausgesuchten Artikel bestellen und die Konsequenzen tragen, falls er es bemerkte. Aber sie bezweifelte, dass er überhaupt noch wusste, was er durchgestrichen hatte.

Lächelnd griff sie zum Telefon, hob den Hörer ab und bat um eine Nummer …

***

Sally war sehr nachdenklich, als sie aus ihrer Bahn stieg und die letzten Meter zu dem Wohnheim für junge Mädchen ging. In Gedanken verloren, wie sie war, sah sie Mick erst, als er ihr in den Weg trat und sie so am Weitergehen hinderte. Sie blickte verärgert auf, entspannte sich aber wieder, als sie sah, dass er es war.

»Oh, du bist es«, sagte sie. »Ich hatte schon gehofft, dich irgendwo zu treffen, weil ich dich nach Sylvia fragen wollte.«

»Sie ist wieder auf den Beinen und hat drüben in Southwark Arbeit gefunden.« Micks Blick verweilte auf ihrem Gesicht. »Sie bat mich, dich zu fragen, ob du ihre Sachen packen und sie zum Pub hinüberbringen könntest. Sie sagt, du hättest ihren Schlüssel und solltest ihn doch bitte für sie bei der Vermieterin abgeben. Aber die Miete sei bezahlt, sagt sie.«

»Warum tut sie es nicht selbst?« Sally runzelte die Stirn, weil Sylvia ganz schön viel von ihr verlangte.

»Wieso? Was ist denn los?«, fragte Mick gedehnt. »Bist du dir jetzt schon zu fein dafür, einer Freundin einen Gefallen zu tun, nachdem dein großartiger Freund dich zur Einkäuferin seines Konsumtempels gemacht hat?«

»Natürlich nicht!« Sally errötete vor Wut. »Es ist gemein von dir, so etwas zu sagen – und er ist auch nicht mein Freund!«

»Ach ja?« Er schaute ihr in die Augen. »Aber wie auch immer, deine Freundin ist jedenfalls hier in der Bar und wird noch eine gute Stunde dort sein – wenn es also nicht zu viel verlangt ist ...«

»Verdammt!«, fauchte sie, erbost über seine Sticheleien, und drängte sich an ihm vorbei.

Sowie sie das Heim betreten hatte, ging sie unverzüglich zu Sylvias Zimmer hinauf. Der Schlüssel befand sich in ihrer Handtasche, wo sie ihn seit jener Nacht aufbewahrt hatte. Sie schloss die Tür auf, sammelte Sylvias Sachen ein und warf sie zornig auf das Bett. Zwei Reisetaschen lagen oben auf dem Schrank, die sie herunterzog, um die ersten Sachen achtlos hineinzuwerfen. Doch dann wurde ihr klar, dass sie nicht alles hineinbekommen würde, wenn sie die Taschen nicht vernünftig packte. Und so nahm sie alles wieder heraus und faltete die Kleidungsstücke zuerst ordentlich, bevor sie sie einpackte. Dann blickte sie sich prüfend in dem Zimmer um und schaute auch unter das Bett, in die Schubladen und unter den Schrank.

Als sie sicher war, dass nichts von Sylvias Habseligkeiten zurückgeblieben war, trat Sally mit den Taschen auf den Gang hinaus und sah, dass Jean sie von der Treppe aus beobachtete.

»Ha! Dann weißt du also, wo sie ist!«, sagte Jean boshaft. »Ich weiß, was in jener Nacht dort oben los war, und eines Tages werde ich es beweisen ...«

»Sie sind eine abscheuliche Person, und ich höre Ihnen sowieso nie zu«, sagte Sally und würdigte sie keines weiteren Blickes.

Jean versetzte ihr jedoch auf der Treppe einen Stoß, worauf Sally dem instinktiven Bedürfnis widerstehen musste, es ihr mit gleicher Münze heimzuzahlen.

»Auch du wirst noch dein Fett abkriegen!«, rief Jean ihr gehässig nach.

Sally konnte es kaum erwarten, diesen Ort ein für alle Mal zu verlassen, und dachte unwillkürlich an die letzte Wohnung, die sie sich mit Rachel Craven angesehen hatte. Leider war sie jedoch so schmutzig und übelriechend gewesen, dass sie sie auf der Stelle abgelehnt hatten. Eine vernünftige Unterkunft zu finden erwies sich als weitaus schwieriger, als Sally je gedacht hätte.

Sie schleppte die beiden Taschen über die schmale Straße vor dem Pub, trug sie hinein und blieb stehen, um sich umzusehen. Das Lokal war schöner, als sie gedacht hatte. Die Eichenholzverkleidung an den Wänden glänzte ebenso wie der bronzene Schmuck vom Geschirr der Brauereipferde, der dort hing. Und an beiden Enden des Tresens standen Töpfe mit farbenfrohen Geranien. Mehrere schwere Eichentische waren in dem großen Raum verteilt, obwohl die meisten Männer an der Bar saßen oder standen. Es waren vor allem Paare, die an den Tischen saßen, und auch Sylvia saß an einem der entfernteren in einer Ecke, wo sie sich mit einer älteren Frau unterhielt.

Als Sally auf sie zuging, sprang Sylvia auf, winkte und lief ihr entgegen, um ihr die Taschen abzunehmen und sie zu einem leeren Platz an ihrem Tisch zu führen.

»Ich habe dir alles mitgebracht«, sagte Sally. »Mick sagt, es ginge dir gut ... ist das wahr, Sylvia?«

»Ja, es ist alles wieder bestens, ehrlich.« Als Sally sich abwandte, um wieder zu gehen, ergriff Sylvia ihren Arm. »Setz dich doch bitte für einen Moment zu uns, Sally. Ich möchte dir meine Freundin Marlene vorstellen – sie besitzt einen Pub mit Restaurant drüben in Southwark und hat mir eine Stelle als Bedienung an den Tischen und hinter der Bar gegeben.«

Marlene stand nicht auf, um sie zu begrüßen. Sie hatte blond gebleichtes Haar und trug einen leuchtend roten Lippenstift. Auf den ersten Blick hätte man sie für eine Straßendirne halten können, aber als sie lächelte, wusste Sallys instinktiv, dass diese Wirtin keinen Unfug im Kopf hatte.

»Freut mich, Sie kennenzulernen, Miss Ross«, sagte sie und streckte ihr die Hand über die Gläser auf dem Tisch entgegen. »Sylvia hat mir erzählt, was Sie für sie getan haben, und deshalb denke ich, dass Sie eine gute Freundin sein müssen. Machen Sie sich keine Sorgen um Sylvia. Ihr wird es bei mir gut gehen – ich kümmere mich um sie, und falls Sie selbst einmal in Schwierigkeiten sein sollten, kommen Sie zu mir ...«

»Danke, Miss ... Entschuldigen Sie, aber ich weiß nicht, wie ich Sie nennen soll ...«

»Für meine Freunde bin ich Marlene, und ein heiliger

Schrecken für die, die es nicht sind«, antwortete Marlene und grinste Sally an. »Und da ich sehen kann, dass Sie eine anständige junge Dame sind, werde ich Sie nicht auffordern, etwas mit uns zu trinken. Aber vergessen Sie nicht, dass mein Pub das Anvil and Hammer ist und wir das beste Bier in ganz London haben – sehr viel besser als das von Mick hier, selbst wenn er mein bester Freund ist.«

»Danke«, sagte Sally. »Ich werde zwar nichts trinken, mich aber dennoch einen Moment zu Ihnen setzen.«

»Ich kann dir das Geld noch nicht zurückzahlen, das du mir geliehen hast«, sagte Sylvia verlegen.

»Mach dir darüber keine Sorgen«, antwortete Sally. »Ich habe eine viel bessere Stelle bekommen und verdiene jetzt auch mehr Geld, also kannst du behalten, was ich dir geliehen habe, Sylvia. Ich bin froh, dass du eine anständige Arbeit gefunden hast und jetzt alles in Ordnung ist.«

»Ja, das ist es ...« Sylvia warf Marlene einen Blick zu und errötete. »Ich weiß, wie dumm ich war, und werde mich nie wieder so hereinlegen lassen.«

»Du bist nicht die einzige junge Frau, die durch einen scheinbar netten Mann auf Abwege geraten ist«, sagte Marlene. »Du hattest nur das Glück, gute Freunde zu haben, denn sonst hätte es ganz anders ausgehen können.«

»Ich dachte, du wolltest aufs Land zurückkehren?«, fragte Sally.

Sylvia zuckte mit den Schultern. »Es war so schrecklich langweilig dort. Deshalb bin ich zurückgekommen und habe Mick nach Arbeit gefragt, und ich hatte das Glück, dass er mich zu Marlene geschickt hat.« Sie bedachte Sally mit einem seltsamen Blick. »Mick ist ein netter Kerl, Sally.«

»Er ist uns beiden ein guter Freund gewesen«, stimmte Sally ihr zu. Da ihr jedoch bewusst war, dass Mick sie schon seit einer Weile anstarrte, stand sie auf. »Ich gehe jetzt besser wieder. Viel Glück, Sylvia – und vielen Dank, Marlene. Es hat mich gefreut, Sie kennenzulernen.«

»Und vergessen Sie mich nicht«, erwiderte Marlene lächelnd. »Ich habe immer Verwendung für ein weiteres Paar Hände ...«

Sally nickte, ohne jedoch darauf zu antworten. Sie wandte sich zur Tür, blieb dann aber stehen und ging zur Bar hinüber, wo sie Mick geradewegs in die Augen sah.

»Danke«, sagte sie. »Ich weiß es wirklich zu schätzen, was du für uns getan hast.«

»Es war einfach nur das, was Freunde füreinander tun«, erwiderte er. »Vergiss also nicht, dass ich hier bin, wenn du einen Freund brauchst, Sally.«

»Ich glaube nicht, dass ich noch sehr lange hier sein werde«, sagte sie. »Morgen Abend schaue ich mir mit einer Freundin eine Wohnung an, von der wir hoffen, sie gemeinsam mieten zu können, falls sie unseren Vorstellungen entspricht.«

»Dann hoffe ich, dass du dort glücklich wirst«, sagte er, aber seine Augen waren hart geworden.

»Mrs. Craven ist die Leiterin der Abteilung, in der ich anfangs gearbeitet habe«, gab Sally scharf zurück. »Sie ist Witwe und eine sehr achtbare Frau, Mr. Wie-immer-du-auch-heißen-magst.«

»Ich heiße O'Sullivan, falls du das meinst.« Ein fröhliches Funkeln erschien nun wieder in seinen Augen. »Aber meine Freunde nennen mich Mick – wie du ja weißt.«

»Dann nochmals vielen Dank, Mr. O'Sullivan«, sagte sie und funkelte ihn böse an. Und während sie wütend davonstürmte, hatte sie sein Lachen noch in den Ohren.

* * *

»Ja, das ist die beste, die wir gesehen haben, und zu einer Miete, die wir uns leisten können«, stimmte Rachel zu, als Sally meinte, dass ihr die kleine Wohnung in der Nähe der Kingsway, die ihnen gerade gezeigt worden war, sehr gut gefiel. »Ich schlage vor, wir sagen dem Makler, dass wir sie sofort haben wollen, sie wird sicher sehr schnell weg sein, und dann stehen wir wieder mit leeren Händen da.«

Es war die dritte passende Wohnung, die ihnen von demselben Makler gezeigt worden war. Die erste war größer gewesen und hatte ihnen beiden gefallen, aber der Besitzer hatte sie nur an eine Familie vermieten wollen, weil er nicht sicher war, dass zwei Frauen die Miete aufbringen konnten. Die zweite Wohnung war feucht gewesen und hatte unangenehm gerochen, aber diese hier war gerade richtig.

»Sie ist perfekt für uns, Rachel«, sagte Sally. Sie hatte zwei Schlafzimmer von ähnlicher Größe, die beide mit einem Doppelbett, einem Kleiderschrank, einer Kommode und einem Nachttisch ausgestattet waren. Das Wohnzimmer war mit einem Sofa und zwei Sesseln, einem Bücherregal und einem kleinen Couchtisch möbliert. Es war ein bisschen kahl, fanden sie, aber sie konnten ein paar Kleinigkeiten kaufen, um es gemütlicher zu machen. Das Badezimmer sah ziemlich neu aus und war ein echter Luxus, weil sie es nur zu zweit teilen mussten, und die Küche, obwohl winzig, genügte für ihre Bedürfnisse. »Von hier aus können wir sogar zu Fuß zur Arbeit gehen.«

An den Londoner Docks hatte ein Streik begonnen, der in den letzten Tagen immer schlimmer geworden war. Die Lieferwagenfahrer, die versucht hatten, den Würgegriff der Hafenarbeiter zu lockern, wurden angegriffen und bedroht. Die Zeitungen hatten die Vermutung geäußert, dass die Unruhen zu einem noch größeren Streik führen könnten, der den Transport in der ganzen Stadt beeinträchtigen würde. Doch selbst in diesem Fall wäre es immer noch ein Kinderspiel, von dieser Wohnung aus zu Harpers zu gelangen.

»Ich habe ein paar Kleinigkeiten, die ich mitbringen kann. Ich habe sie regelrecht gehortet«, bemerkte Rachel mit einem zustimmenden Lächeln. »Ja, die Wohnung gefällt mir sehr gut, Sally, und ich hoffe, dass wir sie uns diesmal sichern können.«

»Wir werden es jetzt gleich dem Makler sagen«, schlug Sally vor. »Ich habe meine fünf Pfund Anzahlung dabei, und du?«

»Natürlich«, sagte Rachel. »Ich finde drei Pfund und zehn Shilling im Monat für eine Wohnung in dieser Gegend ganz vernünftig, aber sie haben eine happige Kaution von uns verlangt.«

»Mr. Bramble sagte, der Besitzer verlange eine Sicherheit. Er denkt, dass wir, wenn wir zehn Pfund Kaution an den Makler zahlen, auch jeden Monat unsere Miete bezahlen werden – und beim letzten Mal wurden wir abgelehnt, weil wir keinen männlichen Verwandten hatten, der für uns bürgen konnte.«

»Ich weiß, wie du dich fühlst«, sagte Rachel und lachte leise über Sallys empörte Miene. »Nicht nur, dass wir Frauen kein Wahlrecht haben, wir können noch nicht einmal allein in einen Pub gehen, ohne für liederlich oder sogar für eine Dirne gehalten zu werden. Es wird höchste Zeit, dass auch wir Frauen das Wahlrecht bekommen, meinst du nicht?«

»Und ob!«, erwiderte Sally mit leidenschaftlich aufblitzenden Augen. »Jenni Harper erwähnte einmal, dass sie Mitglied einer Gruppe von Frauenrechtlerinnen ist, aber wir hatten so viel zu tun, dass wir das Thema nicht weiter besprochen haben.«

»Ja, ich weiß, dass du buchstäblich ins kalte Wasser geworfen wurdest«, sagte Rachel, als sie in die Diele gingen, wo der Makler sie erwartete und schon ungeduldig auf seine silberne Taschenuhr blickte.

»Wir haben beschlossen, die Wohnung zu nehmen«, sagte Sally entschieden und öffnete ihre Handtasche. »Wir können Ihnen die Kaution und die erste Monatsmiete jetzt gleich zahlen, wenn Sie wollen.«

»Könnten Sie morgen früh ins Büro kommen?«, fragte er sichtlich erleichtert. »Es freut mich, dass sie Ihnen gefällt, Miss Ross und Mrs. Craven. Ihre Referenzen sind natürlich alle in Ordnung, nicht?«

»Ich habe eine von einem früheren Arbeitgeber«, sagte Rachel. Sally zögerte zunächst und sagte dann: »Ja. Mr. Harper wird mir sicher eine geben.«

»Ich weiß, dass Sie beide grundsolide junge Damen sind, aber wir müssen diese Dinge nun einmal verlangen.«

»Ich werde sie Ihnen morgen früh mitbringen«, sagte Sally und knirschte im Geiste mit den Zähnen. Wäre der Makler auch so pingelig, wenn sie Männer wären? Sie bezweifelte es, und es machte sie wütend, aber sie ließ sich ihre Verärgerung nicht anmerken. Sie würde Mr. Harper um eine Empfehlung bitten müssen, denn es gab nun mal niemand anderen, der dies für sie tun konnte.

»Tja«, sagte Rachel, als sie gingen. »Dann können wir nur hoffen, dass wir dieses Mal das Glück haben und den Mietvertrag bekommen ...«

»Ja, drücken wir uns die Daumen«, sagte Sally. »Wir haben das Geld für die Miete und sind respektable junge Frauen – und trotzdem müssen wir nahezu auf den Knien rutschen, um eine Wohnung mieten zu dürfen.«

Rachel nickte. »Das ist einer der Gründe, aus denen ich kürzlich einer Frauenbewegung beigetreten bin. Ich war auch schon bei einigen Versammlungen, wo wir uns Vorträge von Männern und Frauen anhören, die an die Sache glauben, und danach gibt es Tee und Sandwiches. Du solltest einmal mitkommen, Sally. Ich könnte mir sehr gut vorstellen, wie du dort auf dem Podium stehst und die Damen zum zivilen Ungehorsam aufforderst, falls unsere Forderungen nicht erfüllt werden sollten.«

Rachel scherzte natürlich, aber Sally stimmte ihr im Stillen zu. Ein wachsender Groll hatte sich seit einer Weile tief in ihrem Innern aufgestaut. Sie hatte die Plakate mit den Forderungen nach dem Frauenwahlrecht gesehen und in den Zeitungen darüber gelesen, doch bis jetzt hatte sie nie wirklich darüber nachgedacht, sich der Bewegung anzuschließen. Wenn man zu sehr damit beschäftigt war, seinen Lebensunterhalt zu verdienen, war es schwer, an etwas anderes zu denken, aber zurzeit war sie geschäftlich sehr viel in der Stadt unterwegs, was sie wachgerüttelt und ihr klargemacht hatte, dass Frauen immer noch nicht gerecht behandelt wurden, wenn es um Löhne und sehr viele andere Dinge ging, auch wenn sie selbst Glück gehabt hatte. Sie hatte einen Posten erhalten, den viele Arbeitgeber nicht einmal im Traum einer Frau anvertrauen würden. Die Harpers hatten anerkannt, dass eine Frau ebenso gut arbeiten konnte wie ein Mann, aber nicht viele würden ihnen darin zustimmen. Alte Gewohnheiten und Denkweisen ließen sich schwer überwinden. Im Parlament waren Änderungen durchgesetzt worden: Die Löhne der Kettenmacherinnen waren angehoben worden, denn bisher hatten sie von einem Hungerlohn leben müssen, und auch andere kleine Verbesserungen der Bedingungen für weibliche Beschäftigte hatte es gegeben. Doch die Einstellung vieler Menschen änderte sich trotzdem nicht.

»Würdest du mich das nächste Mal mitnehmen, wenn du zu einem deiner Treffen gehst?«, fragte Sally.

»Aber ja«, antwortete Rachel. »Mit Vergnügen, Sally. Ich hoffe nur, dass wir unsere Wohnung bekommen. Ich kann es kaum erwarten …«

Kapitel 28

»Hast du schon gehört, dass Miss Ross und Mrs. Craven heute Abend ihre neue Wohnung beziehen werden?«, fragte Maggie, als sie und Beth an diesem Maimorgen einen Augenblick Zeit zum Plaudern hatten. »Sie sprachen gerade eben darüber, als Miss Ross herunterkam, um sich den neuen Silberschmuck anzusehen. Einiges davon ist sehr hübsch – hast du ihn schon gesehen?«

»Ich habe nur gehört, dass sie den Mietvertrag für eine Wohnung unterschrieben haben und bald einziehen werden.« Beth lächelte über den Eifer der jüngeren Maggie. »Und ja, den emaillierten Schmuck habe ich schon gesehen und finde ihn auch sehr schön. Ich würde zu gern auch ein Stück davon besitzen, aber ich werde wohl ewig sparen müssen, bevor ich mir so etwas leisten kann.« Sie runzelte die Stirn. »Ich glaube, Miss Ross hatte Schwierigkeiten mit dem Nachschub von Kleidungsstücken, weil die jüdischen Arbeiter in der Bekleidungsindustrie etwa drei Wochen streikten. Einige Lieferanten konnten ihre Zusagen nicht einhalten.«

»Ich habe darüber etwas im *Daily Herald* gelesen«, sagte Maggie. »Ralf kauft diese Zeitung immer, und manchmal gibt er sie mir, wenn er sie gelesen hat.«

»Ja, ich habe die Schlagzeilen auch gesehen«, sagte Beth. »Sally war clever. Sie hat einen kleinen Hersteller draußen auf dem Land ausfindig gemacht und dort neue Ware eingekauft – sie treibt immer wieder etwas Neues und Interessantes auf.«

»Deshalb haben wir ja auch so viel zu tun«, sagte Maggie.

»Am besten gefällt mir übrigens dieser Jugendstilanhänger mit der rosa Emaillierung und den Perlen. Er kostet drei Pfund und fünfzehn Shilling, leider kann ich ihn mir nicht einmal mit meinen zehn Shilling Gehaltserhöhung leisten.«

Beth seufzte verständnisvoll, aber mit derlei Dingen musste man sich eben abfinden, wenn man in einem Geschäft wie diesem arbeitete. Es gab dort immer schöne Dinge, deren Preise weit über den eigenen Möglichkeiten lagen.

»Aber zumindest sind wir hier immer mit hübschen Sachen umgeben, die wir anschauen und sogar anfassen können.« Maggie nickte Beth zu und ging, als eine Kundin die Abteilung betrat und auf ihren Verkaufstisch zusteuerte.

Beth dachte, dass Maggie von Tag zu Tag hübscher aussah. Sie trug ihr Haar jetzt weiblicher und weicher, ihre Augen strahlten, und viel öfter als früher lag ein Lächeln auf ihren Lippen. Es war jetzt Ende Mai, und sie waren an zwei Sonntagen mit Ralf zum Tee gegangen, hatten Spaziergänge durch den Park gemacht und das dortige Eiscafé besucht, und die charmanten Aufmerksamkeiten des jungen Manns hatten ihre Freundin zu einer selbstbewussteren und sehr hübschen jungen Frau erblühen lassen. Und selbst wenn sie manchmal vor dem Regen fliehen und sich irgendwo unterstellen mussten, verdarb ihnen das nie den Nachmittag.

Ralf hatte Beth erzählt, dass er nicht damit rechne, heiraten zu können, bevor seine ältere Schwester unter der Haube war. Er musste diese Hochzeit bezahlen und seine Mutter gut versorgt wissen, bevor er beginnen konnte, für sein eigenes Leben Pläne zu schmieden, aber er sah dennoch keinen Grund, warum Maggie und er sich deshalb die Freude an der Gesellschaft des anderen versagen sollten. Er hatte Maggie erzählt, dass er gerne zur Luftwaffe gehen würde, was jedoch nicht möglich war, weil er es sich nicht leisten konnte, die besser bezahlte Stelle bei seinem Onkel aufzugeben.

Beth hatte große Freude an ihren wöchentlichen Ausflügen, und da nun auch Tante Helen jeden Sonntag ausging, sah sie keinen Grund daheimzubleiben. Außerdem war es schön, Maggie und ihren Freund auf eine noch sehr unschuldige Art so glücklich miteinander zu sehen.

Ein Spaziergang im Park oder eine kleine Bootsfahrt auf dem dortigen See machte ihnen allen große Freude, und Beth hatte nie das Gefühl, das fünfte Rad am Wagen zu sein, da Maggie ohne sie nicht hätte ausgehen können. Außerdem war sie ihr sehr dankbar dafür, dass sie ihr Haar zu der duftigeren, moderneren Frisur geschnitten hatte, die ihr so gut gefiel. Und so zog auch Beth das Interesse einiger junger Herren auf sich, wenn sie mit dem jungen Paar durch den Park spazierte. Aber ganz bewusst ignorierte sie die allzu freimütigen Blicke, die einige von ihnen ihr zuwarfen.

Ein Teil von ihr beneidete Sally und Mrs. Craven um ihren Umzug in eine geräumige eigene Wohnung, obwohl auch ihr eigenes Leben daheim sich neuerdings sehr verbessert hatte. Beth war sich nicht sicher, inwieweit sie das Maggies Anwesenheit zu verdanken hatte, aber eins stand fest: Das junge Mädchen hatte Tante Helen mit seinem Charme verzaubert. Sie lächelte mehr, und manchmal hörte Beth die beiden in der Küche oder im Wohnzimmer zusammen lachen. Und auch die sonntäglichen Nachmittagstees schienen Tante Helen sehr glücklich zu machen. Auf jeden Fall war sie viel freundlicher geworden.

Und so war sie auch sehr mitfühlend und besorgt gewesen, als sie Maggie mitteilte, dass die Polizei da gewesen sei, um sie darüber zu informieren, dass Mr. Gibbs sterbliche Überreste zur Beerdigung freigegeben worden seien. Da die Behörden zu dem Schluss gelangt waren, dass Maggies Vater an einer Überdosis Laudanum gestorben war, ob nun aus Versehen oder Vorsatz, war das Verfahren als solches noch anhängig, die Beerdigung aber gestattet worden. Maggie hatte sich dafür einen

Tag freigenommen und alle Angebote, sie zu begleiten, abgelehnt. Am Abend war sie blass und erschöpft heimgekommen, aber als Tante Helen ihr ihren Lieblingsmohnkuchen vorgesetzt und sich erstaunlich liebevoll um sie gekümmert hatte, begann sie schon bald wieder zu lächeln.

Von Maggies Mutter gab es nach wie vor noch keine Spur, und die Polizei war noch immer auf der Suche nach ihr und dem Mann, der am selben Tag verschwunden war wie sie. Das Geld, das ihre Mutter gestohlen hatte, war für Maggie offenbar verloren, aber sie hatte zu Beth gesagt, dass sie ohnehin keinen Penny davon wollte.

»Es ist Blutgeld«, sagte sie grimmig. »Ich würde es selbst dann nicht wollen, wenn sie es mir freiwillig geben würde – und ich will auch sie nie wiedersehen.«

»Sie ist immer noch deine Mutter«, erinnerte Beth sie, aber Maggie schüttelte den Kopf. »Du und Tante Helen und Ralf seid jetzt meine Familie, und ich will und brauche niemand anderen.« Sie wollte nicht über den Tag der Beerdigung sprechen, aber ihren seltenen Bemerkungen entnahm Beth, dass ihr Onkel sie bei sich und seiner Familie hatte aufnehmen wollen, sie sich aber strikt geweigert hatte. Und da ihre Tante wohl auch nicht ganz glücklich mit dem Gedanken gewesen war, hatte er Maggie am Ende ihren Willen gelassen und ihr gesagt, sie könne zu ihm kommen, falls sie Hilfe brauchte.

»Eher würde ich in einem Wohnheim leben wie Sally Ross früher«, hatte Maggie zu Beth gesagt. »Du ahnst gar nicht, wie froh ich bin, dass ich hier bei dir und Tante Helen lebe.«

Auch Beth war froh darüber, weil es ihr das Leben sehr erleichtert hatte. Sie teilten sich die Hausarbeit, sodass sie mehr Zeit hatten auszugehen, und Tante Helen erlaubte ihnen sogar eines Abends, zu einem Kirchenfest zu gehen. Es gab verschiedene Stände, Leute, die Karten spielten, eine Tombola, und jede Menge Essen, Tee und Orangensaft. Beth war nicht im Geringsten überrascht, als Ralf eine halbe Stunde nach Beginn auftauchte und ihnen beiden einen Lebkuchenmann kaufte und dann beim Ringwerfen eine kleine Porzellanfigur für Maggie gewann.

Später hatte er sie nach Hause begleitete, und Maggie hatte ihn hereingebeten, damit er Tante Helen kennenlernen konnte. Sie hatte ihr erzählt, er sei ein Freund, den sie schon eine Weile kannte, und sie gefragt, ob sie ihn vielleicht einmal sonntags zum Mittagessen einladen könnte.

Beth hatte es kaum glauben können, als ihre Tante geantwortet hatte, dass es sie sehr freuen würde, wenn Maggies Freund zu ihnen zum Mittagessen käme. Er hatte sich sogar eine Stunde lang mit ihr über seine Mutter und seine Schwester unterhalten, bevor er wieder gegangen war.

»Was für ein netter junger Mann!«, hatte Tante Helen gesagt. Dann hatte sie Beth zugenickt. »Es ist schade, dass du nicht auch so einen netten jungen Mann hast, den du nach Hause einladen könntest, Beth. Ganz ehrlich, meine Liebe, es wird langsam Zeit, dass du dir jemanden suchst, wenn du nicht als alte Jungfer enden willst wie ich!«, sagte sie – und brach in schallendes Gelächter aus, als hätte sie einen großartigen Witz gemacht.

Beth war mehr als nur verblüfft. Sie war schrecklich nervös gewesen, als Maggie einfach so mit Ralf hereinmarschiert war, aber irgendwie schien sie nichts falsch machen zu können – vor nicht allzu langer Zeit noch hatte Beth schon Ärger bekommen, wenn sie zu spät nach Hause kam. Die Veränderung ihrer Tante war ihr ein Rätsel.

Über all dies musste sie nachdenken, als sie am nächsten Morgen zu ihrer Pause in den Keller ging. Fred hatte schon den Kessel aufgesetzt, und Beth fragte ihn, ob er am kommenden Sonntag zum Tee in den Park gehen wolle. Er wirkte sehr erfreut darüber.

»In zwei Wochen wird mein Jack wieder zu Hause sein«, sagte er. »Er hat eine gute Stelle bei der Hamburg-America-Line gefunden. Sie haben ihn sogar zum Chefsteward befördert, in Anerkennung seiner Tapferkeit und seines Einsatzes für die Menschen, die er gerettet hat, und er bekommt auch mehr Geld als bei der White Star. Er meint, die Eigner hätten ihre Lektion gelernt und würden nie wieder ein Schiff mit zu wenigen Rettungsbooten hinausschicken. Jack musste eine schriftliche Aussage in der Untersuchung machen, sodass er nicht früher zurück sein konnte – aber Mitte Juni wird er hier sein ...«

»Oh, wie schön für dich, Fred!« Beth freute sich für ihn. »Du musst ihn zu einem unserer Picknicks mitbringen, wenn er wieder da ist.«

»Ja, das wäre schön«, antwortete er strahlend. »Ich danke Gott noch immer jeden Morgen beim Erwachen, dass mein Jack verschont wurde – und ich bedanke mich auch für dich, Beth, weil du mein Leben verändert hast!«

»Es macht mir einfach so viel Freude, mit dir zu plaudern, Fred«, sagte Beth. Sie vermisste ihren Vater so sehr, und nun hatte sie in dem Hausmeister einen Mann gefunden, auf den sie sich verlassen konnte. »Ich bin auch sehr froh, dass du hier arbeitest.«

Beth war sich durchaus darüber im Klaren, wie sehr sich ihr Leben in den letzten drei Monaten verbessert hatte. Sie hatte jetzt Freunde, ihre Arbeit und ein bisschen Geld in der Tasche. Und über Sally wusste sie, dass das Kaufhaus gut lief und Mr. Harper mit den Verkaufszahlen zufrieden war. Wie andere Mitarbeiter hatte sie sich schon gefragt, ob der Laden verkauft werden würde, weil er nicht mehr Teil einer größeren Kette war, aber jetzt sah es so aus, als ob alles bestens lief. Sie hoffte es zumindest, denn sie führte jetzt solch ein gutes Leben und wollte nicht, dass sich daran etwas änderte.

Kapitel 29

»Ich habe mir die Verkaufszahlen angesehen«, sagte Ben Harper eines Morgens Anfang Juni, als Sally das Büro betrat und ihn über die Papiere gebeugt vorfand, die von den einzelnen Abteilungen hinaufgeschickt worden waren. »Einige haben sich seit dem ersten Monat deutlich verbessert, und Ihre frühere Abteilung liegt dabei ganz vorn ...«

»Das ist gut.« Sallys Herz führte einen kleinen Freudentanz auf, als er sie anlächelte. »Und glauben Sie, dass es genügen wird, um Ihre Partner zufriedenzustellen?«

»Meine Tante zumindest hat beschlossen, ihre Anteile nicht zu verkaufen.« Ben machte ein nachdenkliches Gesicht. »Sie sagte, sie vertraue darauf, dass ich das Geschäft zum Erfolg führen werde, und sie wird sehr zufrieden sein, wenn Sie auch weiterhin solch gute Verbesserungen einführen, Miss Ross.«

»Ich kaufe aber nur für zwei Abteilungen ein«, gab sie zu bedenken und wandte sich ab, als er sie mit einem Blick ansah, der bis in ihr Herz vorzudringen schien. »Unser Erfolg ist eine gemeinsame Anstrengung, Mr. Harper. Das meiste erledigen Mr. Stockbridge und Mr. Marco ... und Sie natürlich auch.«

»Ich habe lediglich den Vorschlägen meines Managers und den Ihren zugestimmt, Miss Sally«, sagte er. »Außerdem bin ich der Meinung, dass diejenigen, die Tag für Tag mit dem Warenbestand zu tun haben, besser in der Lage sind, Entscheidungen zu treffen als ich ...«

»Und dennoch wissen wir alle, dass Sie uns beobachten, Mr. Harper«, stellte Sally ein bisschen trotzig fest.

»Immer noch so förmlich?«, bemerkte er mit erhobenen Augenbrauen. »Ich dachte, mir sei inzwischen verziehen worden …«

»Ich habe Ihnen nichts zu verzeihen«, gab Sally zurück und spürte, wie ihr Puls zu rasen begann. Was hatte er damit sagen wollen? »Sie haben mir eine Chance gegeben, etwas zu tun, was mir Freude macht, und dafür bin ich Ihnen sehr dankbar.«

»Dankbar genug, um sich heute Abend von mir zum Essen ausführen zu lassen?«

Sally holte tief Luft, bevor sie lächelnd erwiderte: »Als Ihre Angestellte wäre es mir eine Ehre, mit Ihnen zu Abend zu essen, Mr. Harper.«

»Gut. Aber ich betrachte Sie als Freundin und nicht nur als Angestellte. Außerdem sollten wir auf jeden Fall unsere ersten drei Monate feiern«, stellte Mr. Harper schmunzelnd fest.

»Und nun möchte ich, dass Sie einen Blick auf diese von mir erstellten Listen werfen«, fuhr er dann schon ernster fort. »Ich finde nämlich, dass wir uns langsam Gedanken über die Winterkollektionen und die Weihnachtsartikel machen sollten – ja, es ist sogar höchste Zeit, das zu tun.« Es war gerade Sommer geworden und trotzdem schon Zeit, über die Weihnachtsartikel nachzudenken, weil die Neuheiten auf dem Markt bereits gezeigt und vorgeführt wurden.

»Werden Sie das ganze Kaufhaus oder nur die Schaufenster weihnachtlich gestalten lassen?«, fragte Sally interessiert, als sie die Kataloge entgegennahm, die er ihr reichte, und die Fotografien und Zeichnungen festlicher Artikel sah. »Oh, Sie haben ja auch eine Auswahl von Fair-Isle-Pullundern für die Herrenbekleidung hinzugefügt! Ich hatte sie Mr. Marco schon empfohlen, als er mich fragte, was meiner Ansicht nach ein schönes Geschenk für einen guten Freund wäre.«

Mr. Harper nickte. »Ja, es ist schon irgendwie komisch, an einem so schönen Sommertag an den Winter und Weihnachten zu denken, nicht? Aber so ist es nun einmal im Einzelhandel. Wir müssen lange im Voraus entscheiden, was sich in der nächsten Saison verkaufen wird, und daher machen wir auch manchmal Fehler.«

»Nun, ich denke, dass die Pullunder sich verkaufen werden«, sagte Sally zuversichtlich. »Sie sind nicht zu teuer, und die meisten Männer tragen diese ärmellosen Pullover gern zu Hause und finden sie sehr bequem ... das denke ich zumindest.«

»Keiner von uns kann sich in diesen Dingen sicher sein, es ist alles eine Frage des Muts, der eigenen Überzeugung zu folgen«, sagte Harper. »Mein Onkel hat so etwas Ähnliches wie diese Pullunder, und auch einige meiner Freunde tragen sie. Ich persönlich halte sie für eine sichere Sache. Und wie finden Sie diese Herrenmäntel mit Persianerkragen ...?«

Nachdem sie verschiedene Moderichtungen besprochen hatten, gingen sie zu Sallys Abteilungen, und er erwähnte dabei einige Modelle, die er in ihren Einkaufslisten durchgestrichen hatte und von denen er nun lobend sagte, wie gut sie sich verkauft hatten. Anscheinend hatte er tatsächlich vergessen, dass er das getan hatte, aber Sally hielt es für besser, ihn nicht daran zu erinnern.

Sie diskutierten eine weitere Stunde über zukünftige Bestellungen, und dann brach Mr. Harper zu einem Termin bei seinem Anwalt auf, nachdem er Sally versprochen hatte, sie am Abend abzuholen, und sie machte sich auf ihre übliche Runde durch das Kaufhaus. Sally besuchte jeden Tag so viele Abteilungen, wie sie konnte, stellte Fragen, überprüfte Kleiderständer und dergleichen und sprach mit allen Verkäufern und Verkäuferinnen, ob sie nun zu ihrer Abteilung gehörten oder nicht. Es half ihr sehr dabei, sich eine gute Vorstellung von dem zu machen, was sich verkaufte und was nicht. Sie hatte es sich außerdem zur Gewohnheit gemacht, ihre Bestellungen klein und überschaubar zu halten, da sie lieber öfter nachbestellte, als zu viel auf einmal zu kaufen und die Dinge dann vielleicht ewig herumliegen oder herumhängen zu haben. Es war natürlich mehr Arbeit, aber sie tat es gern und erwartete von anderen, genauso fleißig zu sein wie sie selbst.

Als sie in der Damenmodeabteilung einen missmutigen Blick von einer der Verkäuferinnen auffing, ging Sally zu ihr und fragte sie, ob es irgendwelche Schwierigkeiten gebe.

»Offensichtlich gibt es hier nichts anderes zu tun, als neue Sachen auszupacken«, antwortete das Mädchen. »Ich musste heute Morgen schon sechs Wollröcke bügeln, weil sie Knitterfalten hatten.«

»Sie sind June Brown, die Jüngste in dieser Abteilung, nicht?« Sally runzelte die Stirn, als das Mädchen nickte.

»Nun, June, Sie sollten es als Privileg ansehen, mit solch schönen Dingen umgehen zu dürfen. Ich wäre entzückt gewesen, wenn ich mit sechzehn eine Stelle wie die Ihre gehabt hätte.«

June rümpfte die Nase und machte ein noch verdrosseneres Gesicht.

Sally ließ sie stehen und ging zur Abteilungsleiterin, um sich nach dem Absatz der neuesten Modelle zu erkundigen.

»Sie verkaufen sich sehr gut, Miss Ross«, sagte Mrs. Simpson enthusiastisch. »Die jüngeren Frauen lieben diese neumodischen Röcke – sie sind zwar ein bisschen unbequem beim Gehen, weil sie sehr eng um die Knöchel sind, aber sie sehen wirklich schick aus.«

Das zu hören, freute Sally. Sie war sich nicht sicher gewesen, ob sie diese sogenannten »Humpelröcke« einführen sollte oder nicht. Sie waren zwei Jahre zuvor auf den Markt gekommen, gefolgt von einer Welle des Protests und zahlreichen Karikaturen und vernichtenden Zeitungsartikeln über ihre Unbequemlichkeit. Modebewussten jungen Damen gefielen diese Röcke jedoch sehr, obwohl einige von ihnen so eng waren, dass man in ihnen kaum die kleinsten Schritte machen konnte. Die Röcke, die Sally gefunden hatte, waren jedoch nur um die Waden eng und erweiterten sich dann in einer kleinen Rüsche an den Knöcheln, was der Trägerin etwas mehr Fußfreiheit verlieh.

»Ja, ich dachte mir schon, dass sie den jüngeren Damen gefallen könnten«, sagte sie. »Ich überlege sogar, ob ich mir nicht selbst einen kaufen soll ...«

»Dann werden Sie sich beeilen müssen«, erwiderte Mrs. Simpson. »Wir haben allein heute Morgen schon fünf verkauft. Deshalb wollte ich Ihnen sowieso vorschlagen, noch welche nachzubestellen.«

»Ich werde mich erkundigen, was es sonst noch in einem Stil wie diesem gibt«, versprach Sally. Sie bestellte nur selten exakt die gleichen Kleidungsstücke nach, weil das, was sich an einem Tag verkaufte, vielleicht am nächsten bereits liegenblieb. Mode war eben eine sehr unbeständige Sache.

Als sie gerade gehen wollte, kam Mr. Marco herein, und sie blieb stehen, als er sie anlächelte und grüßte. Er hatte welliges dunkles Haar, das ein bisschen zu lang für das Geschäftsleben war, aber er war nun mal ein Künstler, Sohn einer englischen Mutter und eines italienischen Vaters, und sein Charme lag in seinem Lächeln und seinem manchmal etwas schrägen Humor, aber auch in seinen warmen braunen Augen und seinem seelenvollen Blick.

»Hallo, Miss Ross! Schön, dass ich Sie treffe«, sagte er. »Ich brauche nämlich einige Ihrer hinreißenden neuen Humpelröcke für meine Arrangements – sie sind entzückend, und die Trippelschrittchen, die die Damen darin machen, lassen sie wie Vögelchen aussehen, die auf den Ästen zwitschern ...«

»Sie sind ganz schön unverfroren, Mr. Marco«, sagte Sally schmunzelnd. »Aber ich bin froh, dass Sie die Röcke ausstellen werden, weil ich einige sehr schicke neue dahabe. Ich dachte, vielleicht könnten Sie eine Szene bei einer Art Gartenfest für uns kreieren? Dabei könnten Sie dann nicht nur unsere hübschen Hüte und Kleider, sondern auch einige Sportartikel zur Geltung bringen ...«

»Ich dachte an ein Kricket-Fenster, da wir jetzt all diese wunderbaren Spiele bei Lord's und auf allen möglichen Grünflächen haben, aber ich brauche auch noch eine Ruderregatta ... irgendetwas, um den Sommer zu feiern ...«

»Dann denken wir in derselben Richtung«, sagte Sally lächelnd.

»Wie immer! Alle Ideen sind willkommen. Und jetzt gehen Sie, denn ich möchte Sie nicht aufhalten«, sagte er und winkte sie weg. »Sie haben immer so viel zu tun, Sie hübsches Kind ...«

Sally lachte und ging weiter. Der Schaufensterdekorateur sagte oft solche Dinge, aber sie wusste, dass es schlicht und einfach seine Art war. Einige der Mädchen flüsterten, dass Mr. Marco einen männlichen Geliebten habe, aber das interessierte Sally nicht. Ob es nun stimmte oder nicht, es war seine Angelegenheit und machte für sie keinen Unterschied – auch wenn der Großteil der Gesellschaft das keineswegs so sah.

Sally ging weiter zu ihrer Lieblingsabteilung und kam gerade noch rechtzeitig, um mitzubekommen, wie Rachel eine wunderschöne Ledertasche einpackte, eine der teuersten, die sie auf Lager hatten. Sie blieb stehen, um mit Maggie zu sprechen, und fragte sie, ob sich die Schals so gut wie immer verkauften, und das Mädchen strahlte.

»Ich habe heute Morgen schon fünf verkauft. Wir haben wirklich viel zu tun, Miss Ross. Und alle Kundinnen sagen, es sei schön, dass wir immer etwas Neues haben.«

»Das höre ich gern«, antwortete Sally. »Und deswegen habe ich auch schon mit Mr. Stockbridge über eine Beförderung für Sie gesprochen, da Sie ja nun Ihren eigenen Verkaufstisch haben – und er hat mir versprochen, heute noch einmal darauf zurückzukommen.«

»Oh, wie schön, Sally! Vielen Dank, Sally!«, rief Maggie und errötete, als Mrs. Craven ihr einen strafenden Blick zuwarf. »Tut mir leid. Ich hätte Miss Ross sagen sollen«, sagte sie schnell.

»Für dieses eine Mal werden wir darüber hinwegsehen«, sagte Sally und zwinkerte ihr zu, ohne dass es jemand anderes sehen konnte.

Dann ging sie zu Rachels Verkaufstisch weiter und sprach sie ganz formell mit Mrs. Craven an, weil Kundinnen da waren und sie sich darauf geeinigt hatten, die vorschriftsgemäße Anrede bei der Arbeit beizubehalten, auch wenn sie sich jetzt eine Wohnung teilten.

»Ich wollte Ihnen nur sagen, dass ich heute Abend zum Essen ausgehe«, sagte Sally. »Mr. Harper hat mich eingeladen, und ich habe zugestimmt. Warten Sie deshalb bitte nicht auf mich, wenn Sie nach Hause kommen.«

Sie teilten sich nun schon eine ganze Weile ihre Wohnung und achteten darauf, sich gegenseitig Bescheid zu geben, wenn sie vorhatten, abends auszugehen.

»Oh ... nein, natürlich nicht«, sagte Rachel. »Da ich ohnehin vorhatte, zu dem heutigen Treffen der Bewegung zu gehen, werde ich mich wahrscheinlich mit einem Sandwich und ein paar Tassen Tee begnügen.« Sie lächelte. »Ich habe Minnie und Mildred tatsächlich dazu bringen können, endlich zu den Treffen mitzukommen ... und Sie hoffentlich auch?« »Ich werde mein Bestes tun ...« Sally nickte und ging, als sich eine weitere Kundin der Theke näherte. Bei Beth blieb sie noch einmal stehen, um mit ihr zu sprechen, betrachtete die neueste

Auslage an Hüten und machte sich in Gedanken eine Notiz, einige hübschere Modelle einzukaufen. Sie hatten zu viele eher schlichte Filzhüte, weil die meisten der ausgefalleneren Modelle schon verkauft waren. Beth hatte einen Ansturm auf die Strohhüte erlebt, weil die Frauen bei dem wärmeren Wetter Lust bekamen, sich in ihrer schönsten Garderobe zu zeigen.

Sally verließ die Abteilung, aber als sie sich dem Aufzug näherte, kam Miss Hart auf sie zu. Ihr Gesichtsausdruck verriet Sally, dass die Etagenaufsicht wieder einmal schlecht gelaunt war.

»Ich muss mit Ihnen reden, Miss Ross!«, sagte sie mit einem giftigen Blick.

»Was kann ich für Sie tun, Miss Hart?«

»Es handelt sich um etwas, das bereits geschehen ist.« Sie holte tief Luft. »Warum haben Sie über meinen Kopf hinweg verlangt, dass Miss Gibbs zu einer vollwertigen Verkäuferin befördert wird? Ich lasse es mir nicht bieten, dass Sie sich in meinen Aufgabenbereich einmischen!«

»Und Sie meinen, das sei *Ihr* Aufgabenbereich?«, fragte Sally und blickte sie eindringlich an. »Ich dachte, dass Mr. Stockbridge für die Löhne des Personals und diese Dinge zuständig ist – aber wenn es Ihre Aufgabe war, ihn darauf aufmerksam zu machen, warum haben Sie es dann nicht getan? Miss Gibbs hätte von dem Moment an, als sie mit der Leitung eines eigenen Verkaufstischs betraut wurde, den vollen Lohn erhalten müssen. Mr. Stockbridge hat sich sogar bei mir dafür bedankt, dass ich ihn darauf aufmerksam gemacht habe.«

Miss Hart starrte sie an, und für einen Augenblick dachte Sally, dass sie sie am liebsten geohrfeigt hätte, aber dann machte sie auf dem Absatz kehrt und ging. Ihre Aufgabe war es, die verschiedenen Etagen zu beaufsichtigen, zu helfen, wo es nötig war, auf Fehler oder Mängel hinzuweisen und Mitarbeiter von einer Abteilung in die andere zu versetzen, falls jemand ausfiel, aber über Löhne und Beförderungen zu entscheiden gehörte nicht dazu. Für das Personal war Mr. Stockbridge zuständig – und hätte Miss Hart ihre Arbeit gründlicher gemacht, hätte sie zuerst mit Mrs. Craven darüber gesprochen und dann den Manager davon in Kenntnis gesetzt.

Der Vorfall gab Miss Hart jedoch nur Anlass, Sally noch mehr zu hassen. Warum sie so gegen sie eingenommen war, blieb Sally ein Rätsel, aber sie ließ sich nicht davon beunruhigen. Sie hatte eine Aufgabe zu erledigen und tat, was sie konnte, um den Laden am Laufen zu halten. Mr. Harper hatte deutlich gemacht, dass sie sich bei ihm melden sollte, wenn sie der Meinung war, dass etwas geändert werden musste, also hatte sie es getan, und wenn das Miss Hart verärgerte, war es nicht Sallys, sondern ihr Problem.

Als sie ins Büro zurückkehrte, tätigte sie einige Anrufe. Der Fabrikant der so beliebten Röcke, die sie kürzlich bestellt hatte, war ausverkauft, aber er hatte eine neue Version des gleichen Stils in einem schweren Seiden- und Baumwollgewebe und eine weitere in einem Material, das als Kunstseide bezeichnet wurde.

»Sie wird auch Reyon genannt und nach einem ganz speziellen Verfahren hergestellt«, erklärte der Verkäufer Sally am Telefon. »In unserem Katalog bezeichnen wir sie als Kunstseide, und ich glaube, dass dieses Material bald schon sehr beliebt sein wird.«

»Diese Röcke sind viel günstiger«, sagte Sally nach einem prüfenden Blick auf ihre Preisliste. »Ich bin mir nicht ganz sicher, was die Kunstseide angeht – aber wir nehmen jeweils zwei in vierundzwanzig bis sechsundzwanzig und achtundzwanzig Zoll Taillenweite. Die jüngeren Damen kaufen gerne öfter mal was Neues, aber ich glaube, unsere älteren Kundinnen bevorzugen Qualität und werden bei der schweren Seide bleiben.«

»Ich glaube, dass die Kunstseide ein Material der Zukunft ist«, meinte der Verkäufer. »Das Wort ›Kunstseide‹ mag viele abschrecken, aber ich denke, Sie werden feststellen, dass sie ihr Geld wert ist.«

»Wir können bei Bedarf noch nachbestellen«, sagte Sally. »Und schicken Sie mir doch bitte Ihre Herbst- und Winterkataloge zu. Auch wenn es gerade erst Sommer ist, Mr. Harper meint, wir sollten lange genug im Voraus planen.« Dann verabschiedete Sally sich und legte auf. Sie hatte die Mittagspause durchgearbeitet, und sie musste sich noch für den Abend ankleiden. Ein Lächeln umspielte ihre Lippen, als sie beschloss, in die Bekleidungsabteilung zurückzukehren und einen der neuen Röcke für sich selbst zu kaufen …

* * *

Das Licht in der Wohnung brannte noch, als Ben Harper Sally später am Abend nach Hause brachte. Sie wandte sich ihm zu und sah ihn an, als er den Motor abstellte.

»Möchten Sie mit hinaufkommen und eine Tasse Kakao mit uns trinken?«, fragte sie.

»Ihre Mitbewohnerin könnte etwas dagegen haben«, sagte er und sah sie dabei ganz eigenartig an. »Ich glaube nicht, dass ich um diese Zeit noch bei Ihnen hereinplatzen sollte.«

Sally nickte und wollte ihre Wagentür öffnen, aber er streckte eine Hand aus, um sie aufzuhalten.

»Nur einen Moment noch bitte …«

»Sie möchten mir noch etwas sagen?« Sie hatten den größten Teil des Abends über Geschäftliches gesprochen, aber auch über Musik, die Theaterstücke im West End sowie die kommenden Olympischen Spiele und seine Hoffnungen für die Zukunft des Kaufhauses.

»Ja … Ich wollte Ihnen noch sagen, wie sehr ich Sie mag,

Sally ...« Er beugte sich zu ihr vor, und sie nahm den frischen Duft seines Rasierwassers wahr, der einen Hauch von Natur in sich trug und auf seiner Haut verweilte, als wäre er soeben aus dem Bad gekommen. Für einen Moment dachte sie, er wollte sie küssen, und schaute ihm wie gebannt in die Augen, aber dann wich sie mit einer großen Willensanstrengung zurück.

»Ich muss jetzt gehen. Vielen Dank für den schönen Abend, Mr. Harper ...«

Er nickte. »Ich wollte Ihnen noch etwas sagen, bevor ich fahre. Ich werde morgen früh nach Amerika abreisen, Sally. Ich weiß nicht, wie lange ich weg sein werde, aber ich verlasse mich darauf, dass Sie, Stockbridge und Marco während meiner Abwesenheit die Stellung halten werden.«

»Oh nein!«, rief Sally erschrocken aus. »Warum verreisen Sie? Und was wird während Ihrer Abwesenheit aus Harpers?« Es wunderte sie, dass er sie alle alleinließ, obwohl der Laden buchstäblich noch in den Kinderschuhen steckte.

»Sie werden alle so weitermachen, als wäre ich noch hier«, sagte er, und in seinen Augen lag plötzlich etwas sehr Belustigtes. »Ich halte Sie sogar für durchaus in der Lage, den Laden ganz allein zu führen, wenn ich Sie darum bitten würde. Auf jeden Fall werden Sie es für mindestens einen Monat tun müssen, weil mir gar nichts anderes übrigbleibt, als abzureisen.«

»Aber warum?«, fragte Sally geknickt. »Ist es etwa meine Schuld?«

Er lachte, und auch jetzt schien er sich über sie lustig zu machen. »Nicht die ganze Welt dreht sich um Sie, Sally. Ich muss mich um wichtige persönliche Angelegenheiten kümmern, und das ist alles, was ich dazu sagen werde.« Dann tippte er ihr mit dem Zeigefinger auf die Nasenspitze. »Passen Sie einfach gut auf sich und Harpers auf, solange ich nicht da bin.« Er zog seine Hand zurück, und jetzt lag etwas Herausforderndes in seinem Blick. »Und nun gehen Sie, bevor ich mehr sage, als ich es tun sollte ...«

Der Spott in seinen Augen und seinen Worten versetzte ihr einen Stich, und so öffnete sie ihre Tür und stieg halb aus, bevor sie sich noch einmal zu ihm umwandte. »Bitte kommen Sie heil zurück ...« Und dann stieg sie aus dem Wagen und ging auf ihr Wohnhaus zu.

Sie drehte sich nicht mehr um, als sie die Tür erreichte, obwohl sie seinen Wagen durch die Nacht davonbrausen hörte und wusste, dass er alle Geschwindigkeitsbegrenzungen überschritt. Seine Ankündigung, dass er am nächsten Tag in die Vereinigten Staaten abreisen würde, hatte sie am Boden zerstört. Warum hatte er sich so urplötzlich dazu entschieden? Oder hatte er es schon eine ganze Weile vorgehabt? Wollte er zurück, um eine Frau zu sehen, die er liebte ...? Ihr Instinkt sagte ihr, dass es sich um eine Frau handeln musste, was sie wie ein Messerstich ins Herz traf.

Rachel saß mit einer Tasse Kakao und einer Zeitschrift auf dem Sofa, schaute auf und lächelte, als Sally eintrat. »Hattest du einen schönen Abend?«, fragte sie.

»Oh ja, es war sehr nett«, antwortete Sally scheinbar völlig unbekümmert, obwohl ihr Herz noch immer raste. »Es war mehr eine geschäftliche Besprechung – Mr. Harper reist nämlich morgen nach Amerika ab, und ich glaube, er wollte sichergehen, dass ich bereit bin, den Laden bis zu seiner Rückkehr am Laufen zu halten.«

»Oh – das ist aber ein bisschen seltsam, nicht?«, hakte Rachel nach. »Schließlich hat er deutlich genug gemacht, dass er Harpers braucht, um geschäftlich erfolgreich zu sein.«

»Ja, und das tut er immer noch«, sagte Sally, die inzwischen nachdenklich geworden war. »Es muss etwas noch Wichtigeres geben, das ihn nach Amerika zurückführt. Er verlässt sich auf all seine leitenden Angestellten, um das Boot über Wasser zu halten, solange er nicht da ist.«

»Was für ein seemännischer Ausdruck!« Rachel lächelte. »Möchtest du Kakao? Ich habe extra welchen gemacht, er muss nur noch aufgewärmt werden.«

»Ja, das mache ich gern«, sagte Sally und ging in ihre kleine Küche.

Sie fragte sich, was so wichtig sein könnte, dass es Mr. Harper zwang, eine lange Reise zu unternehmen, obwohl er doch eigentlich hier sein und sein junges Unternehmen beaufsichtigen müsste. Sally wusste, dass Mr. Harper kein reicher Mann war. Die meisten Leute glaubten das zwar, nur weil er Amerikaner war, aber sein ganzes Kapital steckte in Harpers, weshalb es also dringend für ihn sein musste, in diesem Stadium zu verreisen – und er hatte ja auch selbst gesagt, es handle sich um eine wichtige private Angelegenheit. Der Glaube, dass es um eine Frau gehen musste, wuchs in Sally, und sie fühlte einen lächerlichen Schmerz in ihrem Herzen. Wie dumm von ihr, sich in einen Mann zu verlieben, der sie nicht wollte – aber sie hatte es getan!

Warum ging er ausgerechnet jetzt? Sie hatte einen seltsamen, ja fast gequälten Blick in seinen Augen gesehen, als er von seinen persönlichen Angelegenheiten sprach, und war sich deshalb ziemlich sicher, dass er lieber hier in London wäre. Er war noch so enthusiastisch gewesen, als er von der bevorstehenden Weihnachtssaison gesprochen hatte …

Sally wusste, dass ihr Arbeitgeber Weihnachtsdekorationen im großen Stil für Harpers wollte. Er hatte von Schneeszenen in den Schaufenstern und sogar von Rentieren gesprochen.

»Am liebsten würde ich lebende Rentiere und einen Weihnachtsmann herbringen, aber wir haben keine Spielzeugabteilung für die Kinder«, hatte er beim Essen zu Sally gesagt.

»Und ich glaube nicht, dass so etwas für Erwachsene genauso reizvoll wäre, oder?«

»Nein, das stimmt«, hatte sie ihm beigepflichtet. »Ich glaube, große Stechpalmenkränze und Glaskugeln überall werden wahrscheinlich ausreichen – und dazu ein paar spektakuläre Schaufenster. Wir könnten einen Weihnachtsmann ins Fenster stellen, mit einem Sack voller Geschenke ...« Sally hatte gelacht, als ihr eine Idee gekommen war. »Und wenn wir nun einen dieser Pantomimen engagieren würden? Haben Sie schon einmal einen gesehen? Sie sehen aus, als bestünden sie aus Wachs, weil sie sehr helle Gesichtsmasken tragen. Oft stehen sie sehr lange reglos da und erschrecken die Leute zu Tode, wenn sie sich plötzlich bewegen.«

Er hatte sie in fassungslosem Schweigen angesehen, und dann war ein Lächeln auf seinem Gesicht erschienen. »Wir könnten ihn ins Schaufenster stellen, und wenn er sich bewegt, wären die Leute fassungslos. Es wäre eine Sensation ...«

Sally war darüber in schallendes Gelächter ausgebrochen. »Ja, das könnte lustig werden. Wenn er dazu noch als Weihnachtsmann verkleidet auf einem Schlitten säße und dann aufstünde und anfinge, Geschenke in seinen Sack zu stecken ...«

»Wir könnten ihm sagen, dass er sich alle fünfzehn Minuten oder so bewegen soll«, hatte er ihr zugestimmt. »Die Leute würden sich in Scharen vor den Fenstern einfinden, um zu sehen, ob es noch einmal geschieht ...«

»Und er könnte eine Weihnachtsglocke oder so etwas läuten und die Leute ins Geschäft einladen – und wir könnten sie dort vielleicht mit heißen, weihnachtlich gewürzten Getränken empfangen ...«

»Hat Ihnen schon mal jemand gesagt, dass Sie ein Genie sind, Sally Ross?«, hatte er darauf gesagt und mit seinem Wein auf sie angestoßen. »Arbeiten Sie an dieser Idee – und sprechen Sie auch mit Marco über die anderen Fenster. Ich glaube, man kann nicht früh genug mit den Vorbereitungen für wichtige Ereignisse beginnen ... und vergessen Sie nicht die Olympischen Spiele im Juli in Stockholm. Ich weiß, dass Marco schon Pläne dafür hat, aber er würde sich über Ihren Beitrag freuen ...«

Wenn sie an den Abend zurückdachte, lächelte Sally. Es hatte sich angenehm und richtig angefühlt, mit Ben Harper zusammen zu sein, und sie wusste, dass es sie glücklich machen könnte, ihr Leben in seiner Gesellschaft zu verbringen ... aber sie war eben nur eine Angestellte. Er hätte das nicht deutlicher machen können, als er sich über sie lustig machte, auch wenn sie für einen Moment das Gefühl gehabt hatte, dass die Luft zwischen ihnen prickelte ...

Kapitel 30

Beth bemerkte sofort etwas Ungewohntes, als sie an diesem Abend das Haus betraten. Es war ein anderer Geruch – der unverkennbare Geruch von Zigarrenrauch, den sie im Haus ihrer Tante noch nie wahrgenommen hatte.

»Hattest du heute Herrenbesuch?«, fragte sie Tante Helen. Zu ihrer Überraschung errötete ihre Tante. »Ja, heute Nachmittag hat mich ein Freund besucht«, sagte sie. »Er hatte mir ein paar hübsche Blumen gekauft und ist zum Tee vorbeigekommen. Dein Biskuitkuchen mit Marmelade und Buttercreme hat ihm übrigens sehr gut geschmeckt, Beth.«

»Wie schön für dich«, sagte Beth und gab sich die größte Mühe, ihren Schock zu verbergen, während sie ihren Mantel und ihren Hut ablegte. »Wusstest du, dass er kommen würde?«

»Eigentlich nicht«, sagte Tante Helen und zögerte, bevor sie hinzufügte: »Du weißt ja, dass ich in letzter Zeit sonntags immer zu einer Freundin zum Tee gehe, nicht?« Beth nickte. »Gerald Greene ist Marthas Cousin, und er besucht sie sonntags manchmal auch ... Und so haben wir uns angefreundet.«

»Aber das ist ja wunderbar für dich, Tante Helen«, sagte Maggie aufrichtig erfreut. »Es ist schön, Freunde zu haben – vor allem männliche, weil die einen manchmal ausführen ...«

»Ja ... Gerald wird mich tatsächlich ins Theater und danach zum Abendessen ausführen.« Tante Helen machte ein verlegenes Gesicht. »Morgen Abend werdet ihr Mädchen also allein zurechtkommen müssen.«

»Um uns brauchst du dir keine Sorgen zu machen«, sagte

Maggie schnell. »Wie schön das für dich sein wird! Du bist sicher schon ganz aufgeregt. Was wirst du denn anziehen?«

»Mein perlgraues Satinkleid, dachte ich«, sagte Tante Helen und errötete wie ein junges Mädchen. »Es ist mein bestes, und ich habe keine Zeit, mir so schnell etwas Neues zu nähen.«

»Es steht dir gut«, versicherte ihr Beth. »Was für ein Vergnügen für dich, Tante Helen!«

»Ja.« Ihre Tante lachte ein wenig. »Es kam alles völlig unerwartet, genau wie diese schönen Blumen. Bitte riech einmal an ihnen, Mädchen, sie haben einen wundervollen Duft.«

Beth schwieg, als sie durch das Wohnzimmer ging, um an den Blumen zu schnuppern, ein Strauß aus Rosen und Freesien. Sie mussten recht teuer gewesen sein. Beth war überrascht, sie hätte nie damit gerechnet, dass ihre Tante einen Verehrer haben könnte.

Als sie in die Küche zurückging, half sie, die Käsemakkaroni für das Abendessen aufzutischen. Sie freute sich für Tante Helen, machte sich aber auch Gedanken über die Zukunft, falls ihre einzige Verwandte zu heiraten beschließen sollte. Würde Gerald dann hier leben wollen, oder würde Tante Helen dieses Haus aufgeben und bei ihm einziehen?

»Du bist so nachdenklich, Beth«, sagte ihre Tante.

»Wir hatten heute viel zu tun bei Harpers. Ich glaube, ich werde nach dem Abwasch gleich hinaufgehen – falls ich nicht noch etwas für dich tun kann, Tante?«

»Vielen Dank, Beth, aber auch ich habe vor, früh schlafen zu gehen«, sagte ihre Tante. »Mach dir keine Sorgen, Kind, es wird immer ein Zuhause für dich geben – obwohl ich mir sicher bin, dass auch du bald einen netten jungen Mann finden wirst.«

Beth schüttelte den Kopf. Es würde ihr schwerfallen, je wieder jemanden zu lieben, und nur um ein Dach über dem Kopf zu haben, würde sie bestimmt nicht heiraten. Falls ihre

Tante es tat, würde sie sich irgendwo ein Zimmer suchen, aber es war trotzdem ein bisschen beunruhigend zu wissen, dass Tante Helen einen Verehrer hatte ...

»Gerald geht mit mir zu einer Ballettaufführung«, erzählte Tante Helen freudig erregt. »Das habe ich noch nie gemacht, aber er ist kein Freund des Varietétheaters – obwohl er sagt, dass mindestens drei Varietékünstler eingeladen wurden, bei der Hofsondervorstellung im Juli im Schlosstheater vor Ihren Majestäten aufzutreten!«

»Wie aufregend!«, sagte Maggie. »Ich würde liebend gern einmal ins Ballett gehen. Ich habe gelesen, dass die Aufführung von Nijinskys Faun in Paris brillant war – auch wenn einige Leute sagten, sie sei ein bisschen ... frivol gewesen«, schloss sie mit gesenkter Stimme, weil sie das Wort kaum auszusprechen wagte.

»Ach Gott, das hört sich aber unschön an!« Zweifel flackerten in Tante Helens Augen auf, aber dann schüttelte sie den Kopf. »Da Gerald und ich uns jedoch Schwanensee ansehen werden, hoffe ich, dass daran nichts Frivoles sein wird.«

»Oh nein, bestimmt nicht«, sagte Maggie. »Die Aufführung dieses Balletts, über die ich gelesen habe, fand ja auch in Paris statt – hier würden sie so etwas gar nicht bringen.«

Beth lächelte und wechselte das Thema.

Nach dem Abendessen räumten die Mädchen das saubere Geschirr noch in den Schrank und gingen dann zu ihrem gemeinsamen Zimmer hinauf.

»Ich wollte deine Tante nicht verunsichern«, sagte Maggie. »Ich hätte ihr nicht erzählen sollen, was ich in den Zeitungen über Nijinskys Faun gelesen habe ...«

»Ich glaube nicht, dass ihr Freund sie zu etwas so Schockierendem einladen würde«, sagte Beth. »Ich bin mir zwar nicht sicher, ob Tante Helen das Ballett wirklich gefallen wird – aber diesen Gerald scheint sie jedenfalls zu mögen.«

»Oh ja, das tut sie«, stimmte Maggie zu. »Es wird ja so aufregend sein, wenn sie ihn heiratet! Vielleicht könnten wir dieses Haus dann ja sogar ganz allein für uns haben ...«

Ihre Worte zeigten Beth, dass Maggie den Ernst ihrer Lage noch gar nicht erkannt hatte. Sie könnten beide obdachlos werden. Beth hielt es für wahrscheinlicher, dass der Vermieter eine Familie für dieses Haus suchen würde. Aber sie wollte erst einmal mit Maggie noch nicht darüber sprechen. Immerhin hatte Tante Helen ihnen gerade erst von ihrem Freund erzählt ...

* * *

Alle wussten, dass Mr. Harper nach Amerika zurückgekehrt war und Miss Ross, Mr. Stockbridge und Mr. Marco die Leitung des Kaufhauses überlassen hatte. Die Abteilungsleiterinnen und -leiter sowie Miss Hart, die Etagenaufsicht, nahmen alle weiterhin ihre wichtigen Aufgaben wahr und hatten nichts daran auszusetzen, dass die Anweisungen aus den Büros in der obersten Etage jetzt auch von anderen Personen kamen. Miss Hart war die Einzige, die sich abfällig über dieses Arrangement äußerte, während alle anderen sahen, dass Miss Ross einen guten Einfluss hatte und die Umsätze des Kaufhauses unter ihrer Leitung wuchsen. Sie stiegen Woche für Woche, und sogar die Herrenbekleidung verkaufte sich inzwischen besser. Im Laufe des Sommers – eines der feuchtesten in der Geschichte – wurde Mr. Stockbridge dabei beobachtet, wie er jede Woche seine Bestandslisten in Miss Ross' Büro brachte, und viele behaupteten, dass sie bei den meisten Entscheidungen das letzte Wort hatte. In der Bekleidungsabteilung und bei den Hüten, Taschen und Schals herrschte immer Betrieb, und Mr. Stockbridge hatte Rachel Craven darin zugestimmt, dass sie eine weitere junge Auszubildende benötigten.

Er war nach einem Gespräch mit Sally Ross zu ihr gekommen.

»Junes Ausbildung lässt wirklich sehr zu wünschen übrig«, berichtete Rachel ihm. »Wir haben hier wertvolle Dinge, und deshalb würde ich ein junges Mädchen vorziehen, das ich selbst ausbilden kann.«

»Ja, das kann ich gut verstehen – und Miss Gibbs ist dank Ihrer Ausbildung inzwischen eine ausgezeichnete Verkäuferin. Abgesehen davon habe ich Miss Gibbs schon immer für eine großartige junge Frau gehalten«, schloss er lächelnd.

»Vielleicht könnten Sie ja wieder jemanden wie sie für uns finden?«, schlug Rachel vor. Mr. Stockbridge hatte eine Tochter in Miss Gibbs' Alter, und vielleicht hatte er ja deshalb eine Schwäche für sie, dachte Rachel.

»Ich bin froh, dass er uns ein neues Lehrmädchen versprochen hat«, sagte Beth, nachdem er gegangen war und sie wieder allein waren. »June Brown entspricht einfach nicht unseren Anforderungen, Mrs. Craven.«

»Nein, das tut sie wirklich nicht«, stimmte Rachel ihr zu. »Unsere Abteilung ist immer noch die geschäftigste von allen, und wir haben einen hervorragenden Umsatz. Ich finde, auch Sie sollten eine Lohnerhöhung erhalten, Miss Grey, aber ich kann nicht zu viel auf einmal verlangen.«

»Ach, ich komme schon zurecht – so gerade eben zumindest«, beruhigte Beth sie. »Mir bleibt zwar nicht viel zum Sparen übrig, aber vorläufig wohne ich ja noch bei meiner Tante … Wenn sie allerdings ihr Haus aufgäbe, würde es mir nicht leichtfallen, woanders Miete zu bezahlen.«

»Ist es denn anzunehmen, dass sie das tun wird?«

»Da bin ich mir nicht sicher«, erwiderte Beth ganz ehrlich. »Meine Tante hat neuerdings nämlich einen Freund – einen Gentleman der alten Schule, der sie ins Ballett ausführt, was ihr viel mehr Spaß macht, als sie erwartet hatte, und sie ist seitdem auch schon zweimal zum Essen und ins Theater eingeladen worden. Sie hat ihn mehrmals zum Tee zu sich gebeten, und am kommenden Sonntag ist er zum Mittagessen eingeladen.«

»Das hört sich an, als ob es ihm durchaus ernst sein könnte«, bemerkte Rachel, und Beth nickte. »Beunruhigt Sie das?«

»Ja, ein bisschen schon. Maggie denkt, wir könnten dort wohnen bleiben, aber Tante Helens Vermieter würde uns nie erlauben, in seinem Haus zu bleiben ...«

Rachel nickte. »Ja, ich kann Ihre Besorgnis gut verstehen. Wenn wir noch ein drittes Schlafzimmer hätten, könnten Sie sich mit uns die Wohnung teilen. Aber ich bin mir sicher, dass Sie auch so ohne allzu große Mühe etwas finden werden.«

»Ja – aber es wird eine ziemliche Veränderung werden. Manche Vermieterinnen sind so pingelig, und andere wiederum kümmern sich gar nicht um ihre Zimmer.«

Rachel stimmte ihr zu. »Ich hatte eine gute Vermieterin, die nur leider dazu neigte, zu neugierig zu sein. Aber ich bin mir sicher, dass Ihre Tante Sie nicht einfach so im Stich lassen wird. Sie werden Zeit haben, sich nach etwas anderem umzusehen ...«

Sie mussten ihr Gespräch beenden, als Kundinnen hereinkamen, und den restlichen Vormittag waren alle an ihren Plätzen beschäftigt. Beth verkaufte fünf Hüte an eine Kundin, die heiraten wollte. Dieselbe Kundin kaufte bei Maggie auch die passenden Handschuhe und Schals zu ihren Hüten, und bei Rachel suchte sie sich eine neue weiße Ledertasche aus.

»Sie hat eine Menge Geld bei uns ausgegeben«, bemerkte Maggie in einem ruhigen Augenblick.

»Ja, für ihre Hochzeit im nächsten Monat«, erklärte Beth. »Sie sagte, sie hätte sich auch in einigen anderen Kaufhäusern umgesehen, sich aber für Harpers entschieden, weil wir höflich und freundlich sind, wie sie sagte, und unser Angebot sei immer neu und modisch.«

»Das ist ein echtes Kompliment«, meinte Maggie mit einem erfreuten Lächeln. »Ich habe gerade mein erstes richtiges Gehalt bekommen und werde mir jetzt einen dieser neuen wahnsinnig engen Röcke leisten, die Miss Ross erst kürzlich hereinbekommen hat. Sie sind aus Kunstseide und todschick – und dazu noch ein Drittel günstiger als die echten Seidenröcke, sodass ich sie mir von meinen Ersparnissen leisten kann, da ich jetzt ja mehr verdiene.«

Beth hatte die Röcke gesehen, von denen alle schwärmten, war aber nicht der Meinung, dass sie es sich leisten konnte, Geld für Mode auszugeben. Ihre Kleidung musste lange halten, das wusste sie, aber trotzdem war die Versuchung groß, als Maggie zurückkam und ihr ihren neuen tiefblauen Rock zeigte. Früher hätte sie vielleicht Tante Helen gebeten, ihr etwas im gleichen Stil zu nähen, aber im Moment hatte ihre Tante schlicht und einfach keine Zeit dafür.

* * *

Am Samstagabend spürte Beth, dass ihre Tante ihr etwas Wichtiges zu sagen hatte, als sie wartete, bis Maggie hinaufgegangen war, und Beth dann bat, für einen Moment ins Wohnzimmer zu kommen.

»Stimmt irgendetwas nicht, Tante?«

»Nein, nein – ich mache mir nur ein wenig Gedanken über dich und deine Freundin, Beth. Ich denke, ihr werdet inzwischen gemerkt haben, dass Gerald mir ans Herz gewachsen ist. Und nun hat er mich gebeten, seine Frau zu werden ...«

»Herzlichen Glückwunsch. Ich hoffe, du wirst sehr glücklich, Tante Helen«, sagte Beth, die an nichts anderes mehr denken konnte. »Wann wird die Hochzeit sein?«

»Ziemlich bald schon, glaube ich«, sagte Tante Helen errötend. »Ich hoffe nur, dass du mich nicht für eine törichte alte Frau hältst, die so überstürzt einen Mann heiratet, den sie fast nicht kennt.«

»Warum sollte ich das denken, Tante?«, fragte Beth und trat lächelnd vor, um sie auf die Wange zu küssen.

»Ich kenne ihn wirklich nicht – aber er schien nett zu sein.«

»Ich weiß, es geht schnell«, sagte Tante Helen. »Ich mache mir ein wenig Sorgen um dich und Maggie – wenn ich das Haus aufgebe, habt ihr keine Bleibe mehr.«

»Und wann genau wollt ihr heiraten?«, fragte Beth noch einmal.

»Im August …« Ihre Tante seufzte. »Ich weiß, dass das überstürzt erscheint, aber wir sind beide nicht mehr jung und wollen nicht die Zeit, die uns noch bleibt, vergeuden. Gerald nimmt mich für einen kleinen Urlaub nach Paris mit …«

»Aha. Dann sollten Maggie und ich uns besser nach einer anderen Bleibe umsehen …«

»Ich wünschte, du wärst ein bisschen älter, dann hättest du das Haus vielleicht weiter mieten können. Es gehört einem älteren Freund meines Vaters, aber er hat mir schon damals gesagt, dass er es unvermietet verkaufen wollte und nur sein Pflichtgefühl Papa gegenüber ihn davon abgehalten hat, uns schon früher vor die Tür zu setzen. Ich denke, er wird froh sein, dass es wieder zur Verfügung steht …«

»Ja, natürlich.« Beth biss sich auf die Lippe. »Ich werde Maggie Bescheid sagen, wenn ich hinaufgehe, und wir werden uns so schnell wie möglich etwas anderes suchen …«

»Ihr braucht nicht vor der Hochzeit auszuziehen. Mein Vermieter ist verpflichtet, euch eine Woche Zeit zu geben …«

Beth beherrschte sich nur mühsam. Ihre Tante redete, als sei es ein Leichtes, einfach so ein neues Zuhause zu finden, aber Beth wusste es besser. Sally und Mrs. Craven hatten es schwer genug gehabt. Für sie selbst und Maggie würde es fast unmöglich sein, von ihrem Gehalt eine Wohnung zu bezahlen. Und ein anständiges Zimmer zu finden, in dem sie leben könnten, würde Zeit erfordern. Und dann war da noch die Sache mit den Dingen, die sie selbst besaß, und jenen, die ihrer Mutter gehört hatten. Tante Helen hatte ihr erlaubt, diese Dinge in ihrem Schlafzimmer und in der Abstellkammer unterzubringen. Also würde sie ihre Erinnerungsstücke entweder verkaufen oder irgendwo aufbewahren müssen.

»Weißt du schon, wo du wohnen wirst?«, fragte Beth ihre Tante.

»Gerald hat ein schönes Haus draußen in Hampstead«, antwortete sie. »Ich werde natürlich einige meiner Sachen mitnehmen, aber die meisten werde ich verkaufen. Du könntest auch für deine einen guten Preis erzielen, Beth.«

Beth nickte nur. Es war offensichtlich, dass sie in Tante Helens neuem Leben nicht mehr gebraucht wurde. Sie ließ ihre Tante, die einige ihrer Stoffreste sortierte, allein und ging nach oben in das Schlafzimmer, das sie sich mit Maggie teilte. Es würde unangenehm werden, ihrer Freundin mitzuteilen, dass sie nur ein paar Wochen Zeit hatten, um ein neues Zuhause zu finden.

Maggie hörte zu und blieb ruhiger, als Beth erwartet hatte. »Tante Helen ist sicher schon sehr aufgeregt«, sagte sie und machte dann aber ein etwas verlegenes Gesicht. »Ralfs Mutter hat mir angeboten, zu ihnen zu ziehen«, sagte sie. »Ich kann mir mit seiner Schwester ihr Zimmer teilen, bis sie im August heiratet, und es dann für mich allein haben.«

Sie senkte ihren Blick, als Beth sie überrascht ansah.

»Ich hatte es dir noch nicht gesagt, weil ich mir nicht sicher war – und dich auch nicht im Stich lassen wollte, Beth. Ich weiß, dass du dich mit deiner Tante besser verstehst, seit ich hier bin ...« Wieder verstummte sie verlegen.

»Hättest du etwas dagegen, wenn ich zu ihnen ziehen würde?«, fragte sie dann.

Beth brauchte einen Moment, um ihre Frage zu beantworten. »Ich werde dich natürlich vermissen, Maggie«, sagte sie schließlich. »Es war schön, mit dir zusammenzuleben – und es hat mir sehr viel Spaß gemacht. Und es ist auch wahr, dass Tante Helen dich lieber mag als mich.«

»Das habe ich nicht gesagt – nur, dass es für dich so leichter war, mit ihr zu leben, Beth.«

»Ach, weißt du, ich glaube, sie war bloß neidisch auf meine Mutter und verübelte ihr, dass sie Chancen im Leben hatte, die sich ihr selbst nicht geboten haben. Deshalb bin ich froh, dass sie jetzt endlich die Möglichkeit hat, glücklich zu werden, und es macht es auch leichter für mich, wenn ich nur ein Zimmer finden muss.«

»Ja, das kann ich mir auch vorstellen«, sagte Maggie. »Es ist nur schade, dass du nicht bei Sally und Mrs. Craven einziehen kannst ...«

»Wenn sie doch bloß ein drittes Schlafzimmer hätten«, stimmte Beth ihr zu. »Dann wäre ich dort sofort eingezogen – aber sie haben nur ihr eigenes Bett, und ich kann ja wohl kaum erwarten, dass eine von ihnen es mit mir teilt.«

»Es tut mir leid, Beth.« Maggie legte einen Arm um ihre Taille. »Ich werde dich auch vermissen. Ich wünschte, du könntest mitkommen und auch bei Ralfs Familie leben, denn sie sind ganz reizend – aber dort ist gerade noch Platz für mich.«

Beth lächelte sie an. »Ist dir eigentlich klar, dass das bedeutet, dass seine Mutter glaubt, ihr würdet eines Tages heiraten?«

»Na klar.« Maggies Augen leuchteten. »Als er mich zum Tee eingeladen hat, hat sie sehr deutlich gemacht, dass sie mich mag ...«

»Dann freue ich mich für dich«, sagte Beth, obwohl sie

nicht sicher war, ob sie selbst in das Haus der Mutter des Mannes einziehen würde, den sie zu heiraten gedachte.

»Mrs. Higgins sagt, sie hätte Ralf noch nie so glücklich gesehen. Sie glaubt, dass er ohne mich vielleicht sogar zur Luftwaffe gegangen wäre.« Beth nickte und fragte sich, ob das der Grund sein mochte, warum Ralfs Mutter die junge Frau so schnell ins Herz geschlossen hatte. Sah sie Maggie als das geringere Übel an? Viele Leute dachten, dass Maggie mit ihrem freundlichen Wesen leicht zu beeinflussen war, aber Beth wusste, dass sie ihren eigenen Kopf hatte, und hoffte, dass dies nicht eines Tages zu Konflikten und Unglück für das junge Mädchen führen würde.

»Wann wirst du es Ralf sagen?«, fragte Beth. »Am Sonntag, wenn wir uns alle im Park treffen«, antwortete Maggie lächelnd. »Es wird schön sein, wieder mit allen zusammen etwas zu unternehmen – du und Fred und vielleicht sein Sohn und seine Freundin. Sie ist zwar ein bisschen mürrisch, aber er ist ein netter junger Mann.«

»Ja, sehr höflich und hilfsbereit«, stimmte Beth ihr zu. »Ich hoffe nur, dass die Sonne scheint. Es verdirbt das Picknick, wenn es regnet und wir uns einen Unterschlupf suchen müssen …«

Beth lag in dieser Nacht noch einige Zeit wach. Sie freute sich zwar für ihre Tante, und sie war erleichtert, dass Maggie einen Ort hatte, an dem sie sich wohlfühlte, auch wenn sie selbst nicht bei einer Fremden würde leben wollen. Das war schließlich auch der Grund, warum sie damals die Einladung ihrer Tante, bei ihr zu wohnen, angenommen hatte, obwohl sie sich nie besonders verstanden hatten.

Kapitel 31

Der Sonntag war ein schöner Tag. Sie alle trafen sich wie verabredet im Park, suchten sich einen Platz, um dem Konzert zu lauschen, und genossen die Urlaubsstimmung, die durch die Blasmusik noch verstärkt wurde. In der Pause richteten Beth und Maggie auf mitgebrachten Teppichen das Picknick an, und alle setzten sich ringsum zum Essen darauf. Nach einer Weile brachen Ralf und Maggie zu einem Spaziergang durch den Park auf, und wenig später folgten ihnen Tim und seine Freundin.

Beth bemerkte Freds besorgten Blick, mit dem er seinem jüngeren Sohn nachsah. »Ist etwas, Fred?«

»Timmy sprach davon, dass er noch vor Weihnachten zum Militär gehen will. Bis dahin wird er alt genug sein, und leider ist es das Einzige, was er sich vorstellen kann ...«

»Na ja, wahrscheinlich denkt er, das würde ein Vergnügen«, sagte Beth. »Aber was sagt seine Freundin dazu?«

»Dot ermutigt ihn auch noch. Ich glaube, sie stellt sich vor, dass er sie dann heiraten und sie an einem interessanteren Ort leben werden. Sie hat von Quartieren für verheiratete Paare im Ausland gehört und findet, dass das sehr aufregend klingt.«

»Oh ...« Beth legte mitfühlend eine Hand auf seinen Arm, weil er sich um seine Söhne sorgte. Fred sah sie mit Wärme und Zuneigung an. Sie waren gute Freunde, und er behandelte sie oft wie seine eigene Tochter.

Ein Mann kam zielstrebig auf sie zu, und Beth begann ein Kribbeln in ihrem Nacken zu verspüren. Fred wandte den

Kopf, um zu sehen, was ihre Aufmerksamkeit erregte, und dann war er auch schon auf den Beinen und stieß einen freudigen Schrei aus, bevor er die letzten paar Meter zu dem jungen Mann hinüberlief und seine Arme um ihn schlang. Beth erhob sich etwas langsamer und sah zu, wie die beiden Männer sich umarmten und aufgeregt miteinander sprachen, bis Fred den Fremden zu ihr brachte – obwohl er eigentlich gar kein Fremder für sie war, denn sie hatte sofort gewusst, wen sie vor sich hatte.

»Das ist mein Jack. Ich hatte zu Hause eine Nachricht für ihn hinterlassen, damit er wusste, wo wir sein würden«, sagte Fred und sah aus, als ob er jeden Moment vor Stolz platzen würde.

»Die Amerikaner haben ihm einen Orden verliehen für das, was er getan hat, als die *Titanic* unterging – und sie haben ihm auch Geld und einen sehr guten Posten angeboten, falls er in die Staaten zurückkehren will ...«

»Das ist auch das Mindeste, was Sie verdienen nach all Ihren Heldentaten, Sir«, sagte Beth und reichte ihm ihre Hand. »Soviel ich weiß, haben Sie einem kleinen Jungen das Leben gerettet – und wie ich hörte, kennt die Schwester meines Arbeitgebers das Kind, es ist der Sohn einer ihrer Freundinnen ...«

Der Mann ergriff Beths Hand, und für einen Moment schlossen seine kräftigen Finger sich um die ihren. In seinen dunklen Augen lag Neugier, aber er lächelte nicht. Beth ließ ihren Arm wieder sinken, als er sie losließ. Er schien ihr gegenüber sehr distanziert zu sein – was Beth sich nicht erklären konnte.

»Entschuldigen Sie«, sagte Jack Burrows kühl. »Mein Vater hat Sie Beth genannt – aber ich habe keine Ahnung, wer oder was Sie sind?«

»Jack«, tadelte Fred ihn überrascht. »So spricht man nicht

mit Miss Grey. Sie arbeitet bei Harpers, genau wie ich, und sie ist mir eine gute Freundin gewesen ...«

»Miss Grey ...« Jacks dunkle Augen verengten sich nachdenklich, als würde er annehmen, dass sie mehr als nur eine gute Freundin seines Vaters war. Aus irgendeinem Grund brachte das Beth zum Lachen, weil schon allein die Vorstellung absurd war.

»Habe ich etwas Belustigendes gesagt?«, fragte Jack.

»Nein, natürlich nicht«, sagte Beth und zwang sich, ernst zu bleiben. »Aber Ihr Vater und ich sind nur gute Freunde, Mr. Burrows, weiter nichts ...«

Als sie Ralf und Maggie zurückkommen sah, ging Beth ihnen entgegen, um Vater und Sohn eine Chance zu geben, unter vier Augen zu sprechen.

Maggie lächelte sie glücklich an. »Ralf sagt, ich könnte schon meinen nächsten freien Nachmittag dazu nutzen, bei ihnen einzuziehen«, sagte sie, und die Freude darüber stand ihr ins Gesicht geschrieben. »So kann ich ihn dann endlich öfter sehen, und wir werden auch mehr Zeit zum Reden haben ...«

Beth nickte und lächelte, als sie sah, wie sehr Maggie sich freute. Aber sie wusste auch, dass da noch mehr war, was ihre Augen zum Funkeln brachte. In diesem Moment streckte ihre Freundin schüchtern ihre linke Hand aus. An ihrem Ringfinger steckte ein wunderschöner mit Granaten und Perlen besetzter Ring.

»Ralf hat mich gebeten, mich mit ihm zu verloben, und ich habe Ja gesagt«, erklärte Maggie mit vor Aufregung bebender Stimme. »Wir können zwar erst in einem Jahr oder vielleicht auch zwei heiraten, aber zumindest sind wir verlobt und werden uns nicht nur jeden Abend und jeden Morgen sehen, sondern auch zusammen mit der Bahn verreisen können.«

»Ja, das wird großartig werden«, sagte Beth. Als verlobtes

Paar würden sie sie nicht mehr als Anstandsdame benötigen, aber Beth wusste jetzt schon, dass sie die Besuche in den Tee- und Eisdielen vermissen würde. »Herzlichen Glückwunsch, ihr beide! Ich hoffe, du weißt, wie glücklich du dich schätzen kannst, Ralf.«

»Und ob ich das weiß!«, antwortete er. »Und das verdanke ich vor allem dir, Beth. Hättest du uns nicht geholfen, hätte ich ständig Handschuhe und Schals kaufen müssen, um Maggie für ein paar Minuten sehen zu können.«

»Ja, wir wollten uns beide bei dir bedanken«, sagte Maggie. »Wir werden eine kleine Party geben, und du wirst unser Ehrengast sein, Beth – also versprich mir bitte, dass du kommen wirst.«

»Aber natürlich!«, sagte Beth und küsste Maggie auf die Wange. Ralf reichte sie die Hand, doch stattdessen küsste auch er sie auf die Wange. »Du bist immer noch meine beste Freundin, Maggie, und ich erwarte, dass ich bei deiner Hochzeit eine deiner Brautjungfern sein darf.«

Maggie versprach es ihr, und die drei gingen zurück, um sich wieder zu Fred und seinem älteren Sohn zu setzen. Jack Burrows sah ein bisschen zurechtgewiesen aus, und er warf Beth einen verlegenen Blick zu.

Timmy Burrows und Dot kehrten zurück, als die Kapelle gerade wieder zu spielen begann. Beth und Maggie hatten die Reste ihres Picknicks in den Korb gepackt und nahmen ihre Plätze wieder ein. Jack Burrows saß ganz am Ende der Stuhlreihe, und Beth hielt ihren Blick auf die Band gerichtet und schaute ihn nicht an.

Danach schlug Ralf vor, ein Eis essen zu gehen, aber Dot sagte, sie wolle nach Hause, und nach einem entschuldigenden Achselzucken in Richtung der anderen ging Timmy mit ihr.

»Ich glaube, ich überlasse euch junge Leute besser mal euch

selbst«, sagte nun auch Fred. »Warum setzt du dich nicht zu Miss Beth, Jack? Miss Beth will bestimmt nicht das fünfte Rad am Wagen sein. Und da wäre es gut, wenn du dich ein wenig mit ihr unterhältst ...«

»Ja, natürlich«, sagte er. »Ich sehe dich dann später daheim, Dad – und entschuldige nochmals.«

»Kein Problem, mein Junge«, sagte Fred und lächelte Beth zu. »Ich bin nur froh, dass du zu Hause bist – aber vielleicht solltest du dich ja bei jemand anderem entschuldigen ...«

Jack runzelte die Stirn, sagte aber nichts, als er Beth höflich seinen Arm anbot. Sie zögerte zunächst, nahm ihn dann aber, weil es kindisch gewesen wäre, die nette Geste abzulehnen.

»Wir haben ein seltsames Wetter diesen Sommer, nicht?«, sagte sie versöhnlich, und er grinste und sah plötzlich überraschend gut aus. »Pralle Sonne und Hitze an einem Tag, und dann wieder sintflutartiger Regen ...«

»Sind Ihre Freunde verlobt?«, fragte Jack, während sie hinter Maggie und Ralf hergingen, die lachten und sich angeregt unterhielten.

»Ja, allerdings auch erst seit heute Nachmittag. Maggie wird ab nächster Woche bei Ralfs Mutter wohnen, und ich nehme an, Ralf war der Meinung, dass er es dann genauso gut auch offiziell machen könnte. Ich glaube, er ist sehr verliebt in sie.«

»Sie ist ja auch ein hübsches Mädchen«, gab er zu, runzelte aber nach wie vor die Stirn. Schließlich räusperte er sich und sagte: »Wenn ich vorhin voreilige Schlüsse gezogen habe, möchte ich mich dafür entschuldigen.«

Beth wandte sich ihm zu und sah ihn an. »Mr. Burrows ist ein sehr netter und fürsorglicher Mann. Ich zähle ihn zu meinen guten Freunden – und als er Sie verloren glaubte, habe ich mir große Mühe gegeben, ihm zur Seite zu stehen.«

»Genau das hat er mir auch gesagt, Miss Grey, nur sehr viel

unverblümter. Ich kann nur wiederholen, dass es mir leidtut und sehr dumm von mir war, mich so zu verhalten ...«

»Nicht wirklich.« Beth hob den Blick, um ihm in die grüblerischen dunklen Augen zu schauen. »Sie dachten eben, ich sei eine Art profitgieriger Harpyie, die einen älteren Mann ausnutzen will, und wollten ihn beschützen ...«

»Ich hätte wissen müssen, dass Sie nicht so eine Art von Mädchen sind ...«

Beth lachte. »Ich bin wirklich keine Harpyie, Mr. Burrows. Sie könnten uns allen ein Eis spendieren und aufhören, ein Gesicht wie ein begossener Pudel zu machen. Ich werde ganz bestimmt nicht meine Krallen in Sie schlagen.«

»Und ich werde liebend gern alle zu Eis und Tee einladen, wenn ich mir damit Ihre Vergebung verdienen kann.«

»Ja, das halte ich für durchaus möglich«, antwortete Beth mit einem verschmitzten Blick. »Und ich denke, wir sollten heute alle einen großen Eisbecher mit Obst und Sahne bekommen, um Ralfs und Maggies Verlobung zu feiern.«

Jack akzeptierte ihr Dekret mit Wohlwollen und ging los, um das Eis und die Getränke zu bestellen, wobei er Ralfs Angebot zu zahlen ablehnte. Dann gesellte er sich zu ihnen an den Tisch, und bald darauf brachte die Bedienung ihnen das schwerbeladene Tablett.

»Es muss schrecklich gewesen sein, als die *Titanic* unterging«, sagte Maggie in mitfühlendem Ton. »Ich weiß ja, wie tapfer Sie waren ...«

Beth bemerkte, dass eine Ader an Jacks Schläfe zuckte, obwohl er in ruhigem Ton antwortete.

»In jenem Augenblick habe ich nicht darüber nachgedacht«, erwiderte er, und Beth begriff, dass diese Frage ihm schon oft gestellt worden sein musste. »Als der kleine Junge und seine Mutter in das eisige Wasser stürzten, bin ich ihnen einfach hinterhergesprungen. Ich habe so viele Leute gerettet, wie ich konnte, aber die Mutter des Jungen war verschwunden und einfach nicht mehr aufzufinden. Ich denke, dass sie sich bei dem Sturz den Kopf angeschlagen haben muss und sofort untergegangen ist.«

Beth begann zu zittern, als sie sich an ihren Traum erinnerte, in dem sie unter den Schiffbrüchigen gewesen zu sein schien, die im eisigen Wasser trieben. Es war nicht das erste Mal, dass sie seltsame Träume hatte, die wahr zu werden schienen, wenn auch vielleicht nicht ganz genauso, wie sie es in ihnen gesehen hatte.

»Für die Passagiere muss es wie ein Albtraum gewesen sein, besonders als sie merkten, dass es nicht genug Rettungsboote für alle gab.«

»Die Eigner der *Titanic* dachten, sie würden nie benötigt werden«, sagte Jack grimmig. »Das Schiff war so konstruiert, dass es dem schlimmsten Wetter standhalten konnte, aber als es den Eisberg rammte, wurde gerade die Konstruktion zum Problem. Es gab einen Fehler, an den niemand gedacht hat … und der dazu führte, dass weitaus mehr Menschen als nötig ihr Leben verloren. Hätten wir mehr Rettungsboote gehabt, wäre die Panik, die beim Herablassen der Boote entstand, vielleicht nicht so groß gewesen. Seine Miene wurde noch grimmiger. »Einige der Boote legten halb leer ab. Viele andere Leben hätten gerettet werden können, wenn sie zurückgefahren wären, um die Leute aus dem Wasser zu holen, aber sie hatten Angst, von dem Sog des Schiffes mitgerissen zu werden, als es unterging …« Seine Hand zitterte, und sein Eislöffel fiel klappernd auf den Tisch. Und dann erhob er sich abrupt, verließ den Tisch und ging in den Sonnenschein hinaus.

»Tut mir leid«, entschuldigte sich Maggie. »Ich hätte ihm nicht so eine dumme Frage stellen sollen.«

»Es war nicht deine Schuld. Er ist bestimmt noch sehr, sehr

mitgenommen«, sagte Beth und stand auf, um Jack hinauszufolgen.

Er hatte sich nur ein paar Schritte entfernt und wollte sich gerade eine Zigarette anzünden. Als er Beth sah, blies er sein Streichholz jedoch aus und steckte die Zigarette in seine Jackentasche.

»Maggie wollte Sie nicht aufregen ...«

»Das hat sie auch nicht getan. Alle haben Fragen.« Jack schnitt eine Grimasse. »Und fast immer nur die gleichen Fragen. Manchmal kann ich darüber reden – aber manchmal kommt auch alles wieder zurück, und ich erinnere mich ganz genau, wie es war. Die Schreie und das Weinen – und der Gesichtsausdruck der Männer, die wussten, dass sie sterben würden. Nur sehr gute Schwimmer wie ich waren in der Lage, die halbleeren Rettungsboote zu erreichen. Ich flehte sie an, zurückzukehren, um mehr Leute aufzunehmen, aber das taten sie nicht ...«

Ein kalter Schauder lief Beth über den Rücken, als sie sich das Entsetzen und das Chaos jener finsteren Nacht vorstellte. »Es verfolgt und quält Sie sicher immer noch – aber Sie haben getan, was Sie konnten ...«

»Für ein Kind und ein paar Frauen«, sagte Jack verbittert. »Das Wasser war voller verzweifelter Männer. Ich wäre vermutlich einfach weggetrieben, weil die Boote uns nicht alle aufnehmen konnten, aber irgendjemand zerrte mich in ein Boot und ruderte davon. Dann schlug mich jemand nieder, weil ich wie ein Irrer schrie und kämpfte, um sie dazu zu bringen, mehr Überlebende aufzunehmen, doch nach diesem Schlag auf meinen Hinterkopf erinnere ich mich an nichts mehr, bis ich auf der *Carpathia* wieder zu Bewusstsein kam ...«

»Es tut mir leid«, sagte Beth bedrückt. »Es muss für alle ganz fürchterlich gewesen sein.«

»Sie können sich gar nicht vorstellen, wie sehr. Alle sagen, dass es ihnen leidtut, aber sie verstehen nichts ...« Seine Augen hatten sich verdüstert nach all den grauenvollen Erinnerungsbildern.

»Ich weiß, wie weh es tut, Menschen zu verlieren, die einem nahestehen. Ich kann zwar nicht wissen, wie es in jener Nacht war, aber ich kann es mir vorstellen ...«

Er starrte sie an, als wollte er ihr widersprechen, aber dann schien ihn sein Zorn zu verlassen. »Natürlich können Sie das. Entschuldigen Sie bitte. Ich sollte meine Wut nicht an Ihnen auslassen – es sind diese verdammten Narren, die uns unvorbereitet und ahnungslos auf See geschickt haben, die die Schuld an allem tragen.«

»Doch leider kann kein Gericht der Welt diejenigen zurückbringen, die ihretwegen ihr Leben verloren haben.«

»Nein, und ich muss akzeptieren, dass ich Glück hatte, und darf nicht meinen Schuldgefühlen nachgeben.« Auf Jacks Gesicht erschien ein zaghaftes Lächeln. »Sollen wir uns wieder zu Ihren Freunden setzen? Ich verspreche auch, mich zu benehmen.«

»Ich habe eigentlich gar keine Lust auf Eis«, sagte Beth. »Ich werde Maggie sagen, dass wir gehen, und dann können Sie mich nach Hause bringen – wenn Sie möchten?«

Er erwiderte mit ernster Miene ihren Blick. »Ja, Miss Beth Grey, das möchte ich sehr gern. Das einzige Problem ist, dass ich ein Motorrad mit Beiwagen fahre. Haben Sie den Mut und das nötige Vertrauen in mich, dass ich Sie damit sicher heimbringen werde?«

Beth starrte ihn für einen langen Moment an und kicherte dann plötzlich, weil sie sich sehr waghalsig zu fühlen begann. »Ja, warum denn nicht?«

* * *

Es kam Beth irgendwie sehr förmlich vor, Jack nach einer todesmutigen Fahrt in seinem Beiwagen die Hand zu geben. Er hatte ihr einen ledernen Helm und eine Schutzbrille gegeben, und um beides aufsetzen zu können, hatte sie ihren Sonntagshut abnehmen müssen. Der Wind hatte ihr so heftig ins Gesicht geweht, dass er ihr fast den Atem raubte, und trotzdem war diese neue Erfahrung aufregend und befreiend gewesen. So etwas Gewagtes hatte sie noch nie in ihrem Leben getan, aber nach dem Gespräch über die *Titanic* war es ihr irgendwie genau richtig erschienen.

»Das hat Spaß gemacht«, sagte sie und reichte Jack die Hand. Er nahm sie, doch statt eines normalen Händedrucks beugte er sich darüber und küsste sie. »Vielen, vielen Dank ...«

»Sie sind genauso entzückend, wie Dad Sie mir beschrieben hat«, sagte Jack mit einem breiten Grinsen.

Und Beth hatte plötzlich das Gefühl, als könnte sie nicht mehr atmen. Ein wenig zaghaft erwiderte sie das Lächeln.

»Würden Sie mir erlauben, Sie am nächsten Sonntag zum Tee auszuführen? Ich könnte Sie abholen, und ich verspreche auch, das Motorrad zu Hause zu lassen ...«

»Warum nicht?«, fragte sie, obwohl das Sprechen ihr auf einmal schwerfiel. »Aber ich hoffe doch, dass Sie mich irgendwann zu einer weiteren kleinen Fahrt mitnehmen?«

»Aber ja«, sagte Jack mit einem noch breiteren Lächeln. »Ich denke, das kann ich Ihnen garantieren, Miss Grey. Ich werde Sie nächste Woche um zwei Uhr abholen – und bis dahin passen Sie gut auf sich auf!«

Beth nickte und sah ihm nach, als er zu seinem Motorrad zurückging und dann die Straße hinunterbrauste. Mehrere Gardinen in den Häusern gegenüber bewegten sich, und ein paar Nachbarn streckten sogar die Köpfe aus den Türen. Beth hätte am liebsten laut geschrien, dass ihr Begleiter Mr. Jack Burrows war, ein Held von der schiffbrüchigen *Titanic*, doch stattdessen lächelte sie nur vor sich hin und ging ins Haus. Schließlich würde sie hier nicht viel länger leben, was kümmerte es sie also, was die Nachbarn dachten?

Tante Helen war selbst gerade erst hereingekommen und setzte Teewasser auf. Beth bemerkte, wie sie sich nach Maggie umsah.

»Maggie ist immer noch mit Ralf im Eiscafé«, sagte Beth. »Sie haben sich heute verlobt, Tante Helen, und sie wird am Montagnachmittag zu seiner Mutter ziehen …«

»Ihr Lächeln und Geplauder wird uns fehlen.« Tante Helen seufzte. »Aber na ja, es musste ja so kommen.« Dann blickte sie Beth nachdenklich an. »Du wirst neue Kleider für meine Hochzeit brauchen, Beth. Ich würde dir ja anbieten, dir etwas zu nähen …, aber wenn ich dir fünf Pfund gäbe, könntest du dir auch selber etwas kaufen.«

»Ich kann nicht von dir erwarten, dass du meine Kleider bezahlst, Tante. Ich werde mein bestes blaues Kleid und den passenden Hut anziehen …«

»Nein, ich bestehe darauf«, sagte Tante Helen und öffnete ihre Handtasche. »Ich habe immer darauf bestanden, dass du deinen Unterhalt bezahltest, Beth – obwohl ich das Geld, das du mir gegeben hast, eigentlich gar nicht brauchte. Also nimm diese fünf Pfund und kauf dir davon etwas Hübsches.«

Beth starrte den Geldschein an, weil es ihr widerstrebte, ihn anzunehmen. Sie hatte immer gedacht, dass ihre Tante ihren finanziellen Beitrag benötigte …

Tante Helen stieß einen ungeduldigen Seufzer aus und legte den Geldschein auf den Küchentisch. »Er gehört dir. Und ich erwarte, dass du dir etwas Schönes für meine Hochzeit kaufst – vielleicht ein feines Wollkostüm und einen hübschen blauen Hut. Blau steht dir immer sehr gut, Beth. Vielleicht wird es dir ja auch dabei helfen, einen netten jungen Mann zu finden.«

Beth riss sich zusammen, nahm das Geld und steckte es in ihre Rocktasche. »Danke, Tante. Das ist sehr lieb von dir. Ich habe etwas Schönes bei Harpers gesehen und werde mich in meiner Mittagspause dort noch einmal umschauen ...«

Kapitel 32

Montags war offiziell nur ein halber Arbeitstag, doch einige Mitarbeiter blieben bei Bedarf auch noch länger dort, um bei der Inventur zu helfen. Deshalb suchte Sally am Morgen ihre alte Abteilung auf und informierte Beth, dass sie am Nachmittag dort die Bestände überprüfen würde.

»Da ihr bei Weitem die geschäftigste Abteilung seid, möchte ich mir ein Bild von allem machen, was sich hier von Anfang an sehr gut verkauft hat … aber auch von der Ware, die von dem ursprünglichen Bestand noch übrig ist und immer wieder liegenbleibt. Dazu werde ich allerdings Hilfe brauchen, und da wollte ich dich fragen, ob du ein paar Stunden länger bleiben und mir helfen kannst.«

»Ja, klar tue ich das«, erwiderte Beth. Sie war ein bisschen nervös. »Glaubst du denn, dass irgendwas verlorengegangen ist?«

»Absolut nicht«, versicherte Sally ihr lächelnd. »Schließlich weiß ich, wie gut ihr alle in dieser Abteilung aufpasst. Nein, es geht mir hauptsächlich darum herauszufinden, was sich gut verkauft und was nicht. Mr. Harper hat mir einen Brief geschrieben und mich gebeten, ihm sämtliche Informationen zu schicken, die ich zusammentragen kann, da er länger in Amerika bleiben muss, als er eigentlich erwartet hatte.«

»Ach so.« Beth nickte verständnisvoll. »Dann ist es natürlich wichtig, dass du ihm alle Fakten und Zahlen schickst.«

Sally runzelte die Stirn. »Ich hatte wirklich gedacht, er käme früher zurück.«

»Ich hoffe nur, er verkauft den Laden nicht!«, sagte Beth. »Es ist nicht einfach, eine Unterkunft zu finden, nicht mal dann, wenn man ein regelmäßiges Einkommen hat. Ich habe keine Ahnung, was ich tun soll, falls ich meine Stelle hier verliere.«

»Ich dachte, du wohnst bei deiner Tante?«

»Ja, aber Tante Helen hat plötzlich beschlossen, Anfang August zu heiraten. Somit bleiben mir zwar ein paar Wochen Zeit, um mir ein Zimmer oder irgendwas zu suchen, aber leider kann ich mich nur nach der Arbeit oder an meinem freien Nachmittag danach umschauen.«

»Und ich habe dich gebeten, heute länger zu arbeiten ...« Sally machte ein nachdenkliches Gesicht. »Aber weißt du was? Ich habe zwei Einzelbetten in meinem Zimmer und bin mir sicher, dass Mrs. Craven nichts dagegen haben wird, dass du bei uns wohnst – zumindest solange du nach etwas anderem suchst ...«

»Wenn ihr ein drittes Schlafzimmer hättet, hätte ich dich schon gefragt.« Beth lächelte. »Vielen Dank, Sally. Zumindest weiß ich jetzt, dass ich nicht auf der Straße enden werde – und ich möchte wirklich nicht das Erstbeste nehmen. Tante Helen ist nicht die einfachste Person, aber ihr Haus ist schöner als die meisten anderen in unserer Straße. Aber wenn ich etwas finden könnte, das näher an der Oxford Street liegt, könnte ich das Fahrgeld sparen.«

»Wie gesagt, mein Zimmer ist groß genug für zwei, und ich würde dir gern fürs Erste ein Bett überlassen«, sagte Sally. »Wir teilen uns die Kosten, und du kannst fünf Schilling in die Haushaltskasse legen, wie Mrs. Craven und ich es auch jede Woche tun.«

»Ich könnte mich sogar mit sechs oder sieben beteiligen – schließlich musste ich das auch bei meiner Tante zahlen«, sagte Beth. »Vielen, vielen Dank, Sally – aber du solltest zuerst Mrs. Craven fragen, ob sie etwas dagegen hat ...«

»Natürlich werde ich sie fragen, aber ich bin mir sicher, dass es sie nicht stören wird«, antwortete Sally. »Und jetzt muss ich weiterarbeiten, aber um Viertel vor eins komme ich mit Blöcken und Stiften bewaffnet zurück.«

* * *

Beth und Sally arbeiteten an diesem Nachmittag drei Stunden lang sehr angestrengt, bis Sally alle Zahlen und Bestandslisten, die sie brauchte, zusammengestellt hatte. Schließlich legte sie sie mit einem zufriedenen Nicken in ihre Ordner.

»Ich hatte nicht erwähnt, dass es ein Überstundengeld gibt, aber am Freitag wirst du fünf Schilling mehr Lohn erhalten«, sagte sie zu Beth, als sie zusammen die Treppe hinuntergingen.

Fred war immer noch im Dienst. Er hatte an diesem Nachmittag neue Warenlieferungen entgegengenommen und dann gewartet, bis er abschließen konnte, obwohl Sally ihren eigenen Schlüssel zum Personaleingang hatte.

»Waren Sie fleißig, meine Damen?«, fragte er, als er ihre lächelnden Gesichter sah. »Dann werde ich jetzt abschließen, denn für heute sind Sie doch wohl fertig?«

»Ja, danke, Fred«, sagte Sally und zeigte ihm ihren prall gefüllten Ordner. »Ich habe zwar noch Arbeit, aber die kann ich auch heute Abend zu Hause erledigen.«

»Eine hübsche junge Frau wie Sie sollte ausgehen und sich amüsieren ...« Dann sah Fred Beth an und zwinkerte ihr zu. »Und ich glaube, dass Sie, Miss Grey, gleich bemerken werden, dass jemand Sie bereits erwartet ...«

»Nun, ihr steht es frei zu gehen, da wir fertig sind«, sagte Sally. »Also geh nur, Beth, und ich komme in ein paar Minuten auch hinunter, Fred ...«

»Alles klar, Miss Ross.«

»Was meinten Sie vorhin?«, fragte Beth, aber Fred lächelte nur geheimnisvoll. Ihre Neugierde war geweckt, und als sie auf die Straße hinaustrat, sah sie einen Mann an einem Laternenpfahl am Ausgang lehnen. Ihr stockte der Atem, und sie blickte Jack Burrows verwundert an. »Was machst du denn hier?«

»Ich dachte, heute wäre dein freier Nachmittag«, antwortete er. »Dad sagte mir dann jedoch, du machtest Überstunden, und so bin ich für ein paar Stunden gegangen und dann wieder zurückgekommen. Ich dachte, ich dürfte dich vielleicht nach Hause bringen, Beth?«

Ihr Herz führte einen kleinen Freudentanz auf, als sie das Lächeln in seinen Augen sah. »Müsstest du nicht bei der Arbeit sein?«

»Diese Woche habe ich noch frei und kann tun und lassen, was ich will«, erwiderte er. »Erst am kommenden Montag muss ich mich auf dem Schiff zurückmelden, und dann gehts wieder los nach New York. Und da ich dich erst im August wiedersehen werde, dachte ich, ich könnte dich diese Woche jeden Tag von der Arbeit abholen, um die Zeit zu nutzen, die uns bleibt, bevor ich wieder im Dienst bin.«

Beth blickte zu ihm auf und lächelte. »Das wäre schön«, sagte sie. »Und du kannst auch gern mit mir nach Hause kommen und zum Abendessen bleiben. Es wird allerdings vermutlich nur Toast mit Käse oder Tomaten geben, da Tante Helen diesen Sonntag keinen Braten zubereitet hat.«

»Na und? Toast klingt wunderbar.« Jack sah aufrichtig erfreut aus. »Ich habe das Motorrad heute Abend nicht mitgebracht, aber morgen könnte ich es wieder ...«

»Warum nicht?«, entgegnete sie und fühlte sich, als würde sie schweben. »Dann haben die Nachbarn etwas zu tratschen – aber ich werde ja sowieso nicht mehr lange dort wohnen ...«

»Oh – aber wieso denn nicht?«, fragte Jack, als sie sich an der Bushaltestelle in die Warteschlange einreihten. »Fühlst du dich denn dort nicht wohl?«

»Nicht in der ersten Zeit nach meinem Einzug«, gab Beth zu. »Meine Tante wird heiraten und das Haus aufgeben. Es wird nicht leicht sein, eine auch nur annähernd so schöne Unterkunft zu finden.«

Jack nickte, sagte aber nichts dazu, und als sie in den Bus stiegen und nach vorn zum Schaffner gingen, bezahlte er für beide den Fahrpreis, obwohl Beth ihm Geld für ihren geben wollte.

Tante Helen saß im Wohnzimmer bei ihrer Näharbeit, als Beth mit Jack den Raum betrat. Sie blickte auf und nahm dann sogar ihre Brille ab, um ihn genauer zu betrachten.

»Und wer ist dieser junge Mann?«, fragte sie.

»Das ist Fred Burrows ältester Sohn Jack, Tante Helen«, sagte Beth. »Ich habe dir doch erzählt, dass er eine Belobigung erhielt für seine Tapferkeit beim Untergang der *Titanic*, nicht? Er arbeitet auf See als Steward, und wir sind gut befreundet. Jack hat mich von der Arbeit abgeholt, und ich habe ihn gebeten, zum Abendessen zu bleiben ...«

»Maggie ist noch nicht wieder zurück«, sagte Tante Helen stirnrunzelnd. »Aber kommen Sie doch, Mr. Burrows, und setzen Sie sich zu mir, um mir ein bisschen von sich zu erzählen, während Beth unser Abendessen vorbereitet. Ich habe einen Kartoffelauflauf mit Zwiebeln und Käse gemacht, Beth. Du brauchst ihn nur noch in den Backofen zu schieben – und zum Nachtisch gibt es Himbeerkompott und Pudding.«

»Da hast du Glück gehabt«, bemerkte Beth lächelnd zu Jack, bevor sie ihn den Fragen ihrer Tante überließ. Sie vermutete, dass Tante Helen ihn regelrecht ins Kreuzverhör nehmen würde, doch zu ihrer Überraschung hörte sie ihre Tante lachen, noch bevor sie das Abendessen zum Aufwärmen in den Ofen geschoben hatte. Sie deckte gerade den Tisch, als Helen mit dem grinsenden Jack hereinkam. »Was war denn gerade so lustig?«, fragte Beth und sah ihre Tante an, doch die schüttelte nur den Kopf.

»Mr. Burrows ist viel gereist und hat eine Menge Geschichten zu erzählen«, sagte sie nur geheimnisvoll. »Er wird sie dir sicher auch erzählen«, fügte sie hinzu und verschwand in der Speisekammer, um kurz darauf mit einer Flasche hellem Bier und einem Sherry, ihrem Lieblingsgetränk, wieder herauszukommen. »Dürfen wir Ihnen ein Glas Bier anbieten, Mr. Burrows, oder einen Sherry?«

»Danke, das ist sehr freundlich, aber ein Glas Wasser genügt mir«, sagte Jack. »Doch lassen Sie sich von mir nicht aufhalten ...«

»Wir trinken nur selten«, sagte Tante Helen und stellte die Flaschen auf der Kommode ab. »Und Sie? Trinken Sie denn gar keinen Alkohol, Mr. Burrows?«

»Ich halte es für das Beste«, sagte Jack. »In meinem Beruf sehe ich die Auswirkungen von übermäßigem Alkoholgenuss nur allzu oft, und deshalb rühre ich selbst kaum etwas an ...«

»Das finde ich sehr richtig«, sagte Tante Helen, und Beth konnte sehen, wie sie im Geiste eine weitere exzellente Note für gute Führung vermerkte.

Auch beim Essen machte Jack die richtigen Bemerkungen zu ihren Kochkünsten und erzählte eine lustige Geschichte über einen älteren Passagier, den er an Bord des Schiffs bedient hatte, mit dem er auf seiner letzten Reise von New York zurückgekehrt war.

»Der gute Mann hatte die Angewohnheit, seine falschen Zähne in ein Glas zu legen und es an allen möglichen Stellen stehenzulassen«, erzählte Jack ihnen. »Einer der jungen Stewards sah sie, als er das Essenstablett aus der Kabine des alten Herrn abholte, aber er dachte nicht weiter darüber nach. Und so wurden die Zähne mit dem Müll über Bord geworfen, und der arme Passagier war gezwungen, für den Rest der Reise nur noch weiche Nahrung zu sich zu nehmen.«

»Wie schrecklich für ihn«, sagte Tante Helen. »Es ist eigentlich gar nicht lustig, und trotzdem kann man sich das Lachen nicht verkneifen – aber warum hat der Steward nicht gemerkt, was in dem Glas war?«

»Er sagte mir, er habe gedacht, der Passagier wolle sie säubern lassen – so wie sie abends ihre Schuhe vor die Kabinentür stellen, wissen Sie?« Jack grinste. »Es war die erste Arbeitsstelle des jungen Stewards, und so stellte er das Glas zu den benutzten Tellern und ging wieder, um bei seiner Rückkehr die Zähne zu holen und zu reinigen. Als er dann aber nachsah, hatte der Gehilfe des chinesischen Kochs alle Teller und Gläser genommen und alles, was darauf oder darin war, in den Mülleimer geworfen. Und bevor er daran gehindert werden konnte, hatte er den Müll auch schon über das Heck entsorgt …«

»Ich wusste gar nicht, dass man das auf Schiffen so macht«, bemerkte Tante Helen leicht pikiert.

»Wir müssen die Essensreste entsorgen«, sagte Jack. »Auf Passagierschiffen gibt es oft sehr viele, aber die Möwen schnappen sich ohnehin das meiste davon, noch bevor es ins Wasser fällt, und falls noch etwas übrig ist, dann fressen es die Fische«, erklärte er.

»Nun ja, das ist vermutlich ganz vernünftig«, stimmte sie zu. »Es klingt nur nicht sehr schön …«

»Es gibt weitaus schlimmere Dinge als Lebensmittelabfälle, die ins Meer gelangen«, sagte Jack. »Aber darüber sollten wir bei Tisch nicht reden …«

Im selben Moment betrat Maggie die Küche und machte ein überraschtes Gesicht, als sie Jack dort sah. Aber dann lächelte sie ihn an. »Bitte bleiben Sie sitzen, Mr. Burrows. Ich bin nur vorbeigekommen, um die letzten meiner Sachen abzuholen, Tante Helen ...«

»Du willst uns heute Abend schon verlassen?« Tante Helen sah unangenehm überrascht aus. »Ich dachte, du würdest vielleicht noch ein paar Nächte bleiben?«

»Nein, nein, ich muss nur noch einen schweren Koffer abholen«, antwortete Maggie. »Ralf wartet schon damit in der Diele. Ich wollte mich eigentlich nur von euch verabschieden«, sagte sie, und plötzlich wurden ihre Augen feucht, als würde ihr erst jetzt so richtig klar, dass es gar nicht so einfach war, von Freunden Abschied zu nehmen.

Beth stand auf und ging zu ihr, um sie zu umarmen und auf die Wange zu küssen. »Du ziehst ja nicht ans Ende der Welt«, sagte sie. »Wir sehen uns schon morgen bei der Arbeit wieder – und du wirst doch auch zu Tante Helens Hochzeit kommen?«

»Aber ja, natürlich«, sagte Maggie.

»Pass gut auf dich auf, meine Liebe.« Tante Helen erhob sich, um etwas aus der Schrankschublade zu holen, und drückte Maggie dann ein Päckchen in die Hand. »Ein kleines Geschenk von mir – und ich hoffe, dass wir in Verbindung bleiben. Beth wird dir meine neue Adresse geben, wenn ich sie habe.«

Beth ging in den Flur, wo Ralf mit einem großen Koffer wartete. »Du hättest hereinkommen sollen«, sagte sie zu ihm. »Wir wollten gerade eine frische Kanne Tee aufbrühen ...«

»Danke, aber wir werden uns nicht lange aufhalten«, sagte Ralf. »Meine Mutter möchte nicht, dass wir zu spät zurückkommen.«

»Oh ... natürlich.« Beth schaute Maggie an, lächelte und nickte dann. »Wir beide sehen uns ja morgen früh ...« Sie schaute den beiden nach, als sie gingen. Maggie wirkte ungewöhnlich kleinlaut, und Beth fragte sich, ob ihrer Freundin das Leben unter Mrs. Higgins' Dach wirklich so sehr gefallen würde, wie sie es sich vorgestellt hatte ...

Als Beth in die Küche zurückkehrte, sah sie Tante Helen und Jack an der Spüle stehen, wo Tante Helen das Geschirr abwusch und Jack es sehr geschickt und gründlich mit einem frischen Küchentuch abtrocknete.

»Das ist nicht das erste Mal, dass du das machst«, bemerkte Beth, und Jack nickte.

»Nach dem Tod meiner Mutter waren wir auf uns allein gestellt. Damals hat unser Dad uns zur Selbstständigkeit erzogen, und meine Arbeit als Steward hat mich gelehrt, so gut wie alles selbst in die Hand zu nehmen.«

»Ja, ich kann mir vorstellen, dass Sie als Steward eines Passagierschiffs vermutlich vielerlei Dinge tun müssen«, sagte Tante Helen, und er nickte zustimmend.

»Ich sorge dafür, dass die Kabinen sauber sind und es dort gut riecht, ich wechsle die Laken und bringe Imbisse und Getränke in die Kabinen, oft sogar ein komplettes Drei-Gänge-Menü. Und ich bediene an einer der Bars – gelegentlich werde ich auch gebeten, mit den Damen zu tanzen, die keinen Partner haben. Und dann sind da auch noch die Herren, die Hilfe brauchen, um ins Bett zu gelangen ... und sich gelegentlich sogar auf den Boden übergeben.«

»Sie scheinen ja in der Tat sehr viel zu tun haben«, bemerkte Tante Helen, während sie das Wasser wegschüttete und sich die Hände abwischte. »Sie werden einmal ein guter Ehemann sein, Mr. Burrows!«

»Trotzdem werde ich von meiner Frau erwarten, dass sie mich von vorne bis hinten bedient, wenn ich zu Hause bin«, scherzte Jack und zwinkerte Beth zu. Tante Helen lachte, als sie es sah.

»Nun ja ... ich könnte mir denken, dass ihr beide euch jetzt gern ungestört bei einer Tasse Tee miteinander unterhalten würdet. Und ich habe ohnehin noch etwas zu tun. Du kannst mir gern eine Tasse bringen, Beth, und dich dann eine Weile mit deinem Freund unterhalten – aber vergiss nicht, dass du morgen früh den Bus bekommen musst!«

»Natürlich nicht, Tante Helen – und vielen Dank«, sagte Beth. »Ich werde gleich Wasser kochen.«

Jack setzte sich wieder an den Tisch, als Beth den Kessel auf den Herd stellte und ihre Tante im Wohnzimmer verschwand. »Täusche ich mich, oder sah deine Freundin vorhin wirklich ein bisschen verstimmt aus?«, fragte er, als Beth ein Tablett mit Tassen, Untertassen, einem Kännchen Milch und der Zuckerdose auf den Tisch stellte.

»Nein, den Eindruck hatte ich auch«, antwortete Beth, während sie die Kanne vorwärmte und drei Löffel Tee hineingab. »Maggie hatte sich darauf gefreut, in Ralfs Elternhaus zu leben, aber jetzt wirkte sie irgendwie nervös – ja, fast sogar ein bisschen so, als bereute sie ihre Entscheidung schon.«

»Genau das dachte ich auch«, sagte Jack. »In gewisser Weise ist es ja so, als würde sie jetzt bei ihren Schwiegereltern leben, und ich weiß nicht, ob das überhaupt funktionieren kann.«

»Möglicherweise nicht«, stimmte Beth ihm zu. »Miss Ross – das ist die Einkäuferin, mit der ich heute Nachmittag an der Inventur gearbeitet habe –, hat mir angeboten, ihr Zimmer mitzubenutzen, bis ich etwas anderes gefunden habe.«

Jack verzog das Gesicht. »Ich weiß, wie schwer es sein kann, eine anständige Unterkunft zu finden. Wir haben des Öfteren Landgang, wenn wir unterwegs sind, und auf einigen dieser Fahrten ist es fast unmöglich, etwas Vernünftiges zu finden, wenn man nicht in ein teures Hotel gehen will.«

»Gefällt dir die Arbeit auf den Schiffen?«, fragte Beth. »Es scheint ja eine recht harte Arbeit dort zu sein?«

»Oh ja, wir verdienen uns jeden Penny – aber einige der Passagiere sind großzügig, und dann bekommt man ein gutes Trinkgeld. Ich spare meins, weil ich eines Tages ein eigenes Geschäft eröffnen möchte.«

»Was für ein Geschäft?«

»Darüber habe ich noch nicht wirklich nachgedacht, oder jedenfalls nicht ernsthaft. Ich weiß nur, dass ich eines Tages mein eigener Chef sein will.«

»Es ist eine Überlegung wert«, sagte Beth, »aber ich glaube, dass du nichts überstürzen solltest, Jack. Du hast eine gute Stelle, und das ist doch erfreulich, finde ich.«

»Ich bin mir nur gar nicht sicher, ob es erfreulich für mich wäre, wochenlang von dir getrennt zu sein«, sagte Jack. »Ich liebe meinen Dad und Tim, aber bisher war das kein Grund für mich zu bleiben – bis ich gestern Abend zu Bett ging und nicht aufhören konnte, an dich zu denken und mich darauf zu freuen, dich am Sonntag wiederzusehen.«

»Aber Jack! Du kennst mich doch noch gar nicht richtig!«, stieß Beth überrascht hervor und begann ein seltsames Kribbeln in ihrem Nacken zu verspüren, als sie sah, wie er sie anblickte.

Jack stand auf und kam näher. »Ich kenne dich noch genauso wenig, wie du mich kennst, Beth – aber ich weiß mit Sicherheit, dass ich so oft wie möglich mit dir zusammen sein möchte!«

Sie blickte lächelnd zu ihm auf. »Das fände ich sehr schön, Jack – und auch ich hoffe, dass wir uns besser kennenlernen werden …« Beth holte tief Luft. »Aber es ist noch zu früh. Ich glaubte einmal, jemanden zu lieben, doch dann ist nichts daraus geworden, weil ich ihn nicht wirklich kannte – und dich kenne ich schließlich auch noch nicht, Jack.«

»Wenn ich dich liebe, Beth, dann wäre es für immer«, sagte er mit solch ernster Miene, dass sich ihr Herz zusammenzog.

»Und dennoch werde ich dir noch keine ewige Liebe schwören, da ich weiß, dass wir die Dinge langsam angehen sollten, aber ich hoffe, dass wir das zumindest tun können ...«

Kapitel 33

Beth hatte das Gefühl, auf Wolken zu schweben, als sie am nächsten Morgen zur Arbeit kam. Sie hängte ihre leichte Jacke auf, räumte ihre Ladentheke auf und sah, wie Maggie die Abteilung betrat. Ein Blick in ihr blasses Gesicht verriet ihr, dass irgendetwas nicht in Ordnung war.

»Was hast du, meine Liebe?«, fragte sie und verzichtete diesmal auf die ihnen vorgeschriebene Förmlichkeit während der Arbeit. »Hast du dich über jemanden geärgert?«

»Es ist wegen meiner Mutter«, erwiderte Maggie in gedämpftem Ton. »Gestern Abend kam die Polizei und teilte uns mit, dass sie gefunden wurde ...«

»Sie kamen zu Ralfs Elternhaus? Woher wussten sie denn, dass du dort warst?«

»Ich hatte Mr. Stockbridge meine neue Adresse gegeben, sobald ich wusste, dass ich umziehen würde, und die Polizei sagte, sie hätten sie von meiner Arbeitsstelle.«

Beth ging zu Maggie und legte einen Arm um ihre Taille. »Und was hat die Polizei über deine Mutter gesagt?«

Maggies Augen füllten sich mit Tränen. »Dass sie sehr krank ist, Beth. Sie sagten, sie befände sich in einem Krankenhaus und läge im Sterben. Sie hat kein Geld, und sie glauben, dass ihr Komplize ihr alles weggenommen und sie dann im Stich gelassen hat. Sie hat nach mir gefragt, also sind sie gekommen, um mir Bescheid zu geben ...« Maggie schluckte. »Mrs. Higgins wusste nichts von dem Skandal und war sehr aufgebracht, als die Polizei erschien – Ralf sagte, sie wäre nicht so gastfreundlich gewesen, wenn sie gewusst hätte, was meiner Mutter vorgeworfen werde. Ralf versicherte mir aber, sie hätte es nicht so gemeint.«

»Wurde deine Mutter denn ganz offiziell wegen irgendetwas angeklagt?«

Maggie schüttelte den Kopf. »Die Polizei sagte, sie sei zu krank, um sie zu befragen, und wenn ich sie nicht bis heute Abend besuchen würde, könnte es schon zu spät sein.« Sie schaute Beth in die Augen. »Ralfs Mutter sagt, ich solle nicht hingehen, weil es so aussehen würde, als billigte ich ihr Verhalten. Ihrer Meinung nach ist meine Mutter mindestens eine Diebin und wahrscheinlich sogar eine Mörderin ...«

»Oh nein!«, rief Beth entsetzt. »Wie konnte sie so etwas zu dir sagen!«

»Auch Ralf meinte, es wäre besser, wenn ich nicht hinginge – aber ich muss es einfach tun. Ich weiß, dass ich gesagt habe, sie sei mir egal, aber sie wird sterben, Beth!«

»Natürlich musst du zu ihr gehen«, sagte Beth verständnisvoll. »Jack holt mich heute Abend nach der Arbeit ab, und wir könnten dich beide gern begleiten, wenn du willst.«

Maggie bedankte sich bei ihr, musste dann aber zurück zu ihrer eigenen Ladentheke, weil sie beide Kundinnen hatten. In ihrer Pause vertraute Maggie sich Mrs. Craven an, und schließlich war sie es, die darauf bestand, sie ins Krankenhaus zu begleiten, um ihre Mutter zu besuchen.

»Es war lieb von Ihnen, dass Sie ihr angeboten haben mitzukommen«, sagte sie zu Beth, »aber ich finde, dass hier eine ältere Frau gebraucht wird. Maggie möchte zu Recht ihre Mutter sehen, aber sie darf weder kompromittiert noch schikaniert werden. Deshalb werde ich sie begleiten und sie später nach Hause bringen, um die Sache mit Mrs. Higgins zu klären.«

Und so wurde vereinbart, dass Mrs. Craven Maggie beistehen würde und Beth den Abend mit Jack verbringen konnte.

Er führte sie in ein kleines Restaurant aus, wo sie den ganzen Abend bei einem ausgezeichneten Essen saßen, redeten und lachten.

»Hier bin ich in meinem Element«, sagte Jack grinsend. »Ich glaube, ich hätte Chefkoch werden sollen – oder vielleicht auch nur Geschäftsführer eines solchen Lokals.«

»Du magst Essen«, sagte Beth und sah ihn versonnen an. »Und du hast auf jeden Fall schon gelernt, wie man sich um Gäste kümmert. Warum machst du also nicht einen Kurs, wo du lernst, was du für die Leitung eines Hotels benötigst?«

»Daran habe ich noch nie gedacht«, gab Jack zu. »Ich könnte während meiner Abwesenheit lernen – es müsste doch möglich sein, eine Art Kurs zu besuchen, um ein Diplom oder wenigstens ein Zeugnis zu bekommen?«

»Es ist auf jeden Fall eine Idee, die du in Betracht ziehen solltest«, sagte Beth und lächelte, als er ihre Hand berührte. »Natürlich besteht kein Grund zur Eile, Jack. Ich würde mich freuen, dich besser kennenzulernen, wenn du zu Hause bist – und während du auf See bist, könnte ich dir schreiben ...«

»Ich würde deine Post jedoch wahrscheinlich nicht bekommen«, sagte er. »Wir legen in verschiedenen Häfen an, und obwohl ich dir von dort aus Karten schicken könnte, würden deine Briefe mich möglicherweise nicht erreichen.« Er schaute sie ernst an. »Könntest du während meiner nächsten Fahrt nicht ein Foto für mich machen lassen, damit ich es in Zukunft bei mir haben kann?«

Beth nahm sich vor, ihm ein paar unterhaltsame, freundliche Briefe zu schreiben, in denen sie ihm von ihren Gefühlen und ihrer Arbeit erzählte. Sie würde einen kleinen Stapel davon für ihn bereithalten, den er am kommenden Montag zusammen mit ihrem Foto mitnehmen könnte, und während seiner Abwesenheit würde sie jeden Tag über ihr Leben schreiben und ihm die Briefe auf seine nächste Reise mitgeben.

An diesem Abend lag sie noch eine ganze Weile wach und dachte über Maggie und die Frage nach, wie der Besuch bei ihrer Mutter verlaufen war. Sie fand es schon fast grausam von Mrs. Higgins, ihr diesen Besuch verbieten zu wollen, obwohl sie doch wissen musste, wie traurig Maggie war. Nicht zum ersten Mal machte Beth sich Gedanken über die spontane Entscheidung ihrer Freundin, bei Ralfs Familie einzuziehen. Es war ihnen anfangs wie eine ausgezeichnete Idee erschienen, aber andererseits kannte Maggie ja noch niemanden aus dieser Familie richtig – genau genommen nicht einmal Ralf!

Beth wusste, wie leicht es war, sich in jemanden zu verlieben. Sie hatte Mark geliebt, aber damals war sie noch sehr jung gewesen, während sie heute dachte, dass sie wahrscheinlich sofort gemerkt hätte, dass er ein Mann war, der übellaunig und zornig wurde, wenn er seinen Willen nicht bekam, sodass sie vielleicht überhaupt nie glücklich mit ihm geworden wäre.

Jahrelang hatte sie es bedauert, ihn aufgeben zu müssen, doch nun begann sie zu erkennen, dass Mark vielleicht nie der Richtige für sie gewesen war – was wiederum bedeutete, dass die Weigerung ihrer Mutter, sie gehen zu lassen, im Grunde ein Glück für sie gewesen war.

Was Beth brauchte, war ein Mann, der geduldiger und umgänglicher war – und nun glaubte sie, jemanden gefunden zu haben, mit dem sie glücklich werden konnte, doch dieses Mal würde sie sich nicht zu früh freuen. Jack war beruflich viel unterwegs, und das war auch gut so, weil es ihnen beiden Zeit gab, darüber nachzudenken, was sie wirklich wollten ...

Vor sich hinlächelnd drehte Beth sich um und schloss die Augen. Sie war so glücklich wie schon lange nicht mehr und glaubte, dass das zum Teil an ihrer Stelle und den Freunden lag, die sie bei Harpers gefunden hatte – aber auch an den lächelnden Augen eines Mannes ...

Kapitel 34

Maggie brach in Tränen aus, als die Krankenschwester ihr sagte, es sei Zeit zu gehen. Ihre Mutter war sehr schwach, aber sie hatte sie wiedererkannt, und sie hatte sich sogar an ihre Hand geklammert und sie um Vergebung gebeten.

»Ich wollte nicht, dass er starb«, hatte sie gesagt. »Verzeih mir bitte ...«

Maggie hatte etwas gemurmelt, das wie ein Ja klang, obwohl sie wusste, dass sie ihr innerlich nie ganz verzeihen würde, was ihrem geliebten Vater widerfahren war – aber es wäre grausam gewesen, einer so verzweifelten Frau etwas abzuschlagen.

Sie würde nie erfahren, ob ihre Mutter ihrem Vater mit voller Absicht zu viel von dieser Medizin gegeben hatte oder ob es einfach nur passiert war, weil er genug von seinen Schmerzen hatte ... oder vielleicht war es ja auch ein bisschen von beidem gewesen. An das Geld, das ihm gestohlen worden war, dachte Maggie keinen Moment, da es ihr nie etwas bedeutet hatte. Und sie war auch keineswegs erfreut darüber, ihre Mutter als Opfer einer grausamen Misshandlung dort liegen zu sehen, einer Misshandlung, die ihr langsam das Leben raubte. Sie hoffte zwar, dass die Polizei den Täter finden und bestrafen würde, doch der befand sich wahrscheinlich schon längst auf einem Schiff und weit weg von der hiesigen Justiz.

Als sie und Mrs. Craven die Krankenstation verließen, wussten sie beide, dass Maggies Mutter die Nacht vermutlich nicht überstehen würde, aber Rachel überzeugte sie davon, dass es töricht wäre, die ganze Nacht bei einer Frau zu sitzen, die sich in tiefer Bewusstlosigkeit befand, nachdem sie die Vergebung ihrer Tochter erlangt hatte.

»Sie weiß, dass Sie gekommen sind und ihr verziehen haben«, sagte Rachel, als sie Maggie hinausführte und mit ihr zur nächsten Bushaltestelle ging. »Nichts von alledem ist Ihre Schuld, und Sie haben sich absolut nichts vorzuwerfen, meine Liebe. So manch eine Tochter hätte ihre Bitte um einen Besuch kaltherzig ignoriert.«

»Mrs. Higgins meinte, ich solle genau das tun. Sie wird verärgert sein, dass ich nicht auf sie gehört habe.«

»Mrs. Higgins ist weder Ihr Vormund noch Ihre Schwiegermutter«, stellte Rachel klar. »Sie sind als ihr Gast bei ihr eingezogen, und falls sie jetzt glaubt, Ihnen kein Zuhause mehr bieten zu können, können Sie auch wieder ausziehen.«

»Tante Helen würde mich wieder aufnehmen, bis sie heiratet«, sagte Maggie nachdenklich. »Aber danach müsste ich mir etwas anderes suchen – und ich möchte auch Ralf nicht verärgern oder kränken ...«

»Und auch er sollte auf Ihre Gefühle Rücksicht nehmen!«, sagte Rachel nachdrücklich. »Ich weiß, dass Sie in diesen jungen Mann verliebt sind, Maggie – und wenn er es auch ist, wird er seiner Mutter gegenüber für Sie eintreten.«

Maggie dankte ihr für ihren Rat, war aber dennoch auf dem ganzen Weg zu Mrs. Higgins' Haus schrecklich nervös.

Auch Ralf, der ihr die Tür öffnete, sah beunruhigt aus. »Wir dachten, dir müsste etwas passiert sein, Maggie – Mutter wollte mich schon zur Polizei schicken.«

Maggie schien geradezu zu schrumpfen und verteidigte sich: »Wir haben meine Mutter besucht. Sie liegt im Sterben und wollte mich um Verzeihung bitten.«

Ralf schüttelte den Kopf, als wäre es völlig unbedeutend, während Maggie die Tränen in die Augen traten, als sie mit Rachel in die große, gemütliche und makellos saubere Küche ging. Mrs. Higgins wandte sich ihr mit vorwurfsvoller Miene zu.

»Du hättest uns sagen können, wohin du gehst, Maggie«, sagte sie in eisigem Ton. »Ralf hat Todesängste ausgestanden vor lauter Sorge. Ich habe ihm gesagt, dass du uns wahrscheinlich nicht gehorchen und ins Krankenhaus gehen würdest, aber das konnte er nicht glauben!« Sie schüttelte den Kopf. »Nicht nachdem wir dich in unserer Familie aufgenommen und wie eine Tochter behandelt haben!«

»Ich habe mir wirklich große Sorgen gemacht, Maggie«, stimmte Ralf den Vorwürfen seiner Mutter zu.

Maggie war den Tränen nahe. Sie war verrückt gewesen anzunehmen, dass Mrs. Higgins sie wirklich mochte! Sie hatte sie nur aufgenommen, um das Mädchen, das Ralf heiraten wollte, unter Kontrolle zu haben.

»Die Polizei sagte mir, dass meine Mutter im Sterben liegt und furchtbar leidet – wie hätte ich da nicht zu ihr gehen können?« Maggie schossen die Tränen in die Augen. »Es tut mir leid, dass du dir Sorgen gemacht hast, Ralf – aber ich musste meine Mutter noch einmal sehen.«

»Nein, Maggie, das musstest du nicht«, gab seine Mutter scharf zurück. »Und wenn du unter meinem Dach leben willst, wirst du einige Regeln beachten müssen. Es ist sehr beschämend für uns alle, dass du zu einer Frau gegangen bist, die sich des Diebstahls schuldig gemacht und weiß Gott was sonst noch alles verbrochen hat!«

Maggies Unterlippe zitterte, aber sie sagte nichts und kämpfte gegen ihre Tränen an.

»Und welche Regel hat Maggie mit ihrem Besuch bei einer sterbenden Frau in großer Not gebrochen?«, schaltete sich Rachel ein, als sie sah, wie Maggie zitterte und dass Ralf keinerlei Anstalten machte, ihr beizustehen. »Jede Frau mit Gefühlen und einem Herzen in der Brust würde verstehen, dass sie ihre Mutter in einem solchen Moment sehen wollte!«

»Und wer sind *Sie*?« Mrs. Higgins starrte sie entrüstet an. Sie war keine große Frau, aber ihre Stimme hatte eine durchdringende Schärfe, und ihre Augen waren kalt.

»Ich bin Maggies Vorgesetzte.«

»Und ich erinnere mich nicht, Sie hereingebeten zu haben – würden Sie also bitte sofort wieder gehen?«, forderte die aufgebrachte Frau.

»Aber gern«, sagte Rachel mit einem angewiderten Blick in ihre Richtung. »Ich möchte hier ohnehin nicht bleiben – und wenn Maggie vernünftig ist, wird auch sie es nicht tun.« Sie drehte sich um und sah das Mädchen an. »In der Wohnung, die ich mir mit Miss Ross teile, haben wir noch ein freies Bett. Wenn Sie es hier also unerträglich finden, können Sie gerne bei uns einziehen.«

»Das wird nicht nötig sein«, mischte Ralf sich ein, der nun endlich seine Sprache wiederfand. »Mutter ist nur so aufgebracht, weil wir uns Sorgen gemacht haben – und ich weiß, dass Maggie bei uns bleiben will ...«

Maggie schaute Rachel an. »Danke für das Angebot, Mrs. Craven. Ich werde es nicht vergessen – aber ich liebe Ralf ...«

»Na schön, dann lasse ich Sie hier«, sagte Rachel. Sie blickte Ralfs Mutter direkt in ihre zornigen Augen. »Aber meine Tür steht Ihnen immer offen, Maggie.«

Dann wandte sie sich zum Gehen und widerstand der Versuchung, die Tür hinter sich zuzuschlagen, als sie das Haus verließ. Mrs. Higgins erinnerte sie an ihre eigene Schwiegermutter – oder war womöglich sogar noch viel schlimmer.

Rachel ging zur Bushaltestelle und wartete verärgert auf

den nächsten Bus. Wie gern hätte sie Maggie aus diesem Haus herausgeholt und mitgenommen! Die Gefühle des Mädchens waren auch so schon verworren genug. Sie war traurig und bedauerte, was geschehen war, aber gleichzeitig kämpfte sie auch mit ihrer Wut darüber, wie herzlos ihre Mutter gewesen war, als sie ihren Vater einfach im Stich gelassen hatte. Maggie brauchte jetzt Freundlichkeit und Trost, aber keine Vorwürfe, nur weil sie etwas ganz Natürliches getan hatte.

Als Rachel in den Bus stieg, dachte sie an ihre eigene Vergangenheit. Sie betrachtete die Lichter der Schaufenster und musste daran denken, wie sehr sich ihr Leben verändert hatte, seit sie bei Harpers arbeitete. Und es waren nicht nur die gute Stellung, das zusätzliche Geld oder die Unabhängigkeit, die ihre Arbeit ihr verschaffte. Es war vor allem das Zusammenleben mit Sally, das ihr ein geregeltes und angenehmes Leben beschert hatte, und sie hätte absolut nichts dagegen gehabt, Maggie das zusätzliche Einzelbett in ihrem Zimmer zu überlassen. Sie besaß einen hübsch bemalten chinesischen Paravent, den sie als Trennwand aufstellen könnten, um ihnen ein wenig Privatsphäre zu verschaffen. Alles wäre wohl ein wenig eng, aber abgesehen davon würde es auch Spaß machen, alles miteinander zu teilen, besonders, wenn auch Beth mit einzog.

Ja, ein solches Arrangement würde ihr sicherlich gefallen, und sie könnte auch Maggies Situation im Auge behalten ... Wenn das Mädchen unglücklich werden würde, könnte sie nicht tatenlos zusehen und es einfach geschehen lassen! Maggie war für Rachel fast wie eine Tochter – die Tochter, die sie nie gehabt hatte.

Für einen Moment überwältigte sie Traurigkeit, als sie sich an den Tod ihres Mannes erinnerte, aber dann verblasste der Kummer wieder. Sie war gar nicht so viel älter als Sally, und Rachel war sich durchaus bewusst, dass sie nicht unattraktiv war. Wenn sie wollte, blieb ihr noch immer Zeit, ihr Glück zu finden – und vielleicht sogar jemanden zu heiraten, der ihr etwas bedeutete ... Als der Bus langsam zum Stehen kam und sie darauf wartete auszusteigen, lächelte Rachel. Ihre Arbeit bei Harpers machte ihr Spaß, und sie teilte sich auch gern eine Wohnung mit Sally. Sie hatte es nicht eilig, irgendetwas zu ändern, aber die Schatten hatten sich endlich verzogen, und heute Abend hatte sie begriffen, dass sie auf keinen Fall so sein wollte wie Mrs. Higgins, die ihre eigene Unzufriedenheit an anderen ausließ. Rachel hatte zwar ihren Ehemann verloren, aber sie hatte eine gute Stellung, eine schöne Wohnung und Freundinnen – und mit der Zeit würde sich vielleicht sogar noch mehr ergeben.

* * *

Beth sah, wie blass Maggie am nächsten Morgen war, doch als sie ihre Kundinnen bediente, schien es ihr besser zu gehen, und als Mrs. Craven sie später ansprach, lächelte sie schon wieder. Nachdem sie alle zu Mittag gegessen hatten, kamen eine Zeitlang keine Kundinnen in ihre Abteilung, und Beth nutzte die Gelegenheit, Maggie zu fragen, wie es ihr ging.

»Gut«, antwortete Maggie. »Ich werde meine Mutter nicht wiedersehen, das weiß ich – aber ich habe das Gefühl, meinen Frieden mit ihr gemacht zu haben, und bin jetzt froh, dass ich zu ihr gegangen bin.«

»Und Mrs. Higgins?« Beth sah, wie Maggies Augen sich verfinsterten. »War sie sehr verärgert?«

»Ja, zuerst schon, aber dann weinte sie und sagte, sie habe sich nur Sorgen um mich gemacht. Ich musste ihr sagen, dass ich das verstehe, Beth – aber das tue ich nicht. Sie war unmöglich zu mir und auch sehr unhöflich zu Mrs. Craven. Ich glaube, es war ein Fehler, bei ihr einzuziehen ... sie ist überhaupt nicht nett, sondern einfach nur egoistisch.«

»Oh, das tut mir aber leid«, sagte Beth und berührte mitfühlend ihre Hand. »Du könntest zu uns zurückkommen, bis Tante Helen heiratet ...«

»Danke, das weiß ich, Beth.« Maggie hob den Kopf. »Aber ich muss es mir gut überlegen, weil ich Ralf liebe und weiß, dass er sehr verletzt wäre, wenn ich ihm sagen würde, dass ich mit seiner Mutter nicht zusammenleben kann. Es ist keine leichte Entscheidung, Beth.«

»Sicher nicht«, sagte Beth, die ihr Dilemma verstehen konnte. »Aber es könnte noch schlimmer werden, wenn du verheiratet bist – stell dir nur mal vor, was sie dann vielleicht von dir erwarten würde! Ich halte es für keine gute Idee, bei Schwiegereltern zu leben, solange man sie noch nicht gut kennt und sie auch mag.«

»Ja, deswegen werde ich es mir sehr gut überlegen«, antwortete Maggie. »Aber ich möchte mich auch nicht Hals über Kopf für etwas anderes entscheiden, um dann vielleicht festzustellen, dass ich schon wieder einen Fehler gemacht habe.«

»Nein, nein, das verstehe ich natürlich«, stimmte Beth ihr zu. »Also lass dir Zeit, Maggie – und vergiss nicht, dass du Freunde hast!«

»Das weiß ich, Beth. Mrs. Craven hat mir sogar angeboten, für eine Weile ihr Zimmer mit mir zu teilen.«

»Oh, das wusste ich nicht ...« Beths Nacken begann vor Aufregung zu kribbeln. »Und wenn ich in Sallys Zimmer einzöge, wären wir alle zusammen ...«

»Genau, wie Sally es wollte«, fügte Maggie mit einem Lächeln hinzu, das ihre Augen erstrahlen ließ. »Das könnte fabelhaft werden!«

»Ja, das glaube ich auch«, sagte Beth. »Übrigens werde ich heute Abend mit Jack ins Varietétheater gehen. Er will jeden Abend mit mir verbringen, bevor er das nächste Mal nach New York fährt.«

»Und du siehst sehr glücklich aus«, bemerkte Maggie. »Ich bin froh, dass du jemanden gefunden hast, Beth.«

»Ich dachte, du wärst genauso glücklich?«

»Das war ich – bin ich ...« Maggie sah sie an und seufzte. »Ich war es, aber jetzt bin ich mir nicht mehr sicher ...«

Kapitel 35

Beth genoss jeden Augenblick im Varietétheater. Es war schön, mit Jack zusammen zu sein, selbst wenn sie nur händchenhaltend in der Abenddämmerung durch die Straßen schlenderten. Sie war so glücklich wie schon lange nicht mehr, und der einzige Schatten, der ihre Freude trübte, war das Wissen, dass er am Sonntagnachmittag zu seinem Schiff aufbrechen musste. Daher verbrachten sie in dieser Woche so viel Zeit wie möglich miteinander. Und nebenher schrieb sie in ihrem Schlafzimmer und im Bus auf dem Weg zur Arbeit drei unterhaltsame Briefe für ihn.

»Wir werden uns hier verabschieden«, sagte Jack zu ihr, als er am Sonntagmorgen vorbeikam, um ihr Adieu zu sagen. »Ich hasse lange Abschiede, Beth – und es wird ja auch nicht lange dauern, bis ich wieder auf Landgang bin.«

Beth widerstand der Versuchung, ihre Finger zu kreuzen. Sie fand es sehr tapfer von Jack, trotz allem, was geschehen war, an Bord eines Schiffes weiterzuarbeiten, aber da er das Meer nicht zu fürchten schien, wollte sie ihm nicht zeigen, dass sie sehr wohl Angst davor hatte. Stattdessen umarmte sie ihn, gab ihm einen zärtlichen Kuss auf die Lippen und drückte ihm dann ein kleines Päckchen in die Hand.

»Was ist das?«, fragte Jack erstaunt. »Du solltest mir keine Geschenke kaufen, Beth.«

»Es ist kein Geschenk in diesem Sinne«, sagte sie und lächelte verstohlen. »Nimm es einfach nur mit, und öffne es an Bord, dann wirst du schon verstehen.«

Er steckte das kleine Päckchen in die Innentasche seines Mantels und hob dann seinen prall gefüllten Seesack hoch. »Ich werde zurück sein, bevor du mich vermisst«, sagte er schmunzelnd.

»Na klar.« Beth lachte. »Ich werde allerdings nach Tante Helens Hochzeit umziehen – aber Fred wird wissen, wo ich bin.«

Beth sah Jack nach, als er auf seinem Motorrad davonbrauste, und das Herz tat ihr weh, als sie ins Haus zurückkehrte.

Tante Helen kam gerade in ihrem besten marineblauen Kostüm, zu dem sie einen rot-blauen Hut und rote Handschuhe trug, die Treppe hinunter.

»Wie sehe ich aus?«, fragte sie etwas nervös.

»Sehr schick und attraktiv, Tante«, versicherte ihr Beth. »Viel Spaß mit deinen Freunden.«

Tante Helen nickte, küsste sie auf die Wange und ging.

Für Beth war es ein komisches Gefühl, das Haus auf einmal ganz für sich allein zu haben. Doch anstatt darüber nachzugrübeln, beschloss sie, zunächst einmal alles gründlich zu reinigen, und begann damit, im Wohnzimmer Staub zu wischen. Ihre Tante hatte offensichtlich einige Papiere durchgesehen, die Beth zu einem ordentlichen Stapel zusammenschob, um die Tischplatte einwachsen und polieren zu können. Dabei fiel ihr Blick auf eine Lebensversicherungspolice neueren Datums. Komisch, dachte sie, dass Tante Helen eine neue Lebensversicherung abgeschlossen hatte, aber vielleicht hatte es ja etwas mit ihrer Heirat zu tun und es war das, was die meisten Leute taten, wenn sie noch jemanden hatten, den sie bedenken mussten?

Als Beth das Zimmer verließ, war es aufgeräumt, sauber und duftete nach Lavendel. Sie ging hinauf, um die Schlafzimmer auszuräumen. Die persönlichen Angelegenheiten ihrer Tante waren ihre Sache und gingen Beth nichts an …

✼ ✼ ✼

Maggie hielt es fast drei Wochen lang bei Ralf und seiner Mutter aus, bevor sie aufgab. An einem Donnerstagmorgen ging sie mit zwei Koffern in den Händen und einer weiteren Tasche über der Schulter in Richtung Harpers. Beth, die gerade aus dem Bus gestiegen war, lief zu ihr, um ihr einen der Koffer abzunehmen.

»Was ist passiert?«, fragte sie, als sie Maggies verweintes Gesicht sah.

»Wir hatten einen fürchterlichen Streit. Mrs. Higgins konnte die goldene Brosche ihrer Großmutter nicht finden. Sie sagte, sie hätte tagelang danach gesucht, und warf mir praktisch vor, sie ihr gestohlen zu haben, weil sie gesehen hatte, dass ich eine ähnliche Brosche trug. Aber die hat Tante Helen mir an dem Tag geschenkt, als ich bei euch ausgezogen bin.« Maggie zog die Nase hoch, um ihre Tränen zurückzuhalten. »Ralfs Mutter war schier unerträglich, seit ich auf der Beerdigung meiner Mutter gewesen bin … Ich weiß, dass sie mich für eine Diebin hält … so wie meine Mutter, genau das hat sie angedeutet.«

»Ach, meine arme Maggie!«, sagte Beth mitfühlend. »Was für eine abscheuliche Frau – sie hat nur so getan, als würde sie dich mögen. Und als du bei ihr eingezogen warst, hatte sie nichts anderes zu tun, als dir das Leben zur Hölle zu machen.«

»Ich wollte nicht mehr dort bleiben nach allem, was sie gesagt hat. Ich habe Ralf erzählt, dass sie mich praktisch beschuldigt hat, ihre Brosche gestohlen zu haben, aber sie hat es einfach abgestritten. Und er meinte nur, ich sei zu empfindlich, woraufhin ich ihm sagte, es sei höchste Zeit für ihn, sich zu entscheiden, ob er ein Mann mit eigenem Willen oder nur der Speichellecker seiner Mutter sei …« Maggies Augen füllten sich mit Tränen. »Daraufhin hatten wir einen furchtbaren Streit, und schließlich habe ich einfach meine Sachen gepackt und bin gegangen. Ich habe ihre Brosche nicht gestohlen, Beth! Ich glaube, dass sie sie verloren hat – sie war schon ziemlich alt und der Verschluss hielt nicht mehr besonders gut. Sie hat immer wieder gesagt, sie müsse sie reparieren lassen, hat es aber nie getan, und jetzt gibt sie mir die Schuld.«

»Es ist scheußlich, wenn einem etwas vorgeworfen wird, was man nicht getan hat, und man überhaupt nichts tun kann, weil die Leute einem nicht glauben…«

»Ich habe das einzig Richtige getan. Ich habe mein gesamtes Gepäck geöffnet und sie dazu aufgefordert, es zu durchsuchen, bevor ich ging – woraufhin sie meinte, die Brosche würde sich wohl nicht mehr bei meinen Sachen befinden, sonst würde ich ihr wohl kaum anbieten, sie zu durchsuchen. Und dann hat sie mir noch unterstellt, dass ich die Brosche inzwischen verkauft hätte.«

»Was für ein bösartiges Frauenzimmer!«, sagte Beth kopfschüttelnd. »Aber du kannst gerne bis Sonntagmorgen zu Tante Helen mitkommen. Nach der Hochzeit ziehe auch ich aus und zunächst einmal bei Sally und Mrs. Craven ein. Sie bestehen darauf, dass ich bei ihnen wohne, solange ich nach einem Zimmer suche.

»Ich werde später mit Mrs. Craven sprechen…«

Die beiden Mädchen ließen Maggies Koffer bei Fred. Beth hörte nicht, was sie mit Mrs. Craven besprach, aber Maggie sah danach sehr glücklich aus und erzählte Beth, dass sie noch am selben Abend bei ihr einziehen würde.

»Es ist vernünftiger, als für zwei Nächte zu deiner Tante mitzukommen – du wirst vor der Hochzeit sowieso mehr als genug zu tun haben, da muss ich nicht auch noch im Weg stehen.«

»Aber ich möchte, dass du am Samstagmorgen in aller Frühe kommst«, sagte Beth. »Tante Helen wird sich freuen, dich zu sehen, und wir können ihr helfen, ihre Sachen zu packen ...«

»Das werde ich sehr gern tun.« Sie lächelte mit feuchten Augen. »Ich komme mir so dumm vor, Beth. Ich dachte, ich würde Ralf lieben – und irgendwie tue ich es immer noch –, aber er ist zu schwach, was seine Mutter angeht, und ich will nicht immer nur an zweiter Stelle kommen.«

»Ich weiß, wie weh es tut, den Menschen zu verlieren, den man liebt«, sagte Beth. »Vielleicht kommt er ja in den Laden und entschuldigt sich, sobald er Zeit hatte, darüber nachzudenken ...«

»Aber ich bin mir nicht mal sicher, ob ich das noch will!«

Beth versuchte gar nicht erst, mit ihr zu diskutieren. Maggie fühlte sich angeschlagen und verletzt und würde Zeit brauchen, um darüber nachzudenken, was sie wirklich vom Leben wollte. Und im Moment gehörte Ralf eben noch nicht dazu.

Als sie sich umdrehte, sah sie zu ihrer Überraschung, dass Tante Helen ihre Abteilung betreten hatte. Sie kam geradewegs auf ihren Ladentisch zu und lächelte sie an.

»Was hast du für mich, Beth?«, fragte sie. »Ich habe schon etwas in der Bekleidungsabteilung gekauft, aber jetzt hätte ich gern noch einen hübschen Hut, Handschuhe und vielleicht auch noch eine Handtasche ...«

Kapitel 36

Sally blickte von ihrer Arbeit auf, als Jenni an jenem Morgen Ende Juli das Büro betrat. Sie stand auf und ging auf sie zu, um sie herzlich zu begrüßen. Das war wirklich eine freudige Überraschung! Sie war verblüfft, als Jenni sie in die Arme nahm und auf die Wange küsste ... doch nach kurzem Zögern erwiderte sie den Kuss.

»Was für eine wunderbare Überraschung! Ich hatte Sie nicht vor Weihnachten erwartet, Jenni.«

»Und ich habe Sie vermisst, Sally – und ich weiß, dass Sie in der Zwischenzeit ganz großartige Arbeit geleistet haben!«, antwortete Jenni. »Marco hat mir erzählt, dass dieses fabelhafte Schaufenster mit der Gartenparty Ihre Idee war. Und auch das Fenster mit unserem Beitrag zu den Olympischen Spielen mit den Fotos der britischen und amerikanischen Sportler und unseren Flaggen ist fantastisch! Marco hat mir erzählt, dass auch das Ihre Idee war. Was für ein Glück für Harpers! Ich weiß, dass es bald eine neue Dekoration geben wird, aber als ich hier ankam, standen dort noch eine ganze Menge Leute, um das Fenster zu bestaunen. Sie sind ein wahres Wunder, Sally, und ich bin so froh, dass Sie in unser Leben getreten sind.«

»Ich habe nur die Aufgabe erfüllt, die Sie mir gestellt haben. Und es ist natürlich besonders auch Mr. Marcos und Mr. Stockbridges Verdienst.« Sally wurde ganz warm ums Herz bei Jennis Lob. »Aber wie geht es Ihnen – und dem Ehemann Ihrer Freundin? Macht er Sie für den Verlust seiner Frau verantwortlich?«

»Ja und nein«, antwortete Jenni und verzog ein wenig das Gesicht. »Er weiß, dass es nicht meine Schuld war, aber er kann sich des Gedankens nicht erwehren, dass sie noch am Leben wäre, wenn ich ihr nicht mein Ticket überlassen hätte – und das schmerzt.«

»Das tut mir leid, Jenni, es muss wirklich sehr schwer für Sie sein«, sagte Sally.

»Ja – aber andererseits war Henry auch froh, dass ich ihm bei der Suche nach einem Kindermädchen für den kleinen Tom behilflich war. Er bedankte sich vor meiner Abreise dafür ... und sagte, er hoffe, dass ich nicht allzu lange wegbleiben würde.« Jenni lächelte. »Aber Gott sei Dank gibt es ja jetzt die neuen Dampfschiffe. Vor ein paar Jahren wäre man noch Wochen auf See gewesen, um hierherzukommen, und inzwischen dauert es nur noch einige Tage.«

Sally nickte, die schnellen neuen Schiffe hatten die Entfernung weitaus stärker verringert, als man es sich vor ein paar Jahren noch hätte erträumen können. »Ist Ihr Bruder mitgekommen?«

»Nein, Ben hat es leider nicht geschafft«, sagte Jenni, und ihr Lächeln schwand. »Er hat noch etwas Privates zu erledigen, Sally. Ich weiß nicht alles darüber, aber ich habe ihm angemerkt, dass er hin- und hergerissen ist. Er muss noch eine Zeitlang dortbleiben, obwohl er mit dem Herzen hier ist und diesen Laden zum Erfolg führen will. Und das muss er auch, weil wir beide alles, was wir hatten, in dieses Unternehmen investiert haben.«

Sally war schockiert. »Und falls es scheitert, könnten Sie alles verlieren ...«

»So sieht es aus«, erwiderte Jenni achselzuckend. »Und das ist der Grund dafür, dass ich früher als geplant zurückgekommen bin. Ben sitzt zu Hause fest und lässt sich entschuldigen. Ich habe mir die Zeit genommen, Sally, obwohl ich mir sicher war, dass Sie mit allem fertigwerden würden – aber ich weiß auch, dass es falsch war, Sie den Haien vorzuwerfen und Sie dann im Stich zu lassen ...«

»Das war nicht Ihre Schuld«, sagte Sally. Sie war sich nicht sicher, was Ben Harper in Amerika festhielt, doch falls es dabei um eine schöne Frau ging, ging er für sie ein großes Risiko ein. »Ich hoffe nur, dass ich Sie beide nicht enttäuschen werde.«

»Ben glaubt ebenso sehr an Sie wie ich«, erklärte Jenni und lächelte. »Und ich hatte unrecht, als ich Ihnen riet, ihm nicht zu vertrauen, Sally, denn mein Bruder mag Sie wirklich sehr ... was mich übrigens ganz schön verwirrt hat, kann ich Ihnen sagen!« Sie lachte. »Ben war immer ein bisschen einzelgängerisch – aber ich habe das Gefühl, als könnte sich das jetzt ändern, da er sich genauso sehr um Sie zu sorgen schien wie um das Kaufhaus ...«

Sally holte tief Luft. »Wissen Sie, wann er zurückkehren wird?«

»Nein, und er weiß es genauso wenig.« Zum ersten Mal wirkte Jenni etwas unsicher. »Ich hatte keine Ahnung davon ... und es steht mir nicht zu, es Ihnen zu erzählen. Aber Ben hat seine Gründe, so viel kann ich Ihnen versichern.« Sie schüttelte den Kopf, als Sally ihr prüfend in die Augen schaute. »Nein, ich kann Ihnen kein Geheimnis verraten, auch wenn ich Ihnen vertraue – Sie werden schon abwarten müssen, bis Ben wieder hier ist.«

»Und ich werde Sie auch nicht bedrängen, mir etwas Vertrauliches zu erzählen«, sagte Sally und lehnte sich zurück, um sie anzuschauen. »Sie sehen großartig aus, Jenni. Sie tragen wundervolle Kleidung!«

»Ja, die habe ich letztes Jahr in Paris gekauft«, antwortete Jenni. »Ich war zum ersten Mal dort, würde aber liebend gerne wieder hinfahren ... wenn es möglich ist. Aber zunächst einmal muss ich mir Gedanken über Henry und den kleinen Tom machen.«

»Ja, das müssen Sie wohl«, sagte Sally. »Ich hoffe nur, dass er Sie und Ihre Bemühungen zu schätzen weiß.«

»Henry trauert immer noch um seine Frau«, fuhr Jenni fort. »Ich habe zwar ein gutes Kindermädchen gefunden, das sich um Tom kümmert, aber er hat geweint, als ich ihm sagte, dass ich für ein paar Wochen nach London müsse ...« Sie seufzte und schüttelte den Kopf. »Ich habe meine Freundin Marie geliebt, und ich liebe auch Tom und Henry – Henry hatte schon immer einen Platz in meinem Herzen, selbst dann noch, als er meine Freundin heiratete. Marie war drei Jahre älter als ich, und in mir hat Henry immer nur ein Kind gesehen.«

»Sie sind eine schöne Frau, Jenni. Er muss verrückt sein, wenn er das nicht sieht!«

»Sie sind wirklich reizend zu mir, Sally«, sagte sie mit einem Lachen, das die Schatten aus ihren Augen vertrieb. »Warum lade ich Sie heute Abend nicht zum Essen ein, und dann informieren Sie mich über alles, was sich hier in der Zwischenzeit getan hat?«

»Das wäre schön«, stimmte Sally erfreut zu. »Ich muss heute Nachmittag zu einer Bekleidungsfirma und danach zu einem Taschenimporteur – und ich würde sehr gerne Ihre Meinung dazu hören, falls Sie mitkommen möchten. Die Taschen kommen aus Spanien und sind aus Eidechsen- oder Schlangenleder und scheinen ziemlich preisgünstig zu sein. Sie könnten mir sagen, was Sie von der Qualität halten ...«

* * *

Sally warf einen Blick in den Spiegel, während sie sich für den Abend umzog. Sie war mit Jenni bei dem Taschenimporteur gewesen, und ihr gefielen die Handtaschen, die sie sich dort angesehen hatten. Jenni hatte sogleich auch eine Bestellung für die Geschäfte in Amerika aufgegeben und Sally sehr dafür gelobt, diesen Lieferanten entdeckt zu haben.

»Mein Onkel hat mir nie genügend Zeit gelassen, mich umzusehen und Angebote zu vergleichen«, gestand sie ihr. »Ich habe versucht, so viele neue Quellen wie möglich aufzutun, aber es ist einfach fabelhaft, dich jetzt in meinem Team zu haben, Sally. Wir können uns jetzt gegenseitig helfen ... und alle unsere Läden erfolgreicher machen ...«

Sallys Lächeln verblasste, als sie daran dachte, was Jenni über ihren Bruder gesagt hatte. Ben Harper war immer noch in Amerika, weil ihn dort persönliche Angelegenheiten festhielten. Sie mussten tatsächlich sehr wichtig sein, denn er wurde auch hier gebraucht, so neu, wie sein Geschäft noch war. Aber Jenni schien auf seiner Seite zu stehen, worum auch immer es sich handeln mochte – und sie war zurückgekommen und hatte sich Wochen ihrer wertvollen Zeit genommen, weil er es nicht konnte ...

Sally seufzte. Jenni glaubte, dass ihr Bruder seine Schmuckeinkäuferin sehr mochte. Doch wahrscheinlich verstand sie das falsch. Ben Harper mochte zwar überzeugt davon sein, dass Sally ihre Arbeit gut versah, aber als Frau interessierte sie ihn nicht, sagte sie sich schweren Herzens.

Dann schüttelte sie den Kopf. Es wurde Zeit, zu ihrem Abendessen mit Jenni aufzubrechen, und Selbstmitleid war nichts als Zeitverschwendung!

Kapitel 37

Tante Helen war an ihrem Hochzeitsmorgen nervös wie ein junges Mädchen. Aber schließlich war sie fertig angekleidet und bereit und sah in ihrem schweren cremefarbenen Seidenkleid und der taillierten Jacke attraktiver aus, als Beth sie je zuvor gesehen hatte. Dazu trug sie einen zartrosa Hut mit viel Tüll, den sie bei Harpers gekauft hatte, cremefarbene Handschuhe und Wildlederschuhe.

»Glaubst du wirklich, dass ich das Richtige tue?«, fragte sie Beth nun schon zum dritten Mal, bevor das Taxi kam, um sie alle drei zur Kirche zu fahren.

»Gerald ist ein netter Mann, und ich glaube, dass er dich sehr gern hat«, sagte Beth. »Also entspann dich endlich mal, denn dies ist dein besonderer Tag, und du verdienst es, glücklich zu sein.«

»Du siehst hinreißend aus«, sagte Maggie und küsste Helen auf die Wange, bevor sie ihr als kleines Geschenk ein hübsches Taschentuch mit blauer Stickerei übergab. Beth hatte ihr Seidenunterwäsche geschenkt, weil sie sie so schön fand. »Er wird dich lieben, Tante Helen, und du wirst sehr glücklich mit ihm sein.«

Beth und Maggie trugen als Tante Helens Begleiterinnen beide Hellblau mit weißen Hüten, Handschuhen und Schuhen. Ihre Kleider waren zwar unterschiedlich, aber sie sahen sehr hübsch in ihnen aus.

»Ich hoffe es«, sagte Tante Helen und griff nach ihrer Handtasche, um zwei kleine Päckchen herauszuholen. »Die sind für meine Trauzeugin und meine liebe Freundin Maggie.«

Beth stand ihrer Tante als Trauzeugin zur Seite und würde sie auch zum Altar führen. Da es eine kirchliche Hochzeit sein würde, war Tante Helens Kleid knöchellang, und ihr Hut war fast so leicht und zart wie ein traditioneller Schleier. Sie war der Meinung, dass diese Kleidung besser zu einer älteren Frau passte als ein Hochzeitskleid und ein langer Schleier.

In den mit Samt ausgeschlagenen Schatullen befanden sich zwei kleine silberne Medaillons an feinen Ketten, die sich beide in Größe und Design sehr ähnlich waren.

Die Mädchen bedankten sich herzlich bei Tante Helen und halfen einander, sie anzulegen. Dann kam auch schon das Taxi, und sie gingen auf die Straße hinaus. Die Nachbarn waren gekommen, um zuzuschauen, und einige von ihnen winkten, während andere hinter vorgehaltenen Händen tratschten, weil alle überrascht gewesen waren, als sie erfuhren, dass Tante Helen heiraten würde.

Die Kirche lag nur zwei Straßen weiter, und es saßen bereits einige Gäste dort. Frische Blumen in Vasen verströmten ihren süßen Duft und verliehen dem feierlichen Anlass einen schönen Rahmen. Als Beth mit ihrer Tante am Arm den Gang zum Altar hinaufging, bemerkte sie, dass Tante Helens Hand ein wenig zitterte. Sie drückte sie beruhigend.

Maggie war gegangen, um sich zu Jack zu setzen, der am Abend zuvor heimgekommen war. Beth hatte gedacht, er käme erst nach der Hochzeit, und freute sich, ihn zu sehen. Mrs. Craven hielt derweil die Stellung in ihrer Abteilung mit Mitarbeiterinnen, die aus anderen Bereichen zur Verfügung gestellt worden waren. Und Sally hatte sich bereiterklärt, auch ein Auge darauf zu haben, damit Beth und Maggie an der Hochzeit teilnehmen konnten.

Die Sonne schien während der Zeremonie unentwegt durch

die Buntglasfenster, und ihre farbenfrohen Strahlen sorgten für Wärme in dem alten Gebäude mit den abgenutzten Bodenplatten.

Schließlich verließen sie alle hinter dem Brautpaar die Kirche, um an dem Hochzeitsessen teilzunehmen, das in einem nahegelegenen Hotel stattfand.

Beth kannte niemanden außer der Braut, Maggie und Jack. Auch Gerald war sie erst ein paarmal begegnet, und obwohl er sie und Maggie höflich begrüßte, vermittelte er ihr nicht das Gefühl, zu seinem Freundeskreis zu gehören. Sie wusste nicht warum, aber irgendetwas an Gerald verursachte ihr Unbehagen, denn er schien sie spüren zu lassen, dass er sie nicht in seiner Nähe haben wollte. Und so war sie erleichtert, schon bald nach Hause zurückkehren zu können, als Tante Helen ankündigte, dass sie und ihr frischgebackener Ehemann in etwa einer Stunde zu ihren Flitterwochen nach Paris aufbrechen würden.

Die meisten persönlichen Dinge ihrer Tante waren schon Anfang der Woche zu Geralds Haus gebracht worden. Nur die Betten, die Küchenmöbel und ein paar Möbelstücke im Wohnzimmer waren zurückgeblieben. In der nächsten Woche würde jemand kommen, um auch sie mitzunehmen, und am Sonntagmorgen würde Beth mit ihren Sachen das Haus verlassen.

»Hier sieht es schon ein bisschen leer aus«, bemerkte Jack, als sie ihn auf eine Tasse Tee hereinbat. Maggie war inzwischen zu Harpers zurückgekehrt, um zu sehen, ob sie gebraucht wurde, bevor sie zu Mrs. Cravens und Sallys Wohnung zurückging. »Macht es dir nichts aus, hier heute Abend ganz allein zu schlafen?«, fragte Jack.

»Darüber habe ich noch gar nicht nachgedacht«, sagte Beth und sah sich um. »Es fühlt sich aber wirklich sehr leer an hier – wahrscheinlich hätte ich auch direkt zu Sally gehen können, aber ich dachte, ich räume hier lieber vorher noch ein bisschen auf. Morgen werde ich den Hausschlüssel bei den Nachbarn abgeben, die am Montag dann die Männer hereinlassen werden, damit sie den Rest der Sachen abholen können. Tante Helen will nichts mehr davon, und es ist alles schon an einen Gebrauchtwarenhändler verkauft worden.«

»Was ist mit deinen Sachen? Hast du Platz für sie in der neuen Wohnung?«

Beth schüttelte den Kopf. »Ich habe ein paar Dinge, die zu sperrig sind, aber dein Vater hat gesagt, er könnte sie für mich auf seinem Dachboden einlagern.«

Jack nickte und lächelte sie an. »Warum zeigst du sie mir nicht?«

Beth führte ihn die Treppe hinauf und deutete auf die beiden Umzugskartons, die dort im Flur standen. »Ich wollte die Umzugsleute bitten, sie am Montag abzuholen.«

»Und was ist mit den Sachen, die du in die neue Wohnung mitnehmen willst?«

»Ich habe zwei Kisten im Schlafzimmer stehen …«

»Gut, dann kann ich uns ein Taxi besorgen, und der Fahrer wird all das für dich einladen, Beth. Wir geben ihm die Adresse, und ich nehme dich auf meinem Motorrad mit. Wir übernachten bei meinem Vater, und morgen bringe ich dir dann deine Koffer in die Wohnung. Da morgen Sonntag ist, kann ich zwei oder drei Fahrten machen, wenn es sein muss.«

»Ich will Fred aber keine Umstände machen …«

»Du kannst für heute Nacht mein Bett haben«, sagte Jack, »und ich schlafe im Wohnzimmer auf dem Sofa. Ich lasse dich hier heute Nacht nicht allein, also komm mir nicht mit Widerworten. Entweder bleibe ich hier bei dir, oder wir fahren zu meinem Vater.«

Beth lachte und gab nach, weil er so entschlossen aussah und sie wirklich nicht allein in diesem Haus bleiben wollte. Es wirkte kalt und verlassen, und sie war froh, Sallys Angebot, bei ihr zu bleiben, angenommen zu haben. Sie hatte keine Lust, allein in einem Zimmer in einer Pension zu leben, sie freute sich, eine Wohnung mit ihren Freundinnen teilen zu können.

Es dauerte eine Stunde, bis sich ein Taxifahrer fand, der bereit war, den größten Teil von Beths Habseligkeiten in sein Taxi zu laden, sodass sie mit ihrer kleinen Tasche auf dem Schoß im Beiwagen von Jacks Motorrad hinter ihm herfahren konnte. Als sie sich ein letztes Mal im Haus umsah, verspürte sie ein Frösteln im Nacken, und ihr kam der Gedanke, dass Tante Helen hoffentlich nie bereuen würde, was sie getan hatte. Warum kam sie nur ständig auf solch dumme Ideen?

Beth schüttelte den Kopf und verdrängte die Fantasie. Tante Helen musste Gerald sehr gern haben, sonst hätte sie ihn niemals geheiratet ... aber dennoch ließ sie die Erinnerung an diese Versicherungspolice nicht los. Warum hatte ihre Tante so kurz vor ihrer Heirat eine Lebensversicherung abgeschlossen?

Doch dann entschied Beth, dass sie das nichts anging. Sie wollte jetzt an ihr eigenes Leben denken.

Fred begrüßte sie bei sich daheim und schlug vor, dass sie zum Abendessen Pastete und Kartoffelbrei vom Laden an der Ecke essen könnten. Timmy wurde losgeschickt, um das Essen zu holen, während er Beth ihr Zimmer zeigte.

Es roch nach Jacks Haaröl und seiner Rasierseife, und es gefiel ihr, dass es mit vielen Gegenständen eingerichtet war, die er von seinen Reisen nach Übersee mitgebracht hatte. Als sie eine hübsche Muschel an ihr Ohr hielt, schien sie tatsächlich ein leises Meeresrauschen zu hören. Lächelnd ordnete sie ihr Haar vor dem Spiegel, als sie Jacks Stimme hörte, die sie hinunterrief.

»Das Essen ist heiß – also komm und iss«, sagte er und zog ihr den Stuhl direkt neben Fred heran, während er selbst ihr gegenüber Platz nahm. Timmy saß am anderen Ende des Tischs und grinste sie an, als er ihr eine Schüssel mit heißen, matschig weichen Erbsen anreichte.

»Die sind mein Beitrag«, erklärte er. »Weil es so schön ist, Sie hier bei uns zu haben, Miss Grey ...«

»Ach, nenn mich doch bitte Beth, Timmy.«

»Von mir aus gerne, Beth«, sagte Timmy und grinste seinen Bruder über den Tisch hinweg an. »Wann wirst du sie fragen und es endlich offiziell machen?«

»Wenn ich so weit bin und auch Beth dazu bereit ist«, erwiderte Jack gutmütig. »Aber hüte deine Zunge, Tim – oder ich schneide dir ein Ohr ab!«

»Tim zieht euch nur auf, Beth«, sagte sein Vater schmunzelnd. »Es stört Sie doch nicht, oder?«

»Ganz im Gegenteil. Ich bin sehr gern bei euch und komme mir schon ganz wie ein Familienmitglied vor, wenn ihr euch gegenseitig so aufzieht«, antwortete Beth.

»Das sind Sie ja auch«, sagte Fred und sah dann seinen ältesten Sohn an. »Ich weiß, dass es mir nicht zusteht, euch beide in Verlegenheit zu bringen – aber niemand wäre glücklicher als ich, wenn ihr beide für immer zusammenkommen würdet.«

»Nicht so hastig, Dad«, sagte Jack, aber seine Augen lachten. »Ich bin gerade erst zurückgekommen, und vorher hatten Beth und ich nur eine kurze Woche Zeit, uns kennenzulernen. Ich glaube, sie braucht noch ein wenig, um sich ganz sicher zu sein, dass ich eine Chance verdiene ...«

Beth lächelte nur, aß ihr köstliches Abendessen und sagte nichts. Aber das war auch gar nicht nötig, denn dies hier war eine glückliche Familie, von der sie bereits jetzt wusste, dass sie zu ihr passte. Und vielleicht würde sie eines Tages wirklich mehr als nur ein willkommener Gast bei ihnen sein. Aber Jack hatte recht. Bisher hatten sie nur eine Woche Zeit gehabt, sich kennenzulernen, und sie wusste, dass sie noch ein wenig mehr

Zeit brauchten. Zeit, um an die Zukunft zu denken und zu planen, was sie tun könnten, wenn Jack vielleicht eines Tages nicht mehr zur See fahren würde – und in der Zwischenzeit hätte sie ihre Arbeit und konnte sich mit ihren Freundinnen in deren Wohnung einrichten …

* * *

Sally betrachtete die Mahagonikommode, die Beth von einem Möbelhändler hatte bringen lassen. Sie hatte ursprünglich gezögert, sie zu kaufen, bis Sally ihr versichert hatte, in einer Ecke sei noch Platz für sie, und so hatte Beth sie hergebracht, um Kleidungsstücke und andere Sachen darin aufzubewahren. Das Möbelstück passte perfekt an seinen Platz und nahm nur wenig Raum ein. Sally war zwar der Ansicht, sie würde weiß gestrichen besser aussehen, aber es störte sie auch nicht, wenn sie blieb, wie sie war. Sie freute sich einfach, ihr Zimmer mit Beth teilen zu können.

Sally dachte an das Abendessen mit Jenni zurück, es war wirklich sehr schön gewesen. Sie hatten stundenlang geredet. Jenni war so voller Enthusiasmus für das Kaufhaus, dass sie davon sprachen, es noch weiter auszubauen und eines Tages vielleicht sogar zu expandieren.

»Ben würde sehr gern noch einige Filialen eröffnen – vielleicht eine weitere in London oder in anderen großen Städten hier«, hatte Jenni gesagt. »Aber natürlich hängt das alles von seiner finanziellen Lage ab. Er könnte also ohnehin erst in ein, zwei Jahren daran denken, wenn er seine Schulden getilgt hat …«

Sally hatte nicht gewusst, dass er Schulden hatte, aber sie wusste ja auch sonst nichts über sein Leben. Ben Harper war ein Rätsel für sie, und es war einfach verrückt von ihr, sich auf die Vorstellung einzulassen, in ihn verliebt zu sein.

Sally seufzte, als sie sich auszog und zu Bett ging. Im Nebenzimmer konnte sie Maggie und Rachel reden hören, und sie war froh, dass dies die letzte Nacht war, in der sie allein sein würde. Ja, sie freute sich darauf, Beth bei sich zu haben, auch wenn es nur vorübergehend war. Und wer wusste schon, was die Zukunft bringen würde.

Jenni hatte gemeint, dass ihr Bruder sie für etwas Besonderes halte und sie ihm etwas bedeute. Aber wenn das stimmte, warum hatte er es ihr nie gesagt? Ben Harper wollte nach London zurückkehren, sobald seine wichtigen privaten Angelegenheiten geregelt waren. Und bis dahin sollte Jenni in Kontakt mit den Angestellten bleiben und ihnen versichern, dass Harpers trotz seiner Abwesenheit in guten Händen und sicher war.

Sally wusste, dass Ben trotz all des Geldes, das er investiert hatte, weiter um das Überleben seines Unternehmens würde kämpfen müssen. Es würde sehr viel Arbeit und Engagement erfordern, um das Geschäft erfolgreich und zu einer sicheren Investition zu machen.

Ein kleines Lächeln umspielte ihren Mund, als sie daran dachte, wie erwachsen Maggie nach dem Streit mit ihrem Freund plötzlich geworden war. Ralf würde vielleicht versuchen, sich mit ihr zu versöhnen – auch wenn er bisher noch nichts dergleichen unternommen hatte. Maggie kam jetzt jedenfalls mit ihrem Leben zurecht, und Sally hörte sie wieder lachen, gerade vorhin erst, als Rachel ihr etwas in einem Buch gezeigt hatte. Auch Beth hatte einen Sturm in ihrem Leben überstanden und wirkte nun viel glücklicher. Sallys Freundin Sylvia hatte Freude an ihrer derzeitigen Arbeit, und Rachel wirkte längst nicht mehr so traurig wie bei ihrem ersten Treffen. Ihre Freundinnen hatten einen Platz im Leben gefunden, und Sally wusste, dass das auch ihr gelingen würde.

Für einen Moment kam ihr ein Bild des Iren Mick in den Sinn, das sie schnell wieder zurückdrängte. Sally war ihm dankbar, dass er Sylvia beigestanden hatte, doch obwohl sie wusste, wie dumm es klang, es war Ben Harper, der ihr Herz zum Singen brachte.

Was auch immer ihn davon abhielt, nach London zurückzukehren, sie würde damit fertigwerden, indem sie einfach weiter ihre Arbeit machte. Sie hatte jetzt Freundinnen und ein eigenes Leben, und die Tage, an denen sie durch die Straßen geirrt war, weil sie nicht in ihr einsames Zimmer hatte zurückkehren wollen, waren vorbei. Sie konnte sich nun endlich auf die Zukunft freuen, was immer sie auch bringen mochte …

Drei starke Frauen. Ein kleines Atelier. Eine verbotene Liebe ...

Marie Lamballe
ATELIER ROSEN
Die Frauen aus
der Marktgasse
Roman

544 Seiten
ISBN 978-3-404-18399-9

Kassel, 1830. Die zwanzigjährige Elise Rosen betreibt zusammen mit ihrer Mutter und Großmutter ein kleines Putzmacher-Atelier. Ihre Hutkreationen sind weithin gefragt und öffnen ihnen Türen in höchste gesellschaftliche Kreise. So macht Elise eines Tages die Bekanntschaft der jungen Sybilla von Schönhoff, mit der sie schon bald eine innige Freundschaft verbindet. Als sich deren Verlobter unsterblich in Elise verliebt, gerät diese in einen schweren Konflikt, der sie auf die Spur eines lang gehüteten Geheimnisses führt ...

Die neue große Saga von Bestsellerautorin Marie Lamballe

Lübbe

Jedes Haus birgt ein Geheimnis. Und wenn du genau hinhörst, erzählt es dir davon

Kitty Harrison
DIE PFAUENVILLA
Roman
Aus dem Englischen
von Frauke Meier
432 Seiten
ISBN 978-3-404-18784-3

Als die Bestsellerautorin Evelyn Hilfe beim Schreiben ihres 50. Romans braucht, kommt der jungen Bethan diese Gelegenheit gerade recht. Kurzerhand zieht sie zu der älteren Dame in die wunderschöne alte Pfauenvilla an der walisischen Küste. Eines Tages entdeckt sie an den Außenwänden der Villa kunstvolle Gemälde, die ein heftiger Sommerregen freigespült hat. Auf ihre neugierigen Fragen hin bleibt Evelyn allerdings merkwürdig einsilbig. Auch zu den Pfauen im Garten will sie sich nicht äußern. Doch schon bald drängt ans Licht, worüber sich Evelyn so viele Jahrzehnte lang in Schweigen gehüllt hat – die Geschichte einer Sommerliebe, die nicht sein durfte …

Lübbe

Die Community für alle, die Bücher lieben

In der Lesejury kannst du
★ Bücher lesen und rezensieren, die noch nicht erschienen sind

★ Gemeinsam mit anderen buchbegeisterten Menschen in Leserunden diskutieren

★ Autoren persönlich kennenlernen

★ An exklusiven Gewinnspielen und Aktionen teilnehmen

★ Bonuspunkte sammeln und diese gegen tolle Prämien eintauschen

Jetzt kostenlos registrieren: www.lesejury.de

Folge uns auf Instagram & Facebook:
www.instagram.com/lesejury
www.facebook.com/lesejury